乾隆皇帝

天步艱難〈下〉

二月河◎著

乾隆皇帝　天步艱難〈下冊〉目次

十九　居移氣嬪御共邀寵　勤軀倦遊冶觀排揚　〇〇五
二十　桃花菴朶雲會乾隆　微山湖欽差入棗莊　〇二六
二十一　聆清曲貧婦告樞相　問風俗驚悉叛民蹤　〇四七
二十二　福康安逞威定家變　聚金銀臨機暫徂兵　〇六九
二十三　少將軍俄頃擒渠魁　老官蠹巧機兩逢源　〇八七
二十四　油滑老吏報喜先容　風雨陰晴魍魎僭功　一〇六
二十五　驚蒙蔽遣使赴涼州　綏治安緣事說走狗　一二三
二十六　遊宮掖皇后染沉疴　回鑾駕勉力全儀仗　一四二
二十七　畸零客淪落西涼道　豪奢主豪賭三唐鎮　一六一
二十八　荒唐王私訪彈封疆　巧和珅逢時初交運　一八一
二十九　賢皇后撒手棄人寰　小阿哥染痘命垂危　二〇三
三十　天醫星逞技貝勒府　相夫人贈金結睞娘　二二五
三十一　貴婦人心慈憫沉淪　乾隆帝雷雨理國政　二四四
三十二　巧言令色乞師報怨　以誠相見夫人釋兵　二六四
三十三　返金川朶雲會傳恆　下成都老將言罷兵　二八四

三十四　欲和不和爭端乍起　輾轉周旋冷湖搏殺　三〇二
三十五　岳鍾麒孤膽登險寨　忠傅恆奏凱還京華　三二二

19

居移氣嬪御共邀寵
勤軀倦遊冶觀排場

乾隆和嫣紅小英三人鏖戰搏拚窮極折騰，幾番雲雨之後龍馬精神洩盡，在暖烘烘的殿屋裡黑甜一覺，開目時天已大亮，側身看時，一左一右兩個女人猶自合眸穩睡，各自戴一個紅兜肚，白亮如玉的身上，粉瀅瀅的雪胸如酥，乳房溫膩似脂，殷紅的乳豆上還隱留著昨夜咂吮的痕跡，忍不住又上去各自溫存一陣。亮天明地裡兩人便都不肯輕浮，只閉目微笑由他把玩。直到盡興，兩個人才先起來，忙忙穿衣洗漱了，伏侍乾隆著衣。洗臉揩手梳辮子青鹽擦牙漱口，一頓忙活，進一碗參湯又吃早點。這兩個嬪妃都是武林出身，各自運了吃奶的功夫給他發氣提神，原有點頭暈的乾隆閉目受氣，開目時已是精神如常，笑道：「朕是心滿意足了，你們呢？」

人，一穿衣服便受禮法拘束，此乃千古不易之理，這話難答，但宮禁規矩，皇帝問話不能不答。兩個人頓時都飛紅了臉，扶膝萬福，嫣紅抿口笑道：「只怕主子太勞乏了身子……雨露承恩，奴婢們自然也……」下頭的話竟說不出來，小英也忸怩，腳尖兒趾著地，小聲道：「主子……昨晚……忒不好意思的。這會子跟做了一場夢似的，主子這話沒法回……」

「春宵一度值千金！你們滿意，朕也滿意，大家心滿意足，不亦樂乎？」乾隆笑著起身，看了看表，剛過辰初時牌，就屋裡散了幾步，換了正容，說道：「宮裡的事，只有妒忌二字。她們那邊唸經，只怕未必都想的是佛祖。朕所以尊敬皇后，她眞的是女德貞淑自重莊端，從沒有要過專房之私。你兩個也沒這毛病兒，朕也愛見。不久就要回鑾了……到了北京，你們和魏佳氏住一宮裡，有事相互有個照應。」

「是！」

「這件事和皇后說過，你們聽她的懿旨就是。」乾隆說道：「不要以爲朕信口說的，朕於子息上頭，不知是什麼緣故，多不能作養成人，皇后連舉兩子，太子永璉九歲而殤，永琮又患痘疹逝去，你們沒見過，皇后的堂姐姐富察貴妃，她兒子是朕的頭生子兒，定貝勒永璜，現在也病懨懨的……算來如果魏佳氏這一胎是男，該排在老四……聖祖爺三十五子，成就二十四個，雖說鬧家務，畢竟窩裡炮，齊整一個兄弟隊伍，要文有文要武有武，朕在這上頭甚是艱難，兒子不是痘疹就是癆病，靜夜思量，很爲身後擔憂啊……」

嫣紅小英也陪著嘆息，嫣紅道：「皇上春秋正盛，精神健旺，這擔憂是過慮了……」想著夜來情形，臉又一紅，卻道：「也許天老爺讓皇上晚生大材，皇上南山壽滿後，太子即位仍舊盛年呢！」小英道：「您這樣盛德，勤政愛民，一準兒將來也有一大群能文能武的阿哥，且是不鬧家務，只管興邦旺國！您活一百歲，我們陪著您玩兒，著一個青年有爲的太子爺掌國，那是多好的事！」

乾隆被她們你一句我一句滿車成垛的安慰奉迎話逗得哈哈大笑，「——且是不鬧家務，只管興邦旺國！這話說得好！幾時你們口頭上也都歷練出來了？」他彷彿不勝感慨，「……不鬧家務就好，不求個個都是英才，有一個好太子就是福氣……當年我當阿哥巡視南京，回京時三哥布置人千里追殺，至今想起來驚心動魄啊！你們那時候都還是小毛丫頭，只會打架不會說話，和朕一張口就是『你』呀『我』呀的。如今也學會奉承了……」嫣紅揉著衣角，嬌嗔道：「皇上只記過不記功……那不是小，不懂事嘛……」乾隆笑道，「不記功，你們能進宮就開臉進封妃位了？好生保養著，朕翻牌子勤點，也許同日同時給朕誕兩個『不鬧家務，只管興邦旺國』的阿哥呢！」說著又看表，一邊往外走，對守在門口的卜義道：「給她們記檔！嗯……日期前後錯開兩天！」說罷逕往行宮前院，卻不到正殿，從殿後西圍廊下階，直趨西廂軍機處而來。老遠便聽紀昀的笑聲，似乎在和什麼人閒聊，料應是劉統勛已經在這裡聽候宣見，乾隆擺手示意守在門口的卜信不要言聲，輕手輕腳跨進來，笑問：「什麼事呀？說得這麼熱鬧！」一轉眼，見岳鍾麒和金鉷范時捷也在，凝目看了看，溫和地問道：「東美公一路勞苦！幾時到的？」說著又瞥了一眼外面立著的卜信。

幾個人正聽紀昀說話，猛見乾隆進來，都是一驚，幾乎同時起身，又伏身跪下。岳鍾麒滿頭皓髮如雪絲絲顫抖，卻仍是精神矍鑠，聲如洪鐘，連連叩頭答道：「主上晝夜勤政，廑念民瘼，澤潤蒼生，老奴才何敢言苦？奴才今晨四更下船，卯正時牌進來見主子。他們就要進去報主子知道，是奴才攔住了……」紀昀笑道：「太監們奉旨岳鍾麒隨到隨報的，臣說皇上每天批旨到後半夜，今兒要緩散一日，難得睡個足覺，這時候天已經亮了，爭這麼一半個時辰？後來范時捷金鉷也來了，就一處說話候著……」

「他們原該報奏，你們也該攔住。」乾隆聽他們說自己「忙」到後半夜，暗笑一下，面無慚色說道。一邊擺手叫起，「都坐下說話。岳東美鞍馬舟車的，還該歇息一下再來見朕。其實西邊軍政雖然亂如牛毛，並沒有緊急軍情。朕不見你時日多了，也只是個惦記。你有歲數的人了，朕也有意召你回來養養身體。不過，看去氣色還好，朕這就放心了。」岳鍾麒笑道：「奴才身體精神去得，一輩子廝殺漢，到死也還氣壯如牛，比起劉統勛，他比奴才小著十幾歲，走路都心慌氣短。」他覷著乾隆上下打量，聲音變得有點發顫：「主子身子看著還好，奴才也就放心了，奴才七十歲的人了，夜裡一想，怎麼也是行將就木的了。什麼心思也沒有，只是個戀主，還想再給主子出把子力，又想著見主子一面就少一面……人，不敢思量。靜夜細思量，眞的百不是滋味……」乾隆聽得心裡感動，臉上卻不肯帶出，因見案上放著幾塊瓦璫，還有一塊整瓦，取過那瓦來，端詳著，口中道：「朕也是擔憂啊……統勛，你怎麼仍舊不聽朕的？一天辦事不要超過三個時辰，怎麼還是整夜整夜的熬？傅恆寫來的折子一寫就是萬言書，都是親筆正楷，後頭的筆畫都發顫。人才老少青黃不接，這不是小事，你們都累垮了，誰給朕辦事？紀昀也一樣，范時捷金鉷都要想著這一層，要物色人才……」他自失地一笑，換了話題，「這不是南京夜市上和那個叫馬二侉子的一道買的那塊假漢瓦麼？這幾塊瓦璫又是怎麼回事？在這裡擺弄骨董麼？」

紀昀忙笑道：「這是臣在格物致知呢！那幾塊瓦璫是尹繼善在漢墟裡撿出的眞品，

竟和南京夜市上買的一樣，都是黃色底漆。這可眞是奇了——漢瓦瑠只能是紅底色的呀！」

乾隆拿起一片瓦瑠，在瓦上敲敲，說道：「秦尙水德，連軍旗都是黑顏色，碑銘也是四字一斷，和水德之數相合，炎漢以火厭水，所以樂府五言，是火德之數，衣冠旗幟都是赤色，漢瓦絕不會是黃漆底色的——你們看，底色是紅的！」他忽然看見，方才敲擊震剝了瓦瑠外層漆片，竟是紅漆外又塗了一層黃漆，指著笑道：「這是賣骨董的自作聰明，以爲皇家宮室，一定用黃顏色，在眞貨上頭作假，弄出些玄虛來……」幾個人都湊過來看，連那塊整瓦也是紅色底漆，岳鍾麒不禁笑了，說道：「這眞叫弄巧成拙！眞的反變成假的了。」劉統勛幾個人對此毫無興趣，只乾隆面上敷衍，笑說附和而已，只紀昀仍舊格外認眞，熟視良久，認眞地說道：「皇上，這瓦是眞的，賣貨的也沒有作假。這是王莽篡漢時的瓦，王莽以土德厭火，登極時來不及換瓦，『宮闕殿瓦皆以黃漆塗染』。《後漢書》載，當時天象示警，大風雷雨齊下，殿瓦皆毀……這塊整瓦能留下來，眞是劫後餘存了……」他突然覺得自己「聰明」過頭了，後邊這考據實在多餘，一笑收住了。乾隆似乎不覺得什麼，見案頭放著一疊書，取過看時，是宋代洪邁的《容齋隨筆》，一邊笑說：「在看這部書麼？朕粗覽過這書，違礙是沒有的，只是雜蕪些兒，體例編輯不甚有章法——」翻著，倏然間臉上微一變色，站起身來，說道：「時辰不早了——你們換上便衣，紀昀守值，我們一道兒走走。昨兒他們說桃花菴桃花已經綻蕾。觀賞去！」

岳鍾麒四人忙退出來到隔壁去換衣服，王八恥昨夜就備好的，早已進來，替乾隆脫褂換袍，戴了頂黑緞瓜皮帽，駝色夾袍穿上，也不繫腰帶，坐在椅上，由王八恥跪在地下換掉青緞涼裡皂靴，穿了雙黑市布起明檢布鞋，轉眼間，已是個孝廉模樣，紀昀見他忽然間沈鬱，臉上似喜似悲，一副心事重重模樣。想問，又怕再失口，又不知書裡什麼地方觸了他的忌諱，糊裡糊塗幫著王八恥料理清爽，送走了衆人，回來一邊回憶乾隆翻書情形，一邊按篇仔細閱看。

桃花菴離著行宮只有不足五里之遙，這裡又叫「臨水紅霞」。出行宮，沿一帶蜿蜒溪水西行，過了長春橋就到。轉過一帶崗坳，衆人眼前豁然開朗，一片開闊地中野樹成林，松楸楊桕之間溪水縱橫，隔三差五的石板橋中間花徑小路相通，布局錯落有致，菴外林中茅屋三四間，向北厝屋鱗次似乎略有人影來往活動，向南流淌的小溪碧幽深暗，也許水藻太密不利行舟，三瓣草水浮蓮幾乎將水面遮嚴了，南邊一帶池塘三條板橋在中間滙合，塘中小島上結著一座小茅亭，匾額上寫著「螺亭」兩個字，板橋西北上岸，林叢中坊表揷天，仔細辨認，可見「臨水紅霞」四字。由螺亭向西南過板橋，岸上又有一座「穆如亭」，過亭即是桃花菴。塘西數百株桃花粉苞初放，鮮瀅不可方物，映在水塘中與天光相接，菴中殿宇樓亭宛如建在桃色霞靄之上——桃花菴得名，大抵是因了這個緣故了。

幾個人站在岸邊留連觀景，但覺目悅神怡，花香伴著微風陣陣送來，芬芳清幽爽心，夾著草間不知名的小蟲淺吟低唱，反而更顯靜寂，多少煩心俗物，幾何國家大政，都被這淑恬窈窕的美景洗得纖塵皆無。許久，范時捷笑道：「太淸靜了。這都怪劉延淸，把遊人都趕了去，這地方菴前頭那片空場，弄個廟市什麼的，人來人往走在這『紅霞』裡頭，多麼有趣——也給揚州老百姓闢了一個市場，能養活多少人！」金鉷卻道：「老范是專能殺風景的！松下喝道焚琴煮鶴，你還『多麼有趣』！那邊弄成鬧市，這種景致裡一片聲嚷：『賣餛飩了！』『糊辣湯餃子！』大人叫小孩哭，世界都一塌糊塗了！」范時捷卻不服氣，說道：「天下幽靜去處多了！想玩咱們別處觀景去！回頭我給尹元長寫信，這裡非得建個市場不可——南臨揚子江，西北蜀崗勝地，東靠著運河，運河江岸又有驛道相通，皇上又親自來遊幸過，那還不是發財風水寶地兒？儀徵那個賊頭賊腦的縣令還能想出來，我爲什麼不能？」這一來聽得劉統勛也笑，說：「罷罷罷……你是個冥頑不靈的財迷——是跟主子散心，還是尋『風水寶地』來了？」范時捷是個叫驢性子，專愛抬杠，說道：「誰對誰錯，還得我們主子說了算！你想過沒有，老百姓有生業有財發，誰還和朝廷胡鬧，累得你走路都是軟著腿，頭暈眼花一鍋子一鍋子熬藥吃！」

「要范時捷去戶部，就衝他這一條心思。」乾隆聽他們爭論，也不住發笑，想到「殺風景」回頭看看，巴特爾和索倫也都便衣跟著，因道：「物隨事移，情依事轉。老范要殺風景，也自有他的道理——趁他沒動刀子前，我們還是先來觀賞一下吧。」

衆人說笑著迤邐過橋，劉統勛小聲道：「皇上，前頭就不是禁區了，只有揚州府的衙役們換便衣關防，您說話……得略留點意兒……別讓人認出來……」乾隆點頭，笑道：「我曉得——不過今兒也爲帶你出來遊散一下筋骨。你這麼小心翼翼揑著一把汗，反而不得，是麼？」他突然站住了腳，側耳靜聆，說道：「你們聽，有笙歌聲，像戲班子在排練拉場子！眞奇了，菴廟裡還弄這個？」

幾個人都凝神靜聽，果然廟後有笙簧絲弦之聲，有男有女錯雜引吭，像煞是戲班子男女不齊在吊嗓子，咿呀吟唱，歌詞卻甚混雜，綽約細若游絲，都聽不甚清晰。乾隆加快了步子，過了穆如亭，到菴前山門外空場上，才聽出那些歌樂之聲並不從廟裡出來，是在廟西隔房傳來，劉統勛壓根無心看什麼景致，只留意形勢，這才看清原貌：這小池塘原來竟和瘦西湖相連，是瘦西湖的岸邊一灣，過廟前空場又一灣，也沒有廟院門牆，廟院也是依地形由東南向西北愈來愈高，後邊桃林紅枝連綿。從這裡看左有「穆如」右有螺亭，溪水到門，可以歃身汲流漱齒，因人稀水深，水鳧白鳥繞塘嬉戲，甚是安謐祥靜。掃得一根草節兒也不見的卵石通道間越山門進去，迎面一座大殿供著大悲佛，四圍紅欄，右楹柏柏竹樹間雜藥圃，左楹山牆外爲茶室，裡通僧廚，三三兩兩的善男信女，有觀廟遊覽的，也有燒香許願的，三步一磕頭向佛還願的，佛門清淨之處但微聞木魚鐘磬之聲，幾乎沒有什麼人說話，一派禪林肅穆，連劉統勛也放了心，漸入遊悠境界……隨乾隆進殿瞻仰了佛像、四大天尊、十八羅漢，進香布施了。廟裡和尙，見金錁一出手就是十兩銀子，「噹——」地撞了聲磬甕，便捧過籤筒來。乾隆信手拈出一支，取了籤標看時，上頭是一首詩：

嗟爾父祖功德高，紫府龍樓動名標。
好防金火莫相鎔，再逢甲子運未消。

方丈？」

乾隆先是一笑，心中悚然一動，把那籤標遞給劉統勛等人傳看，自向佛前黃袱墊前端肅恭立，卻不下跪，只雙手合十垂眸念誦了幾句，問秉燭小沙彌：「小師傅，能不能見見

「阿彌陀佛！」小和尚傻乎乎稽首說道：「老和尚這幾日忙！前頭裘太尊靳大人壞事，家裡來許願，要能脫去大難，情願給佛爺裝金三千貫，如今眞的災星退了，靳家又添了個少爺，叫師父去給寄名符兒。高國舅家裡聽說，前兒也來許願，夫人的金手鐲耳環都捐出來了，也得了好籤，高高興興去了……我們廟裡佛祖靈光普護念衆生，今兒這家請超度，明兒那家作道場，大人先生們不住地邀師傅去下棋會詩。師傅昨兒還說，太忙了，弄得俗務纏身……」他大約平日難得有個說話機會，一問，就饒舌出一大串話來。

「檀越只管多布施，往福田裡種富貴自然得收富貴，管取您能高中了，憑您的相貌混個紅頂子是穩穩當當的！」

幾個人聽了都笑。乾隆倒覺得他伶俐，拍了一下他腦門子笑道：「老范再捐十兩！——告訴你師傅，既然忙得俗務不可開交苦惱，還是出家的好！嗯……那邊是什麼地方？怎麼還有戲班子？」

「施主您眞逗！」小沙彌摸著腦門子，半晌才悟過來，咧嘴一笑道：「我師傅忙得苦惱，叫他『出家』！——這一帶都是桃花菴的廟產，您問的是謝施主家，他租的觀悟軒，是廟裡莳弄花草的園子，錢塘城有名的縉紳，迎駕來揚州，看這裡好，就租住了下來，家戲班子天天排演熱鬧，也時時過來進香。謝檀越也是正知正信正覺正悟的大善知

識。佛跟前不吝嗇的……」乾隆一直笑，說道：「好！佛前捨善財，就是善知識！」點頭出來，望望後殿沒有再往裡走，看了看緊閉的方丈精舍，上頭是「見悟堂」匾，左右聯上寫：

花藥繞方丈　清流湧坐隅

乾隆又是一個微笑，信步走出廟來，卻不循原路返回，經過石板橋向觀悟軒音樂處走去，幾個人略一交換眼色，忙都跟了過去。

觀悟軒一帶果然是蒔花園圃，因見牆下堆著的花盆中有開殘了的月季叢菊芍藥牡丹之類，乾隆才知道，行宮裡冬日擺的那些鮮花，原來都出自這類花房，正想向花工打問謝家身分來歷，一個管家模樣的中年人從西邊不緊不慢過來，向眾人深揖一躬，賠笑道：「各位先生哪裡來的？前面軒子是我家主人包租了的。先生們賞光，主人不勝欣喜！」

客人還沒通名報姓，主人便盛情殷殷歡喜接納，不但沒見過，也是聞所未聞，幾個人見他雖是僕從，談吐從容風雅，恭敬裡不失落落大方，心下也都喜歡。

「我叫隆格。」乾隆笑吟吟道，「來應江南春闈——多謝你家主人盛意，請問閥閱，台甫？」那長隨彬彬有禮又是一躬，回道：「家主姓謝。闈雲岫，字維川，錢塘縣塔寺有名的『塔寺謝家』，戶部掛過千頃牌的，也做海外生意……」將手一讓，自己前頭帶路，偏身走在乾隆左前，溫語絮絮而言，「老太爺是康熙爺手裡作過兩任知府的，掛官回來經營莊田，這次……乾隆爺下江南，就叫二公子捐金迎駕——您這邊請，軒裡隨意坐，東邊窗子打開，一片桃花林，廟裡白塔紅樓，都看得清爽的。各位都請……」

乾隆聽他說話，不住含笑點頭，轉過花房眼前又是一亮，原來這邊向西一帶，是瘦西湖一道大灣口，一蓬爬滿青藤的花牆橫遮了花房西邊，從「牆」口向北一溜長廊坐北朝南，滿壁的巴山虎蓋得像一座綠山，通北迴廊上有匾額白底黑字寫著：

觀悟軒

顏體書法精神周到，是袁枚手筆。乾隆隨著進來。那長隨命小廝獻茶，四面亮窗支開，但見東邊一帶桃林紫靄噴霞，茂樹中朱樓粉廓掩映北邊蜿蜒漸高，直接蜀崗三峰，軒前空場上戲子們朱衣綠裳，停了竹弦正聽戲老闆說戲，再南望西眺，瘦西湖畔新柳如煙，碧波微漾。香茗在手，美景如畫，衆人但覺心曠神怡，渾然不知身在何處。連范時捷都看住了。金鉷笑道，「我在江南省——這麼多年，揚州來過不計其數，竟不知道『臨水紅霞』這樣美！——你家主人呢？請過來敍闊清談……」

「我家主人三清院去了。」那長隨道：「三清院道長林東崖前日晚遇了鬼，他通五雷法，揚州誰家鬧鬼都是請他袪禳，不曉得前日是什麼鬼，法術竟收拾不住，五個青面獠牙的惡鬼攆他，陷在泥灘裡，天明人救出他來還能說話，白瞪著眼直叫：『這鬼厲害！』瘋魔譫語的，自打嘴巴胡吃藥，也就羽化了。主人好奇的，去看看，交代有客留客，他不到晌午就回來……」

幾個人想著林東崖狼狽模樣，都不禁笑得前仰後合。猛地裡聽外頭絲弦鼓板齊奏，衆人一齊回頭，卻見綠茵排演場上，一青衣女子叫板，水袖長舒蓮步輕移淒聲唱道：

沒來由犯王法，葫蘆提遭刑憲。叫聲屈動地驚天，我將天地合埋怨：你不與人方便！

唱得婉轉幽咽哀慟欲絕，衆人還待聽時，那戲老闆卻叫「停」。頓時樂止聲歇，乾隆看那班頭，橄欖腦袋鷹鈎鼻，瘦小伶丁的，用個「獐頭鼠目」說半分也不委屈了他，正要笑，金鉷說道，「這是安徽來的雙慶班老闆魏長生！竟來給謝家班子說戲！他唱一夜包銀就是二百四十兩銀子啊！」

「太軟了！」魏長生沒有留意客人在看他，板著白麻子臉對那小旦說道：「她這時候不是哭爹哭娘哭丈夫，她那份『悲』裡頭帶的是怨和恨！竇娥守寡，溫良淑賢、孝敬婆婆，她原是個節婦。你想，張老漢估佔她婆婆，威逼她嫁張驢兒，這時候兒她是委屈裡帶著無奈，一步一步逼到死地裡，直到上刑場，她這時候兒怒大於悲：我一身清白，本該是旌榮表彰名標後世的，反而遭汚罪被殺，老天爺好不長眼，地藏菩薩王法天理都到哪去了？所以不能用秦雪梅弔孝的心去度量竇娥——要字字咬金斷玉、句句決絕滅裂，悲和恨都嚼爛了吐出來，帶眞氣兒——你聽我唱！」因拂袖作態，細聲引喉唱道：

有日月朝暮顯——有山河今古監……天也！卻不把（那）清濁分辨：可知道錯看了盜跖顏淵！有德的受貧窮更命短，造惡的享富貴又壽延……天地也做得個怕硬欺軟——不想天地也順水推船……

「後收一句要綿裡藏針。」魏長生一板唱完，兀自餘音繞梁，衆人還在沉思品嚼，他已停板收聲接著教訓：「分寸錯了就有天地之別，懂麼？她雖有怨有悲有恨，也有個認命的意思在裡頭，說到頭是不服法，臨刑許三願，都是對天地說的，不信天地，只管罵就是了，許什麼願呢？」他說完竇娥，叫過扮關羽的銅錘，說道：「《單刀會》一齣，不能帶半點書生氣，方才你練得溫了！魯肅是戲裡陪關羽的，他眼裡的關羽，不能和台下聽戲主兒不一樣。『他上陣處赤力力三綹美髯飄，雄赳赳一丈虎軀搖，恰便似六丁簇捧定一個活神道！』——神道，你明白嗎？聰明正直就是神！關夫子是儒將，不帶霸氣，是一股忠勇氣。他那雙丹鳳目是似開非開似閉非閉，是叫人看出一個『傲』字兒，不是睜眼就殺人，你要想仔細了……」他款款而言詳明剖析，戲子們執禮靜聽恭敬銜命，比臣子們見乾隆還來得虔誠，幾個人都聽呆了。乾隆不禁慨然而嘆：「魏長生在南京見他演戲，《救風塵》裡的趙盼盼，卸了妝眞是其貌不揚，聽他說戲，又一派大家風範，不枉宗師稱號。人，這是從哪裡說起？」衆人聽了當即隨聲附和。

正說話間，那僕人向門外一指，說道：「家主人回來了！」說著快步迎了出去。衆人看時，果然從花籬南邊一個年輕人悠步轉出來，劉統勛眼花，金鉷和范時捷都近視，看不清楚，乾隆看時，見那年輕人只在二十五六歲間，穿一襲雨過天青袍子，醬色套扣背心，腰裡繫著絳紅腰帶，越顯得面如潤玉眉目清秀，一見令人忘俗。他站在籬牆旁聽長隨說了幾句什麼，一點頭加快了步子進軒入室。微微抱拳一拱，笑道：「回來遲了，慢待客人，有罪——這位想必就是隆格先生了，是旗下的？」衆人忙都起身還禮。

「不敢，隆格。」乾隆也緩緩起身，含笑抱拳：「——鑲黃旗人。主人風雅好客富而有禮，素昧平生貿然唐突，貴綱紀茗茶相邀如對親友，即古之孟嘗君不能過之。我和朋友們感佩莫名啊！」謝雲岫呵呵一笑，也不一一問衆人姓名，說道：「是我特意吩咐的，乾隆老爺子聖駕就駐揚州，滿城勳戚貴族，我們生意人家，一個也不能得罪，誰來遊賞訪問都要溫和春風相待。如今世上並沒有『夢常經』，只有生意經，先生儀表堂堂舉止高華儒雅，從人也都器宇不凡，他們豈敢慢待呢！」乾隆笑顧衆人，說道：「維川先生眞是快人——實不相瞞，我是——莊老親王的侄兒，地地道道的天璜貴冑，閒遊過來，如此良辰美景間又有笙歌弦舞相伴，所以唐突當了不速之客。嗯……這位是岳先生，這位劉先生，這位范先生，這位是金先生……」

謝雲岫一一含笑點頭，說道：「您是貝勒，他們想必也都不是等閒人物吧！天已這個時分，在我這裡留飯如何？」乾隆未及答話，劉統勛咳嗽一聲說道：「主人厚意我們心領了，我們爺——剛剛進過早餐，下午申時以後才進晚餐，這是內廷制度，多請鑒諒。」乾隆其實只在嫣紅處吃了幾片參茸桂花餅，喝了幾口茶，雖然不餓，卻也想吃飯，但劉統勛在此，想在外吃東西難如上青天，卻也捨不得就離開這裡，因笑道：「飯是不必了。這裡青山綠水茂林修竹，芳草茵蘊間歌袖舞扇，確是別有一番情致，令人留連忘返啊！」金鉷和范時捷也都不想走，又有點怕劉統勛，都只笑不說話。謝雲岫笑道：「想聽曲兒

──那現成的。只是屋裡狹窄，請移步到外邊，我請了安徽雙慶班最有名的戲老闆教習家班子，原是想演給太后和皇上看的。看來皇上忙得顧不上看戲，只好帶回去給父兄們取樂子了。我這就去安排，有貝勒爺看過，也不枉了這片心……」說著去了。

他一出去，劉統勛就抱怨：「主子怎麼泡這裡了？捐款迎駕的上千，倒是有姓謝的在裡頭，誰能一一考證核定？還想在這裡吃飯！我聽他口音，絕不是錢塘人，總帶著點背書似的彆扭話音兒……略看一會兒，主子咱們還是走人。」一直沒有說話的岳鍾麒枯著壽眉，似乎在苦苦思索，說道：「這人好像在哪裡見過？我沒有到過錢塘的呀……說是生人，又似乎確實見過……唉……我到底是老悖晦，老不中用了……」

「這就是佛所謂『緣』。從不見面的有的人一見就厭煩，有的人見了親切，有的又似曾相識。」乾隆笑道，因見謝雲岫過來，說道：「不要議論了，主人聽見不好──咱們去吧！」說著站起身來迎出門去。謝雲岫見他們出來，也就不再進門，他卻耳力甚聽，直率說道：「來了就是有緣，諸位大人先生萍水相逢，自然有些議論，方才我的管家說，一看就知道諸位來頭不小……你們破衣爛衫來，他未必就那麼好客，是嗎？」一頭說，帶著衆人出軒，芳草如毯的演場上早已散擺了幾張椅子，各人自度位置閒雅坐下，天光水色和風艷陽之下，但覺清心爽意無比。

乾隆這才細看，共是十二位女伶，年紀都在十六七歲之間，都沒有上戲妝，漢裝綾裙披紗霞色，粉白黛綠娉婷而立，一個個雲鬢堆鴉明眸皓齒，輕輕盈盈如同臨風玉樹，綽綽約約皆是傾國顏色，映在湖岸，眞有點瑤池仙子臨凡的風韻，乾隆不禁精神大爽，笑顧身邊的謝雲岫：「你是從天上移了十二株水仙栽到瘦西湖畔了！」謝雲岫笑而不語，魏長生此時卻沒了老闆派頭，笑嘻嘻捧過戲單子，就地打了個千兒，說道：「爺們吉祥！來聽小的的玩藝了？孩子們資質都是好的，只可練不久，恐怕難入爺們的法眼，隨意點幾齣，給爺們取樂子就是了……」

謝雲岫接過戲單，轉手便遞給了乾隆，乾隆也不看，笑道：「方才隔窗聽你說戲，深得壺中味。就是散曲兒罷，你們清唱也罷，唱了就場說戲，現身說法請君入甕，這才得趣。一齣一齣扮唱起來，還不如到園子裡看戲呢！」「一聽就知道爺是懂戲的！」魏長生眨巴著小眼笑道：「爺是北京來的貝勒，莊老親王慶親王常叫堂會，敢情爺看過小的戲？——只是不上妝，就好比骨董不襯托兒不上架。小的這副模樣，伴了佳人，只合閉了眼聽，開眼是萬萬看不得的！」乾隆笑道：「確實看過你的戲，扮相身段如花似玉，這樣兒唱佳人，孤墳裡的野鬼也嚇跑了——只管唱，她們也唱！朕——眞是的，這又何必謙遜呢？」

「伶官花官，你兩個略上上妝！」魏長生笑著轉臉吩咐，「給爺唱一段《寫眞》①，我扮醜兒給爺們一段子《南呂一枝花》！」手一擺，十幾個女孩子如奉軍令，散了群有的傅粉畫眉，有的調箏弄琴。魏長生施禮退下，只用粉盒向鼻子上撲了一下，一擺手出場，卻是笙簫管器一概不用，只切切嘈嘈錚錚叮叮的月琴琵琶節奏分明奏起，魏長生臉上撲白，腳移手拂，頓時精神抖擻，頓聲抑揚錯落唱道：

子弟們是個茅草崗、沙土窩，初生兔羔兒乍向圍場上走——我是個經籠罩、受索網的蒼翎老野雞。蹅踏得陣馬兒熟，經了些冷箭蠟槍頭！恰不到人到中年萬事休，我怎肯虛度了春秋！

伴奏中一個女伶粗著聲音插科道：「——那還不趕緊改邪歸正？」魏長生呵呵一笑，樂聲陡轉急速，猶如驟雨擊棚珠撒玉盤，他嘿然一笑，不疾不徐搖頭擺身接著唱：

我是個蒸不爛煮不熟捶不扁炒不爆響噹噹一粒銅豌豆。恁子弟們誰教你鑽入他鋤不斷砍不下解不開頓不脫慢騰騰千層錦套頭！我玩的是梁園月，飲的是東京酒，賞的是洛陽花，攀的是章台柳——我也會圍棋、會蹴鞠、會打圍、會插科、會吹彈、會譙作、會吟詩、會雙陸——你便是落了我牙，歪了我嘴，瘸了我腿，折了我手——天賜與我這般兒歹症候，尚兀自不肯休……

唱至此歌弦之聲嘎然而止，魏長生扮個怪臉兒一笑，就地打千兒道：「唱的不好，爺們賞聽見笑了！」

衆人還在沉迷，此時才清醒過來，嘩地一片掌聲，乾隆大笑喝采：「好！不走正道走邪路，百折萬磨不回頭，得了這種歹症候，華佗再世也束手！哈哈哈……」「貝勒爺您好才學！」魏長生十分機變，順話奉迎，笑道：「您說了一首詩呢！」乾隆略一想，真的順口出了一首竹枝詞兒，得意之餘已忘形骸，解下腰中佩玉指著魏長生道：「過來，賞你！」

「謝爺的賞！」魏長生趨身過來，極熟練地打了個千兒，接過吊著金線的佩玉，見玉托上明黃線繡的「長春居士」，身上一個哆嗦，又看乾隆一眼，不禁大吃一驚，幾乎軟在地下，驚呼一聲：「啊！您，您是——皇上！」

他一嗓子叫出來，所有的人都驚得呆如僵偶！劉統勛和紀昀責任在身，因乾隆兩次陪太后在南京看他的戲，一直懸了心怕他認出來，方才已是放心了，不想他這一眼近在咫尺覷得親切，還是瞧破了行藏，事出突然，岳鍾麒等人也都怔住。十二個女伶或站或坐，像被突然襲來的寒風凍凝了的冰人，一動不動。正在上妝的「杜麗娘」和「春香」手裡的粉盒子菱花鏡兒都滑落到地下。謝雲岫起初像被電擊了一下，身上一顫，臉色蒼白得沒一點血色，驚疑不定地盯視乾隆。遠處巴特爾等幾個侍衛見此情形，也不言聲，踏著草坪過來衛護。

「你好眼力！」乾隆先也一怔，環視周圍，並無異樣人事，見衆人都變得傻呆呆的，不禁微微一笑，矜持地略坐正了些，「朕奉承老佛爺看過你兩齣戲。不過離戲台不近的，且是圍著紗幕屏子，虧你演著戲，還能看清朕！」此時所有的人都已回過神來俯伏在地，幾個隨扈臣僚也不便同坐，起身恭肅後退侍立，魏長生磕頭如搗蒜，奏道：「奴才做玩藝兒給老佛爺萬歲爺看，是不敢分心的，幾家老闆輪流上戲，誰顧得上卸妝？都躲在後台隔簾縫兒看——不不，瞻仰聖容，紗幕子裡明燈蠟燭，什麼都瞧得清。萬歲爺給老佛爺削蘋果剝荔枝，端茶遞水都是雙手捧著……我們私地裡議論，皇上眞是孝子——啊

——孝皇帝。皇上今兒來，竟一時沒認出來，小的眞是該死了！」他說著「啪」地搧了自己一記耳光。

眾人看著，要笑又不敢。魏長生滿臉麻子笑成一朵花，說道：「皇上要看什麼戲，小的抖擻精神努力巴結！徽班四大家，就數小的有福，多給皇上玩幾齣，小的下去好吹牛的了……」說著又磕頭。

「有那塊佩玉就夠你吹牛的了，一瞧破了，你這副奴才相怎麼說戲？」乾隆笑著起身，「已經盡興了，咱們回去——謝家主人，有勞你盛情款待。他日如有機緣再會吧！」

眾人都向謝雲岫含笑點頭致意辭別，但謝雲岫像變了一個人，不說不笑也不動，滿臉那種溫文爾雅徇徇若儒的書卷氣一掃淨盡，蒼白著臉正在向青朗朗的天空雙手合十念誦著什麼。眾人驚訝詫異之間，岳鍾麒已經認出來，驚呼一聲：「她——她是——莎羅奔的故扎夫人朵雲！」這一聲不啻又一聲焦雷，劉統勛范時捷金鉷半回著身子半邁著步一動不動，乾隆滿臉笑容僵凝了起來，像青天白日底下看見地下冒出一個怪物，眾戲子們不知出了什麼事，一個個粉黛失色驚恐不定地看著她。剎那間，什麼山明水秀鳥語花香都變得如同夢幻，木雕泥塑般各色人等中了定身法似的兀立不動，索倫和巴特爾兩個見機得快，倏地竄到乾隆身前遮住了，巴特爾粗聲喊道，「你這女人！你敢傷害我的主人！」

「不錯，岳老爺子，你還記得我——我是朵雲！」霎時間，她的音調中已不再帶背書那樣的僵板語氣，平靜溫和的口吻中帶著幾分果決和悲愴，對巴特爾道：「你是蒙古的巴特爾吧？你怕一個女人，你不是英雄，是個懦夫！」

巴特爾一躍而出，又回頭看看索倫，對朶雲說道：「你的丈夫造反的，你裝男人！你壞壞的，是個——懦女人的！藏族人苗族人我都見過！紅刀子出去，嗯？——白刀子進去的！」

乾隆幾個人見她孑身一人，連那個長隨也沒露面，都鬆了一口氣，卻見朶雲不動聲色，一捋袖抽出一柄雪亮的解腕尖刀來，彷彿欣賞似地察看了一下閃著寒芒的鋒刃，掣在手中！氣氛頓時又是一緊，連劉統勛也靠近了乾隆。巴特爾卻嘿嘿一笑，躍前一步，說道：「刀子有的，你壞壞的！我空手能殺豹子狗熊，不怕的——你來來的！」劉統勛喝道：「還不扔掉刀，給萬歲爺叩頭謝罪！」

「這刀我是用來殺自己的。」朶雲平靜地說道，毅然一翻手腕，刀尖已經對準了自己胸口，衝乾隆冷冷一笑，說道：「我們大小金川全族只有七萬多人。博格達汗圍困我們的前線軍隊就有十萬，我們打不過他們，可又不許我們講和，我們兩次打敗了你的將軍，都因為我們並不是要背叛您的統治，因為您是博格達汗！而您還要第三次進攻，要麼就屈辱我們，傷透我們的心，要麼就把我們殺得女人和小孩子也不能倖免——我千辛萬苦來見您，就是想問一問，為什麼這樣對待我們？您不是也相信佛祖嗎？你甚至是個『長春居士』，聽說您走路螞蟻都不肯踩死，太陽底下不肯踐踏別人的影子——這樣仁慈的人，我也想見一見！如果您不肯回答我，我也算完成了丈夫和全族人給我的使命，死在這樣美麗的地方，我心甘情願，但我的靈魂，仍舊會回到我丈夫身邊！」說著，將刀尖向心口逼近了一點。

註① 寫眞：《牡丹亭》中的一齣。

20

桃花菴朶雲會乾隆
微山湖欽差入東莊

朶雲雖然說得平靜，但此情勢下，愈是平靜，字字句句愈顯得如刀似劍，咄咄逼人，她凜然不可犯的神色連巴特爾都鎮住了，乾隆也不敢正視她的目光，見她舉臂欲刺，遙立擺手道：「你別！——別這樣兒……有話慢慢講，要容朕思量……」一時間，他的心裡亂得一團麻一樣。但他明白，這女子烈性發作，當場血灑瘦西湖畔，天下有口皆碑，「仁君」二字再休提起。斟酌著字句說道：「你這一死，於你全族毫無實益……只能促朕決心下定，金川藏人都陷於滅頂之災……你收起刀，可以從容計議……」朶雲鼻子裡哼了一聲，說道：「你手下這些人很無恥的，我收起刀，他們就會像惡狼一樣撲上來！我寧肯死在自己的刀下！」

「你們退回你們住處！」乾隆對嚇傻了的魏長生說道。又轉對朶雲：「朕絕不收繳你的武器——你們都聽見了？」

「扎！」所有的侍衛一齊答應道。

乾隆相了相她手中的刀，不屑地一笑，說道：「這把刀只能用來削梨——朕射虎殺熊數十頭，至於豺狼之類不計其數，從不曾要侍衛們幫手——你是個弱女子，朕不能動手殺你。但你持刀脅迫萬乘之尊，已經重罪在身。有什麼話，你就說吧！」「我當然要說的！」朶雲慘笑道，「從金川到北京，又從北京被押解到南京——我劫持過兆惠將軍的夫人，又脫逃出劉鏞的牢獄，如果爲了逃命，我早就回到金川了。我進不了您的宮殿，您又不肯接見我，幾乎花盡了金川的庫存黃金——所有您可能去遊玩的地方都有我包租的『風景』，即使不在這裡，我們也一定會相見的！」乾隆聽了不禁皺眉，望著毅然挺立的朶雲，說道：「見有見的規矩，不見有不見的道理。莎羅奔先是窩藏上下瞻對的班滾，又兩次抗拒天兵征剿，犯的是滅族之罪！朕有上天好生之德，早有旨意，要他面縛投誠，可救全族覆滅大劫，莎羅奔居然抗命——這種情勢，見你何益？」

「我剛才已經說過，金川人並不要背叛您的統治。」朶雲固執得像一塊頑石，冷峻地說道：「正因爲顧全博格達汗的體面，慶復訥親和張廣泗才沒有死在我們刀下。但大皇帝卻要我們像狗一樣向您搖尾乞憐！」乾隆冷酷地一笑，說道：「不是你那樣說法，這是孔子定的規矩：犯了罪的臣子綑起自己向君父懇求饒恕，這不是狗能作得到的——你們金川的人到拉薩朝聖，每一步都要跪下，那是不是恥辱？」朶雲立刻回口說道：「那每一步都是虔誠的，都是懷著尊崇和自己的驕傲——」她突然頓住，望著萬里晴空，喃喃自語，「如果是爲了恐懼自己的死亡，爲了像狗一樣活著……去向人投降，不但達賴喇嘛、班禪大活佛，全西藏和青海的藏人會小看我們，連我們自己也會小看自己的……」說著，淚水已經奪眶而出。她卻忍著不肯放聲，胸脯劇烈地起伏著，絕望地環顧四周，只看了乾隆一眼，慢慢低下頭來，顫著左手一顆顆解開袍褂上的鈕子，脫掉了。

露出裡邊一身絳紅的藏袍，自言自語說道：「我……說不服博格達汗……我已經把你要說的話全說給了他。而他還是要殺盡我們——」她手中白刃倏地舉空一閃，揷胸而入直至刀柄！衆人驚呼間，朶雲胸前血如泉湧，身子搖晃了一下，像一株被砍斷了的小樹倏然倒地……

衆人誰也沒想到她陳說傾訴間舉刀自裁，說死就死，沒有半分猶豫和怯懦，一時間都驚呆在地！乾隆驚得面白如紙，滿手冷汗緊握著向前跨了一步，索倫已經一個箭步躍上去半扶起她，只不便解衣，又不敢拔刀，扶脈搏試鼻息亂張忙，乾隆緊著連聲問：「怎樣？怎樣？」索倫說：「心跳還沒止……沒有刺中心……」

「送回行宮……」乾隆的聲音發顫，他覺得頭也有點暈眩，扶定了巴特爾才鎭靜了一點，說道：「傳葉天士給她看傷。但有一息，一定要救活她……」

☆

滿心遊興而來，誰也沒想到是這樣一個結局。一直到回宮入殿，乾隆和劉統勛岳鍾麒等臣子們腳步還像灌了鉛一樣沉重，都是一言未發。一時，紀昀也得了消息，腳步匆匆趕來請安，殿中才略有點活氣。劉統勛不勝其力地跪下，叩了頭，剛說了句：「這是臣的責任，事出意外，臣沒有好生查實……驚了聖駕……臣……」

「起來吧，這不是你的責任，也不要再去訴斥劉鏞。」乾隆餘悸未消，但心神已完全安定下來，「這不是治安，是軍政上的事……朕心裡不安，不爲遇到這個朶雲，是由此想到許多政務，料理得未必都那麼妥當……」范時捷此時冷汗才退，內衣濕涼濕涼的，鬆動了一下腰身，猶有餘驚地說道：「這女人眞太厲害了！臣一輩子都忘不了這場景兒，……」岳鍾麒道：「我只覺得面熟，再沒想到是她！她小四十歲的人了，扮得這麼年輕，也想不到漢話說得這樣地道……」金鉷卻道：「這樣驚駕，太無禮了！主上仁慈，還要救她！」

紀昀叩頭請安，見乾隆抬手叫起，默默退到一邊。他剛剛翻看了那本《容齋隨筆》，乾隆心思裡的煩難迷惑，比衆人看得清爽得多，乍出這種事，一時竟尋不出話，也不敢胡猜亂說，只好撿著不疼不癢的話說：「以臣之見，此婦是個烈婦呢！從其夫之志，萬里叩閽，百折而不屈，精白之心可對蒼天！蠻夷一隅之地，尙有如此捨身成仁之人，這也是因了主上以德化育天下，深仁厚澤，被於食毛踐土之地的緣故……」衆人聽他說的，都覺得離題萬里，但他主掌敎化，管著禮部，也都是職分中應有言語，卻也沒有什麼可挑剔的。一時太監卜信進來，稟道：「主子，方才葉天士來看過了，莎氏受傷雖說很重，刀子離著心偏出了不到三分，於性命絕無妨害的，只是血流得多了，要好生靜補一下才能復元……」

衆人聽了，竟都無端鬆了一口氣。乾隆點點頭，嘆道：「這就好……傳旨給葉天士，好生給她調養，補血的藥物，什麼好用什麼，務必要她康復如初。」「是！」卜信忙一躬身，說道：「奴婢這就傳旨——只是莎氏不肯進藥，閉目咬牙的模樣，像是要尋短見……」說著，看著乾隆等待旨意。

乾隆滿臉陰鬱站起身來，沒有說話，在殿中緩緩踱了一圈，幾次想說什麼都又嚥了回去，看去心情十分矛盾。許久，彷彿定住了心，款款說道：「你直截傳旨給她，博格達汗賞識她是巾幗英雄！金川的事要容朕仔細思量，要給朕留些時辰嘛！總不能逼著朕下什麼旨意吧？先……養好身體，朕還要接見……想死，也要待絕了指望再死……不吃不喝，左右仍是個死，何必急於這一時？」卜信一字不拉複述了乾隆的旨意，才退了出去。

幾個臣子不禁面面相覷：金川現在十萬大軍雲集，傅恆坐鎮成都，整頓了綠營又整川軍，士氣高昂厲兵秣馬，三路合圍金川彈丸之地，可說是必操勝算，乾隆爲了一個女人是「巾幗英雄」就要罷兵？不然，他要時間「仔細思量」什麼呢？這也太有點匪夷所思了……想歸想，又都覺得莫測天心高深，不敢妄猜，一時間靜得殿角自鳴鐘沙沙的走動聲都聽得清晰。

「今兒不議政，偏偏引出件絕大政務。」不知過了多久，乾隆自嘲地一笑，說道：「岳鍾麒大老遠地趕來，留下陪朕進膳。你們跪安吧！」

人都退了出去，本來就空曠的大殿更顯得空落落的。日影西斜半偏，一道明亮的光柱灑進來，映襯得周圍反而更加黯淡。卜禮卜智卜信幾個太監忙活著安桌子擺御膳，乾隆吩咐道：「岳鍾麒在塞外難得吃到青菜，精緻一點，不要大肥大膩的！」岳鍾麒呵腰謝恩，笑道：「奴才自幼出兵放馬，帶兵的人不能講究吃喝。主子想進什麼就做什麼，老奴才陪在一邊，主子進得香，就心滿意足！」

「嗯。」乾隆點點頭，示意岳鍾麒坐下，深深舒了一口氣，說道：「岳東美，留你進膳，是想談談軍事。你要餓，茶几上的點心只管先用。嗯……朕是在想，眞正造反的在西北，不是金川。朶雲這樣一鬧，雖說無禮，但她的話，也有其可取之處啊……」

岳鍾麒坐直了身子，蒼重的濃眉皺了一下，一呵腰說道：「請主子明訓！」

「朕想得很多，沒有全然理清頭緒。」乾隆喟然說道：「傅恆此役可料必勝。莎羅奔山窮水盡派他的夫人來朝廷運動，不見不休至死不休，看得出他打這一仗已經沒有信心。打勝了，他又不肯投降就死，只有逃亡或者舉族自盡——爲一個班滾的罪，屠盡金川七萬餘人，朕有於心不忍處……」

他先估定了一個「仁」字地步，岳鍾麒聽得感動，卻不敢附和，正容說道：「這一層主上似乎不必多慮，莎羅奔先有窩藏叛賊班滾之罪，又兩次抗拒天兵，是十逆之惡不可赦。即全族殄滅，也是他咎由自取！何傷我主上聖明仁德？」

「你說的是理，朕講的是情。」乾隆點頭說道：「但情理二字合起來就是天意！達賴和班禪已經兩次上奏，請求赦免莎羅奔之罪。金川乃是藏苗雜居之地，九成藏人一成苗人，一旦殲滅，雲貴苗人且不必說，全西藏都要震動，還要波及到青海！」岳鍾麒身上顫了一下，身子前傾兩手據膝靜聽。乾隆望著殿外，沉吟道：「若無回部霍集佔之亂，單是西藏不穩，也還好料理。現在南北疆狼煙遍地，我們把兵力擺在四川，對付一個苦苦求和的莎羅奔，這值不值？」

這眞的是高瞻遠矚洞鑒萬里的眞知灼見，岳鍾麒和尹繼善私地裡含糊言語，西北局勢令人憂心忡忡，但乾隆決意金川用兵，意志如鐵不可搖動，誰敢觸他這「龍鱗」？現在他自己說出來了，岳鍾麒不禁心裡一寬，穩穩重重說道：「阿睦爾撒納是個反覆小人，靠不住的，請主子留意！」

「天山將軍說過，尹繼善也有奏陳，此人不可靠。」乾隆因思慮過深，眼睛碧幽幽的發綠，「但靠不住也要靠一下，因爲他至少能頂一下霍集佔不能東進。朕想，他能頂一年，金川的事也就結了，傅恆、海蘭察、兆惠騰出手來，連阿桂也可出征，專一對付西北亂局。阿睦爾撒納如果忠君，自然有功封賞，如果有異心，一併擒拿——他至少可以給朕拖出些時辰來，朝廷不出兵，只是幾句好話有偌大作用，何樂而不爲？」岳鍾麒這才見到乾隆帝王心術淵深不可測，佩服得五體投地，嘆息一聲說道：「主上聖慮高遠，奴才們萬不能及！」低頭想了一下，問道：「主上對金川作何打算？」乾隆牙啃囁著嘴唇半晌才道：「金川，可以讓傅恆練練兵，打到『恰好』，見好就收——召你來，其實就是這個差使。」

岳鍾麒不禁一怔，愕然說道：「主上，您要用奴才去攻刮耳崖？」

「也是也不是，是文攻不是武攻。」乾隆見御膳已經備好，笑著站起身來，「朵雲來了，你也來了，你和色勒奔莎羅奔都甚有淵源交情，這是天意嘛……來，陪朕進膳。你不知怎樣，朕可是已經飢腸轆轆了……」他呵呵笑著，和岳鍾麒一塊向膳桌走去……

☆

距正殿偏西不遠的軍機處，幾個退下來的臣子們也都沒走。幾個人餘驚未消，也在議論捉摸「出事」的事。但覺朵雲脫去牢籠不肯逃生，乾隆偶然雅興訪春邂逅，二人謂諤相對，乾隆不但不加罪，還要盡力搶救，種種巧合際遇不可思議，乾隆的心思也曖昧難猜。劉統勛自覺朵雲驚駕負罪難當，只是自怨自艾「昏憒無能」，後悔朵雲脫獄後沒有細心著力捕拿，范時捷嘖嘖稱羨乾隆氣度閎深處變不驚料理清白，金鉷說得蹊蹺，「主子表彰節烈，爲天下樹風範，莎羅奔氏這一鬧，也許從寬處置金川叛亂也未可知……」范時捷只連連搖頭，直說：「厲害厲害！女人不要命，簡直令人不可思議，我們都加起來也不是她的對手，怪不得褒姒能亂周，武則能篡唐……」不倫不類胡扯亂比。紀昀是當值軍機，一頭審看各地報來的庫存錢糧奏折，凡有災賑出項要求蠲免的折片，人命刑獄案卷，參奏官員瀆職貪賄的本章及水利田土建議條陳，分門別類挑出來另寫節略，手不停管聽他們說，時而一笑而已。聽著劉統勛仍舊恨自己「怎麼我就不曉得，讓黃天霸他們把揚州名勝居處士民先細查一下，早點造個冊子審看一下呢？」紀昀放下筆，左手捏弄著右腕笑道：「你們胡說些什麼呀？泡茶館的旗人見識！延清公，您也甭一個勁埋怨自己，那朵雲手裡有錢，又是租地租園子，造冊子有什麼用？她只是要見主子一面，並沒有作惡造逆的心，論起罪過也就是個『無禮失敬』四字而已。主子救她，也爲她剛烈性情可取，也許另有深意。天心難測偏要猜，大家都是瞎張忙！」

「主上有什麼深意？」范時捷笑問，「本來明白的，你倒把人說糊塗了。」

紀昀本不想閒議論這些的，但范時捷一臉壞笑，倒像是自己想到了乾隆「別的」，不能不解釋了，因挪身下椅，活動手腳給各人續茶，嘆道：「西邊吃緊，西南僵持，主上好爲難！前方打仗，後方折爛污，主上好爲難吶！我看今日和朵雲一見，也許是天賜良機，『從容計議』四個字可說是意味無窮……」

他是軍機大臣，本來話說至此已經滿過，該住口的了。偏是這些天忙得發昏，沒人說話悶得無聊，都是朋友心無罣礙口不遮攔，一高興便順口而出，「金川之役主上是要爭這口氣，要這臉面，藉機練兵，用武事振作頹風，西北糜爛，就要亂了半個中國。孰輕孰重主子心裡雪亮……大局攸關，小局也攸關，也爲保全傅六爺，我看主子有意寬待莎羅奔了……」

衆人聽了都是一怔，他們都不是議政來的，隨心所欲閒聊，一是怕乾隆飯後再叫進，二是心下俱各激動不安，相互寬慰平靜心事，紀昀這麼鄭重其事的，連劉統勛也聽住了，疑惑地看他。范時捷道：「怎麼會呢？我不在戶部也知道，那花了多少錢吶！朝廷把金山銀山米麵山都搬出來了！既有今日何必當初！」金鉷卻問：「這事怎麼和傅相干連？這『保全』二字從何說起？」

「你們看看這本書。」紀昀莫測高深，把一本《容齋隨筆》遞給了金鉷，「主子看了這一段，書一放沉著臉就出去了，出去就遇見朶雲，又是這樣料理，你們看有干連沒有？」三個人湊近了那本書，卻翻在《容齋四筆》十六卷，上有紀昀指甲掐的爪痕，卻是甚短的一段：

取蜀將帥不利

自巴蜀通中國之後，凡割據擅命者不過一傳再傳。而從東方舉兵臨之者，雖多以得儁，將帥輒不利，至於死貶。漢伐公孫述，大將岑彭、來歙，遭刺客之禍，吳漢幾不免；魏伐劉禪，大將鄧艾、鍾會皆至族誅；唐莊宗伐王衍，招討使魏王繼岌、大將郭崇韜、康延孝皆死。國朝伐孟昶，大將王全斌、崔彥進皆不賞而受黜，十年乃復故官。

通篇沒有說道理，全是鐵案如山的史實，自漢以來割據四川的最多兩代就完蛋，而攻略四川立功將帥一個個都命犯華蓋倒楣晦氣——四川就是這麼個寶貝地方！聯想清兵入關時盤據四川的張獻忠，攻陷四川的吳三桂、鰲拜，平息三藩之亂率兵入川的趙良棟，近在眼前的兩相一將，除了趙良棟貶職奪爵勉強活命，鰲拜終身囚禁之外，連個囫圇屍首的都沒有……至此衆人才明白紀昀所謂「保全六爺」是這麼一份意思。這不單是氣數運命，也有個「帝德君澤」在裡頭，衆人連想都不敢往深裡想，一個個悚然若失。

紀昀在這沉寂中卻一下子警醒過來，心裡一顫：我今天這是犯了什麼痰氣？這麼多的話，還顯擺自己的見識，沒有一條不犯宰相大忌的，想起曹操楊修故事，頓時背若芒刺，竟自十二分驚慌起來。打了幾次火才點著了煙，猛吸幾口才勉強定住了神，便思用言語轉圜，又恐言語不愼愈描愈黑，嘿嘿嘻笑道：「洪邁這人說事不講理，算不得眞正大儒。他這說法只是偶合，離經畔道之言不足爲訓，我拿來胡比亂量賣弄學術，眞是昏憒無知！」說笑幾句引開衆人思路便轉話題：「延清公，鮮于功張誠友的案子，人已經殺了。鮮于死前給家人寫的遺書，不知誰抄寄了出去，裡頭說到傅恆秉心不公，任用私人排除異己，用兵將士賞罰有厚有薄，六部尙書和各親王府人手一件。和親王的從北京轉寄了來，是原抄件驛傳。但五爺現在受斥逐，不能見皇上。各部奏說這件事的沒有呈送原件，都是引文申奏。還有金輝一份陳情折子，說的案子前尾，這些都干連到卓索莎瑪父女。皇上讓我料理，是怕你精神身子撐不來。但你該當知道的，我都整理出來了，你有空看看——」他指了指案上一摞文書，「都在那裡邊，還有高恆的案子。傅六爺轉過來那四十八名文官認罪服辯，也要請你斟酌。都是四品以下的官，用不著請旨了，六十名武官，傅六爺是每人八十軍棍，記大過留軍聽用。文官不能施刑，可以參酌這例罰俸，這要由你定奪，請旨發文就辦了。」

「蘇格瑪沁有一封信在我那裡，倒是說傅恆好話的，你轉來布達的信我也看了。」劉統勛笑道：「一個城裡、一天晚上、一件事，又是公明正道處置，就弄得是非不明，公說公理婆說婆理。有些事竟像是閉著眼在那裡胡說八道！布達的信裡說得活靈活現，傅恆怎麼看中了莎瑪，從哪個門帶進行轅，在哪座房裡調戲玩弄，又從哪個門悄悄送出來『金屋藏嬌』，像是他親眼目睹了，末了輕輕一句『皆是耳聞，聊述以資參酌』！小人造作流言，其來無蹤，其去無影，其進也漸，其入也深，思之令人心寒膽戰——繳上御覽吧？他又是私人信函，你說可畏不可畏！」金鉷道：「蒙恬岳飛袁崇煥都吃的這個虧。施琅攻陷台灣，一句不敢提自己功勞，奏折裡撿著好話誇李光地，把『功人』讓給李光地，情願當個『功狗』，那還不是怕這種流言？」「就是這個話！傅恆不出去帶兵，留在主子身邊，誰敢說他半個不字？」范時捷卻是直言快語毫不遮飾，「你老延清不也是一樣？兒子立了偌大功勞，不敢升他的官！換了劉鏞是我兒子，你保舉不保舉？」

劉統勛和衆人扯談一陣，心緒好了許多，慢慢打火抽煙，說道：「知子莫如其父，你哪裡知道他！讀幾本書就好爲人師沾沾自喜，眼空無物還要裝深沉！若論資質才分機智去得，性傲賣弄，不受挫磨斷然不能成大器！我倒並不全爲瓜李之嫌，此子歷練歷練，我死之後或者能多給主子出息一點……」說著，濃煙入喉，嗆得吭吭地咳，紀昀道：「葉天士讓你戒煙，你何必一定要學我？」金鉷笑道：「他自己戒不掉鴉片，還要勸別人戒煙？」紀昀道：「我也這麼說來著，葉天士說他抽鴉片是爲尋出能戒鴉片的藥，蔓陀羅花什麼藥的說了一大堆，我也記不清藥理。這人眞是天生的醫首材料，連砒霜他都敢試！他說要你戒煙，通心脈活六經，那是斷然不錯的！」劉統勛道：「生死有命，我抽煙辦事心裡寧靜，我不戒了！」「就是！」范時捷也打火抽煙，笑道：「學了紀公，寧可戒酒決不戒煙！南京牛頭山北村裡有個老漢活到一百零五歲，還能上山砍柴。我去訪他，想給主子問個長壽之道，他說：『沒他媽什麼訣竅，就是吸煙，我打五歲就吸，吸了一百年，到現在眼不花耳不聾心裡不糊塗說話利落！』我問：『總有個道理在裡頭吧？』他指指房檐，說：『你看那是熏肉，半年了它就不壞！要是新鮮肉，你敢情試試看！』」

大家頓時哄堂大笑，一時卜義進來，後頭兩個蘇拉太監抬著食盒子，衆人便知乾隆賜膳，膳後肯定還要叫進，都斂了笑容，從容起身聽旨。

☆

再說福康安、劉鏞和黃富揚一夥三人，行行復行行已出了江南省進入山東境界。依著福康安，還是要扮討吃的，劉鏞倒也無甚說的，黃富揚卻道：「不是小的說爺，叫花子最難扮的，您換了衣服換不了臉，換了臉換不了心。花子幫裡也有三六九等，各色身分不同，暗語切口學三年才能入門！人前一臉可憐相，背後滿腹玩世心，『討飯三年，皇帝不換』，不是一時半刻說得清白的——就您和劉爺走路架兒，天生帶來的貴人氣，尋常人一眼就瞧透了！打聽事兒最好的地方兒是茶館子戲園子店堂子，叫花子都進不去這些地府兒。不如扮了茶馬商，您是東家少爺，劉爺是帳房先兒，我是個跟班兒家僕。不上不下的身分，什麼人都能打交道，爺們才能『觀風』不是?」聽這番話說有理，福康安也就依了。黃富揚這上頭熟門熟路，揚州城茶坊裡買了五六簍的茶磚——最便宜的，內地人喝不慣，口外人離不了的——只花了七兩多銀子。這要覓騾伕馱的，又怕騾伕跟久了不便，他卻有辦法，竟到牲口市上買了三頭走騾，從黃家三代弟子裡挑了個綽號『人精子』的扮了騾伕。劉鏞醬色湖綢袍黑緞馬褂，福康安青緞瓜皮帽、寶藍寧綢袍石青背心一套行頭出落，像煞了茶商老闆退休，派少公子出門歷練生意的派頭。

但這一路實是太平靜了，江南省境內春回地暖，走一處作坊織機軋軋，換一處阡陌桑田踵接，一片新綠間秧稻初揷，碧野極目無荒灘廢地。村戶中巷閭和平，老叟拄杖兒童嬉戲，眞個春花與青田相映，牧歌共鶯囀同鳴——和大臣們獻的請安折子賀表賦中說的「昇平舞鶴之世，黃童白叟熙然而樂」有點差幾相近了。沿揚州北上，過高郵湖，渡洪澤湖，也都是藕箭初展漁歌互答，岸芷汀蘭銀鱗游泳，處處安靜寧謐，地地政通人和，福康安見水上時有艦隻巡弋，原來想到設在洪澤湖畔清江的河道總督衙門看看，順便再查看一下水師提督衙門武備武庫情形，一路看來河道堅固，治安和恬，也就懶得再去「找事」。就這麼「觀」一路風景回京，他卻又於心不甘。劉鏞奉父親嚴命：「不得多事，聽福康安調度」，黃富揚也奉有師命：「把這位『爺』平安送回去，少惹是非，不混江湖群兒」，自也不肯多口。但人精子卻不理會得他們心思。見福康安懶洋洋的，抱怨：「就這麼回去，算是送我回京見額娘請安，有屁的事可做！也眞奇怪，我來的時候打河南走，進安徽下江南，還有幾處盜案、賑災不公的事，怎麼這邊就這樣安靜！」人精子笑道：「爺，這麼著走，就一世也沒事。萬歲爺在江南就要啓駕回程，咱們不走運河就是官道，其實這時候就是小賊也不做案子的，就是當官撈銀子也不在這一時——這是驛道，又是御道，這裡有一絲縫兒都抹得平平光光的，就是爺的話，有『屁』的事！要想看眞節骨，前頭就是沂蒙山，離了御道爺再看！」

「就是的！」福康安一拍腦門子笑道，「劉崇如也不提個醒兒！」忽地想起是劉鏞「爲主」，換了臉懇切地說道：「咱們這麼轉悠，其實差事也就是辦砸了。我也不是非要找出點事才歡喜，找窮地方走山溝路，眞的好，回去也好讓皇上高興。你說呢？」

「那咱們走棗莊，進抱犢崮！」劉鏞也是覺得無味，「劉七的案子就沒破！這都是粉飾出來的太平……我估著姓劉的是鑽山潛伏了。只要能弄淸他的去向，我們也不算白走一遭！」

因此，從駱馬湖北渡過黃河，他們便不再向微山湖方向走，偏了官道離開韓莊取道峰城，準備在棗莊歇一夜再作打算。從驛道下路十里，道路就變了。起初還是乾的，砂礓石鋪底兒，不知車軋馬踏了幾百年，整個路都掩在「溝」裡，騎在騾子上勉強肩與「溝」沿平齊，凸凹不平曲折逶迤的路，有點像劃在平地上縱橫交錯互相通連乾涸了的河床，路上的浮土一腳下去便漫到腳脖子上，走到下半晌斜日西沉，出了「溝」，前面倒是一片開闊。但這裡似乎遭過決潰黃河沖漫，一片一片的潦水泥灘斷斷續續連連綿綿，無論東眺抑或西望，看不到盡頭的是蒹葭蘆葦、去歲的荒茅、初春的白草連天接陌，景色一下子變得淒迷荒寒，連稀稀落落散布在蒼黃低暗的天穹下的村莊，遠遠瞭去都像死墳一樣陰沉寂寥，寒風漫地掠過，遠近田野上細弱的早玉米穀黍高粱，不勝其力地簌簌發抖。麥田也長得不好，有的地方密如堤草，有的地方稀稀落落，有的地方乾脆是疤痢頭，東一塊西一塊空著黃土，十分難看。福康安站在路口處，神情間說不清是悲是喜，繃著嘴唇咬著牙一聲不言語，劉鏞也不吭聲，呼呼的冷風掠過，將他們辮梢袍角都撩起老高。走得一身熱汗略為潮濕的中衣立時變得透心價涼。

「兩位爺，這條黃灘路過去五里，還有十里乾路就到棗莊。」人精子還是個十四五歲的半椿娃娃，凍得吸溜著鼻涕，一邊脫鞋，嘻笑著說道，「今兒咱們打尖兒早，我給爺們和師叔弄幾大盆熱水，好好兒洗個澡……再過抱犢崮山道兒雖險，都是石板路就好走了……」劉鏞沒理會他，看著荒田原野上的莊稼問黃富揚：「這地一畝能有多少出息？」福康安只說了句：「不要脫鞋，水很冷的——你和我坐一頭騾子過去。」也看黃富揚。

黃富揚笑道：「這都是河淤地，最肥的。不過種莊稼還要好種子，犁耙牛具鍬鋤鐮一套兒的，還要上糞，底肥速肥少一樣兒不成。這一看就知道是官田，撒播的，不用耕，能收一把算一把，像那麥子，好的一畝能收一百二三十斤，不好的就燒柴了……這時候兒青黃不接，爺們聽聽，村裡的狗都餓得懶得叫一聲，男人們出去逃荒，村裡都是老頭子老婆子女人娃子，再走走爺們就看清爽了……」劉鏞不禁苦笑，「官田有旨不許賣。不賣荒著，賣了官員撈銀子朝廷吃虧——山東一百二十萬賑春銀子哪去了？災民不能去江南湖廣，直隸河南也是窮地方，這麼鬧，是窮上加窮啊……」人精子笑道：「爺這話再對不過！其實賣了官地又怎麼著？大戶人家買了，佃戶沒有種地傢伙又繳不起租，地還是荒著！棗莊出煤，這裡還算好的，進山你就知道什麼叫窮了！一家子合穿一條褲子的人家也有的是呢……」他畢竟不敢和福康安同乘騾子，搧了搧褲腿就下了泥路，邊走邊道：「這路不難走，下頭都是沙子地，一點也不墊腳……」

「媽的個熊！」福康安放一句粗出來，一邊上茶馱子坐了，惡狠狠道：「壞就壞在這群王八蛋官手裡了，朝廷發那麼多銀子都餵了狗了！」猛地照騾子屁股一鞭，騾子驚得一衝進了泥道兒。劉楊二人忙也都跟上。

行約不足半個時辰，道旁樹木愈來愈多，楊柳榆槐楸楝柏桕之外，沿道入莊二里近郊盡是棗樹，卻都不高大，一色平房檐高低。楊柳春機發生早，已是新綠潤染鵝黃嫩尖，其餘的喬木也蕊吐弱芽，但棗林還是灰蒙蒙的一片，地勢又低，在夕陽斜照下像一片紫靄靄烏沉沉的雲層托起一座烏眉灶眼的黑城。劉鏞是去過豐縣的，眼見那「莊子」東西連綿足有五里，南北深入尚不可知，手搭涼棚瞇著眼看，驚訝地說道：「這裡歸豐縣管？

我看比縣城還大些！」

「大三倍不止！」黃富揚見福康安也詫異，忙道：「豐縣縣城不足六千人，這裡兩萬多人居處呢！豐縣的老財縉紳殷實人家打乾隆六年就往這邊遷，有錢主兒都住棗莊……錢糧捐賦煤鹽稅都從棗莊出，縣太爺不能搬衙門，一年三百六十天，倒有三百天在棗莊管營所住，其實這裡有個二衙門，比大衙門還兜得轉呢！」

一頭說話，四人已經進莊。此時夕陽掛長林樹梢，炊煙漫高屋矮房，街巷胡同迷亂縱橫的莊裡，幾個人鑽來鑽去。但見各處店鋪比鄰軒屋樓閣竹檐茅舍混雜一處，肉肆行、富粉行、珠寶店、成衣行、玉石行、海味行、鮮魚行、茶行、繡行、湯店、棺材舖子、花果行、文房四寶房、鐵器竹木家具等等諸類，在扭七拐八的寬街窄道中毫無章法胡亂排列，滿街煤車川流不息間，人群也就擾攘不堪，一身珠光寶氣的闊佬，破衣如鶉的乞丐，嬉戲捉迷藏的童子，坐茶館聽書的老漢。一群一夥的煤礦工人黑不溜丟只剩一雙白眼珠子一口白牙，有的在小攤子邊吸溜著喝粥，大嚼煎餅葱卷大醬，有的氈帽短衣擠在黑陬陬的小店裡吆五喝六，賭博的吃酒的胡喊亂唱的，和妓女打情罵俏的，夾著巷中小販們一聲高一聲低極富彈性唱歌似的叫賣聲：

「德州老滷湯扒雞！德州老滷湯扒雞！」

「水煎包子！餛飩囉——」

「揚州施家豬頭肉脆香不膩！」

「哎嗨——油條豆漿，好吃實惠……」

冰糖葫蘆！冰糖葫蘆！解積消食，便宜口福！」

……如此種種烏煙瘴氣。劉鏞和福康安看得眼花撩亂，聽得頭暈腦脹，跟著人精子和黃富揚帶著茶馱子擠來轉去，像進了八卦迷魂陣，昏蒼蒼中已沒了太陽，早已不辨東西南北。在小巷中鑽了半日，忽然眼前開朗，街面一下子變得開闊。四至極正的十字大街從中直直延伸出去，足有三丈餘寬，都是青石條鋪路面。天色剛入麻蒼，各色燈燭雙行然起，羊角燈、西瓜燈、氣死風燈、瓜皮燈、走馬燈，甚至還有檀木座宮燈在各鋪門前星星點點連綴不斷，燈影如珠間人影綽約往返，和小巷中熱鬧彷彿，只是沒有煤車煤擔獨輪小車之屬，轎車馱轎涼暖軟轎或怒馬如龍或僕從如雲吆喝喝滿街衝走。一望可知，這是闊人們貿易往來的去處。福康安正自暗地嗟嘆，幾個巡街衙役迎面過來，叫騾馱子站住，一個打頭的長著兩綹老鼠鬍子，審賊似地用目光上下覷著滿身塵土的福康安和劉鏞，脖子喉結一動一動問道：「煤馱子不准進街！沒有看見街口掛的牌子？」

「上下爺們！」黃富揚見劉鏞福康安發怔，忙迎上去，嘻嘻笑道，「咱們是北京福茂老行的，做茶馬生意，剛從揚州趕來。馱子上全是茶……路過貴方寶地，住一宿就走……嘻嘻……這是揚州府的茶引……請爺們驗過……」

老鼠鬍子就著街邊燈光驗看了茶引證件，把執照扔還給黃富揚，用手摑了摑茶簍子，又拍著側耳聽聽，說道：「什麼茶這麼沉的，夾帶的有銅吧？——拆開驗驗！」幾個衙役聽這一聲就解繩子，人精子不慌不忙，從腰裡掏出一串制錢遞給那衙役頭兒，皮臉兒笑道：「都是茶磚，口外換馬用的，瞞不過您老的法眼！您瞧這地下潮乎乎的，還有泥。

茶磚不敢受潮，沾了泥賣不出價兒……這點意思孝敬您和諸位吃杯茶，要是不放心，跟我們前頭往下店，您再細查，就搬兩塊去煮茶喝，我們老闆也不心疼的……」

「你曉事。」老鼠鬍子把那串錢極熟練地丟空翻了個個兒掂掂，嘴一努對衙役們笑道：「是茶磚。——咱們前頭去！」說罷去了。

福康安劉鏞對視一個苦笑，跟著黃富揚人精子往前一路覓店，連問幾家朱樓歇山頂面的大客棧，都說「客滿」，將到北大街盡頭才尋到一家中等鋪面叫「慶榮」的。這店也是樓房，樓上客房，樓下酒店，人出人進燭影煌煌的，七八個八仙桌都用屏風隔起，賣唱兒的、搳拳拇戰的，鬧烘烘亂嘈嘈，一片嗡嗡嚶嚶之聲。劉鏞福康安待人精子安置了騾子茶馱，四人灰頭土臉跟著小二到樓上住屋，租了三間，都是木板夾壁房，劉福二人各住一間，中間一閣黃富揚師徒夥住，一聲招呼就能聽見。小二忙上忙下替他們打水洗面洗腳，福康安洗了幾盆子黑水黃湯才算恢復了本來面目，一邊洗一邊和小二搭訕說閒話，梳了辮子收拾停當，這才下樓吃飯。四個人包了西北角一個屏風雅間等著上菜上飯，劉鏞聽著滿堂說笑叫鬧，笑對福康安道：「這是我們本家開的店呢！這小二說的有趣，說他們是沛縣人，兩千年前一家子，漢高祖是祖宗！」福康安也笑，問道：「方才小二問我洗澡不洗？我說洗。又問我要胰子不要，這眞問得奇，還問我洗頭不洗，這不更怪嘛？這裡洗澡和洗頭還要分開，洗澡用胰子還用得著問？」

「我的爺呀……」黃富揚和人精子不禁擠眼兒一笑，待要解說，跑堂的端著一大條盤熱氣騰騰的酒菜上來布席，便不再解說。人精子笑道：「待會爺自己就明白了……」

說著舉杯敬劉鏞，福康安也伸箸夾菜。聽隔壁雅間裡有人吃醉了，哄笑間有人捏著嗓門兒一口山東腔怪聲道：「好好！這一杯自罰！再說個笑話兒，不笑還罰！」又一個人笑道：「端錯了，沒干係，你只管喝就是！」

便聽醉漢乜著聲兒道：「就說個端錯了的故事兒──我們鄉，兄弟倆──呃！……夏天都在場院裡睡。哥嫂子在碾盤子底下旁邊，弟弟、弟媳睡在碾盤上，都在弄這個這個──那個。忽然下起雨來，弟弟說：『哥吔，下雨了，咱們端……呃！端回去吧……』哥哥說：『中唄！』兄弟兩個都挺著腰，那話兒也不抽出來就往屋裡端。黑燈瞎火走，不防弟弟兩口子絆倒，哥哥兩口子又絆到他們身上，四個人爬起來接著又端。誰知道迷迷瞪瞪，弟弟端了嫂子，哥子端了兄弟媳婦兒睡了一夜……」他打著酒嗝兒吱地又端一杯。旁邊有人問：「後來呢？」「後來沒他娘什麼意思。」那醉漢道：「第二天早起，兩女的醒了出來回房，迎頭碰見。弟媳不好意思的，說：『嫂子，他們端──端錯了……』嫂子說，『沒聽劉大頭在席上說：「端錯了沒干係，你只管喝。」』……」

隔壁雅間立時一片哄堂大笑。劉鏞和福康安矜持著一個莞爾，黃富揚司空聽慣卻不在意，小鬼頭人精子噗哧一口把酒笑噴出來。隔壁也是嘻嘻哈哈格格嘿嘿亂笑一氣，劉大頭吭吭地咳著道：「這和我們葛太尊家差不多，不管是誰的，亂端一氣……」福康安和劉鏞有心的人，側耳細聽，這時南邊又有人喝醉了，拿腔捏調兒扯嗓門唱道情：

一更裡，胡秀才，你把老娘門摘開。

摘開摘開就摘開，老娘不是那貨材……

二更裡，胡秀才，你上到老娘身上來，

上來上來就上來，老娘不是那貨材……

三更裡，胡秀才，你把老娘懷解開。

解開解開就解開，老娘不是那貨材……

四更裡，胡秀才，你把老娘腿掰開。

掰開掰開就掰開，老娘不是那貨材……

五更裡，胡秀才，你把傢伙拱進來。

進來進來就進來，老娘不是那貨材……

唱中滿屋不分各廂，哄然喝釆嘩笑。劉鏞和福康安都覺汚穢不堪入耳，甚不習慣這種場合，胡亂扒了幾口都說「飽了」。剛要起身時，屏門間布簾一挑，進來兩個女子。年長的約可三十五六，年幼的十七八歲，怯生生進來，一前一後向福康安蹲膝行禮，說道：

「爺們萬福金安！」

21

聆清曲貧婦告樞相
問風俗驚悉叛民踪

福康安怔了一下，莫名其妙地打量這兩個女子，只見小姑娘形容瘦弱，穿一件蜜合色棗花綢裙，上身水紅滾梅邊兒緊身鈕褂，裙下微露纖足，纏得像剛出土的竹筍般又尖又小，瓜子兒臉上胭脂塗得略重，兩道細眉下一雙水杏眼倒是乎靈流轉有神，兩手搓弄著低頭不敢看人。那婦人穿著棗紅石榴裙，上身卻是葱綠大褂，也是小腳，體態比小女子略豐盈一點，面容和小姑娘依稀相似，一望可知是娘母女兩人，眼圈周邊已有了細細的魚鱗紋，眼神也還靈動，只是帶著點憔悴，臉上脂粉塗得厚了點，顰蹙間幾乎要掉渣兒，懷裡抱著柄琵琶微笑道：「我們……侍候爺們來了……」福康安未及問話，黃富揚在旁揮著手道：「去，去去！別地兒做生意去！」劉鏞見她們被斥得一臉羞愧尷尬，摸著腰間荷包兒取錢打發，卻是沒有制錢，剛說了聲：「小八子，取幾十個——」又聽外頭嘰嘰咯咯幾個女人說笑著近來。隔壁也是舉座譁然，似乎那個叫劉大頭的興高采烈地在喊：「賽貂嬋，賽香君、惜惜、盼盼兒都他娘的來了！——自然是夏五爺請客，咱們一人一個，這回可別『端錯了』！」

轟笑聲中，人精子剛取出半吊制錢，又兩個女的格格嘰嘰說笑著進來，都是二十四五歲年紀，也穿得甚是單薄，滿頭首飾珠晃翠搖叮呤噹啷響著，風擺楊柳價各道萬福，一個說叫「探春」，一個說叫「湘雲」，都是《紅樓夢》十二金釵人物名頭兒。這兩個粉頭卻甚是風騷放肆，也不管顧先來的兩個娘母女，道了乏，那「探春」便挨劉鏞身邊坐了，斟起酒，手帕子托杯自飲半盅，一手摟著木木呆呆的劉鏞脖項，胸前奶子顫顫地偎著劉鏞，口裡叫著：「爺這門斯文的，像個黌門秀才……陪奴奴吃一盅雙情杯兒……」也不管劉鏞閉目搖頭掙扎起身，就唇兒便灌。「湘雲」卻似絞股糖般扭在福康安身上，扳著脖子一手指著那母女，小聲在福康安耳邊悄悄道：「叫那兩個浪蹄子侍候您的下人……告你說吧，我還沒解過懷呢……我給你好好洗頭，保管爺心滿意足精神爽快……小爺眞眞可人意兒……」抱著暈頭暈腦的福康安就做了個嘴兒。

福康安貴介出身，行動不離保母僕從，扮了叫花子也有明暗保護，哪裡經見過這樣場合？就是劉鏞，也算微服私訪串過江湖的人，也沒有親領身受過這般風情，都覺得癢刺刺的肉麻難耐。劉鏞好容易掙脫了，手忙腳亂掏手帕子揩口角脖子上的酒水汁子，看福康安時，也已掙脫了「史湘雲」，卻是用腰帶蘸酒，一個勁地擦抹腮邊的胭脂紅印兒，劉鏞見探春還要來纏，退著步兒驚慌地道：「你們走罷，你們走罷……我們沒叫你們！」福康安道：「黃富揚，人精子，給錢——快打發她們走！」

「是您叫了我們來的呀……」兩個妓女笑得前仰後合，指著狼狽不堪的福康安嘻嘻哈哈，探春邊笑邊說：「您不是告訴劉二，要『胰子』洗澡，還要『洗頭』的麼？」

福康安這才明白過來，頓時臊得紅了臉，一句話也遞不回口來，人精子取了四枚小銀角子，還沒伸出手，「探春」笑著劈手都奪了過來。「湘雲」道：「她四個，我也得四個——我們不是野路子，是有行院規矩的，花酒不吃，不洗澡不洗頭，白叫我們麼？沒有三兩銀子，老娘掉份子了，老娘不是那貨材！」

這話和方才醉漢的歌詞兒對卯一字不差，頓時大店堂裡各個雅間又是一個哄堂大采，汚言髒語不絕於耳，這個說：「不是野雞是家雞，家雞出來啄野食兒了！」那個說：「老娘不是那貨材，見了銀子腿掰開！」「腿裡夾個柿餅，賣不出去哩！」「這幾個婊子給人洗頭要三兩，好大價錢……」「那要看洗大頭洗小頭了……」夾著哈哈、嘻嘻、嘿嘿……一片淫笑，劉鏞福康安都尷尬難堪之極，先進來的母女兩個都羞得畏縮在一邊，只有「探春」「湘雲」兩個泯不畏懼皮笑著還伸手要錢道：「笑貧不笑娼！你們這些浪男人狗屁不通，到對門布店買頂孝帽子，少一文看給你們不給？」

「熊試虎膽！」黃富揚放下了臉，左臂按在額頭上，右手虎口擋在胸前，吊出黑話切口，盯著兩個妓女微微笑道，「板橋三百六十釘，不是金銀銅鐵釘，天河渡口摘來星，一把撒出集寧城！」

「探春」和「湘雲」頓時臉色一變，「探春」一手撫胸一手後甩，說道：「不敢放肆，玉堂老槐出洪桐，大安國裡億萬蟲——敢問堂上帶幾蟲？」

旁邊人精子平手托項，嘿嘿一笑說道：「我家槐林共三頃，一柱通天奉管仲！手握三千雞毛令，蜈蚣蠍子防傷命！」他收了式，哼了一聲，恢復了常態，活似官場裡上司教訓下屬的口氣說道：「溜鳥兒貼紅禧，要擇黃道吉日，得看山高水低，須懂陰晴圓缺。

夏姨姨的規矩，入門媽媽沒教給你們麼？照鏡子看嘴臉，一乎面兒四三錢，還不知足？——去罷！」

那兩個娼婦低眉順眼聽他們教訓，一聲不敢折辯，「探春」訕訕一躬，說道：「奴婢們是粉堂捧盒子的，沒得上過鳳凰山，多謝總堂侍香開導，回頭總媽媽過來賠罪……」兩人向福康安揷燭兒一拜，躡著腳步兒去了。就這麼幾句切口對話，飯館裡各雅間裡的妓女竟都屏聲閉息不敢放肆大說大笑，微微杯酌聲中只聞有妓女悄聲給客人解說著什麼。福康安見那母女也卻身要退，說了聲：「你們跟我上樓，彈幾支曲兒再去。」說罷起身出房上樓，邊走邊道：「崇如，你不要小翦子他們跟著，還是有道理的，逢上這種事，他們只有惹麻煩的……」劉鏞跟在後邊拾級上樓，笑道：「爺說的是，我是想鸝兒也得有人照應……」

他這時提「鸝兒」自有言外之意，福康安不禁一笑，說道：「我沒有你大，還不懂什麼叫風月之情！都到我屋裡，我得了一首好詞兒，極新鮮的，教她們唱出來聽聽……」黃富揚笑道：「待會兒棗莊的王八頭兒一定要來拜山子的。人精子跟爺，我回屋等著他們。」福康安聽了無話，逕進屋裡，讓劉鏞坐了椅上，那中年婦人坐了牆角叮咚砰訇調弦，人精子只站門口侍候。福康安從袖中窸窣掏出一張紙遞給小姑娘，道：「你把這詞兒背過來，就這詞兒配曲子唱給我們聽。」劉鏞湊過來看時，一眼瞧見滿紙密密麻麻極正楷的鍾王體小字，全都是御筆，吃了一驚退後一步，說道：「這是——隆格爺的詞兒，少公子哪裡得來的？」「這是河間公的詞兒，隆格爺瞧著有趣，抄了賞我的——怎麼，你不認字麼?」

「婢子不識字……」那姑娘忸怩地說道,「請爺唸一遍,我就能記得的……」

「這是仿元曲製的詞兒,」福康安說,「裡頭暗藏著子、丑、寅、卯、辰、巳、午、未、申、酉、戌、亥,又絲毫不著痕跡,寓意於情委婉曲折,雖說不登大雅之堂,小巧風致也足令人銷魂——你聽著了!」遂上前站在女孩子身邊,手指著字行唸道:

好良宵,正與女娘偕,佳人抽身去得快。扭著她,卻把那手推開。演出那百般態,珠淚兒點滴落窗台。柳腰兒斜倚欄杆外,又將那木槿花兒抓下來。振精神、步香階,即時不見那秀才。已還書齋,許訂佳期,毀前言,又把相思害。朱帘半捲莫卿奈,金釵懶向頭上戴。神前伐示,永和諧,酒醉心狂,莫點水來解,荷戈人小脚兒欣然肯招,刻骨銘心,又何嘗把刀兒帶……

他讀著,忽然覺得那姑娘身上一股處子幽香襲來,忙定了神,退後一步挨床邊椅上坐了,又打量一眼她,木然說道:「唱吧!唱得好有賞!」

刹那間琵琶聲劃空而起,大弦切切小弦嘈嘈,或如鶯囀春流,或似水滴寒泉,一時如雨灑荷塘,一轉間又若溪水婉轉擊岸漱石,清清冷冷容容與與迴腸蕩氣,一曲《呂仙一半兒》又一曲《紅繡鞋》接著一曲《耍孩兒》,那姑娘依著詞氣隨節就拍,或顰眉含嗔,或嬌羞支頤,膀手擺腰,窈窕娉婷作態而歌,竟唱得一字不錯,劉鏞不禁鼓掌笑道:「好!聲情並茂!」福康安卻道:「聲茂情不茂,也難怪——這已經難爲你了,畢竟是沒練過的生曲兒詞嘛……撿著你們熟的再唱一段兒……」那姑娘向母親一頷首，音樂又起，那姑娘詠嘆一聲：「我想一百二十行，門門都是求衣吃飯，偏俺這一門卻是誰人製下的？好低微了啊……」微氣遊絲悠長緩緩唱道：

則俺這不義之門，哪裡有買賣營運？無資本，全憑著五個字造辦金銀：惡、劣、乖、毒、狠……

無錢的可要親近，只除是驢生角，甕生根！佛留下四百八十衣飯門，俺佔著七十二位凶神！才定脚謝館迎接新子弟，轉回頭灞陵誰識舊將軍……投奔我的都是，矜爺、害娘、凍妻、餓子、折屋、賣田、提瓦罐殺槌匠……惡劣為本！板障為門……

這一板唱得抑揚頓挫、句句擲地有聲、字字咬金斷玉，毫無含糊矯飾，連人精子這樣的江湖痞子都聽得心裡發顫。

「這是《金線池》裡杜蕊娘的段子，這樣的唱法……」福康安頓首皺眉，「我還眞是頭一回聽的。」「音為心聲。」劉鏞連連點頭嘆息，「沒有切膚之痛，再唱不到這份上……聽口音，你不是本地人嘛！」

「我們是直隸人，」那婦人收起琵琶，見人精子遞過茶來，欠身接了稱謝，捧著杯子道：「才到棗莊三個月……不在樂籍，人地兩生，餬口很不容易的……」說罷低頭，小心翼翼呷了一口茶。福康安道：「聽你口音，是唐山人了？你很可以到北京，就賣藝不賣身，八大胡同混口飯也還是容易的。」「俺們是河間獻縣人……」小姑娘苦笑了一下，「得罪的對頭太大，在北京做官，去不得北京的……」

劉鏞和福康安同時一怔，目光一對旋即移開。劉鏞嚼著一片茶葉思量著，福康安笑道：「紀大軍機就是獻縣人，現今紅遍朝野！有什麼不了的事，告到他那裡，怕哪個來作對頭？」

「爺們這話難答，」那姑娘一哂，冷冷說道：「我們就是得罪了紀大人家，才落到這份兒上的。這種事，哪裡告狀呢？」她母親卻在旁攔住了，「小菊，別和客人說這些，兩位爺方才已經賞過了，要沒別的事，奴婢們就回去了……」說罷攜起琵琶起身行禮。福康安笑道：「別忙著嘛！紀昀在北京在南京，反正不在棗莊，你就怕到這份兒上？誰人背後不說人，誰人人前無人說？心裡苦惱，訴說一下也暢快些不是？方才賞你是打發你走，唱曲子錢另賞，你不想說，領了賞再去也成——人精子，過你屋再取五兩銀子來！」劉鏞也笑，說道：「忒過逾的小心了——紀昀大人當朝一品，官聲還是不壞的，怎麼和你家有瓜葛？——坐，坐坐！聽了你們半天曲兒，還不知道你們姓甚名誰，說會子話，紀昀就嚇得你們這樣？」

那婦人嘆了口氣，坐了不言語，半晌，垂下淚來，說道：「唉……小婦人姓李，娘家姓紀，也是獻縣景城人，論起輩數，紀大人該叫我一聲十七姑的——只是親戚遠了，一富一窮一貴一賤，俗語說『三年不上門，是親也不親』，也就說不得了。」

「是，這話是至情實話。」劉鏞順著她的口氣道：「我有個族叔，小時候待我眞親，家裡煮一把茴香豆也忘不了給我留著，後來做了官，再見面，略一坐他就不耐煩，說：『我這裡應酬多，來的都是要緊人，別有事沒事盡往我這裡走動。』……好沒意思麼！」

李氏看了一眼劉鏞，這幾句話說得誠摯，自然拉近了和她的距離，嘆息一聲說道：「這是我的妮子叫小菊兒——說透了，也不是我們家和紀家鬧生分，是我們李家族裡和紀家打官司，鬧得家破人亡，一個族，都散了……

「本來是件小事。紀家在獻縣是首富，有三百多頃地。我們李家也有一百多頃。地連溝連路連，你佔我一耬，我犁你一鏵，旱天澆水，雨天排澇，爭溝奪鬧也就難免，兩家都是有牌頭有面子的大戶，少不得有偏向自家佃戶的事，素來不和氣。

「去年秋收，我們侯陵屯村一家佃戶姓姚的叫姚狗兒，上地割穀子。新產的騾駒子也跟著上地，忘了帶籠嘴，那畜生它懂什麼事？見挨邊紀家包穀長得青旺旺的，就闖進去啃青兒，咬斷了十幾棵玉米，踏倒了二十幾棵。紀家佃戶牛祥當時捉了那駒子，就送到了東家大院，叫紀二官人給他作主。」

福康安和劉鏞便知事由此起，都是心中暗自嗟訝。福康安道：「這事起因是姚狗兒的錯。去賠個情說句話，把騾駒子領回來不就完了！」

「爺聖明！」李氏啜泣著拭淚道，「紀家大院比縣衙門還威風排場。姚狗兒小戶佃農，他不敢去，就回李家莊院跟東家李戴說，挽央去人說情。李戴一聽，說是小事，就派了個小管家去紀家。二官人紀旭一見就惱了，聽他道了歉，紅頭漲臉說：『你們李家牲口不懂事，人也不懂事？回去告訴李戴，鼓樂吹打，帶上花紅彩禮來謝罪，我就放牲口，不然你休想！』

「李戴一聽就知紀家要尋事，又萬難照二官人說的辦，面子上也實在難堪。他做過刑名師爺的人，心眼兒不少，又懂律條，思量來去，挽央了紀中堂蒙學老師孺愛老先生的侄兒及文雍過去說合。及文雍是個好人，也眞出力。往來穿梭價跑了一個多月，那紀二官人牙關咬得緊，萬兩黃金不要，就要這個面子，文雍調和不成，也就撒手不管了。這邊李戴佔住了理，就寫狀子告進了縣衙……」

至此，案由已經明白，紀旭是無禮欺人在前，李戴也不是個好惹的角色，福康安和劉鏞幾乎同時閃出一個念頭，「不知紀曉嵐知道家裡這事不？」福康安想問，劉鏞搶先問道：「縣裡怎麼判的？」

「有些事我也是聽說的。」李氏雪涕說道，「只知道九月重陽過後，紀相爺到省裡查圖書，回了獻縣。河間府葛太尊、縣裡馬潤玉太爺都陪著回莊子上走了一遭……紀家大院披紅掛彩，煙花爆竹，三天三夜滿漢全席，熱鬧得開水鍋價折騰……相爺回北京第二日，馬太爺在縣衙設筵，把二官人和李戴及文雍都請了去，當面和息。」福康安和劉鏞都不禁點頭，心中暗想：紀昀這般料理也還清明。「事情到此爲止也還算好。」李氏哀聲嘆道，「誰知道李戴得理不讓人，席上當面翻臉，說也要鼓樂吹打、花紅彩禮把騾駒子送回來！再不然，要紀中堂一封親筆道歉信也成！——爺們啊，這就成了僵局……

「馬太爺沒法，只好升堂問案，李戴自己就是靠打官司起家的，人家說他『唇如利劍、舌似鋼刀』，頂得姓馬的一愣一愣。連過幾堂，李戴也激惱了，罵太爺是『混帳狗賠紀家玉米三升。

官』，叫抓住了把柄，說他目無官長，咆哮公堂，當堂打四十板，在衙門口枷號三天，

「李戴在獻縣是胳膊上走得馬，體面排場響噹噹的人物，這一跟頭栽到底，丟盡了人，回來就賣地打官司，一級一級告到保定總督衙門，幾個月裡賣得只剩了宅院，地賣完了，訴上去的狀子又批回了獻縣……

「馬太爺推託不掉，只得硬著頭皮重新開堂，李戴連過幾堂，堂堂都頂得他頭暈臉白，最後一次過堂，馬太爺也甚是溫和，在手心裡寫了些字，說：『李戴你……跪近些看……』

「李戴往前趴跪幾步看那字，上頭寫得清楚，四個字『官官相衛』！馬太爺說：『看清白了吧？你還是撤訴認栽，你這官司打不贏……』李戴當堂就氣暈了過去，夜裡兒子去探監，他聽說地賣出去轉手都是姓紀的買了，又寫狀子叫兒子告御狀，把三尺多長烏木煙袋桿一撧兩截，喊了聲：『陽間沒有天理王法，到陰曹地府我告你紀昀三狀！』用煙袋桿又順口直捅進去……他兒子在柵欄外也一頭撞暈死過去……」

這樣陰慘悲戚的場景，李氏說得如目親歷，一陣哨風掠窗而過，案頭的燭火不安地一晃，昏燈暗影中簾動帷搖，彷彿那個冤魂就在屋裡倏去倏來，連劉鏞這樣問老了案子的也心裡起瘆，福康安竟不自禁心裡顫抖起來。良久，劉鏞太息一聲，說道：「這是兩家強梁相遇，城門失火，池魚遭殃。你們是李家老佃戶，地賣給姓紀的，紀家寧肯地荒了也不讓你種，是的吧？」

「爺這話再明白不過，幾百家佃戶，但綽住個『李』字就奪佃……」李氏嗚咽著說道，「窮不與富鬥，富不與官爭。李戴原也是鄉裡一霸，他犯了這個忌，倒運的還是我們小戶人家……大臘月裡，紀二官人莊丁們出來收房子，幾十家子一個村都拆成白地。我男人公婆早死，兒子還小，紀家又不收留我，有什麼法兒？幸虧他三嬸子是自耕農，把兒子過繼了去，也算有了個著落……我們鄉裡過社會，小時候跟著舅舅拈場子配戲，會彈琵琶，就帶著女兒逃荒出來了……」福康安卻問：「你說李戴死前叫他兒子告御狀，他告了沒有？」小菊在旁一哂，說道：「你問李存忠？李戴死前跟他說：『你捨得下房裡那囤黑豆，就能告出御狀！』他回去扒開黑豆，裡頭藏的都是幷州足紋，有兩三萬兩，告狀都花出去，他捨不得這錢；告狀要去北京撞景陽鐘，順天府裡過釘板，官司贏了也要流配三千里，他捨不得這身子。他家長工口裡透出風，四里八鄉才知道不是不告，是捨不得告。他現在綽號就叫『李捨爹』……」

幾個人聽了都是一笑，屋裡陰森悲愴的氣氛頓時緩和了不少。福康安從人精子手裡取過銀子掂掂，想了想，皺著眉頭又掏腰間，有十幾枚金瓜子兒，是和馬二侉子下棋贏的──都掏了出來，想遞給小菊，又轉遞給李氏，滿臉老成說道：「你們是良善百姓，不在樂籍，不要做這生涯了，不但受欺負，也要替你兒女將來出身作個打算吧？這點錢當然不夠，明天──明天下午吧，你們再來一趟，我再幫你幾兩。就這裡租間房，恁是做個什麼小生意，也比這行當兒強些……」

「謝爺的恩典，……」李氏一聲慟號雙膝跪了下去，小菊伏地泥首叩頭，淚流滿面，一句話也說不出來，抖著手死命摳那樓板縫兒。

福康安也被自己的善行感動，眼圈紅紅的，擺著手道：「去吧，去吧，別再說什麼了……」待李氏母女退下去，才轉臉對剛進來的黃富揚問道：「見過這裡青樓的把頭了？沒找你什麼麻煩吧？」

「爺，他不敢！」黃富揚笑道：「青樓行雖然不在三教九流，也一樣是江湖飯碗。他們尊的是管仲夫子的粉堂，粉堂老大是我的把兄弟，敬還來不及敬呢！倒是從他那知道了劉七的蹤跡，這事得趕緊回爺。」

福康安和劉鏞幾乎同時身子向前探了一下，像兩隻突然發現了老鼠的貓，直盯盯瞧著黃富揚，劉鏞的嗓子壓沉了，帶著瘖啞問道：「劉七在棗莊？有沒有下落處？」黃富揚笑道：「是那個王八頭閒話裡套出來的，沒奉兩位爺指令，不敢深問……，他現在就在隔壁，想請我吃酒。我說我是有主子的人，得過來請示——」福康安不等他說完，身子向後一仰靠了椅背，一揮手道：「叫他過來！」

「是！」

「稍待。」劉鏞止住了黃富揚，轉臉問福康安：「要不要亮身分？」福康安道：「他是這裡的坐地虎，有家有業的，給他亮明了無礙。」

黃富揚答應著出去，頃刻便聽樓板響，帶著一個中年人進來，福康安看時，來人約可四十歲上下，青緞開氣袍上套黑考綢團花褂，脖子上還吊著副水晶墨鏡，方面闊口上留著修飾得極精緻兩綹八字髭鬚，一不留神，讓人瞧著是哪個三家村的不第秀才童蒙先生，只頭上一頂淡綠氈帽，那是他須得戴的……摘了帽子，咧口兒便笑，向二人打了個雙膝長跪禮，說道：「小人給二位爺道福金安！」

福劉二人都沒料到這麼個人竟是個尖嗓門兒，不禁相視一笑。福康安一笑即斂，問道：「你叫什麼名字？」

「回爺的話，小人叫揣繼先。」那人滿臉媚笑，怕聽不明白，在手心裡虛劃幾筆，覷了一眼劉鏞，說道：「揣，懷裡揣個物件的『揣』……」福康安聽也沒聽說過這個姓，便看劉鏞。劉鏞道：「這是前明靖難之役，有一等犯罪爲奴人家逃亡避難，改名換姓下來的後裔。『揣』字有『藏』的意思——別的不問你，聽說你知道劉七的去向。說說看！」揣繼先一怔，便看黃富揚，低眉順眼說道：「小人雖說操業不雅，也是知禮守法的人。回爺的話吶：小人從來沒見過劉七！」

黃富揚聽劉鏞拉開了官腔，便也擺了譜兒，昂身挺腰說道：「繼先，識相點子！上頭是福大人劉大人在問話，是微服私訪的欽差大臣，比你那戲裡的八府巡按還要大些。你混江湖的人不知道黃天霸？不才就是黃天霸的第十三太保！豈不聞『破家縣令，滅門令尹』？你想仔細了！」揣繼先用惶惑的目光看看這個盯盯那個，嚅動著嘴唇欲言又止。福康安見他畢竟不相信，「啪」地一聲連軍機處關防信證帶侍衛腰牌甩了過去，說道：「不費那些口舌，豬牛犬羊自作主張！」

揣繼先打開明黃包面的關防，又看了看那面狴犴銜頂，寶藍托底，四面鑲金寫著滿漢合璧文字「乾清門侍衛」的牌子，傻子做夢般晃徜了半步，雙膝一軟便匍伏在地，吶吶說道：「小小小……人也是聽聽聽……聽人閒說的，和黃爺吹……吹牛……這種事，小小小……小人怎麼敢敢……敢招惹？」劉鏞問道：「你不敢招惹劉七子是麼？」「是是是！」揣繼先雞啄米價叩頭，「那那那……那是個殺人不眨眼的主主主……主兒！」

「所以你敢招惹我，以為我殺人眨眼麼？」福康安冷冷說道，語氣中帶著不容置疑的輕蔑，「我喜歡滾湯潑老鼠，一死一窩兒！你不說實話，我把你棗莊大小王八一籠屜蒸熟了——問你個通同逆賊圖謀不軌的罪。九族之內雞犬不留！——富揚，你帶我的腰牌去傳他們縣令來！」黃富揚取過腰牌關防，問道：「你們縣令叫什麼名兒？住哪裡？」揣繼先這才信實了面前這兩個年輕人真的是「八府巡按」，驀地出了一身冷汗，期期艾艾說道：「縣太——令叫葛逢春，住住住……在徵稅所西院……」黃富揚一點頭去了。

「說吧！」劉鏞乾巴巴說道。

揣繼先又磕了頭，這才鎮靜了點，說道：「這事端底也不詳細，是群艷樓的鴇婆兒給我送護花月錢，閒話裡透出來的，說蔡營新住了個有錢主兒，買房子買莊院，家裡有一二百莊丁……」福康安插話問道：「什麼叫護花月錢？」「回爺的話，」揣繼先道：「行院裡都是女的，有時免不了當地地棍痞子進去胡鬧攪場子。還有打棗莊過往的官員大人們叫局子吃花酒睡堂子，怕招惹了本地巡捕局子，鬧出來官箴不好聽。這裡五十多家明暗樓，每月初八給我送月份銀子，武行打架文行斡旋，都由小的出面——」他沒說完，福康安厭惡地一擺手道：「你接著說劉七！」

「是！」揣繼先又磕頭，接著說道，「我說蔡營離這裡十幾里，怎麼護他？我管不到那地方兒！王鴇兒說：『人家給的銀子多，一份子一百六十兩呢，少不得請揣爺——不不，姓揣的多擔待一點了……』爺，尋常嫖客也就幾兩十幾兩銀子打足了。我心裡犯疑，問她，『他姓什麼？什麼來路？別是江洋大盜吧？』王鴇兒說：『說給爺聽，我也犯疑呢——這家財主姓呂，有錢！有錢又不買地，他也從來不到樓上來，說叫堂子，去了又不聽曲兒不叫局，每晚叫十幾個姑娘，他們上五六十號人，喝了酒輪著弄，弄了一撥又一撥，打發銀子就走。有時候不夠弄，連我也都叫去，眞的是那樣兒！銀子給的多，姑娘們這麼著接客也受不了呀！再說——』」劉鏞聽他愈說愈下道，愈說愈順口，斥喝一聲道：「撿著要緊的說！」揣繼先忙改口道：「我想這是什麼人家？先頭太湖水師在這駐紮一個棚，也是這調調兒，不給錢，各院每晚派人去陪軍官，怎麼他們就專叫群艷樓？就是葛太尊叫局，也不是這個作派呀！」他「啪」地搧自己一耳光，「小的又說走了，葛太尊沒這事——問了她半天，她才悄悄說，『爺的疑心一點不錯！我去那天晚上，幾個「莊丁」喝醉了爭女人，打起來對罵裡頭露出來，有人紅脖子脹臉說：「劉黑七有什麼了不起？改了姓名就完了？大家現在難中，一律兄弟平等！好就好，不好老子就翻牌，叫劉統勛一鍋全他媽燴了！」他沒說完，上來幾個人就地把他按倒，塞了一嘴麻胡桃①……』

「我想想這事其實跟我不相干，對她說：『只管多掙他的銀子，別的不打聽不多口，敢情皇上要回鑾，各處風緊，他來躲刀頭來了。』小的就知道這麼多……」

這麼多已經是足夠的了，只要王鴝兒的話靠了實，必是劉七在此無疑！福康安沉吟了一下，問道：「他那裡到底有多少人？」揣繼先挪動一下跪麻了的身子，說道：「王鴝兒說有一百多，個個都身強力壯，有的能一連弄四回——」見劉鏞臉又沉下來，忙住了口。福康安笑道：「這裡眞是廟小妖氣大，池淺王八多！——依你方才說的，過往官員本地長官，個個都是煙花隊裡過日月，要給你出『護花月錢』的了！」揣繼先不敢回話，只提起掌來左右開弓「啪」「啪」，又甩自己兩巴掌。

一時便聽樓梯響，夾著黃富揚的說話聲，「請這邊走，左手第二個門……」衆人便知葛逢春來了，一陣細碎的腳步聲，像是在外小跑的模樣，簾子一動，進來一個人。劉鏞看時，這人也甚是年輕，還不到二十歲，長得淸秀伶俐！穿著半舊駝色湖綢背心套了件石青坎肩，帽子也沒戴，一進門，極利落地給福康安打了個千兒，又給劉鏞打千，接著竟雙膝跪下向福康安磕了三個響頭，說道：「奴才葛逢春給少爺請安！並請老相爺老太太萬福萬全，壽比南山！」

他這一手官場規矩絕無，幾個人都不禁愕然相顧。福康安聽他連父母的「安」都請，忙起身虛抬一下手，說道：「這個禮不敢當！起來，請問閣閱——是漢軍鑲黃旗下的？」

「奴才是小葛子呀！」葛逢春又打千，起身賠笑向福康安道：「就是府後管倉庫家什器皿老葛頭的兒子！爺小時候兒常騎奴才身上『打馬進軍』的，有一回奴才扛您上樹，我爹瞧見了鞭子抽我，您還——」他沒說完福康安已經笑起來，「我想起來了，老葛頭的兒子嘛！你老子跟我阿瑪打過一枝花，上過黑查山，是有功奴才。放你出去當了個什麼所的長吏，如今混出人模樣了！」他笑顧劉鏞，「這鬧出一家人了——是我的家生子奴才……一家子七八百號人，我記不得你本名了——你坐下說話！」葛逢春嘻笑道：「這個不敢遵命！奴才有六年沒見少主子了，得站著侍候——這地方兒太雜亂了，像個雞窩。爺是鳳凰，怎麼能在這將就？奴才斗膽請爺過徵稅所，專設接待過往官員的花廳，茶房書房琴房都有，還有個小花園子……嘿嘿……請我的爺和劉大人賞光！」

福康安也覺這裡太嘈，木板房不隔音，不是說事的地方，遂站起身說道：「崇如，過了明路了，得在這裡耽延幾天。住這裡恐怕不成——咱們去吧！」劉鏞便也微笑著起身。那揣繼先已看呆了，此時醒悟過來，緊著說：「要不要叫幾個孩子過去侍候？我挑頂尖兒的書寓學生，沒開臉沒接客的……準教爺們開心！」福康安停步說道：「你兩個留下，交代這個王八頭兒，只要洩出去半個字，我炮烙了他——還有李氏，把騾子茶葉都賣了，明天來了賞她——這事人精子辦，你完事就回去——婊子們不要來，姓揣的隨叫隨到——明白麼？」

「明白！」黃富揚和人精子一齊躬身答道。這裡三人出店，見街上店門口已經停著兩輛轎車等候，福康安滿意地點點頭，卻讓劉鏞乘前面的車，自上了第二輛，葛逢春自然跟了上去……

徵稅所離著劉家「慶榮」並不遠，只曲裡拐彎的路徑甚雜，待進了所裡，又是胡亂扭曲一陣，才到花廳，因天暗燈昏，這花廳外邊什麼模樣都模糊不清。進來才知道是一通五間三明兩暗一座房子，花廳裡几案椅桌都是紅檀木精巧鏤製，兩架山水屏風墩在兩個暗間門口，牆上字畫遠到國初熊賜履吳梅村，近至紀昀袁枚的都有，臨窗還有一座落地大自鳴鐘，還有各色盆景根雕妝點，也都備極精巧。劉鏞一進來就驚嘆：「呀！這麼豪華的？比尹元長的總督衙門花廳還要闊！你縣衙門花廳什麼模樣？」

「爺住西邊這間，」葛逢春站在入門屏風邊左手一讓，「劉大人住東邊……先進正廳吃茶，我已經讓他們備飯。吃過洗洗澡……爺們著實勞乏辛苦了……」福康安進廳，和劉鏞安坐，接過下頭獻上來的茶，說著：「飯已經吃過了，待會議完事我們要寫折子寫信，略預備點夜宵點心什麼的就成——這麼座花廳得要多少錢啊！沒有一萬銀子裝飾不起來吧？你豐縣人人都吃飽飯了麼？我看街上窮人多得很嘛！」葛逢春笑著親自給他們擰熱毛巾一人一方遞上，口中解說道：「縣裡哪有這麼多錢！這徵稅所的人，是省裡下派的，省縣兩頭管。徵來的稅銀縣裡只能留兩成。本地梁家、崔家和宋家三大戶，就吃地下這煤。所有這裡七十二窰都是梁崔宋三家的……他們想把這裡變成縣治，所有公所都按比縣衙大一成修造，都是他們兌銀督造裝修的……我衙裡和這裡比，就像咱們相府下人住的和老爺太太的正院，沒法比！」

「唔……」福康安若有所思地靠向椅背，「原來是這樣……這裡的徵稅所、刑名所、驛站必定是想另設縣治，你想的是把豐縣縣治遷過來是吧？」

「這麼大的事是得皇上點頭的。」葛逢春收了毛巾又給二人續茶，小剪子替他二人身邊的燭花剪了，殷殷勤勤手足不停服侍著，笑吟道：「奴才的心思主子一猜就著！我在豐縣已經三年任滿，報的『卓異』考成，升到府裡這兒還歸我管，升不了，還得求主子照應，這裡革鎮建縣，就調我這邊來當縣令……」

劉鏞看了一眼福康安，又看自鳴鐘，福康安會意，舒了一口氣，說道：「這是閒話回頭再說，叫他們迴避，我們說正經差使。」

僕從侍女們退出去了，福康安命葛逢春靠近坐了，便說起劉七的事：「……他是欽犯，劉延清老大人四下網羅遍天下尋他，想不到竟躲在棗莊。劉七是一枝花的餘黨，裡邊或許還藏著台灣那個姓林的。逃了，是你的彌天大罪，頂子也保不住，升官更是休想，擒住也是彌天大功，別說知府，道台也是穩穩當當你一個！我們想聽聽你有什麼主意。」

劉鏞問道：「這事你事先知道一點蛛絲馬跡不知？」

「卑職眞的是一無所知！」葛逢春早已聽得雙目眈眈，兩手僵硬地按著雙膝，沉吟著道：「刑部只有一張海捕文書，我的官小，看不到邸報。只是聽說劉七逃到了安徽，又有風傳進了大別山——他敢情在這裡？棗莊這地方別看是個鎮，魚龍蝦鱉百行雜處，就設縣也是頂尖的繁缺，地下肥得往外冒油，地上三六九等人誰不來刮？劉七在蔡營，他沒作案，又有銀子，誰管他的閒帳？少主子這一說，奴才眞的驚出一身汗來，怎麼個調度法？請主子和劉大人說了，我一切照辦，我自然跟著辦這案子！」

福康安雙手緊攥著椅把手，皺眉盯著前案上的紗燈，目中幽光流移，半晌才道：「蔡營附近有沒有山地？或是有別的能盤據固守地方？」

「蔡營向北二十里就進蒙山，向西五十里能到微山湖，西北二里有座荒塚，上面有

『田將軍廟』香火不旺，據廟也能守……」

「明天給我地圖！」

「是！」

福康安細白的手指揉捏著眉心，又問：「這附近四十里地內有沒有旗下營兵，或者是漢軍旗營？」

「回爺的話，沒有！」葛逢春緊張得聲音發顫，「豐縣駐有一個棚的兵……棗莊各衙的衙役集起來倒是有四百多，只是這些人除了要錢、欺負老百姓，什麼也不會。用不得的！」

福康安一時沒再問話，起身在屋裡不停踱步，頎長的身影在幾盞燈輝耀下，彷彿很多人影映在窗上來來去去，許久倏然轉身，問劉鏞：「崇如兄，你主持我主持？」「當然是你主持！」劉鏞想也不想就答道：「我參贊，我善後！」

「嗯，好！」福康安咬牙一笑，轉身湊近葛逢春，眼中閃著陰狠的光，一字一頓說道：「聽著，小葛子，不能用也得用！現在，頭一條就是個『密』字。那個王八頭兒、李氏娘母子，今晚就要監看起來。就這衙裡軟禁，對外隨意捏個口實。第二──」他正說到緊要關頭，忽然外間有腳步聲說話聲，便住了口，說道：「有人要見你，不要露我身分，就說是茶商。」便坐了回去，卻對劉鏞笑道：「呼倫貝爾遭雪災，今年茶磚生意要觸霉頭……」劉鏞只好答訕，笑說：「不要緊的……愈是雪災，茶磚生意愈好作……」

說話間來人已經進來，卻是一身長隨打扮，年紀很輕，眉目清秀得像個少婦，似笑不笑對葛逢春打個揖兒，只看了福劉二人一眼，對葛逢春道：「老爺，廣東那批貨汪東家送來了，銀子比原說的多出了一百多兩。太太說請老爺回去看貨，帳房裡方先生說照單收，太太不依，一定要請您回去料理一下……」

「我這裡正說生意，」葛逢春似乎有些不安，看看福康安，對那人道：「小張你先回去，好生管照汪先生，我今晚忙，明天回去。」

那個小張卻不退下，放肆地看了看劉福二人，一笑說道：「他們不就是茶商麼？一簍子茶又值幾個？汪東家明日要趕回豐縣，還是請老爺回步。」說著將一張紙遞過來。福康安就在他身邊，湊近看時，上面寫著：

「白絲一百斤，黃絲五十斤，錦三十五匹，金緞十匹，二彩十八匹，五絲七絲八絲各二十五斤，天鵝絨三十丈，閃緞十八匹，鎖服二十領，馬口鐵七十八張，眼鏡一百架，沉香三箱，麝香七十兩，真珠英石五斤，蚺蛇膽十六瓶，端硯十八方……」

什麼「波羅蜜」、「玳瑁」、「檳榔子」諸多名類列了整整一大張。福康安見葛逢春雙手抖動，臉色蒼白，那個小張不卑不亢的也不像個奴才，有點不摸首尾，遂笑道：「你先回去吧！我們再說幾句，縣老爺就回去了。」小張似乎有點不耐煩，也沒說什麼，打個揖又揚長而去。

「你這個長隨好無禮！」劉鏞說道，「我瞧著他心裡倨傲，竟敢慢客！他是怎的了？」福康安道：「我一看他就不是個東西！哪有這樣和主子說話的奴才？」

註①麻胡桃：用麻繩打的結。

22

福康安逞威定家變
聚金銀臨機暫徂兵

葛逢春像被人灌了一口醋，咧嘴齜牙苦笑著搖搖頭，把那張紙甩在案上，長嘆一聲：「唉——總歸是奴才無能，約束不了下人！別看奴才在這裡是太爺，出門前呼後擁，迎客滿面笑容。背地裡思量，只好一繩子吊他娘的去了！這日子不叫人過的……」說著眼一紅，幾欲墮淚，忙定住了，淒著聲氣說道：「本來想等進京引見，回府見了老爺訴這苦情，請相爺給我個主張，少主子來也是一樣——這樣吧，這裡把大事商量定，我回宅裡敷衍一下。辦完差使我給主子亮亮家醜！」他抬起頭來，已是淚光盈盈。

「你有點後院失火的模樣。」福康安猛地想起在慶榮酒店聽的「葛太尊」家亂「端」一氣的話，興許人聲噪雜，把「太爺」聽誤了。啜著茶出了一會神，茶杯一墩說道：「這會子不說官話。我和崇如也是世交，你不妨簡捷說說。誰知道你府裡都養了些什麼王八蛋，還做生意！又對你這樣！不管什麼事，爺替你擔待了——崇如你說？」劉鏞爽然說道：「那是自然！」

葛逢春離座，哆嗦著手給二人換茶，臉色變得異常蒼白，小心坐回去顫聲說道：「先說奴才的罪……奴才上任並沒有帶家眷，就是方上來的那個殺才，是原任葛太尊薦來的跟班，他是本地人，說奴才跟前沒個女人侍候，端茶遞水料理衣服鞋襪的男人不行，就叫他老婆進房侍候。那女人模樣兒長得標緻，嘴也甜，人也很潑辣。大前年熱天洗澡，她來侍候，奴才這個這個……那個那個……」福康安笑道：「別你媽的這個那個，你就睡了她不是？他就憑這要挾你？」葛逢春搖頭說道，「起先也沒什麼，他還說是他女人『有福』。後來棗莊西北又出了煤，這裡梁家崔家宋家三家爭那塊荒地——我對天發誓，事前沒接過他們一文錢——荒地無主當然我說了算，大約這張克家底下收了銀子，一味說應該判給宋家，我欠著他的情，這事無可無不可，就依著他判了。事後我生日，宋家送了我二百四十兩銀子，我……也收了……後來皇上下旨要清理吏治，崔家梁家說宋家販鹽販銅，和高國舅的案子又連到一處，在府裡省裡告我貪受賄賂。張克家拉了府裡的汪師爺，又拉一群狐朋狗友上下替我打點，不但駁了崔梁兩家，還給了我個『公明秉正』的考語。從此我就下不來賊船。他們幾乎大小案子都要說人事，沒有案子盼案子，打官司的愈富愈好——老實說，我有這賊心沒這賊膽。國法其實只是個虛幌子……我怕傳相爺的家法！臨離家時傳相接見說：『但聽你有貪賄的事，沒有活命這一說，送你全家黑龍江給披甲人爲奴！』因此我也和張克家約法，想發財別再指望打官司，你們做生意，打打我的招牌……防著再鬧出事來，我把婆娘接來任上，誰知道他們沒上沒下，有恃無恐，連我夫人、上房裡的丫頭都……咳，說出來辱沒祖宗，掃爺的臉……我但能在外頭就不回家，一回家進門就頭嗡嗡直響……」他說著已是潸然落淚，「這些話和誰說去？主子，您說，當個好人怎麼這般的難……我又該怎麼料理清白這身子……」

「別你娘的這副膿包勢，你給我打起精神來！」福康安沉思一會，眼波一閃大笑道：「這事你早該寫信回稟阿瑪！不好意思，讓吉保家的轉稟我，我也不能叫我的奴才委屈戴著綠帽子當王八官兒！現在你聽我說第二條，派你衙裡得力的心腹，帶我手諭去豐縣，挑綠營精幹兵士三百人，一律便衣，明晚酉時正趕到棗莊聽我號令，營裡的火炮鳥鎗都帶上，一要密二要快，誤了我就行軍法！」

「是！不過……三百人太少了吧？」

「不少，還有你這裡衙門的人集起來有五百人，以有備打無備，依多勝少，打不贏我就該死了！」

劉鏞沒想到他這般雷厲風行說幹就幹。想說請調濟南府軍隊策應，知會山東巡撫，話到口邊又嚥了回去。福康安像是回答他的疑問，端茶喝了一口，「這一仗不難打，一是機密，二是迅雷不及掩耳，不能驚動別的衙門——說不定他們自己就是賊！他們得了消息，劉七也早他媽的逃了！小葛子，這邊公所裡有多少存銀？」「有三萬吧！還有一萬多散碎的，裝了箱去熔庫銀，還沒有運走。」葛逢春迷惑地看著福康安：「爺要用，得給府裡打個條子。」

「都留下，軍用，回頭由兵部和戶部扯皮。現在誰也不告訴他！」福康安頓了一下，又道：「要有一門炮那就更好了！」

「有的，爺！關帝廟門前就有一尊！」

「能打麼？」

「能！那是前明唐王逃跑時丟下的，年年關帝生日，月月社會都放炮打彩兒的！」

福康安右拳擊左掌，眼中異彩熠然一閃，孩子氣地咧嘴一笑，鄭重說道：「準備十八頭健騾，叫衙役們紮一輛炮車，也是明晚酉時準備好！」

「爺！這個嘛……」葛逢春不安地囁嚅道，「紮炮車要買木料，請木匠，衙門裡頭折騰，難免走風的，不如用煤車，有做得好的徵三輛，用一備二，又省工又省力還不張揚——一輛好煤車能拉五千斤，那炮上鑄的字只有三千斤，鬆鬆快快就拉走了！」

福康安嘿嘿一笑，大大伸展了一下四肢，對葛逢春道：「叫你的人找一張地圖來放這裡。我到你家走一遭。帶幾個衙役一道兒去！——崇如，你就留這裡，把事由寫個夾片記錄。我去去就回，參酌著寫出奏折，火急發給你家老爺子！」劉鏞笑道：「他那家務忙什麼？這裡十萬火急，你去和奴才的奴才嘔氣！」

「不能修身齊家，何以治國平天下？」福康安道，「過一會姓張的再來催，你放人不放，人精子留下，富揚跟我來——」說著就穿褂子，戴了頂瓜皮帽，又黑又粗的辮子向腦後一甩，說道：「咱們走！」

這裡葛逢春出去叫人送地圖，就隊裡衙役點了二十幾號人出了衙門。此時已過亥初時牌，還在打初更梆聲，街上人已經甚是稀落，乍從溫煦和暖的房間出來，但見天街繁星密布，衢巷燈火闌珊，歌樓侑酒曲聲縹緲，涼風颯然沁人心肺。衙役們不知這個年輕人什麼來頭，也不知這位太爺親自領隊回家是什麼意思？一路都默不作聲。轉出十字口向西，福康安才辨清了方位，原來和慶榮酒店隔著只有半里左右。眼前一座倒廈門，門前掛著米黃紗燈，寫著「豐縣正堂知令葛」七個字，便知已經到了。福康安張了張，門緊閉著，連個守門的也沒有，一拽過葛逢春，叫過黃富揚，問道：「逢春，心疼你老婆不心疼？」葛逢春應聲答道：「不心疼！」福康安道：「那就好！你給他們亮牌子，就說我是相府管家，叫他們聽我的——富揚，我叫拿人他們拿，我叫打，別犯嘀咕，給我照死裡揍，今晚給小葛子出氣鬆綁！」葛逢春答應一聲就過去傳令，饒是黃富揚一輩子見多識廣，沒見過福康安這般哥兒行事，笑道：「遵爺的令！跟爺辦事眞爽利痛快！」一時便聽衆衙役們也是一陣興奮的鼓譟。福康安看看表，臉上毫無表情，指定了門，說道：「逢春，敲門！」

葛逢春不知積了多少日子的惡氣，今日有恃無恐，上去把輔首銜環拍得一陣山響，連喊：「我回來了！門上的人都死絕了麼？你們叫我回來，回來連個迎門的都沒有，這是什麼規矩？」一時便聽裡頭踢踏踢踏不緊不慢的腳步聲，福康安示意衙役們留在門外，聽那人口中不三不四說道：「老爺自己回遲了，怨我們麼？爺消消氣，汪老先生也等不耐煩了呢！」說著，門「吱呀」一開，開門的正是那個張克家，他一眼看見福康安和黃富揚，怔了一下，問道：「你們怎麼也跟來了？」

「是你們老爺請的我！——好一個撒野的奴才，上下尊卑都不分了！」福康安勃然大怒，一把扯開葛逢春，掄圓了臂一個漏風巴掌打了個滿臉花，「媽的！小爺今天專門來調教你們！」

那張克家天靈蓋上挨了這麼一下，打得滿頭滿眼火星直冒，就地打了個磨旋兒，叫道：「怎麼抬手就打人？怎麼抬手就打人？就是老爺也得講理……」他沒說完，黃富揚笑嘻嘻上去，捫了他下巴一下又在肩上捏了兩把。張克家兩臂下頦頓時脫了臼，兩條胳膊耷拉下來，口中兀自嗚嗚直叫，便聽東屋一個老頭子聲氣咳嗽著問：「是怎麼的了？來了劫賊麼？」上房也聽隱隱有女眷聲音叫喊：「來人哪！有劫賊——護住上房！」三個人已經闖進院子，葛逢春見家人們打著燈籠擁過來，邊走邊道：「是我！你們敢怎樣？」

他在家從來就是個受氣包，身心都沒有伸展過，今夜突然發威，回來就打人，說話膽粗氣壯，家裡十幾個長隨、七八個婢女有的持燈站在天井，有的在上房廊下僵立，彷彿不識自己的這位東家，張皇著不知該怎麼辦。東廂是帳房，一個管帳的扶著個五十多歲的老夫子出來，老頭子從花鏡底下翻眼看看葛逢春，說道：「太爺，您今兒個是怎麼的了？」上房裡一陣響動，一個打扮得妖妖冶冶的少婦似乎摔了什麼東西，穿著撒花綢褲，一手掠鬢一手扣著項前鈕子大步出來當門而立，扠了腰，星眸含怒柳眉倒豎，瞪著眼看他三人，惡狠狠說道：「你怎麼了？有了什麼撐腰子的了？叫你回來看貨，你看現在都什麼時分了？你敢情是和他們喝醉了酒，再不然就是犯了痰氣——這兩個是幹什麼的，半夜三更來有什麼事？」

「好潑婦！」福康安怒極反笑，拾級上階，一把推開那女人，昂然入室，毫不猶豫地居中坐下，鐵青著臉道：「我聽說這裡是個男盜女娼的王八窩兒，想王八湯喝！也想看看你和張克家主奴通姦是什麼光景！」葛逢春見他坐，忙獻上一杯茶，福康安一把就把杯子打落在地，「我就是販茶的，有的是茶！」

那葛氏渾如做夢，搖了搖頭又掐了一把臉，看著丈夫又瞧瞧這兩個不速之客。她施威作福慣了的人，見這二人打扮，無論如何沒有個「來頭」想法，認定了是丈夫的狐朋狗友噇醉了來替丈夫出氣，戟指就罵：「你家才是王八窩，一看你就是個小雜種！老娘跟誰睡與你什麼相干？娘那個屄的，怎麼個睡法，回去問你媽！」

「好，好！你罵得爺好！」福康安咬牙切齒，格格一陣冷笑，對葛逢春道：「我竟不知道這家姓葛還是姓張王李趙了！你早就該把這窩拆了，也能作個清白好官——你說怎麼辦？拾掇不了這群混蛋，把我姓名倒起寫！」葛逢春鬱怒已久，一發不可遏，指指帳房先生，又指指垂著胳臂進來的張克家，最後指定了葛氏，「豐縣十幾萬百姓，都知道我是戴綠頭巾的好官——殺了這個淫賤材兒，我的頭巾就沒了！」

葛氏冷笑一聲，立刻反唇相稽，「你是好官？收沒收過宋家銀子？黃家、范家、夏家、崔家的錢收過沒有？汪老先生，上回你送他多少冰敬？家裡有老婆，你外頭叫堂子，以爲我不知道？」她突然揚頭對帳房先生命道：「趙德祥！把那個本本兒拿給他看！」那帳房「哎」地答應一聲，快步出去，轉眼便取過一本小冊子，雙手捧給葛氏，葛氏隔幾步遠甩給了葛逢春，說道：「你不拿我當妻，我也不認你這丈夫！這本子遞到上頭，你就預備著進號子裡去吧！」那個汪老先生起先疑心來人有「根子」，見葛逢春臉上慌亂尷尬，頓時放了心，捋鬚兀立，換了一副有恃無恐模樣，說道：「我和尊夫人是生意來往，大人和上司是烏紗帽來往！今兒這事，我老頭子看，還是私了爲——」他「好」

字沒出口，福康安已經夾手抽過那個本子，揑在手裡看也不看，抖蓬鬆了就在燭上燃著了。葛氏「嘻」地一哂，說道：「你還是個雛兒！抄本——那是抄本，還有幾本藏著呢——你是什麼人？夜入官宅欺門霸戶，沒有王法了嗎？姓葛的，今兒到這地步，明兒咱們濟南臬司衙門見——你們兩個給我走人！」

「到現在你才想起『王法』二字？」福康安也是嘻地一笑，眼中凶光四射，剎那間，黃富揚覺得他一點也不像十五六歲的少年，老成裡帶著威嚴猙獰，激得他心裡一凜。福康安道：「《大清律》三千條，你一條也不懂。你『七出』之條皆犯，一紙休書你就變得娼妓不如，挾官貪婪戕害百姓，你是民賊。你問我是誰？你不配，我是葛逢春的滿洲主子！」他突然重重地向案上一拳擊去，杯兒盞兒茶葉筒兒脂粉盒兒香露水托地跳起老高，叮叮噹噹一陣響，福康安霍地站起，滿庭的人聽他咆哮：「我是萬歲爺駕前侍衛！是二等車騎校尉！是鑲黃旗掌纛旗主！我——專踹各種王八窩兒！我——宰了你這沒主子沒王法的淫賤婆娘……」

所有的人都被暴怒的福康安嚇呆了，滿庭裡外二十來號人，個個面如土色，福康安指定張克家，喝命：「黃富揚，一個窩心腳，踹不死他我就不要你了！」端起杯子「砰」地一聲砸向葛氏，葛氏「噗通」一聲摔倒在地，已是腦漿迸裂，鮮血汩汩淌出！黃富揚如何敢「兩腳」？一個箭步飛身出去，空中一個翻躍，使出他的看家武功「剪腳踏飛燕」，運了十足的力當胸一腳，可憐張克家兩手被困，站著生受了這一招，從胸到口鮮血狂湧而出，兩隻眼白翻出去，「砰」地側身倒地，兩條腿略一顫，直伸出去，連哼也沒哼出一聲，眼見是從此不活了……福康安「啪」地鼓了一聲掌，像是出了一口惡氣，舒緩地甩了一下手，從容坐回椅中，竟是閒暇得像是剛從戲園子裡回來，端茶呷了一口，說道：「家奴欺主，我三叔家處置這種奴才是架炭火烤焦了的。呸！今日還有要緊事，沒工夫慢慢消遣他們！」

他兩人當衆行凶，都是出手如電，頃刻之間橫屍於地，福康安滿臉陰笑，對衆人道：「你們可以查查律條，看我殺他們有罪沒有？」衆人原本站著，不知是誰嚇得身子一軟跪了下去，接著撲撲騰騰，連那位汪老先生、帳房都趴了下去，一個個語不成聲沒口價告饒求命。福康安轉臉又問葛逢春：「還有哪個該死的？趁我在，你說，我替你料理！」

葛逢春也被方才的凶殺嚇懵了，兩手緊握椅背，出了一身冷汗，看著一大片人伏跪在地，股栗戰慄驚駭欲絕，良久才定住了神，說道：「其餘的人罪不至死，奴才能收拾他們，還要指令他們清帳盤帳，他們做生意的餘銀，得交庫的……」

「這是正理——把這兩塊臭肉拖出去，找一口薄皮棺材塞進去埋了！」福康安指著屍體道。又對帳房先生說，「由你辦後事！從現在起府裡不接客人，外頭有衙役輪流看守，出一個拿一個！一切等你們主子回來處置！——聽見了沒有？你們！」

「聽……見……了……」

「沒吃飯？」

「聽見了！」

福康安一笑起身，對黃葛二人道：「咱們回衙門去，這裡味兒不好……走吧！」

回到徵稅所花廳，在院外便聽裡邊自鳴鐘悠揚撞響，福康安邊走邊笑，說道：「總共也就半個時辰，什麼事也不耽誤……」人精子早已挑簾迎他們入來，只見劉鏞還在伏案寫信，旁邊案上展著一張地圖，福康安倒不覺什麼，端茶就喝，側身看劉鏞寫字。葛逢春和黃富揚卻是驚魂未定，小心得有點像怕落入陷阱裡的野獸，惶顧左右有隔世重回之感。好久，劉鏞才擱筆搓手，笑道：「夾片、信、還有發總督、巡撫衙門的咨文都寫好了。得我們兩人合鈐印信再發——你兩個怎麼了，怎麼都是一臉忡怔？有點受驚了的樣子……」

「沒什麼，小葛子他女人，還有方才那個姓張的，我都宰了。」福康安笑道，「給小葛子去去後顧之憂……」說著雙手平展地圖，湊上去看。

劉鏞一下子睜圓了眼：「殺了？」

「嗯。殺了。」

「就是方才？」

劉鏞用難以置信的神情看著他們三人。但他立即就相信了，葛逢春和黃富揚兩人的臉和眼神，就像一篇一目了然的短文章，什麼都說了。他打心底裡泛上一股寒意，打個噤兒問道：「是怎麼一回事？」黃富揚看一眼正在審量地圖的這位貴公子，心有餘悸地一長一短把經過說了，不敢饒舌不敢評價，不枝不蔓說完，劉鏞已經怔住，結巴著道：「這、這也忒倉卒的了……」看地圖的福康安知道不安慰住這些人沒法議事，將圖一放，手指點了一下桌面，問葛逢春：「你後悔了？」

「奴才不後悔！」葛逢春道：「奴才有點受驚，又夾著點迷糊，心裡鬆快，又像有什麼不妥，不知道方才花廳裡的葛逢春和現在的葛逢春，哪個是眞葛逢春，奴才是個豬腦子，這會子不在臆怔……」

福康安哈哈大笑，說道：「這話有點禪味了！又有點老莊夢蝶。《紅樓夢》所謂『眞是假時假亦眞，無爲有處有還無』，佛說殺人，是名殺人，即非殺人！」他鄭重地對劉鏞說道：「我傅家以軍法治府，將他們正法不違家規。奴才欺主主殺奴，不犯國法。他們那樣拆爛汚，逼著我的奴才當贓官，我不殺他殺誰？」他頓了一下，聲音變得深沉悠遠，「……阿瑪在府裡也殺過人的，只爲他敲詐了請求接見的官員！皇上和阿瑪都反覆給我說，作什麼事，想什麼事，想定了的事不猶豫。現在最大的事是劉七。我們要像處置張克家和葛氏這一夥一樣，猝不及防，事至不疑，快刀一割不留後患！別再想這件事了，我負責嘛——來，看地圖！我看從蔡莊到微山湖到蒙山龜頂峰，是劉七的兩條逃路，叫官軍直插截斷才行，恐怕還要用點疑兵計……」

幾個人都湊了近去看圖，聽他解說攻剿蔡營方略計劃，指指點點問，衆人一顆忐忑不安的心都漸次穩住，移到軍事上，你一言我一語插話補充，直到丑正時牌決議定下才各自安歇。劉鏞睡不著，曲肱而臥雙眸炯炯，隔著幾間房猶自聽福康安呼呼大睡之聲……

☆

福康安這次調度剿匪眞的是機密神速湯水不漏，酉時初牌，著揣繼先召來群艷樓老鴇，問明了劉黑七今晚照舊要女人，當即展出蔡營房舍地圖，一一用朱筆圈了，吩咐，

「把堂子裡的妓女都叫到衙門，由衙門派轎送去蔡營，專門給官軍衙門帶路指門認人。」立撥兩千兩銀子賞了揣繼先，「事後分發給群艷樓」。便見劉鏞和葛逢春聯袂而入，都是臉繃得鐵青。福康安打發那兩個男女出去，命人掌燈，問道：「都來了？」

「都來了，連行刑房十個劊子手，一共二百九十八名！」葛逢春道。

「怎麼通知的？」

「說衙門要會議，清理棗莊各礦的野雞！」

福康安一笑，又問：「有沒有老弱的？」

「這是選過的，一個一個都是我的心腹小刁子親自通知。老弱有病的一概不要。」

「炮呢？」

「炮車停在廟門口，混在一串煤車裡頭，裝車就走。共是三輛，路上車壞了立刻換車！」

劉鏞在旁說道：「豐縣大營來的管帶我見過了，已經按你的方略布置下去，棗莊放煙花，他們就進位置……」他雖然辦過不計其數的案子，遣兵攻剿動用兵馬還是頭一遭，興奮裡夾著緊張，說話的聲音都有點變調兒，遲疑了一下又道：「這麼打，恐怕要傷不少蔡營百姓……」

福康安閉目沉思，說道：「覆巢之下豈有完卵？逃了劉七傷害朝廷，也要傷害更多百姓——這是善後的事，現在不想。」他瞿然開目起身佩劍，將一頂紅絨結頂，鑲著明黃邊的帽子戴上，小心用手理了一下腰間的臥龍帶，說道：「走，我們去接見，下令行動！」

會場就設在公所正院天井裡，大門緊封，院裡各房一律沒有點燈，只有議事廳階前桌子上擺著兩支蠟燭。近二百衙役從沒有見過這種陣勢，都預感要有什麼大事，黑鴉鴉一片齊整站立，連咳痰也都小心翼翼。一片寂靜中，福康安劉鏞並肩在前，側旁葛逢春相陪，黃富揚人精子都是氣宇軒昂按刀隨行，腳步橐橐步進天井。人們本來就忐忑，本來就岑寂的院落一下子變得一片肅穆森嚴，見葛逢春當案立定，衆衙役一齊打下千兒，「給葛太爺請安！」

「諸位請起！」葛逢春雙手據案，燭光從下往上照，嘴臉倒影顯得異樣可怖，沙啞著嗓子說道：「今晚有特大案子要破！我不多說什麼。現在向大家介紹：這位是太子少傅劉公諱鏞大人——這位是乾清門侍衛，我葛逢春的主子福康安爺。他們是萬歲爺欽點巡閱使，也就是欽差大臣，有先斬後奏之權！」說罷一回身「啪啪」打了馬蹄袖，雙膝跪下叩頭，說道：「請二位大人，請主子訓話！」說罷，起身侍立在側。

劉鏞向福康安一點頭，向前跨出一步，黑紅的臉膛在燈下閃著釉面一樣的光彩，嗓音沉濁渾厚，說道：「朝廷嚴旨捕拿的一枝花餘黨，慣匪劉七，就隱藏在棗莊近鄰的蔡營，今晚要一舉捕拿……」

他這句話一出，衙役們便是一陣不安的騷動，劉鏞雙手虛按，又靜了下來：「軍事上布置，由福大人全權主持，從現在起，你們是野戰編伍，這是我說的第一條。第二，豐縣大營軍隊已經祕密開到，北路東路通蒙山道路已經封鎖，我們是南路，由我們主攻。

務必將這一百多名土匪一網打盡，務必將劉七絹拿到案！第三，要有軍紀，盡量少傷無辜良民，趁火打劫豪奪民財，姦宿民婦者，格殺勿論，窩藏匪盜人家拒不投誠的，一律格殺！現在請福大人訓示！」

「我已經殺掉了葛逢春的女人和一個長隨。」福康安也跨前一步，按劍說道，「因為他們通匪！你們葛縣令早有舉發，他大義滅親，舉發有功！」他頓了一下，冷冷掃視著目瞪口呆的衆人，又道：「敵人，不到二百，豐縣大營出動三千，斷路合圍。可以說蔡營現在連隻耗子也跑不出去。你們葛縣令是個有爲有守、有志有節的好官，特地請命爲前鋒主攻，也是想給諸位掙一份功勞的意思，這個意思好不好呢？」

「好！」

「不像軍隊！重說——好不好？」

「好！」

福康安嗯了一聲，頭一偏命道：「抬上來！」

衆人覷眼看時，先是兩個人抬著個端飯用的條盤，條盤中並排放著葛氏和張克家兩顆人頭，葛氏不論，張克家是衙門裡人人相熟的，如今一片血肉模糊放在案上，死人眼瞪得溜圓，煞是嚇人。

「我在棺材舖定了二百口棺材！這一仗打壞了，就照這樣子每人一口，軍無戲言！」

福康安又開始遊走踱步，「狹路相逢勇者勝，只要膽大敢殺人，此戰必勝！」他嘴一努，人頭已被撤下去，接著又抬上來兩盤，上面蓋著紅綢，卻不知是什麼物事，福康安一把將綢布扯掉扔了，只見燈燭下兩個盤子裡新包的餃子樣密行排列，都是鋥明鐙亮白花花光灼灼的台州銀元寶，晶晶瑩瑩閃閃爍爍耀人眼目。衙役們一下子都直了眼，下頭一片竊竊私議：

「呀，銀子！」

「這麼多的……」

「是九成七八大的足紋，嘖嘖……」

福康安格格一笑，說道：「大家眼力不錯。這是銀子，乾乾淨淨的庫銀，是發給大家壯行色的，每人五十兩，是你們跟我福康安一夜賣命錢——戰勝回來，每人還有一百兩賞銀。生擒劉七者一千兩，中等頭目五百兩，每個俘虜再加一百兩。陣亡傷殘按軍功條例加倍賞銀，勒石鑄名立在縣衙門內！我不心疼銀子，你們心疼命不心疼？」

「不心疼！」

「好得很嘛，這才像個生力軍模樣！」福康安說道：「發銀子，每人一份，跟我和劉大人的沒有！每人二斤熟牛肉、半斤酒、一葫蘆水——」他看著表，「限三袋煙時間分發完畢！」

……

半刻時辰之後，這群人已被鼓動得滿心殺機，從頭到腳裹紮得利利索索，佩刀快鞋裝備停當，福康安一把撤掉案上蠟燭，暗中喝命：「開拔！」二百餘人都從公所後門列隊出發，暗夜裡，如一條蜿蜒遊行的黑蛇直趨北方，關帝廟的大炮已經裝車，黑魆魆地停在路上等著，還有兩輛放著繩索鐐銬木枷火把諸類雜物，略一接頭毫不滯留，待到蔡營村口約百步之遙，約莫也就用了半個時辰。福康安相了一塊高地，一邊命人迅速架炮，一邊問：「群艷樓的鴇兒來了沒有？」

說話間人精子已帶過一個女人過來。劉鏞不等她說話，劈頭便問：「劉七住的胡家大院，在哪個位置？」

「回回回……老爺！」不知是冷還是怕，那女人像得了雞爪瘋似的抖著手指定村東一個院落，「就就是那那那個院子……」福康安想了想村落地圖，點點頭，喝命：「對準那院子，用石頭加固，塡炮彈裝藥——第一炮一定給我打中那院子，三炮之內轟坍他的院牆！」那鴇兒一下子唬得癱跪在地，連連求告：「大大大老爺……手手下超生……我我我還有有十幾個孩子在在在裡頭……」福康安道：「你給我禁聲！毀你多少賠多少，再敢叫嚷立地正法了你！」

劉鏞在旁扯扯福康安衣襟，下坡到背風地裡說道：「是不是先喊話讓他們投誠，然後再攻？裡邊還有二百多戶人家……」福康安在暗中看不清臉色，像是在咀嚼著什麼沉吟了一會，說道：「待會兒這邊點火，棗莊放焰花，北邊軍隊點火把合圍。沒有安排先喊話，要讓我的大炮先說話！劉七在這裡窩藏幾個月，莊裡人要不受他的銀子，怎麼會連點風聲都不露出來？——你說的也是，大炮響後，讓葛逢春喊話，讓良民幫助拿賊！」一邊回頭問：「炮架好了沒有？」上邊人回說：「架好了！一炮打不中這賊窩子，爺您宰了我！」

福康安晃著火摺子看看表，仰天遙望滿天星斗。這眞是個晴朗得再不能晴朗的夜了，整個天穹像塗了一層淡墨的青石，密密麻麻連連綴綴的繁星中斜亙著靄霧一樣的銀河，灼亮幽暗不一的星星時明時滅互應著無聲眨眼，近處荒野墳塚上的春草影影綽綽，在料峭的風中時起時伏，葉片被星光鍍了一層幾乎看不見的銀輝，只有北邊遠處高地錯落的蒙山崗巒餘脈，那一大片黑沉沉死寂寂的村落壓臥在地下，顯得有點陰森。福康安道：「還有一刻，我心裡也不安呢！阿瑪說，打仗最叫人心煩著急的就是這時分了。北邊不知布置行動得怎麼樣了，他們放三顆起火預告，手令裡寫過的嘛……」

「四爺四爺！」站在坡腰的人精子突然興奮地大叫：「起火，北邊的起火！」

福康安劉鏞渾身一個抖擻，幾步攀上炮位，果然見北邊三個殷紅的點，第一個已在下落熄滅，第二顆也在頂點拋下，第三點甚是明亮，悠悠然，上升得很慢了。福康安剛說了句「點火通知棗莊」，但聽棗莊方向疾雷般轟鳴一聲，沒有起焰花，倒像是響了一聲悶雷，接著一團極亮的火光傳來，暗夜裡遠遠看去，像是誰家失火了的光景。劉鏞一陣慌亂，連問：「這是怎麼回事？這是怎麼回事？」福康安大聲喝命：「把篝火給我點起！」三堆潑滿了油的篝火轟地燃起，暗紅的火焰一沖丈餘。幾乎同時，棗莊上空一個「福壽萬年」一個「天羅地網」一個「桃花春艷」三筒煙花齊升而起，頓時滿天異彩繽紛。

葛逢春手搭涼棚還在看棗莊方向方才那起火爆炸人家，說道：「像是誰家炸煤開石的火藥鋪子失火了……」

「胡說八道！」福康安罵道：「這是棗莊劉七的眼線知覺了，給劉七報信！」說著就上坡。劉鏞說道：「一點不錯，事情稍不機密，今晚又完了！」便就跟上。

此時蔡營裡已一片混亂，雞鳴狗吠間夾著大人叫小孩哭。幾面銅鑼篩得山響，參差不齊的聲音高叫：

「有賊有強盜劫莊子了！軍人們操傢伙……」

福康安站在高坡頂，悶聲喝道：「開炮！」

23

少將軍俄頃擒渠魁
老官蠹巧機兩逢源

「扎！」

那炮手答應一聲，晃火摺子便燃炮捻兒，因爲坡頂風大，幾次才點燃了。只聽「轟」的一聲巨響，炮口一串火光夾著鉛彈直噴出去，竟是準頭極佳，胡家大院正房中彈，房頂被掀起半邊，卻沒有起火，紫靄一樣灰蒙蒙的塵霧泛起老高。福康安興奮得大叫一聲：「好！——再裝藥轟宅！」話未說完，東西北方向的官軍一齊點亮了火把。劉鏞登高瞭望，簡直像半環形的一座火林向蔡營緩緩壓去，足有五六千火把的模樣，密密麻麻繁繁點點往復錯雜，號角鼙鼓之聲此呼彼應，聲勢異常浩大。正想問福康安，「轟」地第二炮又響。這一炮裝藥太足，直如平地一個暴雷，炮身的坐力蹬得土坡地震般簌簌顫抖，胡家大院的柴垛都燃著了，坍塌的院牆裡只見人影幢幢，吆喝著什麼提刀亂竄。

此刻莊中已經大亂，篩鑼的大概也扔掉傢伙跑了。雞飛狗跳中大人叫小孩哭嘈雜亂嚷，星光下依稀能見人影從莊中逃出躲避。有一個人慌里慌張，竟似喝醉了酒，居然逃到南邊，剛過坎便被兩個衙役就窩兒按住，有人高興地大叫：「奶奶的，還帶著刀！不知道値多少銀子？」劉鏞看著兀立不動的福康安，問道：「要不要帶過來審問？」

「不要!」福康安喝令:「裝藥準備放炮——火把點起,葛逢春喊話,叫蔡營良民一律到麥場擺隊集合。叫里正甲長出來答應!」想想,又補了一句:「只許點兩支火把,有逃過來的賊就照方才那樣給我拿!」

兩支火把燃起來了,澆足了油,燒得噼啪作響,煞是明亮。葛逢春身穿五蟒四爪官袍,套著鸂鶒補服,素金頂頂戴立在中間。衙役們手捲喇叭筒齊聲大叫:「蔡營的人聽縣太爺訓示!」連著喊了幾聲,蔡營方向由南及北漸次安靜下來,黑黝黝的一片岑寂,只是犬吠之聲仍自遙遙叫囂。

「父老鄉親們——官軍七千人馬已經包圍了蔡營,你們受驚了!」葛逢春憋足了中氣不疾不徐喊道。「住在胡家大院,還有散居民舍的一百餘人,是朝廷嚴旨捕拿的巨寇大盜、欽命要犯劉七一夥!你們看,四面官軍合擊,蔡營圍得鐵桶一樣,賊人是一個也逃不脫的!現在大軍馬上要進村搜剿,爲防誤傷良民,所有原籍蔡營的人,統統到西場集合,暫居蔡營的,無論駐過戶籍沒有,統統到東場集合,以便甄別索緝——你們的村長留下維持秩序,里正立刻過來隨同進營!」衙役們呼喝道:「蔡德明留下,蔡德昌過來——聽見了沒有——回話!」

對面營裡似乎七嘴八舌議論一陣,便聽吆呼:「德昌——德昌——軍官叫你——你在哪裡?」「你他媽的躲哪去了?」「德昌叔——」「小昌子……」亂喊一氣,有個嗓門特大的吼道:「我是德明!——德昌你個狗娘養的躲哪了?」

「我已經過來了!」

突然近在身邊有人大喊道：「我就在縣太爺身邊！」這一嗓子吼得連福康安都嚇了一跳，黃富揚一愣，才曉得是方才衙役們擒住的那一位，不禁又好氣又好笑，幾步過去，將綁得米粽似的蔡德昌提過來，割斷了繩子，「啪」地就是一個耳光：「我操你姥姥的！怎麼早不言聲？」葛逢春怒喝一聲：「王八蛋，村裡有事，你打頭的先跑！」

「我……」火把下蔡德昌伏地叩頭，滿身都是灰土草節兒，結結巴巴道：「我懵了……以爲是強人劫營子，我出來奔棗莊報信兒……」

「沒工夫給你扯淡！」福康安喝道，「你回營去，照葛縣令指令辦事，叫那個什麼德明過來！──聽著，」他咬著牙格格笑道，「一頓飯時辰你要把人集合起來，你集不起來，我就洗了這個村子！」照蔡德昌屁股一腳，「滾！」

蔡德昌連滾帶爬返回了蔡營，一時便聞對面大鑼又篩起，叫喊葛逢春的指令，「有不遵令的……格殺勿論，雞犬不留囉……」村裡又復嘈雜。一時便見蔡德明過來。劉鏞和福康安詳細詢問，知道劉七一群人和群艷樓的女人們都在營裡，才放下心來，福康安吁了一口氣，覺得脊背森涼，他原也是出了一身汗：營裡無賊，這個禍就闖得大了！

約莫多半頓飯辰光，篩鑼聲停了，眼見東場西場都點起篝火，接著便聽蔡德昌上氣不接下氣喊著跑過來：「爺們……都照吩咐辦了……」

「這是一群烏合之衆。」福康安笑道，口氣裡略略帶點掃興，「大炮，眞是好物件──兩炮轟出去，他們就散了！」他頓了一下，又道：「這裡留五十個人，至少點三百支火把守護，有單獨逃出來的，見一個拿一個。放三支起火——綠色的，告知旗營原地待命，這一百五十人跟我們進營搜索，只管滿村吆喝，讓他們聚不成團兒，等到天明大軍進營裡外搜捕！唉……這仗打得沒味兒……」

……

搜捕幾乎沒有受到一點抵抗。福康安這一仗打得眞是異樣乾淨利落。劉七和這股子山東土匪都毫無野戰經驗，且又人心不齊，原是逃進蔡營這三不管地面躲避「乾隆爺回鑾」的權宜之計。大炮一轟，全都發懵了，多數的逃到野外鑽樹叢子爬壠溝，有的找空房子鑽碾盤，有的混進「良民」堆裡裝客商，只有兩個土匪劫持了村北一戶人家據房堅守，喊了兩句「投降不死，不降點天燈」，也就伏首就擒。混人堆兒的禁不住那些妓女指認。倒是搜劉七，頗費了點事，他躲進一口刨廢了的煤井裡，傷了兩個衙役。衙役們有辦法，架上柴兌上辣椒胡椒點著了，用風斗足足鼓了一個時辰，拖出來已經是半死了。福康安一聽捉到劉七，拉了劉鏞便走，說道：「叫葛逢春在這料理。所有人犯串串兒在棗莊示衆——富揚，人精子，咱們走！」

……一行四人解驂乘騾返回棗莊，恰是辰正時牌，此時闔鎮商賈百姓早已轟動，萬頭攢擁聚在鎮北翹首北望，將鎮口官道擠得水洩不通，濟寧府知府葛孝化率同知、教諭、豐縣縣丞、訓導通夜不息快馬趕來，還有駐豐縣綠營管帶、把總等幾個武官，都是官袍靴帽鮮明迎在道口，棗莊縉紳富豪梁氏崔氏宋氏爲首，已在鎮口搭起彩棚，香花醴酒鼓樂吹打，比賽社會還要熱鬧了十倍。眼見他四人由二十幾個衙役簇擁著遠遠過來，彩棚裡有人高叫一聲：「欽差大人得勝歸駕，燃炮囉！」頓時，十掛萬響爆竹齊鳴，竟似猛雨般響成一片。縣丞指揮著衙役拚命推擠漸漸合攏的人胡同，忙得滿頰熱汗。劉鏞在騾上遙看如此風光，忙勒韁退後讓福康安居前，福康安笑道：「你是正我爲輔嘛！別那麼小樣兒。往前些，我稍後，並轡齊驅！」劉鏞這才稍稍向前，仍是和福康安錯後一步「並轡」徐行。此時葛逢春一衆衙役押著近二百土匪俘虜也遠遠出現在地平線上，衙役們一個個精神抖擻，威風凜凜，提刀夾行監行，土匪們繩綑索綁鐵鎖鋃鐺串成串兒蹣跚而行，劉七半暈半醒戴著柞木硬枷，項插亡命旗歪在騾車裡，顛簸著逶迤漸近，人們愈發鼓譟湧動。不知誰高聲喊道：「好！——乾隆老佛爺萬歲萬萬歲！」頓時一片此伏彼起參差不齊的呼應聲……

須臾鞭炮聲止，鼓吹細樂聲中劉福二人緩緩下騎。葛孝化率一衆官員打袖撩袍跪叩下去，衆縉紳也都跪下，不知不覺間，上萬的人安靜下來，竟也都長跪在地。葛孝化爲首說道：「卑職等恭迎二位欽差，給福大人劉大人請安！恭賀二位大人剿匪全勝凱旋！」

「媽的個蛋！」福康安扔了鞭子，笑道：「眞不知道你們這些混帳是幹什麼吃的！」也不理會這群官，上前攙起縉紳裡跪在前頭的一位老者，一臉孩子氣笑道：「老人家請起！我們年輕，不敢當這個禮……」又向跪著的百姓團團抱揖，含笑說道：「父老鄉親們請起！請起……」劉鏞見他這般作派，心裡也自佩服，轉身含笑對官員們道：「諸位大人也請起！待會回衙，我和福大人自然要接見諸位的。葛大人要預備著交接人犯，騰房子關押囚禁，都是你的差使。劉七一犯要特嚴關禁，檻車解送刑部，出不得半點差錯的……」福康安卻只顧和縉紳們拉話寒暄：「……不才們有何德能？這是上仰萬歲爺如天洪福，下賴軍民一體同心共成壯舉！劉七一衆逆匪一網打盡，而我軍幾乎一無傷亡……我再忙，你們的賀酒一定要喝的。請衙門裡見……」和衆人拍肩拉手的就親近到十分。

當下衆人呼擁返回徵稅所衙門大院，就議事廳內外擺了四十桌大筵，文武官員和紳士擠擠挨挨滿堂，有功衙役密密集集一院，也沒有什麼異樣的水陸珍饈，只是鼎烹豬羊樽開泥封，只情胡吃海喝。觥籌交錯間，人們目有視，必視福康安劉鏞，口有言必言福康安劉鏞。福康安對衆官員不大兜搭，親自給衙役們頒發賞銀，輪桌勸酒，大說大笑著議論夜來一戰。劉鏞怕冷落了這群地方官，略與衆人周旋，徑自坐了廳東官員席面，邊吃邊詢問地方錢糧治安風俗民情拉長說短。一時福康安回來，已是微帶醺色。他雖只有十六歲，已是頎身玉立，穿一身天青夾袍套著玫瑰紫巴圖魯背心，星眸顧盼間神采照人，在滿屋綺羅袍褂翎頂輝煌間更顯得鶴立雞群。在廳心立定了，左手舉杯，右手一撩辮梢，說道：

「諸位！」

廳裡廳外的吆五喝六嗡嗡嚶嚶之聲立即雅靜下來。

「這次平原內地剿匪，全軍全勝而歸，匪寇無一漏網。現在是喜慶日子，我們高興！」

福康安大概還是頭一回在這種場合講話，開始有點把握不住，說得略帶慌忙。他很快想起父親的話，「當衆陳說訓示，要眼空無物，只當對石頭說話」，略一定，語氣便變得流暢舒緩毫不滯澀，「這是皇上洪福齊天，朝廷社稷祐護的仁澤所至！劉七乃大別山慣匪，跟從一枝花逆黨三次起兵放炮造反，流竄荼毒七省，危害地方百姓，一枝花事敗，又逃亡流竄劫庫殺人嘯聚匪衆抗拒天兵，實屬十惡不赦之徒！這次一鼓收擒，先一條爲聖上解了一椿宵旰之憂，爲朝廷除一心腹之患。我們舉杯，爲皇上萬福萬壽——乾！」

接著一片撲撲騰騰桌椅響聲，人們齊地立起，吱兒咂兒響了一陣，翻杯亮底，咧嘴嬉笑歸座夾菜。

「衙役不是野戰用的。」福康安笑道，「葛逢春以下二百役丁奮勇當先前敵無畏，一夜鏖戰群頑伏擒，綠營軍掠陣機動配合，不踐稼禾不殘良民大獲全勝——你們都是有功之臣，除頒發賞銀之外，還要按功敍保，朝廷自有褒揚制度，這第二杯，我福康安和劉大人共敬諸位！」說著杯一揚，裡外人衆大呼，「謝福爺劉爺！」劉鏞慌忙起身舉杯，隔座和福康安一會意注目，飲了。衆人料他還有第三杯，便不再坐，一一斟著，聽福康安說道：「這第三杯我要大家共敬劉崇如大人！——他是我們的正欽差，居中調度攜同軍民指揮如意，察民情審時勢，剿匪護民綏靖治安，身爲文官親臨前線督戰攻敵，居功爲首——這一杯，爲崇如大人納福慶賀！」說著率先飲了，衆人也都齊呼：「爲崇如大人納福」，引杯傾盡。

劉鏞心頭轟地一震，立時漲紅了臉，劉七一犯，是乾隆幾次御批，遍天下通力捕拿的要案案首，這次連匪衆全擒，不但刑部，連軍機處都要表彰嘉勉的。通常佔山劫貨爲害一省的坐地小土匪佬兒受擒，巡撫以下官員爭功奪名，常常鬧得醜態百出，這樣一個特大治安功勳，福康安又實實在在是調度指揮首腦，怎麼一帽子都扣到自己頭上？……一時想不清楚，無論如何先辭爲上，劉鏞定住了心，舉杯笑道：「瑤林大人少年高才，這次是親眼目睹了——大家聽我實言相告，布置策劃指揮調度都是福大人一手安排，一力推行。我只是拾遺補闕，略盡了點參贊責任……」他陡地想起，福康安一路都在抱怨別人總看他是個乳臭不退的小孩子，嚮往天山鐵騎虎帳運兵的大將軍，建功於當世，留名於凌煙閣。一下子福至心靈，知道他是嫌這份「功勞」太小太沒味兒，竟有個「不屑居之」的意思在裡頭！這個想頭一劃而過，極是清楚明白，因提足了氣，高聲道：「福大人是米思瀚老公爺的後代，將門虎種英才勃發！這次只是小試牛刀已見大英雄本色。功高遜居，更是高風亮節，雛鳳清於老鳳聲，福崇如千乘萬騎功建社稷名垂竹帛，在座諸君可以拭目以待！我們，爲福崇如大人乾杯！」

一片乾杯聲中，福康安興奮得紅光滿面，大概自出娘胎，華堂公庭之上聽這樣的考語，他還是第一遭。劉鏞的話也眞是句句都搔到了癢處，直想學周瑜在群英會上當庭舞劍乘酒豪歌。看了看這群滿臉諛笑的齷齪官員猥瑣仕紳又覺他們「不配」。他畢竟是天分極高心智清明的貴介公子，父親整日「趙括馬謖」地訓誡，母親板頭掰口溫存勸慰要「體態尊貴舉止安詳」的話頭浸淫日久，此刻竟都不期然泛起作用。心裡一沉著，臉上便帶了從容雍和，微微一笑，到葛孝化一席上笑道：「冷落你們了，賊窩在你們府，居然毫不知情，你們不爲無過，但此地百姓馴良遵法，昨夜沒有一戶是窩匪不舉的。還是你們平日教化有方。不然，昆崗失火玉石俱焚，劉鏞和我也不能乾淨利落善後。這個功比那個過大，所以奏議裡也要褒揚。孝化聽說要轉任兗州府了？不必急著去了，議敍請旨，這裡轉陛濟寧道就是——」他笑起來，「葛太尊、葛太爺、馬管帶……都預備著吃升官酒罷……」這群官員一見面就挨他罵，心裡原是不安，此刻這份高興，私地裡不定就鬧一嗓子二黃。這都是隨口能說一車逢迎馬屁話的主兒，福康安卻擺手止住了，對劉鏞道：「咱們到縉紳席上。有道是筵無好筵，好白吃的麼？——這都是窩裡人，得罪不了他們——來吧！」

劉鏞恍然之間已經憬悟，福康安要藉機敲這批財主一筆，心裡暗道這個相府公子耳濡目染，得了傅恆眞傳，心才心智不可限量，笑著起身和福康安來到西席首桌，命人掇過兩把椅子，笑道：「我們陪各位父老坐坐，不嫌棄吧？」

這一桌坐的都是棗莊頂尖的頭面人物，崔粱宋三家都是富甲王侯，不分軒輊長者居首，還有馮唐葛劉胡五家，也都是擁資百萬的財東，棗莊產煤，自都是發的「煤」財。錢多，然卻沒有什麼功名身分，沒有混過高層官場。本來福康安優禮有加，已是受寵若驚，這一來更是驚上加喜，喜裡有驚，二者攪和著頭暈神昏，一陣不著邊際的逢迎聖明，矜持得不敢舉箸，身子飄得不落實地，各個自報家門，戰慄敬畏正襟危坐。

「縉紳業主是朝廷的基業根本。」劉鏞見福康安似笑不笑端杯不語，知道是輪到自己說話時候了，各自三杯沾唇即過，輕咳一聲說道：「諸位雖不是官，於地方而言，比官要緊。官似流水展眼過，鐵打營盤今如昔啊——你們是根基，是河底的石頭，是『鐵打的營盤』嘛……」他俯仰沉吟緩緩而言，顯得分外城府深沉，「我先在戶部，又在刑部當差，辦過不知多少案子。家嚴大家都曉得，更是一輩子在案件堆裡辦差。有一等富而好禮、恩存恤下的殷實人家，那個一村一鄉一鎮一縣都受惠，鄉愚宵小之輩就安貧樂賤，就有個把地棍刁痞窮極無賴的，鄉民自己就料理了他。凶案惡犯極少，更沒有犯逆的，倒過來業主終歸平安實惠。有一等爲富不仁、魚肉一方的富戶，欺人霸產竭澤而漁，仗勢倚富橫行霸道的，逼得佃戶窮民走投無路忍無可忍的，他那裡就容易出事，出事就是兇殺戾氣！招得是非出來，終歸家破人亡，慘不忍睹，就是朝廷替他緝凶平亂，他吃過的虧無法彌補。這就是一念之差，毫釐千里之別。比如劉七，如果換在一個飢民遍地，道路餓殍的處在，業主又囤糧居奇，勒啃虐下。一聲呼號揭竿而起，我們能不能這樣平安順利把案子就辦了？所以呀……福大人昨晚說，這裡是好縉紳把持的地方，你們平昔是有德有功的！」

挨福康安身邊那位七十來歲的老頭子叫崔文世，拈著雪白的鬍子說道：「大人這話極是，我雖經營炭業，也是讀書好禮人家。我家、宋少卿家、梁君紹家，還有這幾位，有個煤營會館，在一處聚也常議論這番道理。這礦工井窯工人，和江南織機行、江西瓷行一樣，和農田業主佃戶大有不同，其實都是四面八方來的無業游民，光棍地痞還有作奸犯科逃案藏匿的也就不少，這般朝夕聚集同作同息，一個不善之舉不妥之事出來，就不是小事。大人誇獎，我們不敢當，只有更加小心翼翼，如履薄冰，萬不敢非禮胡爲的。」

他身邊就是梁君紹，也是五十多歲的瘦老頭子，說道：「一處不到也不成。工人是愈來愈難管了，開礦初起，一車煤一錢五，後來漲到兩錢、三錢！去年夏天冒頂子塌方，接著一個窰串火爆炸，死了十三個人。我的爺們——全棗莊礦工叫歇，各家窰主封門閉戶，滿棗莊工人男女老幼家屬吼天叫號，三個字『漲工價』。得，一車五錢！沒有官府彈壓，青幫說合，那眞要我們粉身碎骨了——」他打了個寒噤，「劉大人說我們是朝廷的根基，我們其實想著朝廷是我們的靠山！幸虧劉七在這裡是避風躲藏，沒和工人串連，要眞勾成一勢，不知道鬧出多大的亂子呢！」他說這事，衆人似乎都還心有餘悸，無不點頭稱是。

「出了事就是生靈塗炭，大劫之下倖存也難！」劉鏞抖帆順風轉了話題，「福大人和我學生計議，這裡要請旨建縣，當然這還要看聖意，沒有旨意之前，是不是由諸位組建個護礦隊？既受官府管轄，又歸諸位約束，可以維護棗莊秩序，綏靖當地治安，有些案子還可調停鎮壓！——昨晚一夜用兵，八萬兩銀子銷掉了。難道要朝廷來出？我都要小看你們了！有支護礦隊，可疑人一來就盯上了，一繩子就綁送衙門了，你們平安省心，加上恩威並施，出煤不出事，豈不面面俱到？」

衆紳士都是一個臆怔，愣了一下才意識到劉鏞是叫大家出錢。八萬兩銀子對他們是個小數目，情知昨晚用了四萬，卻張口「八萬」，大家心裡已經不然。且劉鏞節外生枝，又說什麼「護礦隊」，那是年年花費月月支銷的事，就像個塡不滿的無底洞了，無端額外從天上掉下來這麼一項負擔，自然人人心裡不情願。這個搓鼻子那個揉眼、咳嗽打哈哈、支頤沉吟裝迷糊的，一桌子怪物相。

本來一片喧火熱鬧的酒筵似乎有一股潛暗的冷流從西傳到東，又從北竄到南，揸拳猜枚的提耳灌酒的衙役們都受了感染，漸漸止杯停箸，人們誰也不知道出了什麼事，瘟頭瘟腦張望時，劉鏞笑咪咪地夾菜，福康安翹足而坐，旁若無人地吃茶，不像出了什麼事，只都不言語，味氣兒不對。氣氛鬆弛了一點，但再也哄鬧不起興頭，說話聲都變得小心翼翼煞有介事，變成一片交頭接耳的竊竊私議。葛逢春是正經八百的地東兒，見無緣無故的冷了場，執起酒壺便過西席來勸，福康安一晃手止住了，哂笑道，「你主子這會心口堵得慌，等劉大人說完話，你親自背爺到花廳歇息，這會子別你媽的獻殷勤兒！」說著「呸」的吐出一片茶葉，只是笑，用碗蓋撥弄茶葉。

「爺敢情是！」葛逢春賠著笑，又給劉鏞添酒，又忙命人遞熱毛巾，親自捧給福康安，說道：「兩天一夜沒合眼，打了仗又接見仕紳犒勞下人，必定是累了……待會奴才背爺去……」他官場上歷練出來的人，最能觀風察色的，已瞧透桌上尷尬，話沒說完，若續若止地停了下來，放了壺過去呵腰輕輕給福康安捶背，福康安由他捏揉了幾下，說道：「不必了，論理，你原該這麼著侍候——這是山東孔家定的萬年規矩，是大清列祖列宗遵循不逾的制度。小葛子還是曉事，不像有些王八蛋，頭矗得葱筆似的等著吃罰酒！」

劉鏞看他神氣，知道他立時就要發作，欽差身分侍衛本事少爺脾氣一齊來，不知鬧到什麼光景，遂笑道：「給福爺換灑灑的普洱茶，最是醒酒提神的了——諸位你們也要明白，鼓角一響，黃金萬兩，昨夜官軍也是出動了的，而且是百餘里奔襲，棗莊這邊留守支應的人，還擒了給劉七放火報信的奸細，有功不賞，往後有事誰肯出力賣命？我是眞沒想到，諸位竟這般勒啃，竟在這裡和我劉鏞悶葫蘆打擂台！」

「不是小人們不識抬舉，」首席的崔文世早已如坐針氈，紅著臉嘆息一聲道：「崔家粱家宋家是首富不假，但今天來的都是族裡長輩，當事管錢管帳的子侄們都去了曹營，那裡地下又出了煤，得各家公分明白。爺要八萬兩，這不消說得，我們三家各一萬五巴結，他們五家共攤，這點主張還拿得，這建護礦隊也是好事，卻是常項常例，每月定支多少，請爺們示下，回去告訴管事的，由他們商酌……這麼著成不成？」

原來如此！福康安這才明白，這些礦主們雖然地處偏僻，其實與各地行商往來已久，「見識」不亞於「晉省算盤江寧戥」，精明過於湖廣老客，只是地處鄉野，疏與政府往來，不曉得朝廷的厲害，才敢這般糊弄張智，因冷笑一聲，說道：「看不出來，棗莊還有幾位如此高人！料敵在先，知道了筵無好筵，自己躲在後頭，派不管事的來敷衍周旋！逢春，拿你的名刺，去請那幾位當家人來——你是鐵公雞，我有鋼鉗子！看是誰硬過誰？」

葛逢春「哎」地答應一聲便叫「來人」。劉鏞卻怕好好一場喜筵攪得戾氣出來，擺手止住了，笑道，「何必這會子去呢？他們也當不得這個『請』字兒——逢春，曹營那塊地既有煤苗，要官徵，不徵給私人。他三家佔了，這五家怎麼說？還有別的礦主也要調停——幾個人霸了去，算是怎麼回事兒？」葛逢春目光一閃灼然生光，劉鏞這一記撒手鐧眞狠到極處，而且正正地打在三家人的天靈蓋上——爲曹營這塊地皮歸屬，崔粱宋三家從縣到府道，一直運動到藩司衙門，花的銀子建三個護礦隊也綽綽有餘，如今輕輕一句話，全都抹得乾乾淨淨！自己現在把家拆了，葛氏張克家斷了腦袋死無對證，爽爽利利的「兩袖清風」，可那邊就坐著葛孝化，和張克家都是一夥，葛孝化不但在省裡三司衙門兜得轉，北京軍機處阿桂也和他頗有淵源，種種人事混攪得亂如牛毛……想著，心裡直犯嘀咕，偷睨了東席一眼，果見葛孝化已經移步過來，想說什麼，又噤了回去。

「我在那邊已聽你們多時，」葛孝化對劉福二人略施一躬，轉身板起臉對一桌煤商窰主說道：「太原、大同、唐山、撫順，哪個煤礦沒有護礦隊？把你們平日討好巴結長官用的銀子，塡塞賄賂衙役們的出項使到這裡，只怕就綽綽有餘！再說了，這裡離著豐縣百十里，縣衙不在這，綠營不在這，劉大人福大人是欽差，還有多少大事要辦，難道能駐在棗莊長年替你們護礦？平日你們各礦也有護礦的，集中起來防著出大事，哪一樣不為的大家好？——糊塗！」

「我們出，我們出！」八個礦主一下子全都靈醒過來，參差不齊說道，「各位爺這麼關愛體恤我們，再不識大體，我們還算個人嗎？」為首三家也都連連道不是，崔文世說：「我老糊塗了，這樣的好事，崔國瑞怎麼會不同意？」宋少卿道：「我可以作得主的，太尊太爺劃下道兒來，明天就作起來！」梁君紹笑道：「絕不辜負劉大人福大人的美意，這件事辦定了！」下首馮唐葛劉胡五家便也參差不一附和：「凜遵憲命……我們唯崔老先生馬首是瞻……」這一來，原本緊張得一觸即發的氣氛頓時鬆緩下來，庭裡庭外的人都舒鬆了一口氣。

劉鏞咀嚼著葛孝化的話，竟是愈品愈有言外餘味。佯笑著想說什麼，福康安已經起身，嘿然笑道：「還是打仗省心！如今的事，爹不認娘不認君父百姓都不認，就認孔方兄──崇如，戰俘還沒有清理，省裡那邊的回文也就要到了，只怕他們也要來人。咱們回花廳少歇息一下，有些事還得計議。」劉鏞便也笑著起身。葛逢春笑道：「我背福四爺回去！說句良心話，在外頭做官都是人伏侍我，都忘了自己本來面目了！多少年沒有背我的少主子了，今兒眞得像個奴才樣兒……」說著便俯身。

「罷了吧，有這心就好，就算主子騎過你了。你留下和你們太守他們議一下方才的事，過去給我回話。」說著徐步出庭，黃富揚人精子混在衙役堆裡吃酒，見他們出來，便忙起身相隨，滿院的衙役們黑乎乎站起一片。

福康安在石階中間停住了步，他的神情忽的變得有點茫然若失，定了一下神說道：「弟兄們，打贏了仗得彩頭領賞，那是理所當然。比你們平日敲剝勒索販夫挑伕小本經營人家得銀子要乾淨體面得多。但世上的事誰能說得淸呢？得贓銀的也許平安無事，得乾淨功勞銀子的也許還要招惹是非。嗯，沒有多的話──這個仗不大不小，以軍功議敍，願意加入軍籍的，可以自報，把名單給我，不願的不加勉強，仍舊論功行賞！」說罷，手一擺去了。劉鏞等人忙都隨步跟上。

此時已近酉末時牌，正是日盡林梢倦鳥飛歸時分。花廳西畔是一帶茂密高大的楡林，枝葉蔽空遮住了晚霞，將落的太陽像剛入鍋的荷包蛋，沒有凝固的蛋黃色懶洋洋的將透過林縫枝椏的光灑落在西窗上，窗紙隔著，光線更加幽淡，乍從正廳筵席來到這個所在，顯得格外靜謐深邃，連窗外牆角下紡織娘嚶嚶的鳴聲都聽得清晰。二人回來，臉色都有點沉鬱，劉鏞穩几而坐，打火吱吱地抽煙，福康安將兩隻靴子都甩了一邊，腳蹬在桌檔子上，仰臉躺在安樂椅上看著天棚，手撫著長滿短髮的前額，似乎在閉目養神，又似乎在深深思量著什麼。

「瑤林，」不知過了多久，劉鏞才磕磕煙灰，問道：「你在想什麼？」

「我在想阿瑪不容易……」福康安瞿然開目，嘆道：「他老人家軍政民政理財治安，都是全掛子本事。我是看著他白頭髮一天比一天多，每天滿臉倦容，有時連腳步兒都踉蹌蹣跚。心想宰相協理陰陽，百官各有所司，何至於事無巨細樣樣躬親留神，把自己累得那樣？……今天，我覺得長大了許多……」他撐著坐直了身子，像是吞嚥什麼似的自嘲一笑，「就這場筵席，蜻蜓點水略有一觸，我覺得比昨夜打仗要費心得多！葛逢春是我的奴才，葛孝化是阿桂旗下包衣，這正是旗鼓相當的一對。阿桂和我家是世交，紀曉嵐正蒙聖寵，也和我家有至交厚誼。紀曉嵐的事是不能約束家人，阿桂的奴才也不是什麼好東西，葛逢春想當好官，一家人鬧得斬頭灑血——我們大清這是怎麼了？我家奴才放出去做官的有好幾十個，大的做到臬台，小的也是縣令，難道要我一個個去幫他們料理『家務』？」

劉鏞咬著下唇沒言聲，按煙掏火時，人精子忙晃著了替他燃上，淡青色薄紗一樣的煙縷立時又裊裊在屋裡飄散。

「王陽明說『破山中賊易，破心中賊難』，真是半點不假……」福康安悠悠說道。

他沉思著，口風一轉，忽然一笑道：「說這些幹什麼？說說寫報捷折子的事吧！你看怎麼寫？當然是你主筆。」劉鏞笑道：「這個自然。我想，調度指揮全殲全勝這功勞誰也不能和你爭，我只是個參贊，善後事宜像組建護礦隊，可以以我為主寫上，葛逢春大義滅親，率衙役隨同作戰，這個也要寫足，記功議敘。以下是列名保舉。綠營管帶陳化榮策應圍捕有功，要和葛逢春一例。葛孝化——」他沒說完，福康安便打斷了，「他有什麼功勞？迎接我們回來，一塊吃酒？」

劉鏞無可奈何地一笑，說道：「瑤林弟啊……你沒有聽出來，這個葛孝化可不是盞省油燈呀！我們說了那許久話，他穩坐釣魚台，一說曹營煤礦收官，他就過來圓場……話裡套話，建護礦隊是敷衍我們，因為我們不能『長駐棗莊』！各家把原來護礦的都『集中起來』，我們一走，自然都再『分散回去』，還有什麼『巴結長官』『賄賂衙役』使銀子，都是說給葛逢春聽的。偏是話裡連一點錯漏都沒有。你說這角色厲害不厲害？他手裡準定捏有葛逢春的把柄，我們屁股一拍去了，葛逢春在這裡坐蠟吧！」

「正是聽出來了，我才不肯讓步。這種事，你愈讓，他愈以為你可欺，就愈猖狂！」福康安冷冷說道：「就昨晚的情勢而言，百姓沒有替賊遮掩維護的，這是山東省三司衙門、山東學政濟寧訓導、豐縣教諭平日教化有方，所以百姓馴良。這一條足足的給我寫上，就是不提葛孝化。他就苦屈，向誰訴？原定計劃裡沒有喊話這一條，是你的臨時動議，這一條十分要緊。不然四面合擊進村，暗夜亂中要傷不少良善百姓，這是我的疏漏，你可以不寫，但我要附奏說明，你的『文治』見識就出來了，把我『武』的一頭寫出來，皇上阿瑪曉得我能帶兵會打仗，這就成了！」他壓得嗓子瘖啞了，一字一板說道：「什麼太原大同唐山撫順都有護礦隊？葛孝化是胡說八道！這個預先沒商議，我要搶你一半功勞——合議條陳，各個煤礦、銅鐵礦，凡是工人聚集上千的地方，都要建護礦隊，民間出錢官府經營——回頭我們派人回來覆查，果真敷衍我們，管他阿桂阿賤，我就辦了這個葛孝化！」

劉鏞聽著不住點頭，心下掂掇：這位哥兒雖然好武，文事上也並不含糊，尙氣任俠裡不乏深沉幹練，咄咄逼人的氣勢裡另有一份溫馨儒雅，孩子氣裡又透著大人氣，如今貴介子弟裡這樣振作的眞是不多見了。只是就器量而言，似乎有點過分涇渭分明睚眥必報的味道……正胡思亂想間，福康安道：「只是紀家李戴官司一案，太令人犯躊躇了……」

「李戴的兒子不孝，已經撤訴，這事不宜再翻騰，事情鬧到軍機處，朝廷臉面也要緊。」劉鏞思索著說道，「曉嵐公的臉面也要緊，且也連著傅相和家嚴臉面。我們不但官小，且是子侄輩。他也只是個約束家人鬆弛的過錯，爲尊者諱、爲親者諱這是禮。打發李紀氏娘母女一個小康，各自寫信給父親，由他們老一輩的背後勸戒也就是了……」

福康安默默點頭，說道：「是。好比寫字，愈描愈醜，有些事眞是教人頭疼……」

正說著，聽外頭腳步聲雜沓漸來，知道席散了，便住了口，問守在門口的黃富揚，「你和衙役們一道清點俘虜的，林爽文有沒有下落？」黃富揚忙道：「在蔡營當場就清點了，這是爺最關心的事，怎麼敢馬虎？——林爽文自離揚州就和劉七分手了，說去了台灣……」

「跑了初一跑不了十五！」福康安似乎早有預料，不動聲色說道：「奏折裡要寫明，另附夾片報劉延清老大人，著台灣府嚴加緝拿——叫他們且回步到東書房候見。就說我和劉大人要歇一會兒——一個時辰後叫我們……」說著起身進了內屋，頃刻便聽鼾聲如雷。劉鏞卻仍毫無倦意，著人精子舖紙磨墨，洗了臉打疊精神，一邊抽煙一邊打奏議書信腹稿，也不及細述。

24

油滑老吏報喜先容
風雨陰晴魍魎僭功

福康安劉鏞算計精當，山東上下文武都有功勞，獨獨把葛孝化晾起，讓他有苦沒地兒訴。但葛孝化老謀深算，比他們更精明，早就寫好了報捷信，差專人飛騎直遞揚州御駕行在軍機處。比八百里加緊驛傳還要便當快捷。這邊筵席酒未開樽肉不熟，他的信已經上路了。

當日正是紀昀當值，習慣成自然地把一高摞子各地奏折分門別類撿看著，撿到葛孝化這一封看時，信封上密密麻麻都是字：

延清公曉嵐公折轉阿桂公，爲瑤林崇如大人生擒匪首劉七大捷一喜——奴才葛孝化泥首叩安

紀昀不禁一個莞爾，見范時捷進來，笑道：「你見沒見過這麼長的封款？」將信舉起揚了揚，幾個軍機章京也都笑了。范時捷道：「這就好比人家中了進士，街混混兒比官府的京報來得快得多，是討個喜錢的意思。羊群裡跑出兔子，比羊能，日他姥姥的這小子眞個別——還不趕緊折？皇上整日問這事，老延清和傅恆聽見，不知多高興呢！」紀昀

這才剪封口，看那信時，足足是份萬言書，不知是哪個師爺的手筆，一色瘦金小書精神硬朗，將福康安劉鏞如何微服私訪，聞變不驚，密地調度部署，迅雷不及掩耳包圍蔡營，大軍壓境十面埋伏而劉七尚在夢中。又寫官軍連夜如何奔襲策應，人人手執長繩拖帶火把，以三百人之微軍成五千人疑兵之陣，賊匪惶懼如入天羅地網，軍民衙吏同心協力共擒匪魁……種種情事寫得如同身歷其境目擊無餘，生花妙筆時有驚警之句，看得人神動心搖。說到他自己，葛孝化卻是謙遜慚愧不已：

……奴才職在府牧，庸庸營營，唯以境內賑災撫貧，協調民事緩安地方爲事。萬不意此逆天巨獠潛蟄治內，聞驚之下既駭且愧，當即部署所轄各縣所有衙署吏役扼守大小要道，清查户藉，捕拿可疑行客而已。未有寸功可言敢云薄勞之建？然劉七乃天下之渠魁大盜也，彼之就擒於東莊，非一郡一府之慶，乃天下衽席百姓之喜，我皇上洪福被籠宇宙之瑞。奴才歡忭踴躍之餘，思及主子關心，用是亟告慰懷。因不知主子隨駕與否，特發寄北京及御駕軍機處各致一函，順便請劉老大人延清紀老大人曉嵐拆閱。主子顏喜心悅，則奴才之願也。並祝劉中堂紀中堂萬福，恭叩我主子康泰金安。

末了署名卻是「奴才葛孝化」。

「這個人我認得。」范時捷笑道，「原來在無錫當縣丞，後來攀上了高恆，抬進了漢軍旗，又運動內務府轉到阿桂門下，又結識了岳濬轉到山東臨沂縣令。別看不哼不哈，拍起馬屁來絲毫不著痕跡——這不，又拍到你兩位頭上了？」紀昀笑道：「是，他會不知道阿桂在北京？不過，這個馬屁拍得響。天天有這樣的好消息，皇上高興，我們也不至於忙得焦頭爛額。這件事得立刻報皇上知道……」說著便站起身來。范時捷道：「我剛進去見過皇上。他剛從海寧回來，連著見人辦事，又預備著返駕，又連夜聽岳鍾麒滙報軍情，太后老佛爺又感了點風寒，娘娘體氣剛好一點，也要時時照應，剛我離開時皇上還說要假寐一會子。你這一進去報喜訊兒，他還休息得成麼？再說了，福四爺劉鏞的報捷奏折還在路上，你搶先去報喜也不好，至少也得知會一下延清公一道兒進去才好……我來見你也不爲無因，我要先回北京戶部去了，有些事得向你這軍機大臣領教……」

紀昀坐回了身子，笑道：「這麼鄭重其事的？」他和范時捷熟透了的人，雖然平日散漫嘻哈，較了眞的事卻從不馬虎，此刻這副似笑不笑的神氣也有點讓人心忧，心中起了警覺，臉上卻不帶出來，說道：「請講。」說著打火抽煙。

「一件是高恆的案子，」范時捷就著紀昀的火楣子也燃著了他的水煙，咕嚕嚕抽著噴雲吐霧，「新任兩淮鹽政尤拔世有折子，他交到戶部十九萬多銀子，說是上年留的綱引目，共是二十七萬八千餘兩。這是商人每引繳銀三兩的成例。他的前任普福支過八萬五。現在高恆出事，請旨銀子是繳戶部還是繳內務府……」

「什麼叫綱引目？」

「皇家內廷徵使銀子就叫『綱』。『引目』是官辦鹽陀子每陀的價銀。」

「歷來這銀子繳到哪裡？」

「沒帳。」范時捷咂了一下嘴，乾脆利落說道：「戶部沒帳，內務府沒帳，高恆那裡也沒帳。說都打了收條，收條在高恆那裡。抄家籍沒亂烘烘的，收條也沒見！」

紀昀煙斗裡煙梗子「剝」地爆了一下，火星子迸出來落在手背上燙得身上一顫，忙拂了袖上火星，又抽兩口才定住了神：這筆帳極好算，一批「綱引」交割就是近二十萬，通國十幾個鹽政分司每年近三百萬，歷年來除了公明正道的帳目調撥項款他心裡有數，就是說至少有上千萬兩銀子沒有著落，黑了沒了不知去向了！饒是他養氣練神宰相城府深沉，心裡這份驚駭也難掩飾按捺！皺眉重重吸了兩口，鼻子口都噴著繚繞煙霧，說道：「這事你回北京要再請示桂中堂。我的意思除了正項賦稅錢兩收支項——那是再不會有爛帳的——圓明園工程用銀還有兵部報銷銀子。其餘的帳目全部封存，盤清底帳具折詳奏。連傅六爺尹元長他們也都要知會一下。將來皇上問起來，軍機處要有個預備。」范時捷道：「曉嵐公指使很詳明，我忖掇著，不但帳目，連戶部額外餘銀庫存也要封了，才不至於混帳攪不清。但這一來，圓明園支項有時就不夠用，內廷銀子周轉不開，仍舊要從國庫裡取。曉嵐公，說心裡話，戶部是個爛泥塘，水深泥也深，別人擠著削尖腦袋往裡鑽，總有他的道理。我可是心裡沒底，不敢蹚這池子呢！」紀昀笑道：「要是差使好辦，怎麼能用你來主持？皇上、軍機處都信得及你，只管放心做去！」

二人因又言及高恆一案，不但鹽政、販銅，連兵部的茶馬政，河務上的官田買賣……只要有錢的地方，似乎都有這位國舅爺的影子。但高恆這人他們知之有素，嫖娼宿妓勾搭七八之外，別的上頭並不是個劣跡斑斑臭名昭著的人，要真的黑心貪了這一千多萬銀子，鹽政上何至於鬧出虧空，在本職上頭給人留下把柄？他即便每天勾搭一個壞女人再睡三個娼妓，能用多少銀兩？一千萬銀子是政府一歲收入的三分之一，這傢伙把它們弄到哪兒去了？二人閒話分析解疑，終歸不得要領。因見卜義從儀門聳肩躬背笑著過來，紀昀便知是叫進，忙站起身來，范時捷也就起身告辭。卜義站在門口避過，范時捷出去，才道：「皇上在東暖閣召見尹繼善，命奴才過來叫您過去議事。」

「是！」紀昀恭敬一呵腰答應道：「我這就進去。」回身取了幾份卷宗，想了想，又將葛孝化的信也塞進袖子裡，遂跟了卜義出來，逶迤從左掖門進內宮正寢院。卜義示意紀昀在大烏桕下候著，自己挑簾進去報說。

這是行宮最深邃處的院落，因皇后就住在正殿西閣，內廷侍衛也不能進來，滿院寂靜中花樹葱蘢，日影透過不算茂密的樹幹枝椏嫩葉間灑落下來，苔蘚茵茵中光斑錯落，啾啾的鳥鳴聲時斷時續低聲唱和，反而更增幽深寂靜，若不是院中飄散著的藥香，廊廡上站著的太監宮女偶爾衣裳窸窣微響，真有點進了古廟禪房修真之地的味道。紀昀也是頭一次到這處殿房，如此肅穆安謐的所在，他也不敢妄動，只在樹下鵠立待命，一邊目睨院中景致，心裡思量召見應對該怎樣回話，一時見王八恥出來招手，便小心趨步上階。王八恥小聲道：「主子娘娘正在看脈，不必報名，說話小聲點……」紀昀點頭，已有宮女挑簾，遂小心趨步而入。

進到正殿，紀昀才知道這裡布置比別處大不相同，五楹大殿正面兩廂，周匝上下都是駝色金絲天鵝絨幔帳，將殿壁幕得嚴嚴實實，幔帳外又一層明黃繡龍軟緞遮了幔帳，地下鋪著栽絨西洋羊毛地毯，也是明光色，足有一寸多厚，就是倒了衣架摔掉了茶盤杯盞，也不會有什麼聲息動靜。紀昀見正中三架屏風中設著御座，恭肅一叩，側身趨步向東，又過兩道幕才到東暖閣外，此時才聽見尹繼善的聲氣在說話，想想殿中布置，原來是爲了隔音，怕驚擾了皇后養病，正暗自嗟訝，暖閣裡乾隆說道：「是紀曉嵐來了，進來吧！」紀昀忙閃身進去，伏地叩頭道：「臣，紀昀恭請聖安！」

「起來吧！」乾隆的聲音有點悶悶的，像在頭頂說話那麼近，笑著說道，「才五天沒見嘛……別磕頭了，這地方兒頭磕爛了也磕不響的……」紀昀這才笑著起身，卻見乾隆盤膝坐在大木榻臨玻璃窗前，案上朱硯霜毫奏折翻捲散亂，沒有批過的折子上還搭著一張地圖，不但尹繼善在，岳鍾麒也坐在尹繼善並肩處北邊杌子上，旁邊還站著葉天士。還有弘晝，卻是坐在南牆榻旁一張太師椅上，自他革了王爵，一直不見外官，此地乍然相逢，紀昀覺得比久違了的尹繼善還要新鮮。因見弘晝向自己含笑點頭，忙又打千兒，說道：「給──五爺請安！」弘晝一笑，在椅上欠身虛扶一把。乾隆道：「紀昀坐到尹繼善下首──葉天士，你接著說。」

「是！」葉天士恭恭敬敬一叩頭，雙手一拱說道：「皇后娘娘脈象裡脈寸伏關濡尺弱，表脈寸浮關芤尺滑，小的診斷與諸位北京來的太醫識見一樣，脈案都已呈皇上看過。但御醫們的行方小的眞的是不敢恭維。醫者言八會，眞的要能府會太倉藏會季脅髓會絕骨筋會陽陵泉血會鬲俞骨會太杼脈會木淵氣會三焦──小的看了多少人的脈，總沒見一個『八會』齊安的。這怎麼說呢？好比萬歲爺身邊這些文臣武將，哪一個人又是文狀元又是武狀元，上朝輔佐皇上治國安邦，下朝回家琴棋書畫皆能，還會做飲抱孩子餵奶收拾豬圈耕耙耨鋤，樣樣都是行家……」他沒說完，乾隆和衆人都笑了，乾隆道：「確實沒有這樣兒的人才，眞有，倒成了個怪物了！有一兩樣兩三樣出尖的，就是好樣的了。」

葉天士道：「皇上眞是無學不窺，這正是張仲景辯證之論。皇后娘娘榮養一冬，如今體氣已見康平。其實原來就是個閉氣不通的象，只是太弱，不敢用泄，現今護住心肝腎肺胛，由命門泄火，要加適量積石痲黃，泄透積鬱，氣通腎虧再補，是絕無錯誤的，好比水桶裡的積垢，洗淨了再注清水，只要不傻，誰能說這不對？太醫諸位們只看到浮、芤、滑、伏、濡、弱，恐怕一泄而不可收拾，其實與辯證之理相悖。四時脈象春弦、夏鈎、秋毛、冬石。春天，就是康健人那脈象也是濡弱而長的。應時應有的脈象那不叫病，反常了卻是妖，我請他們太醫自診，他們的脈也都濡弱。明知我不錯，還是要用黃耆三七伏苓——皇上，這些藥用不出毛病，也治不了病的。我不敢說他們錯，只敢說我不錯……」

乾隆用心聽著，笑道：「誰說你錯了？脈案藥方朕都看了，叫北京的太醫來，是讓他們學習你的醫理藥理，不是來爲難你的。當然，他們的話有理，你也要用心參酌。皇后自覺體氣大見強壯，願意用你的藥，還是以你爲主，只管用心去治。別聽人說三道四。」

「這就是皇上聖明如艷陽之光，小的草木之人沐浴皇恩了！」葉天士叩頭道：「如今醫好皇后鳳體，小的有六成把握，只是皇后腎臟應寒而熱，因之肝氣易燥，盛德所在，克己復禮，只是『克己』二字，不能於體氣無害。最忌生氣的……又最忌生氣又『克己』，心淤不暢不泄於外即向於內，這是病家大忌。」乾隆微笑道：「你這就多慮了，皇后母儀天下，榮尊九重，太后和朕時時存問呵護，誰敢惹皇后生氣？你且退下吧，太醫們那邊朕就有旨意的。」

葉天士悄沒聲叩頭卻步退了出去。弘晝笑道：「這人眞的大有長進，說話分寸君臣之禮像那麼回事了。這麼長進的，必定是紀曉嵐的教導。你是怎麼教出這個活寶來的？」紀曉嵐笑道：「其實很容易，也不離經畔道的。我跟他說：『你知道上頭坐的誰？就那麼梆梆地頂！』他說：『我也曉得跟皇上大人說話得溫良恭儉讓，只是說到醫道上頭臭嘴就沒了把門的。不敬的心是沒有的，醫理說不清病人對我沒信心，皇上皇后也得循理來的吧？』我說：『皇上並不厭你，是皇上的帝王度量。你總有最敬最怕的人吧？比如你爹你媽，就想著上頭是父母，說話自然就溫存了。』他說他『自幼爹死媽嫁人。舅舅家趁飯吃，舅舅怕老婆，舅媽一天三頓白眼兒，想起來他們嘴臉，直要摑他們耳光，哪來的敬心？』……」

說到這裡，乾隆弘晝一干人已經笑了。紀昀接著說道：「百般譬諭，他說他沒出名時怕病家，成名之後病家又怕他——倒是這句話提醒了臣，臣說你總要敬醫聖吧？你心裡想著上頭坐的是扁鵲、是張仲景，自然就有了敬畏的心了——他心裡找到了禮尊上下的位置，說話時自然就有了尺度分寸。」

「有了尺度分寸就不失大體。」乾隆瞟一眼弘晝，說道：「——就不至於荒唐過分，老五，朕其實很知道你根兒上不是荒唐人，也很愛你灑脫機敏的，你是太弄小聰明的了。喜歡攬事，攬了事又兜不起，遮掩聰明，偏又欲蓋彌彰！瀟灑王爺、倜儻王爺、豪爽王爺、率性王爺，甚至風流王爺什麼不好的？就偏心甘情願作個『荒唐王爺』！一個錢度，還有高恆，都在女人身上吃了大虧，官員們玩婊子成風，一掏一窩兒，傅恆在成都捉、尹繼善在西安捉，朕也是三令五申下旨嚴斥杜絕，捉之尚且不遑，你怎麼敢弄一群妓女給軍官睡？」弘晝早已起身垂手聆聽，卻仍是一臉迷糊痞笑，說道：「皇上教訓的是！太后皇后娘娘也反覆叮嚀訓誡過了的。臣弟再不敢了！只求皇上再放臣弟一馬，給臣弟點面子，別處分隨赫德他們了，這個人還是很能打仗的……」他嘻嘻訕笑著，又一低頭。乾隆似乎有點無奈地對岳鍾麟和紀尹二人說道：「你們看這人，自身不保還要保別人——原打算早點發落你回京閉門思過的。老佛爺皇后都出來說話，就再放一馬吧……王爺爵位還給你，東珠暫且不賞。這就要回鑾了，你和范時捷順道察看關防。千萬留意，防著官員藉修驛道橋梁徵錢徵糧，你可聽見了？」

弘晝忙躬身稱是，當下便要告辭，乾隆擺手道：「且不要去。繼善還沒說完，聽聽如果京裡有要辦的事，你回去心裡也有個數。」弘晝笑著又坐了回去。紀昀自隨駕到南京，便已覺得乾隆待自己不似從前親切關懷，軍機處議事也少了調侃，極少見他像今日這樣隨和親近顏色溫馨的。原打算和劉統勛合議後會奏福康安擒賊的事，一轉念變了主意，笑道：「皇上容臣先奏，是個好消息呢！主子聽了提神兒，再聽尹繼善細陳軍務如何？」

「唔，好！」乾隆捻鬚笑道：「你就先奏！」

「是！——臣今日接到濟寧知府葛某的報捷信。福康安劉鏞周密部署馬到成功，匪首劉七以下一百九十八名巨寇渠魁窮凶極惡之徒全部落網，官軍衙役無一傷亡！」

所有的人都瞪大了眼睛，紀昀口齒便利簡潔，一事兒報說抑揚頓挫鏗鏘有節，果然十分提神，乾隆端著林子的手一顫，呼吸間鼻翼都興奮得一翕一張，眼中波光熠然一閃，問道：「是哪個府？」

「回萬歲，濟寧府！」

「福康安劉鏞指揮？」

「是！全部落網！匪寇全部落網，官軍無一傷亡，打得乾淨利落！」

「百姓呢？有沒有驚擾地方？」

紀昀雙手一合十指交叉，感嘆道：「這正是難能可貴之處！臣入軍機處有年了，大凡剿匪出動官軍，一半殺土匪一半傷百姓，甚或割了百姓人頭冒數請功的比比皆是！匪寇雜居民宅，一個百姓也不誤傷，此事前所未有！以三百官軍二百衙役生擒二百慣匪惡盜，這樣少的兵力，如此大的建樹，直是史無前例！福康安劉鏞尚是風華青年，乃能如此果決剛毅，智珠在握，也實出臣的意料……」弘晝是在座最知道乾隆和福康安底蘊的，生怕這位舌生蓮花的老翰林把好話說盡了，忙笑道：「傅恆整日訓斥福康安要防著『快牛破車』，又是什麼『趙括馬謖』！老劉頭更是見兒子就眼裡出火，訓起來鼻子不是鼻子眼不是眼的——兩個後生子虎犢出山一捉一群狼，看這兩個老傢伙什麼話說？」尹繼善和岳鍾麒眼見乾隆高興得臉上放光，笑得竟有點傻里傻氣，誰不要湊趣兒？趁熱打鐵就腿搓捻兒大捧：「這是比打野戰難十倍的事兒，兩個年輕人舉重若輕辦了下來，匪患消弭還在其次，朝廷又得兩個出尖兒人才……」「極盛之世人才輩出，是朝廷社稷之福……」「唉……把我們這輩人比下去了……」「看他們的了……」一遞一句詞連詞話套話，就說得一車滿載包兜不住。

「這事棠——」乾隆高興得坐不住，脫口而出，本想說「棠兒知道不定多歡喜呢」，生生把半截話呑回肚裡，因見皇后跟前使喚丫頭彩卉過來，料是聽見了這邊動靜，因笑道：「沒有生氣的事，大家高興著呢——回去稟皇后，福康安擒賊立功了——待會兒和五爺一道過去說……」彩卉笑著答應退了出去，乾隆轉圜過來接著道：「倘若傅恆劉統勛知道，不知是愧是喜？——信帶來了麼？朕說呢，紀昀進來就面帶春風，敢情憋著一寶！」

紀昀心裡叫聲慚愧，忙抽出信來雙手呈上，乾隆接過一看便道：「姓葛的好字，寫得精神！」便凝神細閱。衆人端坐注目，只見乾隆時而皺眉凝目，時而頷首微笑，時而俯仰沉吟，時而撫膝慨嘆，末了笑著遞給岳鍾麒。「你們也看看！難爲這兩個年輕人少壯有爲，很給朕爭臉……葛孝化的文章寫得也好……」紀昀有的沒的談笑風生，比出康熙年間劉七麻子一案，又比蕪湖鹽商放炮造反，連著說齊二寡婦一枝花諸人，又比論傅恆黑查山、雍朝名臣李衛招安竇爾敦……種種前案殄滅割據逆案人犯，優劣長短相互輝映參照。「大小之勢對壘之形雖然各有同異，哪一案不要耗國庫數十百萬，哪一案都有誤傷良民的……」中間夾著弘晝插話湊趣兒，把乾隆聽得樂不可支，因道：「老五說得不錯，這確是國家祥瑞之氣。聖祖世宗爺和朕三代努力敎化，百姓深明大義，福康安他們才能如此順利，不然，有的從賊抵抗，有的窩匿不報，倉卒之間良莠不辨，哪有個不誤傷好人的？」他想說得莊重肅穆些，竟是無法掛下臉，仍是笑逐顏開說得高興。

「實在是非同尋常！」一時岳鍾麒和尹繼善也都看完了折子。尹繼善由衷一嘆，「奴才細思當時情形，不能請示待命，不能延誤時分，爲防走漏消息，連官府也不能全然信賴，又無大軍可以就地調動，眞正是將才！運籌帷幄，守如處子動如脫兔，出奇兵用疑陣都在間不容髮之中，只要一步錯了，就沒有這個全勝之局！」岳鍾麒也道，「這確是一場野戰。不是靠地方政府，也沒有全指望大營官兵，這個戰例很個別的。」

乾隆一百個心思想升福康安的官爵，一來他初入值侍衛，再者年紀幼小，無功晉升，衆人未免不服。有了這份功勞，心裡這份欣慰，局外人怎麼也不能體會的。轉念一想尹繼善的話，反而冷靜持重了下來，轉想劉鏞是文臣，打野戰功勳又如何計勞，又思福康安果眞是斑斑大才，純粹從武功出身，似乎可惜，一功之下賞賚過重，又易增他虛憍狂傲之心……想著，心思已是清明底定，笑道：「其實朕更取他們忠君愛民不計利害這份心。這個仗打得險，如果有了半分敷衍心，先來請旨，或先與山東省留駐軍聯絡商計。商計停當，賊也逃了，他們也沒了責任——這就是尋常庸吏伎倆。傅恆有子，劉統勛有子！朕心裡歡喜無法形容。但他們畢竟年輕，還要砥礪磨練琢玉成器才是。」他頓了一下，又道：「朕料他們的折本今夜明天可到，軍機處先議一下，要從表彰勉勵上作文章，下邊有功人員保敍照常。他們的功勞，雖說朝廷有制度，寧可從低或者記檔，待差使辦完引見時再說不遲。」幾個人哪裡知道一霎工夫乾隆轉了若許的念頭，還要說時，乾隆笑道：「等他們奏折來了再說這件事吧！紀昀報個喜訊沖一沖也好，朕心裡其實鬱悶，吏治才是一篇眞文章，眞文章才眞難作——先帝不知多少次說這個話，當時只是設身處地，現在卻是感同身受了！」他斂了笑容。

「奴才剛才說到牛皮帳，五爺回京請召集戶部兵部合議一下。現在來不及分責任，先從武庫司調撥的五千領帳篷是絕不夠用的。不拘從科爾沁或者察哈爾急調購買五萬領，發放青海駐軍是要緊的……」尹繼善雙手據膝端坐，眼睛盯著前方不緊不慢說道：「辨是非可以從容去辨，兵士們受凍餓不能從容。青海地勢高寒，有的大營營區一年只有一個冬季，凍土不能種植糧菜，吃霉糧住破帳房。奴才去視察，士兵們人人面帶菜色，有的整營都是雞視眼，一到黃昏就變成一群瞎子！我請旨戶部配調花生核桃大棗瓜籽，運到軍營，從軍官到士兵滿營奔走歡呼：『萬歲聖明！體恤我們當兵的可憐！』後來再調，就調不動了，兵部戶部都說平原營房兵士只吃青菜豆腐，軍需供應不能厚此薄彼——他們哪裡知道那些地方一百斤羊肉想換一斤青菜也沒處換！一車蘿蔔送營裡，兵士們圍上來，一會兒就啃個精光……奴才親自進大伙房，乾菜羊肉霉米飯吃了兩天，眞眞是難以下嚥……」他彷彿至今不勝那份苦澀，嘬著嘴唇皺眉嚥了一口唾液，這一刹那間，紀昀才留意到尹繼善變得黑而且老，不但鬍子蒼白了，原來又濃又密的頭髮也變得異樣稀薄，總起辮子也不過拇指粗細，軟軟地垂在腦後，想起兩年前同遊清涼山，尹繼善那份風流儒雅，顧盼間奕奕精神，怎麼也和面前這位深沈持重、形容憔悴的軍機大臣印證不到一處。

乾隆一邊聽，一邊也在審視尹繼善，點頭說道：「不要管別人說你什麼，朕深知你的……那麼憂讒畏譏的？朕雖然遠在北京，你人在西安心存君國，巡行西寧蘭州深入大漠，朕是如同在你身邊……元長，你不要落淚，聽朕說，你在江南作官日子久了，一向得心應手慣了的，一旦去了北方，那裡吏情民風都不相同。又是以帶兵為主，又是軍機大臣，和紀昀他們一樣參酌政務。你想事事順心，哪裡能夠呢？袁枚在西安待不住，他想撫琴而治，西安地瘠民窮只有石頭板，哪來的琴？把軍棍兵痞趕出了西安，當地土豪劣紳強悍刁民，照舊還得用板子木枷對付！他不懂三秦政治和江南的不同，不能像江南這樣單靠理喻教化治理起來便游刃有餘，秦塞函谷不是吟風弄月之地啊！袁枚的《隨園詩話》朕也是很賞識的，既不肯作官，且置閒幾年，泉林著書也是好事……」

甘肅藩庫供應青海大營牛皮帳篷霉壞的事已經有幾封廷寄往來文書。兵部說這是兩年前才新製的帳篷，從呼倫貝爾購進時兵部派人驗過，都是一嶄兒新的壯牛皮縫製，庫存不到兩年發到營裡就霉壞，不可信，疑心青海大營軍官冒支報損。尹繼善派袁枚去核實，蘭州庫房說「無損」，有領貨兵營的戳記簽名為證。兵營長官請尹繼善到營檢看，又確是霉變不堪。幾千里外，三方各執一詞公婆各理，吵得沸反盈天，陝甘總督勒爾謹差點把袁枚扣在蘭州，「正法以正視聽而慰軍心」。可憐袁枚一個書生，名震天下的大才子，為肅清西安兵患，得罪了青海甘陝的丘八爺，為牛皮帳篷又惹翻了甘陝官場，為設義倉墾荒田激惱了當地仕紳，弄得四面楚歌。幸虧尹繼善百般迴護，調回浙江任錢塘知府，偏偏現任的浙江巡撫王亶望就是前任的甘肅布政使，都是串了一氣兒的，來了不接見，不放牌子不給差使，讓他「候補」，淡淡地「把你晾起，你能怎麼樣？」袁枚一氣之下拂袖南山……這裡邊關聯錯綜繁複，在座誰也沒有紀昀清楚，但這其中的人事險惡，也屬紀昀頂頂明白：且不論勒爾謹是勒敏的族叔，不但是功臣之後，也是跟從乾隆十四叔允禵西海征戰的悍將。即王亶望因在甘肅徵糧有功聚財有道，迭受表彰為「能臣」，去海寧前一日還特別下諭，加恩賞給他八旬老母貂皮四張、大緞兩匹，還有親筆御書「人瑞國祥」的泥金匾額……明知其中古怪隱情多，想想連尹繼善身歷其境都料理不開應付維艱，何況自己一個漢員？反覆沉吟著覺得漫無頭緒，與其說錯不如不說，正思量著沒做理會處，弘晝說道：「王亶望這人請皇上留意。您去海寧，臣弟在後船隨駕，夾運河兩岸梅花盛開，還有月季、夾竹桃，是花都開。上岸找百姓悄悄打聽：不是季節，怎麼花兒都開了？是祥瑞？——不是的。是花銀子從江南揚州花房移來的，盆子摔了現栽——誠孝忠敬奉迎老佛爺帶了假味。臣弟見他那副脅肩諂笑的嘴臉就惡心，分明是個——」他突然打住，嘻皮笑臉道：「臣弟又說走了嘴，皇上原諒！」

「你說嘛！雖然你撒漫無羈，朕還是願聽你的實話。」乾隆笑道，「誰為這些事罪你來？」弘晝笑道：「說句好聽的，他這人言過其實。說粗一點的，是個拍馬溜勾子舔屁股的角色……千穿萬穿馬屁不穿，這種人只要不貪，永遠是個不倒翁！」乾隆道：「朕以為你有什麼高見，原來不過如此！朕在藩邸見些人在先帝跟前這模樣也惡心。君臨登極才知道，人性趨高諛上都是一樣，有的是內根不正外頭道學，比這外露的更可惡可憎。既然都趨高諛上，不能單憑『嘴臉』判別。說他好要有實據，說他不好也要有實據

——朕見過個『馬臉相』的，你看他撇嘴瞪眼愁眉苦臉，他其實是在笑，你瞧他笑咪咪的，那是在哭呢！」說著呵呵地笑。

弘晝偏著臉想想，無所謂地說道：「臣弟沒什麼實據，就是瞧著這人不地道——事上諂者待下必驕，不也是情理？臣弟信得及尹元長，才去一年多點吧，看去老了十年，也是憑據。元長說要牛皮帳，那肯定得趕緊辦——眞奇怪，甘陝年年鬧旱災，乾得寸草不生的，怎麼會霉了牛皮帳霉了糧？」

他說得平平淡淡，乾隆卻聽得心裡一震，像是被提醒了一件極要緊的事，一邊極力思索著，一邊說道：「不但牛皮帳，花生核桃這些也要兵部列單作軍需供應，定成常例。既然蘿蔔能運上去，可以從內地徵購，青海藏邊阿里駐軍待遇，還有烏里雅蘇台、天山大營的糧秣軍餉，下去尹繼善和老五議個條陳，朕批給兵部照准辦理——軍士沒菜吃，有些荒旱之地又無法種菜，這不是小事……」說著靈機一閃，已是想得有了頭緒，突然轉臉對紀昀道：「——歷年的各省晴雨報表折子是留在北京了，寫信給阿桂，謄錄一份用六百里加緊送來！」弘晝和尹繼善正聚精會神聆聽他前頭指令，感慨乾隆深仁厚澤體恤前方將士，猛聽得話題一個急轉彎兒，對紀昀說起「晴雨折子」這八不相干的題目上，都一下子僵怔了。岳鍾麒一直低頭在想如何勸說乾隆警惕阿睦爾撒納的詭計，也一下子抬起頭來。只有紀昀心中機警明白，一轉眼間已知乾隆對勒爾謹和王亶望突起疑竇，但這樣的「聖明高深」萬萬不能一猜就中，故作發愣，一陣子才道：「臣遵旨……不過，聖駕這就返駕回鑾，過去的晴雨表不是要緊折子，恐怕已經存檔了，一時未必湊得齊呢！

皇上怎麼忽然想起這麼檔子事了？」

「是老五提醒了朕。」乾隆的笑容裡帶著一絲猙獰，語氣中仍是十分平靜和祥：「朕是想看看，甘陝這幾年的旱澇——是旱，牛皮帳和糧倉不該霉得一塌糊塗；如果是澇，朕記得像是因爲報旱災幾次免賦請賑的……」

他話雖說得鬆寬溫和，但事理透析卻犀利如刀，把一切障眼的往來紛繁事物，糾纏不清的人情擾攘一把剝去，椎骨透髓直搗要害，直有洞穿七札之力。頃刻之間，紀昀覺得再也不必顧慮什麼，再也不敢虛與委蛇遮飾什麼了。紀昀略一俯仰，岳鍾麒在旁嘆道：「主子這話眞是洞若觀火，聖明燭照奸蔽盡現！老奴才在京閒居，甘陝舊部進京見面，說起道路天氣，連著這幾年甘肅雨水充足，祈連山下的春小麥一畝都能打二百多斤——武官們抱怨道路翻漿泥濘難行，還說甘肅官兒精明會作官，都發了。奴才待罪之身不願多事，他們姑妄言之，奴才姑妄聽之而已。皇上這一說，奴才心中像點了一盞燈，甘肅原本苦旱之地，年年賑災。這幾年賴皇上洪福風調雨順，敢情還在冒請賑糧？他們竟敢將歷年幾百萬銀子都私分了？這可太駭人聽聞了！」

25

鷩蒙蔽遣使赴涼州
綏治安緣事說走狗

乾隆的臉已經完全陰沉下來，兩道短黑濃密的眉微微扭曲著壓下來，深邃的眼眶中瞳仁閃著針芒一樣的微光，幽幽掃視著殿中幾人。額角上的肌肉時而抽搐一下，兩隻手緊握著卷案邊緣，彷彿要一躍而起的模樣，卻咬著牙端坐不語。守在帷幕邊侍候茶水巾櫛筆墨紙硯的太監最知道這主兒脾氣的，本來就屏營悚息鵠立的腰身像被人觸了一下的含羞草，齊刷刷迅速折彎下來，等待著他的雷霆大作雨雹齊下。

乾隆卻沒有發作，只是咂吮了一下嘴唇，問道：「紀昀，去年甘肅報旱還是報澇？」他開口說話，紀昀頓時鬆了一口氣，不假思索說道：「報旱——皇上，甘寧青從來都是報旱，陝西涇河前年去年報澇，但河套張掖武威十二成足收沒有求賑——甘肅接連五年都是旱災，晴雨表送來御覽，皇上就明白了。」乾隆「嗯」了一聲，又問道：「這幾年甘肅免賦賑災錢糧數目，想來也要等戶部來報了？」

「皇上！」紀昀心裡格登一聲，剎那間加了小心，就地欠身呵腰說道：「詳細數目臣不能明白，按甘肅在冊田土是二十三萬六千餘頃，田賦定例二十八萬七千兩，連著五年都是免徵的。去年賑災銀子發給五萬，前年是八萬，再前年是六萬五千——這是戶部報呈御覽，軍機處留檔時臣無意中見到，尾數不能記憶。記得前罪臣訥親還說過：『王亶望這人眞聰明，知道江南豐收，又吃準了主子憐恤災民，使勁報災，當官的老百姓兩頭合算！』——就爲有這個話，臣才記住了這幾個數目。臣紀昀身在機樞，不能見微知著爲皇上分憂，失職瀆責之處難逃聖鑒——」

他還要謝罪，乾隆一口打斷了，說道：「不要無故懷刑——這不是你的首尾嘛！」他冷笑一聲，「朕這裡連年整頓吏治，只顧了高恆錢度這些城狐社鼠，哪裡想到各省還有那許多的封豕長蛇呢？發文給阿桂，派員到甘肅去查明覈實。一是徵來的錢賦到哪裡去了，二是賑災銀子落到了誰的手裡？這件事尹繼善立即辦！」

「是！」尹繼善忙答道，卻沒有「立即」起身。他在西安大約受氣焦勞極多，至今餘驚餘怒未息，趁欠身際活動了一下腰肢，從容說道：「奴才奉旨去陝前，曾問過傅恆軍糧轉運的事。傅恆告訴說甘肅有糧八十二萬七千五百石，豆麥充足，教奴才不用爲軍糧勞心。八十萬石糧在江南約值二百五十萬兩銀子，運到西安的腳價是五倍，當時奴才感激王亶望顧全大局佩服傅恆協調有方。但到軍中親眼看見，既沒有豆也沒有麥，有的只是霉米！奴才也派的袁枚前往各庫查看，又三次另派人複查。皇上……甘肅根本就沒有藩庫存糧……這件事早就想奏明皇上的，但勒爾謹一口咬定，糧食已經賑了災民，七百萬石的折價銀子存在藩庫，要查，需要請旨辦理。奴才又奉旨回南京，所以暫放了手。請皇上一併發旨，這其中疑竇太多了……」

這裡邊「疑竇」確實很多，七百多萬石糧垛起來是一座山，「賑災」沒了，報旱發錢糧，也「賑災」了——超過甘省歲收田賦七八倍的糧食都「賑災」了！乾隆頓時氣得發怔，愣著還在思索，弘晝卻笑道：「甘肅人好大的肚子！」乾隆按著桌沿直想站起來，才意識到是盤膝在榻上，聳了一下身子，獰笑道：「朕看未必！只怕餓瘦了肚子也是有的，因爲甘肅的王亶望、勒爾謹肚子太大手太長了——一句話：查辦！」

至此，紀昀已知王亶望勒爾謹完了。他正思量著如何奏陳，岳鍾麒拈鬚沉吟道：「老奴才沒有管過政務，已經聽得頭暈——甘肅地瘠民貧，麥豆畝產不過一二百斤，這七百萬石糧是從天上掉下來的？江南的存糧也就一千萬石上下吧？」「東美公不知首尾。」紀昀神色憂鬱，望著乾隆說道：「這七百萬石糧是捐監的糧食，四年前勒爾謹還是巡撫，上了道奏折，說甘肅過往商客多，就近買糧捐監比到京捐監更便捷——這是國家額外進項，就地聚糧就地散賑百姓，本地富戶糶糧得銀子，甘肅很實惠的。皇上當時批示『爾等既身任其事，勉力妥當爲可』——五十五兩一個監生，三年來共是十五萬捐糧監生——有糧又報災求賑，這已經蹊蹺，賣了糧又收進藩庫銀子更是匪夷所思。這眞是翻覆雲雨鬼魊伎倆層出不窮！若是藩庫收二百五十萬銀子，戶部居然不奏，那戶部就該一炮炸成灰燼；如果沒收這筆銀子……皇上萬不要雷霆大怒——那王亶望和勒爾謹難逃欺君誤國之罪！」

「朕不……生氣……」乾隆臉色慘白，聲音顫抖著帶著哽咽，「朕已經沒有氣力生氣，只是覺得可怕，覺得淒涼……其實朕早該想到的，如果有災，糧價上漲，五十五兩就買不足一個監生定額；如果豐收，爲何要年年賑災——宰割百姓宰割朝廷反過來報功捐糧有功！欺君誤國，不錯，還要加上一句蔑禮悖倫！可怕的是，這不是一兩個方面大員齷齪貪賄。是通省……省府州縣『上下一心』合夥欺君——但有一個有天良的奏上來，哪有這麼瞞得朕苦的？」說著兩行熱淚奪眶而出，「……朕已經明白他們百計爲難尹繼善的原由了！繼善在那裡一日，他們就如坐針氈……這還都是讀孔孟的書，中了舉人中進士出來的人，天地君親師叫得震天響，一見到錢，都變成了見血的蒼蠅……」

他悲不自勝如泣如訴。衆人替他想，天天四更起來見人辦事到半夜，裡裡外外文事武備，一處不到一處出事，一波不平再起一波，總想把天下治得四面淨八面光，卻時時處處有人和他專門作對似的，事事都不順心，皇帝當到這份上也眞苦眞難……心裡替他難過，卻也無可安慰。想想幾個軍機大臣各守一方，也都累得筋軟骨酥，仍舊弄得四面走風八面漏氣，又是奇怪又是不能嚥這口氣，沉思默想著也覺心酸眼熱。王八恥早擰了一把熱毛巾，小心翼翼捧給乾隆，又給幾個大臣送毛巾指淚。

「這和高恆他們的案子不同。」乾隆揩了一把臉，心神安定了一點，臉色卻仍十分陰鬱，覺得坐得久了，腿有點麻，軟軟地偏腿，由小蘇拉太監跪著替他穿上靴子，下榻來徐徐踱了幾步，已經收了悲戚之容，鏗鏘的音調裡帶著金屬樣的絲絲顫音說道：「這是一省官員串通作弊，有點類似雍正年間山西諾敏一案，甚或有過之而無不及。就情理而言，害民欺君邀功罔上貽誤軍國大事，如此喪心病狂的國蠹民賊，斷無可逭之理。這個案子由阿桂領銜欽差查辦，大白於天下以昭天憲王綱！彼既泯不畏死，朕又何惜三尺龍泉染血？」他仰首看著殿頂的藻井，像穿透屋宇在遙視天穹，久久才深長太息一聲，

「——『以寬爲政』是要與民休息，百姓富社稷安，不是養癰爲患。養得遍天下城狐社鼠肥壯了，拱坍朕的紫禁城！唉……看來還是朕這皇帝涼德薄能，不能感恪臣下，以至於官場如此鬼魅橫行肆無忌憚啊！」

幾個臣子原本挺直坐聽他訓誨指令，末了這幾句罪己誅心之語震得衆人無不悚然股慄。連弘晝在內，忙都離座伏首，連連叩頭。乾隆還要接著說，見卜義進來，問道：「有什麼事？」卜義見衆人都跪，忙也跪了說道：「浙江巡撫王亶望求見主子！」

「說曹操，曹操到。」乾隆臉上掠過一絲獰笑，「他有什麼事？」

「他沒說，奴才也不敢問，只見抱著一摞子舊書，看樣子是進呈御覽的……」

乾隆一下子想起，是在寧波王亶望陪駕時，自己曾說天一閣藏書有一套宋版朱熹註《論語》沒有見到，是一憾事，想不到他這麼快就給自己弄來了。但他此刻對宋版書已經毫無興趣，因冷冷說道：「你去傳旨，他東窗事發了！今日就有旨意，他和勒爾謹革職聽勘，由劉統勛派人查看家產！書，留給自己好生讀！」

「扎！」

「請稍停！」尹繼善忙擺手止住了，向乾隆連連頓首：「皇上今日聽的都是奴才們的一面之辭，還算不得鐵證如山。萬一其中別有委屈，奴才一言造甘省百官惶恐不安，此罪百身莫贖！求皇上查明實據再辦！」紀昀也道：「王亶望的案子撲朔迷離異常繁複。臣以小人之心度之，他是聽說尹繼善回來，恐怕甘省捐監冒賑事情敗露，來見駕一爲取巧討好，二爲探望風色。不如假以辭色，賞收他的書，令他安心回去供職。此刻似乎不必打草驚蛇。」

乾隆頓住想了想，對卜義道：「你去傳旨吧！」待卜義出去，乾隆苦笑了一下說道：「你們要密勿謹慎，和福康安擒劉七一樣乘其不備突襲一網而盡。這想頭怕不是好的？只是如今官場還有何密可保？不奪王亶望的職，他一個六百里加緊給勒爾謹報信，待欽差大臣到甘肅，串供也串好了，帳目也彌縫妥了，查起來加倍的艱難！只有先革掉他們的職，打亂了他們陣腳，變成沒有頭的一群蒼蠅。欽差一到，事體雖亂，卻容易串了他們琵琶骨！」岳鍾麒笑道：「想不到整治汚吏和打仗一個模樣。奴才聽著，這很像是出奇兵搗毀老營，中軍指揮打亂，然後分割殲滅。」乾隆略帶得意地一笑即斂，說道：「這比打仗難！戰場上敵我分得清，這裡都穿的是朝服朝冠，都是熟人同鄉同年上下司老朋友！不是朕要拿他們當敵人，是這省官員和朝廷過不去——如不痛加整治，各省效仿如法炮製，大清就完了。笑話，朕豈肯輕易將今日大好局面輕輕斷送，辜負列祖列宗的期望？」

衆人聽了俱各心服，七口八舌讚揚稱頌「聖明燭照，洞鑒萬里」「廟謨運獨聖躬淸明」「機斷處置奸宄難藏」……一片嘈雜奉迎中，乾隆的心情漸漸舒展暢快起來。看了看懷表，驚訝地說道：「已經快到未時了！今天議政忘了時辰——朕不賜宴了，你們到軍機處伙房裡用餐，該辦什麼事辦去。老五留下和朕一道用膳，皇太后皇后還要見他。就這樣，跪安吧。」

衆人本就跪著，紛紛叩謝起身辭出。乾隆叫住了岳鍾麒，卻沒有立刻說話。良久，拍拍岳鍾麒肩頭，喟然說道：「前朝留下的老將軍，能總攬全局野戰的，只剩下老東美公你了。本來他們議事你可以回去歇息的，留下來是看你廉頗已老尚能飯否？看來你身體精神不亞於他們幾個壯年書生，朕心裡眞是欣慰——這是國家干城之寶啊，你說是不是，老五？」弘晝笑道：「那當然是！老傢伙眞行！上回和弘瞻我兩個還在議，七十多歲的人了還這麼矍鑠，他敢是人參鹿茸整日塡著？我們兄弟除了皇上，誰的身子也沒法和你比！」岳鍾麒笑道：「皇上賜我的人參有十幾斤了，只是熬夜時才捨得用一點。奴才是馬上金刀生涯，老行伍吃肉吃飯練把式養著，自然結實。爺是金枝玉葉，怎麼和奴才這砍不斷的老楸樹比呢？」

「不要捨不得用，該用還得用，回頭朕再賜幾斤給你！」乾隆笑道：「……你說的那個阿睦爾撒納朕心裡有數。他是狼子野心也好，忠臣也好，現時和卓那頭有他頂著，是有用之人。你的差使是幫辦傅恆軍務。金川和上下瞻對是西藏門戶，這裡不料理好遲早要出大痲煩。你可以和那個朶雲見面，你們畢竟很相熟了的，他們也信服你，容易說話。兩條，一是莎羅奔必須面縛請罪；二是請罪之後朝廷赦免，他還是金川故扎，連上下瞻對也可歸他轄領。話不要說足，留有討價還價餘地。這件差使辦下來，就是件大功勞。金川如果不肯答應第一條，那朕只好決心用兵到底，血洗了這塊地方了。這話不必直說，但要讓朶雲明白。好，這差使就交你了……」

岳鍾麒興奮得臉放紅光皓白鬚髮僨張，叩頭笑道：「奴才侍候了三代主子的人了，只索這把老骨頭再給主子賣一回命！儘管請主子放心，奴才要學康熙爺跟前的武丹，好教主子歡喜，知道奴才尚屬有用之才，不是全廢之物！」乾隆哈哈大笑，說道：「那你就好自爲之！」伸手攙起岳鍾麒，直送出殿外滴水檐下，岳鍾麒再三辭謝，顫巍巍退了出去。

「朕愈想，甘肅的事情愈是要緊。」乾隆看著岳鍾麒高興得腳步都有點飄忽的背影說道，「武官還成，從阿桂到海蘭察兆惠新的一茬已經起來，福康安也歷練有小成，都有個立功報效的心，有這個心就輕易敗壞不了。文官現在是花天酒地紙醉金迷一天天敗壞下去……這不成，整頓不好，朕寢食難安！要借甘肅這事殺幾個封疆大吏，罷黜他一批，振作一下！」說罷回身進殿，弘晝跟著進來，笑道：「武官現在都沒閒著。有差使壓著，花花心就少些。文官們政績考核沒個尺度，也不好衡量，整日三件事升官發財桃花運，沒個好兒！皇上現在整頓，臣弟看還是卓有成效的。一是百姓人心，下頭有個說法，『大清盛，數乾隆』。說鼓兒詞的誰也沒有指令，開口就唱『太平年，年太平，河晏海清』……劉鏞李侍堯都是可用之材，還有福康安這些人，歷練起來，恐怕比現在這幾位軍機還要能幹，紀昀阿桂還在年富力強，科考還可再留心物色人才，大局面還是很好。州縣府道想治得一色的清如秋水嚴似寒霜，都是況鐘海瑞，自三皇五帝以來沒見過，皇上似乎不必爲這過分焦慮。您身子骨兒好，就是咱們大清的福氣！」

乾隆站著聽了，笑道：「雖然不無逢迎之嫌，大體不錯。中央機樞這塊不壞，百姓這塊不壞，就是可望之局。傅恆尹繼善是歷練出來了，阿桂也還要再歷練……也許是我求治心太切了。但你須明白，愈是盛世步履愈要小心。漢文景之治後有王莽之亂、唐貞觀之治後有武周亂國、開元之治後有天寶之亂，都是因爲沒有防患於未然，寧不令人畏戒恐懼?」他已斂去了笑容。弘晝笑道:「皇上既然已經警惕，其實已經在杜塞亂源。咱們大清不會出那種事兒。」乾隆沉默了一會兒，聽著外邊黃鸝樹頭鳴叫，良久一笑說道:「你聽它叫，『皇上快回頭!皇上快回頭!』其實我眞想『回頭』好好歇息調養，無爲而治悠遊散淡，可是不成啊……至少現時不成——老五，該說的話昨晚今天已經談得很多，你不必有什麼顧慮，我就你這一個親弟弟，誰能離間?誰能奈何你?我這就要給劉鏞旨諭，讓他到肅州涼州查辦勒爾謹案子，你不必回京，和他在開封會齊，你也親自去走一遭吧，案情太重大了……」弘晝見他鄭重，收了嘻笑，躬身答道:「臣弟遵旨——」跟著乾隆一道進了殿，亦步亦趨入西暖閣。

兄弟二人進來，看見太皇太后也在，坐在皇后榻前婆媳兩個正在說話。滿屋太監宮女見他們聯袂而入，「唿」地跪了下去。乾隆怔了一下，搶上一步打千兒行禮，賠笑道:「老佛爺過來了?兒子給您請安!」弘晝也隨後行禮。乾隆嗔著秦媚媚道:「朕就在東暖閣，怎麼就不稟一聲兒?」

「皇帝起來吧!弘晝也起來。」太后笑道:「是我不許他們驚動你，這殿裡布置進來多少人也沒個聲息。我娘們這頭說話，你們那頭說，兩頭不擾——有意思。」

乾隆二人笑著起身，見太監提著銀水瓶進來，弘晝忙要了過來，乾隆取杯弘晝注茶，恭恭敬敬給太后雙手奉上。弘晝把瓶遞給太監自己取杯，又給皇后身邊炕几上安放了，笑道:「娘娘請用。臣弟瞧著娘娘氣色又見好了，只是還有些氣弱蒼白。外頭日頭好時候，精神去得，叫人扶著略走動走動曬曬太陽。老這麼歪著躺著，好人也會生病的。慢慢的就硬朗起來了……」皇后半歪在大迎枕上身子蠕動著欠了一欠，一臉溫馨的微笑，說道：「他五叔就愛這麼蛇蛇蠍蠍的女人似的——皇上五弟你們請坐。怕是還沒有進膳吧？老佛爺帶的香椿蛋捲、豆皮青韭蒸餃兒，還有幾樣點心是汪氏跟揚州廚子學著作的，也都好味道。熬夜辦事已經傷了身子，空著肚子豈不雪上加霜呢？」

「好，那就進點點心！」乾隆笑著點頭，見墨菊端著碟盤過來，撿了一碟子葫蘆絲兒烙鍋貼餅兒遞給弘晝道：「這個帶辣味的，老五愛見，進了它——」向母親一擠眼兒，「我可眞的是有點餓了呢！」伸手取香椿捲兒，笑道：「老五怎麼不動手？好端端的生出毛病來——不是早年一個書房裡，偷吃我的梅花糕，還說書房裡有耗子，做張做智地教人『將老鼠捉將起！』」說得衆人咭咭咯咯都笑。弘晝訕訕地取餅，小口咬著笑道：「這正是彼一時此一時了！皇上那日大發雷霆，至今思之心有餘悸。您要一硯台砸了我吃飯傢伙，我可就薨之大吉了，誰去甘肅給您捉耗子呢？」

此刻汪氏陳氏等一衆嬪妃聽說皇帝過來，也都趕過來侍應。聽他兄弟兩個調侃說笑，兩個答應上前給太后捶背，兩個常在跪在裡榻給皇后按摩，雍雍熙熙滿堂笑語——雖說是一家人，在北京宮禁森嚴內外隔膜，行走居處循規蹈矩，「禮」上頭不能有分寸毫釐差池；下江南隨便了一點，但朝事公務忙得乾隆昏頭脹腦，七事八事枝節橫生，竟比在北京還忙了一倍。難得這樣容容穆穆一大家子團聚共享天倫之樂，七嘴八舌家常絮語說得熱鬧。有說揚州風光比蘇杭好的，有說可惜不得見錢塘潮的，鶯呢燕語一堂嬌音。因聽太后笑說：「咱們滿洲老人兒住不慣南邊。先帝連北京也嫌夏天忒熱的。皇帝下河南也中過暑。我還是頭一回來，這裡倒住得慣。問問當地人，也就南京那塊熱些。長江無六月，其實也涼爽的。」弘晝湊趣兒道：「我也問過，確有『長江無六月』這話。原來是這個意思，我心裡還異樣兒——敢情江南過了五月就是七月？」他裝傻賣悶子一臉迷糊相，立時逗得衆女人笑不可遏。太后因問：「你不是要先回北京了麼？怎麼又去甘肅？」

「我去捉耗子。」弘晝舌頭舔著嘴唇說道，「這回給皇上當一回御貓——還有阿桂、劉鏞他們，各走各的道兒共辦一差。」

乾隆是講究「食不語」的，只微笑著小口嚼咬點心聽衆人說話，胡亂用了幾塊點心喝一碗奶子便推開盤子。因見母親看自己，乾隆忙賠笑將甘肅冒賑的事約略說了，「……這邊王亶望已經拿了，勒爾謹也要拿了。一網打盡這群耗子，給老佛爺上壽！」

「阿彌陀佛，不當家拉花的，我可不愛見老鼠！」太后笑嘆道：「我雖說不管這些事，外頭有些個奴才無法無天胡鬧，聽傳恆家的尹繼善家的說的也就不少。這麼著說，皇帝大概也寃不了他們……世家爺在時你十三叔就說過，當官的是『一年淸二年渾三年過去掘墳刨金』。太平久了難免生事，樹大林深就出山精木怪，你能想到這一層警惕著料理就不要緊。只是打騾子驚馬，別太張揚了，一來還要指著他們辦差，別把馬驚得不敢上轅；二者是鬧出些戾氣，也不是祥和氣象。王亶望我沒見過，他母親滿明白的人，看去慈祥和瑞的，怎麼就由著兒子胡鬧？唉……」

乾隆聽母親說一句，在椅上欠身答應一聲「是」。他最擔心母親又來說情講厚道，什麼「清水池塘不養魚」「和光同塵是吉祥」，最好是一個不抓一個不殺才能稱了「佛祖的心」，聽聽竟沒這些話頭，又是感慨又是寬慰，也是一聲嘆息，說道：「兒子都記下了……母親放心安富尊榮，瞧著兒子料理發落這案子。以寬爲政的大章程不變，還要驚醒那些官員奴才不敢放縱，小心恭謹辦差，斷不致妨害大局的。」他笑了笑轉了話題，「除了鈕祜祿氏和魏佳氏，今兒一家子人到得齊全，連老五也來了，說點高興的吧——告訴老佛爺和皇后一個好消息兒——福康安在外頭立了大功呢！」

「誰？」

太后已有點重聽。方才「捉耗子」的話題太沉重，又是殺人又是罷黜的，她篤信釋佛的人，無論如何心裡都有點忐忑不寧，聽見「好消息」，頓時臉上綻出笑容，側耳問道：「是哪個將軍立功了？」皇后卻聽清是娘家侄兒立了功。一頭說乾隆和棠兒有一腳她是知道的，一頭說福康安崛起，娘家更加貴盛熏灼她卻遂願，澀澀的酸味裡雜著蜜糖後味，顰眉一笑說道：「是傅恆家的老三——老佛爺又忘了……去海寧前頭半個月，在天寧寺老佛爺還見了幾次呢！他那麼丁點兒年紀能給皇上立什麼功呢？」她沒說完太后已經想起，呵呵笑道：「——我想起來了，是長得有點像女孩兒樣的那個哥兒？就是的，他那麼小的，能立什麼大功呢？」

「這個福康安老佛爺可看走了眼。」弘晝笑道，「老佛爺沒聽說過『自古英雄出少年』？蜀漢夷陵大戰、秦晉淝水之戰，都是少年將軍指揮以弱勝強以少勝多，打得苻堅幾十萬人血流成河敗退八公山，聽見風聲鶴唳都嚇得身上哆嗦，燒得劉備七百里連營一片火焰山！」他備細將福康安棗莊剿匪全勝的事，依著葛孝化的信一五一十說了。到那緊要節扣處還要添枝加葉潤色形容，加著逗悶子留懸念，說得曲折跌宕迴腸盪氣。賽如鼓兒先茶館說書，滿屋女人個個聽得心往神馳。末了嘆道：「這一仗細思是十分凶險。只要事機不密走漏半點風聲，或者稍有布置疏忽，劉七他們突圍是極容易的——一旦這隻大蟲衝了出來，棗莊數萬良民難逃大劫；佔山爲王，或者流竄各省攻城掠地作案，朝廷不知要耗多少兵力錢財才能鎭壓下去！老佛爺，自古打仗殺人一萬自損三千，那是常例；剿匪不傷良民，那也是沒有的事。難得他在平原村落打仗，幹得這般漂亮！這孩子平常只見文章好，字好，會琴棋書畫，有過目不忘的本事，原想是個文臣材料兒，誰知布軍作戰靜如處子出如脫兔，竟是個文武雙全的簪纓子弟！這都是皇上皇后的洪福澤被，傅恆教子有方，調理得有這樣的英才！我想，剿滅劉七還在其次，不拘是誰，什麼時候，劉七終歸得就擒伏法。難得是發現了這個人才，還有劉統勛的兒子劉鏞，都能造就成我們大清的棟梁砥柱！」

他連說帶誇夾著奉迎馬屁，說得眉飛色舞神采煥映。一衆女人哪曾聽過這些？有的呆呆怔怔、有的癡癡騃騃，時而心馳神往、時而攢眉顰目，目光眈眈看著這位口若懸河的王爺，一片聲嘖嘖驚嘆之聲，直到他收科說完，衆人才鬆了一口氣。皇后倚枕笑道：「他五叔眞個好貧嘴！我們雖說都沒聽過鼓兒詞說書先兒說書，小時候兒大哥聽回來給我們姐妹轉說，不及五弟一分，聽得到緊要關頭，他就說『欲知後事如何，且聽下回分解』，得求著他撒嬌兒才肯接著再說——你們爺們在外頭看折子，敢情是折子裡說的都是古記兒？這麼好聽的，就只是太短了——」說著便咳，手帕子握著看時，痰中帶血，見衆人沒留心，掩了帕子塞進袖子裡。

「康兒這麼能耐的？」太后喜得滿臉是笑，「可見是龍鳳有種，隨了他爹爹文武全掛子本事了！可憐見的那麼個金尊玉貴的哥兒，又還小著，就知道給朝廷賣命立功——我原掂量著他還小，只是任性不聽話，出來入値侍衛還不放心的。如今看來竟又是個做大事的坯子！」乾隆忙色笑承歡，說道：「現在要派劉鏞去甘肅了，放著膽讓福康安巡閱幾個省，也是個琢玉成器的意思。這會子只是下旨褒揚，不宜升他的官，待到回京一條一條都要敍功，那時候兒再說。像康兒這樣的，一落草就注定要作官，官兒不稀奇，要緊的讀書長學識歷練出能耐。我一想起北京那起子八旗舊人子弟、功勳子弟黃帶子宗室阿哥就心煩，你叫他吹祖宗，一套兒一套兒全都現成，叫他玩鳥兒溜腿子逛廟會坐茶館，一般兒是龍子鳳孫氣派，教他生業養息出來辦差，全都是些廢物傻蛋白癡二百五！老五的話：說謊吹牛呱呱的，辦事尿床刷刷的……」說著自己也笑了。

衆人聽他說「呱呱的」「刷刷的」，起先還怔，待回過神來，頓時一片嘩笑，前仰後合的站不住。說起旗人笑話，那是人人都能說幾個的，太后因道：「頭前聽你十六叔福晉進來說，有些旗下子弟已經精窮了還要裝闊，進茶館泡的茶葉都要帶回去，曬乾了下次再沖，沖一壺殘茶一個芝麻餅過一天。說有個人餅上芝麻落在茶桌上，裝著在桌上寫字，蘸著口水一粒粒塡了口裡，偏有一粒芝麻掉進桌縫，急煞也黏不出來。他就裝成想字，偏著頭『想』了半日，『啪地』一拍桌子說：『有了！』那芝麻也就蹦出來了！」

衆人的哄笑聲裡弘晝也來湊趣兒，說道：「有個旗下子弟窮極了，到裁縫鋪裡說會補針鼻兒。那家裁縫攢著半斤破針預備著賣鐵，聽說能補自然高興。好吃好喝管待了他，取針讓他補，他說：『把那半邊破鼻兒取來，我給你補！』」

「這個殺才眞是塊滾刀肉材料兒！有這份心智用到哪裡不出息？」乾隆大笑道。想了想又一嘆：「旗人生計是大事，太后老佛爺也極關心的——打仗打出一批好樣的，像阿桂兆惠海蘭察還有勒敏都是的，該不爭氣的仍舊不爭氣，思量著竟拿他們沒法子！」

「這事不是一天兩天能辦下的，皇帝也甭爲這著急。」太后也斂了笑容說道，「打從康熙初年，過先帝爺手，想了多少法子，總歸不中用。好在這是大事卻不是急事，從容些子，慢慢的辦法就有了。」乾隆忙賠笑道：「母親說的是。」

衆人說笑一陣，各自輕鬆喜樂，連皇后也臉上泛出血色。因見弘晝起身要辭，叮囑道：「他五叔你要去甘肅，那邊道兒遠，地氣苦寒，自己要當心。帶兩個得力能幹的奴才，多帶點銀子……出門在外的人，比不得家裡，諸事都好檢點照應。」弘晝忙一躬身，說道：「臣弟謝娘娘關照。我有事沒事常出門的，不會有什麼差池。娘娘只管放心榮養，辦完差回京，娘娘身子骨也硬朗了，歡歡喜喜給您請安！」又轉臉對太后道：「那地方兒出的有名的甘草黃蓍，我給老佛爺娘娘背一大綑，泡著當茶喝，最是能滋陰養脾的……」太后和皇后都笑著點頭。

「你的安全也是要緊的。」乾隆沉吟著說道：「要知道這次是出去辦欽案，不是尋常遊山逛水。去劉統勛那裡，把黃天霸的手下選兩個跟上。白龍魚服鱉蝦可欺，你不要當成兒戲。」太后問道：「整日價聽太監說起黃天霸，耳朵也聒出繭子了。說是能飛檐走壁鏢打香頭什麼的，跟說《三俠五義》不差什麼。既這麼大本事，怎麼不改了軍職派了西邊打仗？聽說封了車騎校尉職分還只是個道員？」乾隆笑道：「老佛爺想看他的玩藝兒，回北京進圓明園叫他和他十二個徒弟給您演練演練。」因將莫愁湖勝棋樓黃天霸和蓋英豪兩家比武的情景細細說了，又道：「這是一群江湖道。出兵放馬講究行伍紀律行軍布陣糧秣供應，懂兵法能帶兵才能野戰。黃天霸和阿桂兆惠海蘭察比起來，只能算一條狗。狗有狗的用處，看門護院狩獵還成，護得有功，也要餵點好東西他吃，票擬已經出來，還要晉他男爵呢！派了軍職反而不得。劉統勛和劉鏞好比我派出去打獵的人，他們就是爪牙鷹犬，瞧準了哪裡有豺狐兔子黃羊麋鹿什麼的，一個手勢眼色他們就撲上去了。這就是人才、奴才、狗才的不同……」

他沒有說完，太后一衆人已經笑了，太后道：「佛祖！敢情是有這門大的學問的！這才堪堪的明白了，外頭這些辦事的人還分著幾等幾樣！其實有些人還不及狗靠得住些。先帝爺那條叫『蘆蘆』的狗，脖子上掛一塊銀牌子，一天是一兩銀子的分例，比得上兩個一品大員的俸祿，我和先帝說過，似乎太厚了些。先帝說這是功狗，有過擎天保駕的功勞，不能薄待。可憐那畜生也是個心癡，每日先帝打瑞藻軒過，牠都要過去撒歡兒親熱一會。先帝崩駕了牠還不知道，照樣兒天天守在軒口兒等，巴巴兒瞧著，見太監出來就迎上去，以爲先帝就要出來，瞧瞧不是就又臥了，眼裡頭還流淚，不到半年也就死了……可不是通了靈性的麼？」說著便拭淚。乾隆聽她從黃天霸說到蘆蘆，平白抹眼淚的，倒覺好笑，忙道：「母親這又何必的呢？說歸結底，牠不過是個畜生。跟了先帝，還是牠的造化呢！您覺得牠可憐，牠這會子興許在先帝跟前滿得意的——是先帝召了牠去侍候解悶子的了！」太后一想不錯，便又笑了：「是我老悖晦了，不會想事兒……」當下衆女人又轉了話題，七嘴八舌講起輪迴報應，某某地一個老婦吃齋唸佛，六十歲上頭觀音送子，何地屠宰殺生太多，引出旱魃，董永誠孝感天，仙女下嫁，天降暴雷擊樹，擊死樹中老蜈蚣，蜈蚣身上有字「秦檜十七世身」……諸如此類說得興頭熱鬧。直到晚膳時分，乾隆意思要一處進膳，但這日卻是觀音誕辰，太后皇后各個嬪妃都要齋戒，乾隆便也悉聽各便，步送太后出殿，衆人也就紛紛辭去。

乾隆知道皇后也必有一番祭祀祈禱情事，待人去後，著人扶皇后靜靜躺下，親自要了奶子，看著她熱熱的服下，笑道：「今兒著實攪你了，從沒有這麼多人坐了這麼久的。我看你精神好，那是強支撐的——你就有唸經誦佛的功課，也先消停一下，你心這麼虔的，佛菩薩也必不計較你的口頭禪的。」皇后望著丈夫微微搖頭，「我發心抄一百部《金剛經》，幾年已經抄了七十部了，今晚只誦一百零八遍菩薩佛號，趁著精神好，還是要抄經。將來我不在了，賞給咱們阿哥們還有宗室裡頭信佛的，你也能留個心念……」她沒說完乾隆已經伸手捂住了她的口，嘆道：「你看看你看看，你又來了不是？只管抄只管唸就是，何必說這些不吉利話呢？」又寬慰了一番才慢慢出來，逕到前殿用了御膳，見天色已經向黑，打理著案頭的奏折叫過王八恥問道：「今兒翻過誰的牌子來著？別像上次翻混了，叫人家白等著。」

「回主子話，」王八恥呵腰賠笑道，「牌子盒兒晌午送過來，萬歲爺正見人，說叫等等——您還沒翻牌子呢！」說著端過綠頭牌盒子來。乾隆想了想，笑道：「就翻陳氏的吧，她是個老實人，從不和別人爭，不能叫老實人太吃虧。」王八恥答應一聲便要過去傳旨，乾隆卻叫住了，說道：「你一告她知道就沒趣兒了。待會子，朕把這幾份折子批出去，直闖她那裡去，給她個意外之喜。」說罷便提筆濡朱砂，一份一份在折子上批文。

因爲明日就要啓駕返京，軍機處早就下了廷諭，所有折奏條陳片子除有軍情盜情水患急災的直遞行在，其餘奏折一律轉往北京留守軍機大臣阿桂處置。所以看去案卷堆得老高一摞，都是原來餘下的沒要緊公牘，有請安的，有奏報海關鰲金分撥情形的，省內州縣官出缺補缺調配分發……諸如此類，雖都是不急之務，府縣任缺還是看得留心。乾隆見周圍沒有太監，大大伸展開打了個呵欠，出殿來看，滿行宮已是燈火闌珊，因對守在門口的王八恥道：「叫卜禮把折子送軍機處。」便移步往陳氏居處來。

陳氏其實和皇后住的一個院子。皇后的正寢宮下東廂的最南頭，再向南是汪氏常常製膳的小伙房。貴妃那拉氏原住西廂，她愛熱鬧，皇后怕住這裡拘著了她，在行宮北又指一處單院住了。因此這宮院此刻是半邊燈火亮，西廂一溜只南邊兩三間住著太監宮女，也都出去值夜，黯黑的老樹掩映下顯得有點陰沉。王八恥隔門縫看了看，回身小聲道：「陳主兒打坐呢！主子請進吧！」

乾隆點點頭，不言聲進來，果見牆上掛一幅魚籃觀音圖，壁下一張白木小几設著幾樣素食小點心，並有福橘菠蘿蘋果荔枝一應水果，中間簇起一只小小銅香爐，裊裊繞繞燒著三炷香，陳氏面壁趺坐，雙手合十，口中唸唸有詞，卻是《心經》：

觀自在菩薩行深般若波羅密多時，照見五蘊皆空，度一切苦厄。舍利子，色不異空，空不異色，色即是空，空即是色……

乾隆見她唸得專注，也不去驚動她，小心坐了窗邊椅子上，燈下審量陳氏側影，只見她散穿一條藕荷色褶裙，上身月白小褂緊袖短襟，領袖襟邊滾著金線，一頭烏雲般的頭髮剛沐浴過，黑瀑般直垂到攤在地下的裙上，已經三十多歲的人，腰身綽約胸乳微聳，嫩腮粉項，燈下色相宛然像個處子。乾隆還是離京前召幸過她一次，穿著花盆底，旗袍汗巾把把頭，挺胸凸肚的，和此刻形容兒相比，眞是雲泥之別……想著看著不由得動火，欲待起身去玩逗，又忍住了，待她又唸一遍，才輕輕咳嗽一聲，笑道：「好一副仕女禮拜圖，你這麼虔心，觀音菩薩要送子給你了！」

26

遊宮掖皇后染沉疴
回鑾駕勉力全儀仗

陳氏心無旁騖禮拜唸佛，乍聽背後乾隆說話唬得身上一顫。轉臉見乾隆倚著榻邊椅上笑吟吟看自己，色迷迷的兩眼賊亮，她自己上下一看，頓時羞紅了臉。款款起身向乾隆盈盈一福，略一掠鬢，抿嘴兒小聲道：「奴婢洗澡了沒穿大衣裳，忒失禮的……主子寬坐，我更衣再過來侍候……」說著便向裡屋走。乾隆這才看清她下身穿的是浴裙，只一根米黃條子鬆鬆綰個環兒束著，略一動，裙縫裡白生生玉瑩瑩兩條大腿都隱約可見，一雙嬌小玲瓏的玉足玉趾微露，原來連鞋襪也未穿。乾隆早已看得欲火熾焰衝騰，哪裡容她去？搶一步上前一把攬在懷裡，抱坐在椅上，一手摟著她香肩，一手從裙縫裡伸進去，撫著她滑不留手的身上，肩背乳房小腹臍下慢慢捏弄把玩，額前眼睛面頰……只是吻得情熱，叫著她小名兒道：

「倩兒，想朕不想？」

「……想又怎樣？我位分低，人長得也不好，年歲也老大不小的了……」

「唔……朕這不是來了嘛……」乾隆揉搓著軟得一攤泥樣的陳氏，嘻嘻笑道：「這麼多人的，總得都有照應……就眼前這些人，朕還是很痛憐你的……」

陳氏被他撫摸得渾身燥熱痲脹，緊緊偎在乾隆寬闊有力的胸前，覺得那話兒熱乎乎硬硬的頂腰，伸手想摸，又縮回手來，只是吃吃地笑：「眞的麼？……那我就知足的了……我媽說一個女人能嫁給皇上，就是祖上的德性，不能像平常女人那麼饞、那麼渴……」乾隆噗哧一笑，說：「你媽有意思！什麼『饞』，又是什麼『渴』呢？你想吃什麼喝什麼……說嘛……」陳氏半晌才輕輕說道：「……我打頭一回……到今兒是十八年，皇上叫我侍候了八十三回，有一回還是半回……皇上這話不能回，可又不能不回：什麼吃了喝了能給皇上生個阿哥或者公主，我就……饞……」她說得羞臊，忙用雙手捂了臉，卻道：「別……別……小肚子上按不得……裡頭有了龍種，三個月頭裡皇上您種下的……」

「眞的！朕差點忘了，內務府送來的玉牒寫過的！」乾隆喜極情熱，回頭一口吹熄了燈。黑地裡一陣衣裳窸窣，便聽牛喘嬌吁魚水樂極呻吟之聲。乾隆嘻笑著問：「這麼著可好？又得趣快活，又不壓了肚子。你的好緊的……」陳氏只是笑，好半日小聲道：「只是不好意思的……皇上來江南忒忙的，顧不到我們。我們鄉裡有諺：『男人鋤頭動，女人……那個合縫。』──那拉貴主兒五七天就是一次，我看她還不足意兒……上回說悄悄話，她說生過孩子的人……那個尺碼大，哪裡得個什麼藥，縮得尺碼小些兒……」

乾隆聽得啞聲失笑，道：「尺碼──眞眞是這詞兒想得匪夷所思……」

……一時事畢，二人相偎歇息說話，乾隆撫小貓一樣摟撫著她，說一陣皇后盛德母儀人人欽敬，又說那拉氏待下寬厚大方，原來略有拈酸吃醋的毛病兒，如今興許年紀大了些，閱歷老成，這毛病竟是改了，又講鈕祜祿氏素來端莊自重勤勉節儉，汪氏李氏並嫣紅小英睞娘的好處也都一一如數家珍。聽陳氏不言聲，問道：「你睡著了麼？」

「沒有。皇上說話我怎麼敢睡呢？」陳氏暗中醒得目光炯炯，望著黝黑的天棚說道：「您說話，我不能插話，您問話，我不能不答。這是規矩。皇上的意思說到根兒上是疼我，怕我妒忌，怕我……犯『饞』。我自己就是女人，女人的事還是懂的。您放心，該有的我都有了，不去想不該有的，得樂子時且樂子，不得樂子過日子，我最能隨分入常的。娘娘貴主兒們沒有特意另眼高看我，可也沒有委屈虧待了我。我自己知道小小的，就像棵狗尾巴草，不去爭什麼，風颳自然就長了，下雨自然就澆了，誰也不拿我當對頭，也就沒人作踐我妒忌我。就像剛才那樣受用，也只一霎兒就過去了。天天歡愛夜夜洞房，反而未必珍惜君恩，也招得宮裡人烏眼雞似地盯著，還要防著什麼，活得就累透了。我只想有個阿哥或者公主，日後老了有個依靠偎傍，就是菩薩給我的造化福分了……」

這下輪到乾隆驚訝了，想不到這個低等嬪妃整日不哼不哈，竟如此達觀知命，這樣洞悉人情！想著，摟緊了陳氏，說道：「你既這麼識大體，懂事明白，朕盡力成全你……」

乾隆每日四更更末起身，是自幼養成的習慣，早年隨康熙住暢春園，是太監叫起，一到時辰，四五個太監喊著「請小阿哥侍候聖駕」，一擁而入，連揉搓帶哄拉出熱被窩，有的穿衣服，有的套靴子梳頭紮辮子洗漱，一陣擺弄，讀書打布庫，見康熙請安準在五更；雍正是嚴父，更是叫精奇嬤嬤擎著御批戒尺站床邊督促，起身像失火般快，一個慢，嬤嬤就喊：「仔細打了！」雍正死後，又是太后接著，一個太監站窗前高呼：「太后懿旨皇帝起來辦事！」一聲比一聲高，把人聒得起來算完。這是清世祖孝莊皇太后就立下的祖宗家法，所以皇族正支阿哥，連弘晝那樣的，再沒個睡懶覺睡回籠覺的福分。乾隆每到時辰，自然就醒了。此刻醒來，見陳氏面帶甜笑雪肩微露合眸，依舊睡得沉酣，便不肯驚動。扯過褂子披時，陳氏一眨眼醒了，急忙三下五除二騰身穿衣，過來張羅乾隆穿衣理辮子，要了參湯奶子又布幾碟點心，侍候著他用了，便自跪在門邊謝恩送駕。

「很好。」乾隆對著鏡子打量一下自己，滿意地說道，「朕像是昨晚才識得你。你不算機巧伶俐，卻算得聰慧爽明，自然是要抬舉的。」陳氏叩頭道：「是主子聖明，是奴婢的福分。」乾隆似乎還想問幾句什麼，又覺得不是時候，點點頭便出了房門。因見王八恥已經在恭候，便問：「軍機處外臣想必是來了，龍舟不知預備齊了沒有？」

王八恥帶著卜義卜禮卜智卜信幾個太監已在門外多時，見他出來一齊打下千兒請安。王八恥回道：「大人們都在儀門外等著，劉統勛也來了。奴才們昨晚不分當值不當值的都沒睡，一條船一條船都仔細看過了，主子和主子娘娘同乘一艘御艦，另有一艘陪艦，預備著道兒上接見大人，太后老佛爺是一艘樓船，貴主兒是一艘舫船，陳氏汪氏以下嬪妃兩人一艘，都是官艦改製的。各船艙房都是隔著的，上下人分的等級，禮部貼了明黃條子，茶房廚屋都是合用的，更衣入廁也都安置妥當。奴才數了數，連八條儀仗船，太湖水師的護衛艦在內，共是一百零八艘，從瓜洲渡到迎駕橋一路擺開，有十來里長。碼頭一帶是官員跪送，夾岸百姓都是門前香花醴酒禮拜瞻仰，近岸十丈都由善捕營關防擋人，遠道十里八鄉的紳民百姓這會子正趕著過來，也都有地方官分撥安置呢！萬歲爺，外頭風光好!只可惜劉老中堂下諭,除碼頭外一律不許鳴放爆竹,要不,連宮裡都早熱鬧起來了。」

「你不能議論劉統勛。」乾隆聽王八恥口風間對劉統勛略有不滿,他是在這上頭極精細的,立即挑剔出來,一邊向行宮正殿走,又問:「朵雲他們怎麼安排?」「是,奴婢再不敢議論。」王八恥小心翼翼趨步兒跟著,賠笑說道:「朵雲,還有欽巴卓索欽巴莎瑪爺女坐一條船,和護衛御駕的太湖水師一道兒。禮部的人說他們沒身分隨駕,朵雲還是個犯人——」他沒說完乾隆便一口打斷了:「誰講朵雲是犯人?欽巴父女也不是『父女』,莎瑪是蒙古台吉的女兒,卓索是宰臣,你懂嗎?一個是格格,一個是藩國外臣輔相——叫人傳旨,他們的船上是客人不是犯人,安排在太后的座艦後邊!」

正說著,乾隆閃眼見秦媚媚拎著幾包藥從外院進來,正在後退側身避路,因道:「你給皇后抓藥的麼?皇后今早進膳怎樣?」秦媚媚看樣子也是沒睡好,臉色黃裡帶青,微微嘶嘎著嗓音說道:「主子娘娘昨晚犯了痰喘,一夜沒睡安,今早叫了葉天士進去看。葉天士說是受了驚或生了氣,脈息也不好。葉天士就開了方子,叫急煎快服,先鎮一下喘……」「受驚生氣?」乾隆停住腳步,詫異地道:「昨下晚離開時她還精神開朗的呀!晚間有人伏侍不周到,惹她生氣了麼?」秦媚媚道:「娘娘晚膳時還有說有笑的,因葉天士坐船暈船坐轎暈轎害怕騎馬,還說了他這人毛病眞多,叫奴才連夜去揚州府給他弄頭毛驢,騎在岸上跟船走。奴才出去一個時辰回來,彩雲她們幾個就說娘娘身子不好,身上熱,喘得臉通紅。問了問幾個丫頭,說是晚膳後祭觀音,娘娘說要到院裡散步默誦大悲咒，只帶了墨菊一個人。出去走了一遭回來，氣色就有些泛潮紅，頭暈心悸，問墨菊也沒問出個子午卯酉。娘娘自己也說沒有受驚受氣，方才葉天士給她手上扎了幾針，略定住了點，用了這劑藥，葉天士說要瞧瞧病勢，才敢說上路的話呢！」

乾隆頓時怔住。耳邊聽遠處細微嘈雜的人流湧動聲，夾著瓜洲渡方向零零星星的爆竹響聲，此時行宮外不知多少官員百姓翹首企盼，要瞻仰帝后回鑾盛儀風采！他自己要接見大臣行跪辭禮，又要扶太后鑾輿出宮上轎。這樣的景運大典，也斷沒有中止的道理。他心裡一陣發急，還是頭一回覺得捉襟見肘，顧了這頭顧不了那頭……沉吟片刻，舒了一口氣說道：「你傳旨給葉天士，不拘用什麼法子，要讓皇后能支撐一會兒，上船再緩緩調治。傳旨百官一體周知，皇后鳳體欠安，各官眷免予參見，由那拉氏代皇后和朕扶太后鑾輿。太后那邊由朕親自稟告。嗯……需用什麼藥，叫葉天士開出細單，裝船隨行，叫陳氏過去隨皇后伏侍。朕這就要出去，你去告訴皇后安神定性，萬不可急躁，從她鑾輿出來順利上船就是大禮告成，一切有朕，不必心裡慌張。」他從懷裡取出表看看，又補了一句：「離辰正時牌還有不到一個半時辰，要快。」說罷便向外走，王八恥小跑著到垂花門外高喊一聲：

「萬歲爺啓駕了——」

頓時便聽鐘鼓之樂大作。乾隆徐步跨出垂花門，這才知道一夜之間正宮正院已經全然換了面貌。從垂花門逶迤斜向東南居高而下的石甬道邊，移來不計其數的盆花，月季、玫瑰、百日紅、水仙、東洋菊、西番蓮、夾竹桃、春海棠……左手一帶萬花叢中用萬年青擺布成「萬壽無疆」式樣，碧綠青翠油潤欲滴，右手一帶全用小葵花盆嵌在花間，繪成「丹鳳朝陽」圖畫，都有四丈餘闊。融融艷陽中花海一直漫漾到正殿大院西偏門，萬紫千紅鮮亮不可名物。甬道兩邊是二十四名當值侍衛，一個個挺胸凹肚按刀侍立，釘子般紋絲不動。六十四名太監早已列成方隊兀立在垂花門前，見乾隆出來，王禮一個手勢，太監方隊抽絲般列成兩行按序沿甬道徐徐而出。黃鐘大呂之中，太簇、夾鐘、姑洗、仲呂、蕤賓、林鐘、夷則、南呂、無射、應鐘各按節律悠揚沉渾而奏，守在正殿西側門的供奉也是六十四名，齊聲莊肅唱道：

皇心克配天，玉琯葭灰得氣先。彤廷臚唱宣，四海共球奏天寰。珠斗應璣璿，金鏡朗、麟鳳騫，人間福景全……

樂聲中乾隆款步而行。這樣的丹陛大樂，他向來十分留心的，但此時卻有點神思不寧，聽到兩處節律不合，站住想說什麼，又接著往前走，心裡只是惦記皇后：臨離江南百官萬姓送駕，將成大禮之時，她突然犯病，這太不吉利了。昨日精神健旺，一夜之間能受什麼驚氣引發疾作？久病纏綿，忽然見好，難道是回光返照？……胡思亂想間已經走過那片花海，從正宮西側門踱進丹墀之下，兀自神情迷惘。聽得王八恥抖擻精神「啪、啪、啪！」連甩三聲靜鞭，鐘鼓絲弦之音戛然而止，乾隆方神思歸舍，定神看時從正殿丹墀階下一直蔓向東南儀門，臨時設的品級山兩側早已站得擠擠挨挨都是趕來送行的官員。從孔雀翎子珊瑚頂到素金頂戴黃鸝補服依次按序由近及遠，都是簇新的官袍靴服，在暖融融亮晃晃的日影下燦爛放光，見他出來，馬蹄袖打得一片聲山響，黑鴉鴉伏地叩頭嵩呼：

「乾隆皇帝萬歲，萬歲，萬萬歲！」

乾隆掃視了衆人一眼，只點頭「嗯」了一聲，這裡居高臨下，他的目光透過伏跪的人和兩廂偏殿向外眺望，行宮外運河一帶蜿蜒碧水上已是泊滿御舟黃旌龍旗彩樓銜接，像煞了是一條臥在行宮外巨大的黃龍，夾岸桃李競芳黛綠粉白林間樹下，每隔數丈都搭有彩坊彩棚，也都是披紅掛綠，結著「皇帝萬歲」「太后千歲」「皇后千歲」各色幔帳，中間紛紛如蟻的人都依地勢或疏或密夾岸遊移，已是一片湧動不定的人海……他滿意地收回目光，近前幾位大臣，一個是莊親王允祿爲首帶著大阿哥永璜，病骨支離的三阿哥永璋，還有一群黃帶子近支宗親跪左手，右手爲首的是軍機大臣。因見劉統勛也在，乾隆怔了一下，竟上前一步親自用手去攙，笑道：「特特的有旨給你逕直上船，不必陪朕的，怎麼還是掙扎來了？──扶劉公到廂房休息！老三身子骨兒不好，也去暫歇，離著發駕還有一個時辰呢！」說著，早有幾個太監過來扶了二人去。乾隆目送劉統勛進了東偏殿，這才轉過臉來，輕咳一聲道：

「諸臣工！」

滿宮中官員低垂著的頭立刻又向下伏了伏，偌大的庭院裡頓時寂靜得一聲咳痰不聞。

「朕即將回鑾北京。」乾隆說道。這是臨別訓詞，未出北京已經打好了腹稿，如此莊重場合，每個字都要原話載入詔誥，又要文藻毓華，又要能聽得懂，又不能像背誦文章，因此說得很慢，「朕法聖祖之法，以孝治天下。江南督撫等，以該省紳耆士庶望幸心殷，合詞奏請南巡……仰稽聖祖仁皇帝六巡江浙謨烈光昭，允宜俯從所請，恭侍皇太后鑾輿南來。朕巡幸所至，悉奉聖母皇太后遊賞，江南名勝甲天下，誠親掖安輿，眺覽山川之佳秀、民物之豐美，良足以娛暢慈懷。南巡以來，朕軫念民依，省方問俗，不憚躬勤鑾輅。江左地廣人稠，素所惦念，其官方、戎政、河務、海防，與凡閭閻疾苦，無非念存一意，而群黎扶老攜幼夾道歡迎，交頌天家孝德，慕仁慕恩之情浴化彰明。」他頓了一下，突然一個念頭驀地生出來：講孝道，巡省官方體察民情，無論寫到哪本書上都是堂而皇之的體面事。然而這次實是親眼所見，花的錢是太多了。「萬家膏腴奉一人」這個名聲不能擔當。但原來打的腹稿裡沒有顧及到這頭話說，要現編現說，因更放慢了語調，悠悠說道：「朕擇吉臨行之前屢屢降旨：前往清蹕，所至簡約儀衛，一切出自內府，無煩有司供億。徇來視察，仍有過於崇飾之嫌，浙閩之地過求華麗，多耗物力，朕甚弗取，已經降旨申飭……」乾隆講著，倏地又想起竇光鼐，在儀徵以頭撞槐血流被面搏死一諫，不就爲的自己這個「見識」？

望著宮外浩大的恭送回鑾儀仗，結綵連綿團錦十里的場面，乾隆的心忽然亂了，原來預備的訓詞，現編的誥諭一句也想不起來，怔著不言語。紀昀尹繼善和跪在第二排趕來送行的幾位外省督撫，聽著突然沒了聲音，下意識抬頭看時，被乾隆一眼看見王亶望，二人四目相對，王亶望忙低伏了下去。乾隆的目光幽地一閃，轉眼回頭尋卜義，卻一時尋不見，便看紀昀。紀昀方才在外宮候駕，見王亶望也翎頂輝煌列班等候，心裡已是詫異，見乾隆盯自己，略一定神，已明白卜義傳錯了旨意！他心頭猛地一提吊起老高，驀地出了一身冷汗，十指變得冰涼，緊緊攥著，卻不敢迴避乾隆的目光，臉色煞白癡望著乾隆腰間的臥龍袋。

「朕來江南觀閱風俗體察吏情。」見衆臣子已經覺出異樣，相互交換目光，刹那間乾隆鎮定下來，就有天大的怒火，此刻送駕大禮，萬不能妄動無明。遊移著目光，已經完全撇開文謅謅的訓誥文詞，說道：「江南百姓傾心沐浴聖化感恪君恩共慶舞鶴昇平，踴躍感戴之情隨處可見，可見官吏平日教化有方，辦差尙屬努力。一枝花亘匪殄滅，渠魁劉七就擒，俱是兵不血刃，劉統勛劉鏞父子功勞固不可沒，但若吏治毀敗治安不靖，焉得如此順利？朕觀『以寬爲政』之道成效顯著，甚慰中懷。」他嚥了一口唾液，「但以寬爲政並非放縱弛政，吏治整飭斷不能一日疏忽。乃有身爲朝廷大員開府封疆朕所倚任之重臣，行爲卑汚貪瀆婪索肥己病民誤國之徒，爾自思量，朕之手創盛世，豈容爾隨意作踐？即科道州府諸縣守令，食君之祿牧愛一方，亦應中夜推忱捫心自問，朕方燃燭勤政不遑寧處，寧臣子宴樂遊悠，縱欲享樂之時耶？」這一頓訓詞說得鏗鏘有節擲地有聲，前頭已經聽「懶」了的官員們被一下又一下的話語敲得悚息營屏心中戰慄。聽得遠遠西邊隱隱傳來細細鼓吹樂聲，乾隆便知太后鑾駕將到。他放緩了語氣，勉強一笑，說道：「朕別無叮嚀告誡，回京自然還有恩旨。諸臣暫跪，十六叔陪朕去接慈駕。」

聽得大氣也不敢出的官員們悄悄透了一口氣。

☆

泊在瓜洲渡口的御舟一滑，啓動了。從送駕碼頭沿運河北上，足足走了兩個時辰才駛出夾岸歡呼的人海，乾隆一直站在艦中黃龍大纛旗下，身後設的御座挨也沒挨。倒退著的如蟲人流，紛華迷亂的彩坊，青鬱鬱如煙柳堤和萋萋芳草上點綴的野花……無限春光好景，他都沒有怎樣留神觀賞，心中只覺得一陣迷惘一陣惆悵，一時想到陪太后和皇后在靈隱寺進香，又轉思在二十四橋觀賞夜月，從儀徵觀花和汀芷會面，又悠然思及桃葉渡和一枝花邂逅傾談，走馬燈似的轉換不定。隨著思緒，臉上時喜時悲。只偶爾一個醒神，轉身顧盼微笑向岸上搖手致意而已。直到港汊已盡，運河直北而流，岸上沒了人，他才覺得兩腿站得膝間發痠，聽王八恥在旁道：「主子，也好歇歇兒了。從沒見主子站這麼一晌的……」

「唔？唔……」乾隆憬悟過來，除下頭上的蒼龍教子緞台冠，肩上的海水潮日瑞罩也解下來遞給太監，一頭往艙裡走，轉臉看見卜義站在舷邊傻呵呵看岸邊景致，頓時陰沉了臉，卻沒言聲──進來逕自坐了窗邊，由著宮女沏上了茶，抽過一份奏折看，是勒敏的請安折子，蘸了朱筆批道：

朕安。你好闊，明黃緞面折嵌壓金邊！此皆養移居易之故，朕豈是崇尚侈華之君？辦事宜留心，事君唯誠而已，此後不可。

寫了「欽此」二字，又抽過一份，卻是高恆的供辯夾片，已經看過一遍了的，隨意翻著道：「叫卜義進來！」

卜義進來了。他不知道傳喚他是什麼差使，也想不出單叫自己是什麼緣故，有點像一隻怕落進陷阱裡的野獸，左右顧盼小心躡腳兒進來，打了千兒跪下，「奴才叩見萬歲爺！」

「你可知罪？」乾隆皺著眉頭，像在看一隻掉進水缸裡的老鼠，問道。

「奴才——罪？」卜義一愣，張皇四顧，膽怯地看了一眼王八恥，忙又連連叩頭，碰得艙板砰砰作響，「是是是……奴、奴、奴才有罪……昨晚那拉貴主兒宮裡的琉璃聚耀燈壞了，蟈蟈兒叫我過去幫著修，裡頭油煙子膩住了，奴才用銀簪子捅，把聚耀燈底座兒給捅漏了。怕主子責罰，又沒法給主子交代，只好去皇后娘娘宮裡把用廢了的聚耀燈折了個底座兒換上。這就是偷東西，求主子責罰……還有，侍候主子晚膳，失手把個琺瑯碟子碰剝了邊……」他偏著頭還要往下想，乾隆一口打斷了他：「失手碰碟子、修壞聚耀燈，這不是罪，是過失！朕問你，王亶望的旨意你是怎麼傳的！」

卜義頓時張大了口，僵跪在地愣了半日，叩頭道：「……當時皇上說要辦他。尹大人和紀大人都說查明實據再辦，『不必打草驚蛇』……接著皇上叫奴才傳旨，奴才就去說『賞收你的宋版書，你回去安心供職』……別的奴才一句也沒敢多說，他送奴才五十兩銀子，奴才也沒敢要……」說著，頭已經碰得烏青。乾隆憶想當時情形，已知錯誤有因，原是自己沒有話說明白。但他如何肯向太監認這個錯？因冷笑一聲問道：「朕叫你傳旨。尹繼善和紀昀的話是旨意麼？」卜義一臉的沮喪，欲哭無淚地看一眼乾隆，那是一張絕無情義的面孔，冷得像掛了霜，帶著蠻橫和輕蔑……半晌，他忽然雙手掩面「嗚」地一聲哀哀慟哭起來，俯伏在地懇告：「奴才罪該萬死……奴才知道傳錯旨意是死罪……不敢有意兒的……不念奴才老實侍候主子的份兒，皇上最是惜老憐貧的，奴才家裡還有個七十歲瞎眼老娘……」

乾隆處置太監誅戮殺伐從不皺眉，心腸之狠曠代罕有，太監與外吏小員偶有口角，也素是個「有理扁擔三，無理三扁擔」的章程。但「君子不近庖廚」，此刻在舟上，無法迴避他絕望的哭聲，也不能就地打死，聽到「七十歲瞎眼老娘」不禁心裡一動，臉上顏色已和緩下來，看著蜷縮成一團的卜義說道：「朕熟讀經史，寺宦內監禍亂國家的事不勝枚舉，亡秦、亡漢、亡唐、亡明都因太監擅作威福、浸淫放縱秉持國柄。所以太監犯過絕不輕恕，因爲太監是小人！你自思量，今日你無意傳錯旨意可以不糾，明日有人假傳聖旨何以爲法？你就哭出三江淚，能擔起這個干係？」他把話說到十二分無望，趄身取茶，見王八恥口角帶笑，知道他幸災樂禍，厭惡地轉過臉來，接著說道：「所以什麼無意、什麼初犯、什麼侍候多年，這些由頭不能恕你一死。但朕看你此時念及老母，尙是一個孝子。衝這一條饒你，皇后病重，也算放生爲她祛災。但有罪不能不罰——你進京途中在王八恥手下聽招呼。內宮事務是皇后作主，回京娘娘身子大好了，自然有個發落。」說罷站起身來，也不管顧搗蒜價磕頭謝恩的卜義，吩咐道：「停舟！朕要去給太后請安，順便看看皇后。」

一百多艘御舟上的水手都是太湖水師裡精中選精的強壯兵丁，前後聯絡白日打手旗夜裡掛號燈。饒是如此便當，浩浩蕩蕩的舟艦也好一陣子才停下來。橋板搭岸，允祿紀昀劉統勛尹繼善四人早已趕到岸邊長跪在草堤上，看乾隆時，已從艙中出來，頭上戴一頂明黃貼邊青緞瓜皮帽，一身醬色湖綢袍子套著雨過天青套扣背心，青緞涼裡皂靴在橋板上槖槖有聲下來。幾個人仰視一瞬忙都伏身叩頭請安，雖然只能看見乾隆一襬袍角，都覺得有一股威壓氣勢，逼得人不敢抬頭。

「都起來吧。」乾隆淡淡說道。

尹繼善和紀昀都是懷著鬼胎，心裡忐忑著站起身來，見乾隆並沒有不豫之色，才略放了些心。紀昀摸得乾隆稟性熟透的人，情知不能葫蘆提蒙混過關，見尹繼善猶豫，忙又跪了說道：「臣有錯誤之處要請皇上降罪。王亶望處分，昨日奉旨，『你已東窗事發，今日就有旨意。與勒爾謹革職聽勘，由劉統勛派人查看家產。』但今日接駕他也列班參與。臣與尹繼善背地私議，也許皇上另有敕命，但問王亶望，他說皇上賞收了他的書，臣等才知道傳旨有誤，把臣的芻蕘之見誤傳出去了。臣是當值軍機，疏於查實，自有應得之罪。」說罷垂下頭去。尹繼善這才知道事情不小，一提袍角也跪了下去。劉統勛原見紀昀和尹繼善在班裡私下嘀咕，此時才明白這檔子事，皺眉說道：「其實就是現在下旨，捕拿起來也很快。不過既是傳錯了旨意，衆人都知道賞收了他的書，此刻拿人抄家，倉卒之間容易引起誤會。臣可以立刻擬票，著山西陝西臬司衙門檢看過往驛傳私人函件，如果有通情串意的信，倒事先有了證據，將來審理起來容易得多。還要防著他得知消息，暗地藏匿財產，這件事卻要著落在尹繼善身上。」尹繼善忙道：「我送駕到高家堰快馬返回，立刻著手布置！」

「這才是補過之法——已經錯誤，請旨處分何益？一切等回京再說吧。」乾隆抬手示意二人起來，看了看後邊的船，皇后的座艦也已搭了橋板，岸上停著一乘四人抬明黃亮轎，轎旁還有隻黑不溜丟的大叫驢石堤上啃草，便知太后和葉天士也去了皇后船上。他收回目光，又問道：「阿桂那邊有沒有信？」

「阿桂有信。」紀昀肅恭說道，「阿睦爾撒納已經到了張家口，他遵旨在北京給他找了一處宅子，是郡主府規制。來信說北京今年溫暖，他飲食不留心，痢瀉不停。接旨御駕返鑾，已經安排禮部和順天府籌辦迎駕事宜，他自己要到保定接駕。請旨是由潞河驛入京還是朝陽門碼頭。信中還說睞主子和小阿哥爺子母健康，請聖躬放心。」說著將信函雙手捧上。「還有盧焯也有請安折子。附來的折片說清江口黃河疏濬正在緊要關頭，要趕在桃花汛來前完工，恐來不及趕到高家堰迎駕，疏濬之後要補高家堰到清江口一帶堤岸，防著菜花汛決潰，甘陝多雨，下游要萬分警惕，不能迎駕事出國政，請皇上恕罪。」

乾隆駐足聽著，滿意地一笑，說道：「這何罪之有呢？告訴他，只管用心辦差。他讀陳璜的《河防述要》『河口清沙一丈，河床沙落三尺』，朕推詳道理，可以一試。傳旨——賜盧焯人參一斤，飛騎賜阿桂續斷①二斤。寫信給他們，著意留心身子骨兒……」說著便走，允祿忙率衆跪送。

皇后的座艦規模格式和乾隆一樣，只少了一面纛旗，其餘旌旗麾幟除一面丹鳳朝陽之外，俱都是孔雀仙鶴黃鸝錦雞諸多種種瑞禽朝鳳圖象。船舷邊繞舟迴廊上一色站的宮女，有本船的，也有太后隨身帶過來的，靜靜侍立著，乾隆也不理會，親自挑簾進艙，頓時一股濃烈的藥香撲鼻而來。滿艙的人，除了太后坐在後艙屏前木榻旁的椅子上，那拉氏汪氏陳氏一干人都垂手站在艙窗旁邊，看葉天士給皇后行針，還有兩個御醫也躬身在榻前捻針。見乾隆進來，不言聲一齊蹲下身去。乾隆望著母親趕上一步，雙手一揖剛要打千兒行禮，太后便擺手示意他免禮，指指皇后又搖搖手。

乾隆這才正眼看富察皇后，只見她仰在枕上合目昏睡，眉宇微蹙臉色蠟黃，鼻息也時緊時慢，咬著牙關緊抿著嘴，隨著葉天士不停地抖動銀針，頰上肌肉也時時抽搐。她如此病態，這已經是第四次了，見症候並不十分凶險，乾隆略覺放心，小心地透了一口氣，坐到船舷窗邊，伸手撫了一下皇后的鬢角。彷彿著了什麼魔力，皇后嘴角顫抖著顫動了一下，睜開了眼，游移著目光盯住了乾隆，又看了看太后，聲微氣弱地說道：「我……起不來了……」

「好媳婦……」太后也湊近了床，顫巍巍拉住了皇后的手，聲音顯得蒼老又帶著淒涼，「你是勞乏著了力……其實不出來扶我的輿輦，天下人誰不知道你賢德孝順？好生作養……」皇后閉了閉眼睛，又看乾隆，只目光一對便垂下眼瞼，略帶喘息說道：「皇上外頭大事多……南巡以來……我瞧著比北京憔悴了些似的……不用在我身上多操心……你自己比誰都要緊……」

「你也要緊……你得明白這一條……」乾隆要來手絹，食指頂著，輕輕替她指著沁出的淚撫慰道：「萬事不要動心，不急不躁緩緩作養……我看你其實是個太仔細……」

他們一邊說話，葉天士在旁跪著運針，兩個從太醫院專門派來跟葉天士習學醫術的太醫，看樣子早已傾服了這位「天醫星」，在身邊給他當下手，遞換銀針，觀看他作用行針，恭敬得像三家村的小學生看老師作文章。葉天士腦門子上沁著細汗，目不轉睛看著皇后手上、小腕上、項間髮際上插著的針，眼神不知怎的有些憂鬱，似乎連乾隆母女夫婦間的對話都不留意，過了移時，擺擺手道：「撤針罷。慢著一點兒，用拇指和無名指旋著，行針容易到火候……」兩個太醫低聲答應一聲「是」，輕輕用拇指無名指一根根旋著從泥丸、太陽、四白、風池、睛明……諸穴位抽拔銀針，彩雲在旁捧著盤子收接了。一時拔完，太后在旁問道：「方才先生說是火痰，熱毒攻心。要不要晚間艾灸搬一搬火罐？」

「不行！」葉天士聲音大得連他自己也嚇了一跳，忙磕頭道：「虛補實泄、火痰祛火、風痰祛風，那都是表象醫法。老佛爺您最聖明的：譬如燒紅了的鐵鍋，萬不能用涼水去澆。皇后娘娘是虛極返實陽極生陰的症候，不是尋常偶感風寒。她本就熱毒不散，再用艾灸，熱性相激更受其害。小的以爲可以用輕量白參沙參丹參輕補，再加細辛白芷荆芥薄荷少許泄熱，待內熱稍散又不致傷了元氣，再作下一步打算。」說完再覺得是和太后皇帝回話，忙又叩頭：「小的見識淺陋，請皇上示下……」見乾隆點頭不語，膝行至案邊寫了醫方呈上，乾隆看時，上面寫著：

通草一錢、魚腥草一錢、銅絲草葉兩片、白參五分、沙參一錢、丹參二分、甘草一錢、山楂片一錢，緩火慢煎半時辰加白芷荊芥薄荷各一錢，砂糖一匙為引，熱服。

因道：「方子也還罷了。還有沒有別的醫囑？」葉天士看一眼太后，說道：「不敢稱醫囑，用藥之後，娘娘如若內熱，可以稍用一點生茶葉茶水也就緩散了。」說罷呵腰卻步退了出去。乾隆見太后只穿了件蜜合色旗袍，外頭套著醬色金錢萬字滾邊大褂，賠笑說道：「老佛爺穿的似乎單薄了些兒，白天日暖還不妨，夜裡河上風涼，兒子問過這裡的地方官的。您要再有個頭疼腦熱的，兒子就更不安了。」

太后笑著點頭，捻著佛珠說道：「我身邊這幾個丫頭經著心呢，該添減什麼比我自己想得周到。這些事你甭操心，只照料好自己就是了。現下已經啓行回京，皇后又這樣弱，我想你不如搬到她船上，這裡內外用紗屜子一隔，見一見軍機大臣也還使得，要有會議回你船上去。我就在後邊大船上，兩船搭上橋板就過去了——你看這一停是多久？這就走得慢了不是？」那拉氏便道：「我閒著也是白閒著，皇上既在這船上，我過來侍候。娘娘精神好時候，也能陪著說話子解悶兒。」乾隆笑道：「如今皇后病著，你是貴妃，雖說在道兒上，裡裡外外約束宮人太監都是你的差使。留下陳氏在這裡，嫣紅小英跟你作幫手，汪氏李氏她們竟是跟老佛爺。這樣著請安辦事就都方便了。」太后道：「皇帝說得是，就是這樣辦了。」因起身到皇后榻前，拉起她的手說道：「葉先兒醫道是高的，他說無礙畢竟就無礙，只不要躁性兒，萬事都撒漫不在心，你的病早就好了。如今宮裡宮外還是祥和熏灼，不要總是掛記那些雞毛蒜皮小事兒不是？先帝爺在時，宮裡三天兩頭丟磚打瓦七事八事，夜裡鬧鬼不安靜。他那脾氣你也知道，殺人都不撿地方兒的，我起初也怕，見慣不怪了也就罷了。叫皇帝和你住一處，也爲借他的盛氣給你壯壯膽兒。自己養得身體結實了，咱娘們樂子的日子長著呢！」又撫慰了許多言語，才帶著衆人出艙下船。

乾隆聽著母親的話，皇后畢竟還是受驚了，當下心理惦惙著送下來，相陪在身邊沿堤向太后的座艦散步走著，問道：「皇后不寧，敢情是瓜洲行宮裡鬧鬼？兒子竟一些兒也不知道。」

「揚州這地方開國時候殺人太多，陰氣重。我也是揣度出來的，她不肯說，追問急了，才說『有鬼』，她是個深沉人，你別逼問她。」太后望著一壠壠葱蘢無際的稻田，瞇著眼說道：「葉先兒的話沒錯，皇后眞的是受了驚嚇。膽小氣怯的直犯忡怔。唉……撥我的分例銀子，在行宮裡作法事，超度超度吧……」

註① 續斷：醫治痫疾良藥。

27

畸零客淪落西涼道
豪奢主豪賭三唐鎮

乾隆聽了母親的話只淡淡一笑，他自己也是「居士」，奉經隨喜恬淡適性而已，萬萬不及母親這般倚若性命的篤誠敬信，望著被艷陽照耀得明媚不可方物的田園壠畝，春風拂拭下綠波蕩漾的煙柳荷塘，小心地架了母親胳臂，笑道：「這是皇額娘的慈悲心菩提願，兒子自然依著您。只不要叨登得大了，御史們不便說什麼，有一等小人口舌，說我娘母子佞佛，就不相宜了。」太后道：「我不怕人說佞佛！沒聽說還有佞君佞父佞爹佞娘的，有些子漢人專在孔子上作文章，其實孔子的『仁』字兒還不就是我佛的『慈悲』？口裡整日『代聖賢立言』，心裡想的升官，手裡從百姓身上撈錢。與其這麼著佞孔佞孟，還不如我這『佞佛』呢！」乾隆聽得呵呵大笑，說道：「佞孔，佞孟！眞小人僞君子！母親說的好！」

「方才你說的小人口舌，倒眞的是得提防。」太后站住了腳，上下打量著兒子，皺眉說道：「我聽人傳言說，和卓回部有個女子叫香格格，說你留下阿睦爾什麼的要打仗，就爲擄了這女子來當妃子，這事可是有的沒有？」

見母親說得鄭重，乾隆也斂去了笑容，目光睨了一眼跟從的太監，正色說道：「沒有這個話！這是何等樣的軍國大事，和香格格什麼相干？造作這樣的流言是謗君，該是割舌剜眼的！是誰敢在後頭傳這些言語？」

「你這麼追查，往後誰還敢在我跟前說話？」太后見衆人都嚇得臉色灰敗，一笑說道，「眞正傳言這事的人，前幾天我已經開銷了他。議論主子是非的奴才，我也是不能容他的。」

乾隆透了一口粗氣。人們見他回過顏色，才略略放下心來。聽乾隆說道：「母親開銷他是正理。宮裡不比外頭，大小事都不能姑息——就講究防微杜漸四個字。方才說這事還是有個影兒，我接見岳鍾麒和隨赫德他們一群軍將，確曾有人說起這位『香格格』。這些武夫粗鄙無知天眞爛漫，口中有什麼遮攔？我還把他們的話批給了傅恆和海蘭察，也是君臣調侃雍穆和熙的意思。宮裡這一傳言，就變了味兒，倒像我是淫昏殘暴主子，單爲獵艷漁色要興兵和卓似的！這起子小人可恨之極，豈可輕縱？」

「皇帝說的是。」太后笑道：「宮裡的事只兩條，『外言不入內，內言不出外』，是非就少了。唉，皇后病得這樣，有些宮務我也料理不來。指著那拉氏暫時管一管，我又擔心鈕祜祿氏心裡不受用，她也是貴妃吶……這事你心裡是怎樣想，要早些拿定主意，一日定住就不要再變，宮裡穩住，才能安心料理政務。」乾隆沉思一下，說道：「鈕祜祿氏不成。她留守北京，照顧宮眷不力，魏佳氏幾乎難產，還擅闖軍機處，和阿桂鬧生分，這都犯了祖宗家法。回京自然還要查究，明白處置。這會子還是暫委那拉氏主持的爲是。」「鈕祜祿氏平日天聾地啞，最是膽小不敢沾惹事情的。」太后斟酌著說道，「北京的事體很出我的意料，忒蹊蹺的了！你不要冒火性，回去慢慢的就查明白了。此刻竟是依著你，委了那拉氏的就好。」說罷頷首沿橋板升舟。

乾隆肅立岸邊，看著母親上船了才趄身北行，想起當日召見隨赫德岳鍾麒十二員武將的情形，兀自不禁莞爾，有說香格格長得像「七仙女下凡」的，有說像「賽會觀音」的，更有奇的說像是「洛神洗澡」「玉環捧心」「西施打呃」的，胡亂用典蹧蹋成語，逗得自己跌腳大笑，記得當時貞是說過：「既這麼好，那就擒來獻俘闕下，以備後宮！」招得這群行伍丘八七嘴八舌愈發興起，有說「捉來且給主子下廚，香香的不用佐料」的，有的說「跟了主子這樣人物，是她天大造化。這樣好女人，主子不受用誰禁得起？」……又是一陣信口胡嘈。將軍們不講文飾，憨直可掬一味巴結說話，自己似乎也隨意了些，還把這些話複述給傅恆兆惠海蘭察等人說笑。待此時太后點出來，宮中有了謠言，乾隆才覺得有損體面，「寡人好色」四個字竟是不能承擔！……思量著，乾隆臉上的微笑已經銷融，漫步登上御舟，看也不看周匝衆人一眼，對秦媚媚瘖啞低重地吩咐道：

「叫王八恥把奏折送過來，撤橋板，開船！」

「扎……」

秦媚媚偷覷了乾隆一眼，輕輕打了個千兒，飛也似傳旨去了。

☆

和珅病倒在蘭州府的三唐鎮，且是病得不輕。他是順山東道水路運河返京的，隨身還帶著福康安給母親的請安信，原想到北京拜一下傅府，託著福康安的面子先在內務府鑾儀衛打點一下。他幼時在宗學裡當過雜役，常陪傅家大公子福靈安鬥雞走狗，也想趁這機會把這層緣分重新撿起來。滿心的如意算盤，偏到德州，遇到軍機處管茶水的太監趙檜，給他傳了阿桂的話，叫他不必回京，逕直到蘭州府「等著桂中堂」。說阿桂已經奉旨即刻啓程去甘肅，身邊要人料理雜務侍候起居。和珅縱然再急著回京，無奈阿桂是他本主，萬萬不能招惹開罪的相國，只好遵命就道。逕從太原過境，穿榆林，越寧夏，進入甘肅省。本來一路春和景明萬象向榮的風致，待出塞外便漸覺淒迷荒寒廣漠蒼涼起來。

他的心境不好，甘肅去年年境更不好。先是一場霪雨，淅淅淋淋連月不開，將莊稼淹得半死了，雨晴便接著鬧蝗災。鋪天蓋地的蝗陣自東向西蔓延，掃得甘東甘北寸草皆無，大片黃土丘陵荒禿得像剃過的疤痢頭般一片淒涼寒煙。至塞西一帶蝗蟲遭了霜，漫野滿壠死蟲盈積如山。自古處置蝗災例有成法，一是火燒二是掩埋。但秋糧未收賑糧未到，老百姓眼下總要餬口，家家戶戶把蟲屍蒸熟爆乾了，竟拿來作了主食。和珅一入甘肅境便吃上了「蟲餐」。

蝗蟲這物件，無論燒烤爆炒，偶爾吃那麼幾枚，原是極鮮香一味美餚。但當飯吃，吃出兩餐，準教你心反胃倒，惡心吃醋，醋心加惡心，萬般的不能下嚥！和珅一路入境，自華池、環縣、慶陽、固原、靜寧，通謂「吃」進蝗區深處，更是煙炊斷絕——要麼你就不吃硬撐著，要吃就只有這一味「肉」：焦糊熏臭走了油，散發著腐蝦樣嗅不得的嗆人哈喇味兒的蝗蟲！

和珅也是貧賤出身，當在口外討過飯的人。饒是如此，吃到三唐鎮，已是滿腹焦脹聞「蝗」欲嘔。這裡地近省城，賑糧也發了過來，乍嗅糧食香，猛見米麥糧餌，饞極了的和珅活像餓死鬼遇了盂蘭會施食的，不管三七二十一，包子水餃煎餅油條一撈食之，就攮搡了個十五分飽脹，出門遇了春雨，又淋了個落湯雞，已是有些體熱發燒，一肚子蝗蟲麵食胡攪不合時宜，半夜口渴又喝了一壺剩茶。他素來稟賦甚弱，經這麼往死裡折騰。平明時先是一陣大嘔，接著攪腸刮肚疼如寸割，上下開閘直瀉噴吐如繩，說不盡的穢惡骯髒，拉雜得滿世界混沌一片，遍客屋無插足之地，隔窗也臭氣撲鼻。不到天明便暈死了過去。

舊時客旅行店，一怕瘟疫霍亂客；二怕冤苦告狀客；三怕進京舉人①。和珅犯的頭一忌，老闆如何容得？趁他昏厥不醒雇了抬埋杠房上的仵作，就滿地黃湯綠水中拖出他來，連被窩裝裹帶人一古腦塞了車上，直拉到三唐鎮北一座破敗了的九宮娘娘廟裡，一床草鋪施捨了他住在大殿東壁下，又派夥計守候著等他嚥氣——這都是此地規矩，並沒有人說老闆不仁義的，只可憐和珅，雖不是什麼達官貴人，也算出入紫禁城人見人奉迎的一方毛神，此刻落難由著人擺布撮弄，竟如死人一般不自知曉。

昏沉著不知睡了幾天，和珅醒過來了，先是睜開傴僂得失了神的眼睛迷惘地看著破廟房頂，自疑地晃晃頭，覺得四匝的神像、布幔、靈栅、寶幡、壁畫五光十色顛倒旋轉，暈得像是自己在一葉扁舟上隨漩渦洪波沉浮飄悠，驀地一身冷汗，他呻吟了一聲又昏過去……

「你……喝口湯吧……綠豆湯能解瘟氣的……」

彷彿從極遠的天外雲邊傳來一個婦人的聲氣。和珅再次睜開了眼，這次不再像著了風症那樣又白又亮，卻顯得很是疲憊無力，昏眊中看那女人，面容由模糊變得清晰，是個三十歲上下的女人，頭髮蓬亂著綰個髻兒在腦後，容長臉兒慈眉善目，嘴唇略嫌厚一點，衣裳襤褸膚色也黝黯些，顯見是個住廟丐婦，半跪蹲在草鋪前，手裡端著一只碩大無朋的粗瓷大碗正盯著自己。和珅看了看碗中絳紅色的綠豆湯，兀自微微冒著熱氣，他一點食欲也沒有，卻情知這樣餓下去只有個死，勉強點點頭，慘笑著說聲：「謝謝……大嫂……」仄起半截身子，就那女人手中喝了一口，覺得爽口，還有點甜，似乎兌了砂糖進去，和豆沙香味混著，倒勾起胃口，稍一頓，如吸瓊漿般貪婪地喝得乾乾淨淨，弛然臥倒了地下，見草荐頭旁有只籃子，裡邊裝的有餑餑鹹菜之類吃食，弱弱地問道：「……是你給我的東西？」

那女人搖搖頭，說道：「是店夥計送來的，他們每天來一次，放下吃的就走……」

「唔……聽你說話，我來了不只一天了？」

「三天。和大爺，三天了……這地方兒風俗真是不好，您是出過店錢的啊！怎麼恁地狠心，扔下這裡就撂開了手……」

和珅目光跳躍了一下，熠然一閃旋即黯淡下來。其實住店時他已經精窮的了，也怨不得老闆無情，在瓜洲渡驛站發一回惻隱之心，救濟靳文魁家屬柴炭，把軍機處給他帶的出差銀子都塡了進去，只剩了二十多兩散碎銀子。馬二侉子給了十兩，答應再幫他二百兩的，偏又奉差去了南京，他地方上不熟，又要充大不肯啓齒，三差兩錯又逢大家都忙著送駕，不好認眞去借貸。盤算三十多兩銀子怎麼著也鬆鬆款款回了北京，不防道兒上飢荒，吃蝗蟲饞極了打了幾頓牙祭，又著小偷取去一多半，待到花平腰裡只餘了不足五兩，住三唐義合店那晚，其實只有一兩二錢銀子了。他無可奈何地嘆一口氣，看看亂七八糟堆在壁角的行李——伸手指著錢搭子道：「我委實動不得，勞乏大嫂把那個取過來……」

搭子取過來了，和珅抖索著一雙枯瘦蒼白的手一個小袋一個小袋摸索著，這裡邊最深夾袋裡裝著阿桂給范時捷寫信廢了的一只空信封，原是用來裝小銀票的，它不是勘合，也不是官引，但上頭有軍機處的火漆章印，可以證明他和珅是「軍機處的人」，現在是用得著的時候，但卻不翼而飛了！和珅心裡一陣煩躁，不知哪來的勁，半挺起身子手忙腳亂張皇著，把錢搭子各處揉搓了個遍，又倒吊起來抖動，希冀著那個信封掉落出來，那婦人笑道：「哪裡還能有錢呢？店裡人當時都以爲你要死了，抄賊贓似的在這裡抖落了半日，紙片子破布爛襪子都攏堆兒搜撿過了，還指望著給你留下錢！」

「他們把那些東西弄哪兒了？」

「燒了……」

「燒了？」

「你不知道你來的時候有多髒，他們用你的破衣爛褲子紙片子給你揩了，就用火燒了——這廟裡原來還有幾家討飯的，怕過了病氣，都遷玉皇廟那邊去了。」

「我不是尋錢……」和珅歪倒了下去，喃喃呻吟道：「既然燒了，那就聽天由命，什麼也不說了。」他又發起譫語，一會兒「老馬」，一會兒「桂中堂」「老于」「尹制台」囈囈綿綿說個不休，那女人聽不明白他的話，見小女兒摘了一大籃馬齒莧回來，自過了西壁下攏火燒水，一邊摘菜一邊熱剩飯，一時見店夥計提著個布包進來，料是給和珅送乾糧來的，也沒理他，只指揮女兒。「憐憐！把柴下頭的灰掏掏火就旺了，只盡著用嘴吹！五歲的大丫頭了，沒記性！」那憐憐甚是聽話順從，小胳膊小腿趴在地下，就用棍子掏柴下的積灰。

店夥計到和珅舖前，丟了布包，伸著脖子看看聽聽，一笑說道：「姓和的是個旗人，最他媽嬌嫩的，倒結實禁得折騰，像是要反醒過來似的……吳家的，他回過來你跟他說，還欠櫃上三兩一錢，這堆破爛兒折進去雖說不足，就不另計帳了，算方二爺積點陰騭……這點子乾糧算我們義合店送他上路的盤纏。」說著便伸手撿拾那些破衣物。那女人見方家老闆夥計這般作派，心裡鄙夷，口中卻不便說，只用棍子捅那磚灶下的火，弄得滿殿煙霧灰屑騰空繚繞，柴灶嗶剝爆響間罵那小丫頭：「死妮子！拾來的柴也是濕的！這麼大了任事不曉的——沒見前頭住的癩狗子，人家只比你大一歲，就知道亂墳崗子上拾破布爛套子養活他老不死的老爹了！」那憐丫頭見娘無端發脾氣，又不知道自己犯了什麼錯兒，嚇得扎煞著小手站在一邊，咧嘴兒要哭又不敢。

「怎麼，恨棒打人麼？」店夥計將和珅的衣物破爛流丟收成一個包兒，聽婦人說話拐刺兒，一手丟了地下，衝吳氏嘿地一笑：「店錢不夠當行李，你走遍天下問問，看是不是這個理兒!心疼他了，他是你什麼人吶?當媽，你小了;當兒，他又大了!噢，我說呢，別人都怕過病氣走了，偏你就留下，原來寡婦摸著了毬——敢情明裡認個乾姐姐，暗裡養個小漢子……」他口中有天沒日頭還在胡唚，不防吳氏手一甩將手中燃著的燒火棍老遠扔過來，忙閃了一下身子，打倒是沒打著，只棍頭一節指頂大的紅炭圓兒掉進脖子裡，順脊背燙下去，疼得又跳又叫又抖索又抓撓，竟似突然得了雞爪瘋似的手舞足蹈滿地兜圈兒，直待炭滅了才得定住。他牙一咬，就要撲上去打吳氏，吳氏霍地端起一鍋翻花滾著的稀粥站起來，喝道:

「方二癩子，你敢往前跨一步，我給你退了豬毛!」

方二癩子不防女人這一招，嚇得脊梁上的一串泡兒也忘了痛，一手提包兒虛擋著，挪到和珅頭臉身邊，白著臉皮笑道:「好好好……你厲害你厲害!好男不與女鬥，你願意誰就是誰，反正我不摻和就是——媽的，便宜了你姓和的!」他兜屁股照和珅踢了一腳，走戲子台步般歪趔著身子出了大殿，又抖起了神，衝殿裡喊道:「賤婆娘!別你媽的忒得意兒——鎮上莫典史傳下有話，不在編氓的無業游民一律解送回籍，無論你是跑單幫賣藥耍百戲走把式算命打卦討吃要飯的，在編就有賑濟，不在編的繩串蚱蜢串兒走路——瞧好了你這對賊男女的好果子吃!」說罵著一顛一顛趔著去了。

和珅人雖暈迷，心思卻甚清明，二人言語行動俱都入耳入心，聽得心下悲苦憤恨，一陣無奈一陣酸心，早已淚出如瀋，只口舌僵滯喃喃不能成語，欲待翻身時又頭疼欲裂萬花齊迸，燥脹得五官錯位，直用手撕抓胸前的鈕子。那個叫憐憐的總角小丫頭見母親忙著用木勺攪粥，忙過來蹲在和珅身邊，握著他的手喊道：

「叔叔！叔叔……還有豆湯……你喝不喝？你哭了……」

「憐憐別鬧他。他身上有病，又幾天沒吃飯，擱得住你再揉搓？」吳氏挽著袖子，一手握捂著大碗，一手用石頭在碗中輕輕搗著，末了雙手從碗裡撈出一團碧綠墨翠的東西，擰出汁液來，又從小碗裡兌了點什麼……端過來，在和珅耳畔輕聲說道：「別焦心，就是老人家們說的，一文錢逼死英雄漢。先把身子養好是要緊的……這是個偏方兒，生扁豆汁子兌醋，止嘔止痢，我們鄉都用這個。張開口，唉對，就這樣，好，嘸了……空心頭兒喝了最好。我還煮的有馬齒莧粥，也治紅白痢，慢慢作養，你這年紀好起來快得很……」

和珅喝了半碗生扁豆秧汁，口中酸澀腹裡已見通泰，空得一無所有的肚裡一陣咯咯作響，竟打出一個嗝兒，臉上泛出血色，睜開眼，雖然仍是暈眩不定，心中已不是那樣煩惡，返手握住了憐憐胖乎乎溫熱的小手，望著吳氏說道：「韓信千金報漂母，我和某人有朝一日得濟，要比韓信過十倍！」

「嘴臉！」吳氏笑道，「誰指望你來報這半碗扁豆秧兒的恩？只哪裡不是行方便積陰騭，但得個平安二字就是喜樂……昨晚你嚷嚷腿疼，我就知道你不要緊了，方才還燒了半截土坯，待會兒潑上醋，布裹裹墊到膝蓋下頭——你歪著別動，我給你盛粥去。」說罷去了。和珅拉著小憐憐問詢家世，才知道這婦人是本地人，娘家叫張巧兒，嫁給吳營的吳栓柱，給吳老太爺當傭作長工，前年一場大水祖厲河決口，吳營漫得一片汪洋，恰她帶著憐憐回張寨娘家，才躲過這場大劫，接著又傳瘟，娘家兄弟也死了，兄弟媳婦容不得大姑子日日在家趁飯，索性改嫁了一個本家哥子，這就再也容身不住，四處漂泊乞討……和珅聽憐憐著三不著兩說個大概，已知吳氏身世淒楚稟性良善，不由長嘆一聲，閉目沉思間心下暗自悲戚。

……如此半月間和珅身體漸次恢復。其實腹瀉轉痢疾，只要調養得周全，並不定要服黃蓮續斷諸類名貴藥物不可。娘母子每日午前午後出去討飯，所有要來的剩飯雜糧菜團都是精中選精重熟再熱了給和珅吃，什麼赤小豆、馬齒莧、炙酸石榴紅棗丸、炙蒜頭、石榴殼研末……偶爾要得一點糖，飯舖泔水缸裡撈的剩木耳淘淨了，和糖在鍋上焙乾了──那味道原也極佳的，也都盡著和珅用了。和珅早先在西北張家口大營，後隨阿桂軍機處當差，從來都是聽招呼的角色，由著人呼來喝去，跑前跑後逢人就侍候，見馬拍屁股慣了的。因這一病倒眞享受了幾日，慢慢的起身了，披個破衣裳曬暖兒，幫著摘菜燒火什麼的，閒散著也到野地逛逛，人場裡轉悠轉悠，已是強壯如初，只大病初癒腿上老寒疾沒有全好，心裡急著上路，卻又沒有分文盤纏，只好每日將就著。

這日下晚，和珅吃罷飯，百無聊賴閒進鎭閒步。其時正是仲春天氣，炊煙晚霞靄靄如幕，滿街店舖靑燈紅燭輝映。富粉坊油坊織機坊磨聲油錘聲軋軋織布聲交錯相和，從運河碼頭卸下的貨，諸如洋布靛靑絲綢茶葉涼藥字畫扇子之屬，或驢馱或車載，鈴聲鏗音雜淆不絕，街頭小吃諸如合餎、拉麵、葱餅、水餃、餛飩、煎餅、水煎包子等等，都點起羊角燈，蜿蜒連綿斷斷續續直接運河。聽著小販們吆吆喝喝抄鍋弄鏟，油火煎炸葱薑蒜末雜著肉香，滿街滿巷流香四溢，砧板上砍切剁削之聲不絕於耳，和珅像口裡含了酸杏子，只是嚥口水。一肚皮無可奈何，欲待回廟時，猛聽街北一個茶館裡有人狂喜叫道：

「我贏了！——二十四番風信，三百六旬歲華：歷過神仙劫劫，依然世界花花！贏了——哈哈哈哈……哪裡見過一注就贏五百兩，老方家祖墳冒青氣了！哈哈哈哈……」

他笑得怪聲怪氣，像煞了半夜墳地老檜樹上的夜貓子叫，聽得和珅身上汗毛一炸，定了一下才想起這是「鬥花籌」博錢。和珅自幼浪蕩，七歲就上博場的角色，什麼骰子、六博、樗蒲、雙陸、葉子戲、打馬、天九、麻將、攤錢押寶、轉盤……各路博戲玩得精熟，前門大柵欄出了名的「和神」，只到了軍機處，規矩森嚴形格勢禁才收起這套本領。此刻聽見博錢場上聲音由不得心中一烘一熱：五百兩一注，就是在南京秦淮河柳家賭坊也是罕見的大注了，贏他一票不就什麼全有了？他拍拍前襟，裡邊只有十幾個制錢碰得窸窣作響，這是張巧兒給他買豆腐腦兒還有明天買醋配藥的錢，一個失手輸了，不但沒有豆腐腦兒吃，見張巧兒更是不好意思的……此刻情熱技癢，和珅竟一時沒了主意。他往前沒事人般遊了幾步，眼昏意迷間又鬼使神差地轉回來，隔門向茶舖裡覷了一眼，只見幾盞燭台照得明亮，四個人坐在八仙桌旁，還有五六個人圍在他們身後，伸著脖子張著口死死盯著桌子中間的骰盤，臉盤映著燈光陰陽閃爍，面目都不清晰，突然「哄」地一聲，有人大呼：「二十五副，杏花！——玉樓人半醉，金勒馬如飛！」

「好，這是替我發科，借你口中語，言我心中事。」和珅暗道，他攥了攥那把子銅哥兒，毫不猶豫地走進了茶館，不言聲站在桌後觀局。

場上果然是在鬥花籌博錢。按清時鬥花籌始作俑者叫童葉庚。將一百零一種花名分成九品八百副；製成竹籌，每籌一花加一句品花詞詩，各品籌碼大小尺寸也不相同。用六枚骰子投擲抽籌，籌多品高者贏，依次類減。這法子說起來繁複，其實籌碼製好行起來十分簡潔便當，且是文采雜入風流儒雅。起初只是文人墨客鬥酒行令使用，流傳民間，自然就用在了賭博上頭。自乾隆十一年伊始，十年間此法風靡天下，竟成大小博場一時之選。當下和珅留神看時，場上鬥骰四人，北首一個四十多歲的中年漢子，烤綢單褂藍市布長袍，刀削臉上鷹鈎鼻，濃眉下一雙陰鷙的三角眼不時閃著綠幽幽的光。他認識這是方家客棧的管帳先生方家驥，此刻正贏得得意，撇吊著嘴似笑不笑，耷著眼瞼一副篤定神色看骰盤，左首桌面上八寸長的一品籌已是摞了四五根。南邊對面的和珅也認得，是三唐鎮上的豪賭，名叫劉全，才不到二十歲的人，已賭光了十頃地的祖業，好大的莊窩都盤淨了，氣死老爹老娘，埋了大哭一場不回家，仍舊到賭場的人物。此刻打著赤膊兀自身上出汗，一腳踩在凳子上，一腿半屈呵腰，盤在脖上的辮梢一動不動，乜著眼看骰盤，手邊桌上也放著幾支大籌碼，一望可知也是贏家。對面西首坐的似乎是個茶商，二百副到本，已經有了一百六十副，是不輸不贏的局面，甚是悠閒地看骰盤；手裡把玩著一只漢玉墜兒來回捏弄。只和珅臉前面西坐的，也是四十歲上下的中年人，已是輸得一場糊塗，手邊橫著幾支籌，每籌只有二副，通算下來也不過十幾副，局終貼賞賭坊坊主也不夠使的，已經是精窮的了。他卻甚是矜持沉著，一手撫著腦後油光水滑的辮根，一手捋著腰帶荷包上的米色條子，敞著巴圖魯背心領上鈕子，靜看方家驥出骰。

「瞧好了，要寶有寶，寶泉在手！」方家驥左手拇指扣住骰盤盤底，右手蓋上盤蓋，在耳邊晃晃，裡邊六枚骰子頓時一陣清脆的撞擊之音，他兩手發瘧疾似的急速旋轉幾圈，咧著嘴聽骰子兀自沙啦叮噹作響，定住了，穩穩放在桌上，口中猛喝一聲：「全色出來！」便見茶店老闆揭開盤蓋。十幾對目光定睛看時，是個「四紅」品色，六枚骰子一個「么」，一個「二」，其餘四個都是「四點」——已經佔了二品，從二品籌桶裡掣籤時，是一支梅花籤，一幅烙花疏梅，下頭兩句詩：

茅舍竹籬煙外月，冰心鐵骨水邊春。

九品裡佔到二品，已經是難得的好籤了，衆人轟然喝一聲采：

「好！」

方家驥抹抹鬍子心安理得坐了下去。

接著輪那位茶商搖骰，他卻是雙手捧盤在眼面前，像怕那骰盤飛了似的，晃晃，聽聽，再晃晃又聽聽，反覆幾次放在桌上，揭開看是「三紅」——三個「四」，兩個「么」一個「三」，掣籤得芙蓉花：

錦城名士主，寶帳美人香。

「我要一品全紅！」劉全小心翼翼端起盤子，虔誠得像送子觀音像前的婦女，喃喃禱告幾句什麼，大起大落緩緩晃上晃下，叮噹作響間放了骰盤，揭起一看，居然也是二品：四個「四」，一個「二」，一個「么」，掣籤是牡丹：

金銀宮闕神仙隊，錦繡園林富貴花。

至此方家驥便有點不自在，劉全咕咚咚端一碗涼茶喝了。

「都說全紅全素好，老子手氣臭極了！」和珅面前那外地中年人不慌不忙端起骰盤，笑道，「背透了否極泰來，不信還掣著個九品！」他翹著個二郎腿抖著，雙手捧盤子左轉右轉，晃晃墩墩胡顛亂倒，弄得骰子在裡頭不知怎樣折騰，嘩啦啦散響。他是大輸家，還這樣撒漫不恭，衆人都笑。和珅此刻側轉臉看，覺得面熟，猶恐看錯了，揉眼再看：不是和親王弘晝是誰？——怎生這般模樣，又如何到了這裡，他就是想破了腦袋也猜不出來！一個「五爺」沒叫出口，弘晝已經放了骰盤，大剌剌說道：「揭開來！」

盤蓋揭開，衆人骨碌碌眼珠子盯著看時，是兩個「四」，三個「二」，一個「五」，名色「雙紅」，掣籤得「月季花」，上寫四字：

朱顏常好

哈哈哈……一陣哄笑聲中弘晝身子仰了仰，自嘲地笑道：「日他媽的，又五百兩沒了！再來過……」旁邊一個長隨便數銀票。和珅也認得，是和親王府的頭號親信僕從王保兒，自忖自己雖然認得這位天字第一號王爺，也曾見面稟事說話，但貴人稟性記事不記人，難說和親王認識自己這個「小的」，且是和親王也未必高興這時候相認……心下惦惙打著主意，留心看賭局，他識竅知道觀察舞弊，兩圈下來已知其中道理。待再輪到弘晝時，和珅輕輕一笑，在他身邊道：「五爺，奴才替您一把，您看成不成？」

「你是？」正乾笑著的弘晝轉過臉，看著和珅面熟，又轉看王保兒。王保兒卻認識，笑道：「是跟佳木爺的和大爺。想不到這裡遇上了！」和珅賠笑道：「一個月頭裡南京還見過爺，爺去右翼宗學胡同，我跟福大爺一道兒陪爺踢過球，爺輸了，說『毛蛋』不好……還記得不？」弘晝聽著已經想起，不禁笑了。聽劉全緊催「出盤」，把骰盤遞給和珅道：「爺手氣太臭，你來換換氣兒！」

和珅沒有立即搖盤，撿出幾粒骰子放在手裡撥拉著又掂量，雙手合十捧住搖搖，吶吶說道：「骰神有靈，祝我能贏！——這番我要個二品四紅……」說著便搖骰。他的搖法和對面茶商差不多，緩緩上下播動，有點像用畚箕播麥子裡的糠殼灰塵，仔細聽裡邊骰子下落的聲音，連著五六次，衆人聽得大不耐煩，方家驥便說涼話：「這是在九宮娘娘廟裡跟哪個女人學的吧？」話音剛落和珅便道：「五爺，這一注您贏了——」輕輕放下骰盤。掌櫃的一把掀開蓋子看時，衆人都吃一驚，居然搖出五個紅四，還有一枚「五」點！王保兒欣喜地叫道：「和珅真有你的——四紅！要四紅就是四紅，幾乎他媽的素全色了！」弘晝笑得嘻著嘴攏不來，掣出籤來哈哈大笑，「你也四紅我也四紅，我的點子比你多，哈哈哈……」衆人圍著看籤，又是牡丹花，嘖嘖驚羨間都讚：「這位爺手氣翻過來了！」

方家驥這番是莊家，他自己下注五十兩，弘晝的五百兩翻一倍，合著是輸一千一百兩。和珅這一手玩得他又惱怒又奇怪，但他是贏家，斷沒有賴賭的道理，只好將銀票送過來，茶商和劉全也都送銀子過這邊。恰又輪他搖骰，瞟一眼和珅，本來心裡篤定的事，突然間信心全失，倒犯了嘀咕，把骰子也依樣葫蘆倒在手心胡亂撥弄一陣，扣盤還照前番模樣，咬牙獰笑著一陣猛搖，出來一看，只有一個「四」，還有兩個三、一個二，兩個「么」，掣籤得萍花二副，「柳絮前身」，臭到不能再臭了。他沮喪地倒坐了回去。

「看看我的手氣如何。」茶商笑道，「我也要四紅！」——接過上首骰子，放在手裡一個個又擰又撥又掂丟了盤裡，仍舊晃晃聽聽又繞繞，穩穩放下。揭蓋看時衆人都吃一驚：六個骰子裡四個「三」兩個「么」合成五個「三」，有名的品級「一品巧合五色」，賭場裡搖出這個花樣，那眞是百不逢一！圍觀衆人齊都傻了眼。再輪劉全搖，得了個五品臘梅花，說是「風前開馨口，雪裡暈檀心」，連詞兒裡都帶著晦氣，他卻甚是鎮定，泰然把銀子推了推舐舐嘴唇坐穩了。

和珅接手，顯得格外鄭重：要贏這個「巧合五色」只有三條路，「全紅」「素全」（即六個骰子數碼完全相同）和「一條龍」（即一至六各碼都有）。王保兒和弘晝在旁看他動作，只見和珅將六枚骰子放在桌上，只用一根食指撥撥翻翻，有點像看螞蟻搬家，時不時手指在嘴裡吮一下又按按骰子，良久說聲「妥」，便搖骰，仍舊是揚畚箕般上下掀動聽音兒，又讓骰子蹭盤底兒轉轉放下，神定氣閒說道：「五爺這次下注兩千。我們要通吃了！」

「極品！」

一揭蓋子衆人都直了眼睛：那骰子分紫、青、紅、皀、白、黃一二三四五六全色排出，晶晶亮明光光顯在盤中，正是萬中不出一的「一條龍」！人們驚訝之極，一時竟忘了喝采。這是極品，並沒有設贊詞籌，只是口語報說，和珅曼吟道：

天矯九天紫煙騰，行雲布雨震雷霆，

一掃牧野百萬兵，閒來盤柱廟堂中！

衆人方喝得一聲：「好！」

「五爺這就笑納貢獻了。」和珅笑嘻嘻說道。王保兒笑得滿臉開花，就收銀票。至此衆人已經全軍皆墨，方家驥和茶商尚有三五十兩散碎銀子，老本已經蝕盡。劉全的籌碼使盡，還缺著七十四兩銀子不夠補帳。和珅大度地說道：「你放炮退場，七十幾兩不要了。」不料劉全桌子一捶，額上青筋暴起，呼地站起身來，「我要翻本——接著來！」

和珅似笑不笑說道：

「接著來，成！——你的注銀呢？」

「我沒有注銀！」

「那你賭什麼？」

「我賭這條胳膊！」劉全拍著胸膊大聲道：「三唐鎮誰不知道我是漢子，絕不賴場子！」弘晝用欣賞的目光看著劉全，口中卻道：「傷殘了你也是罪過。何必呢？我賞你的本錢，回去吧！」劉全怒道：「我不要賞！輸了胳膊還有腿，還有命，我上注！一條胳膊一千，一條腿兩千，這條命五千，翻不了本，死給你們看！」他「噌」地從腰間拔出一柄解腕匕首。照腕上一刺，那血立刻淋淋漓漓滲出來：「我是輸家！哪個要走，先讓我戳個透明窟窿了去！」

他這般強橫蠻纏，方家驥和茶商原是不耐，待見了血，才想起這鐵頭猢猻原是賭得窮凶極惡的亡命之徒。他們自己也是輸得精光的人，要翻本奪彩，因便悄悄吩咐身邊人「取銀子」。

接著再賭兩圈，方家和茶商手氣毫無起色，竟是都在七品八品裡苦踢騰。掣出的籤或繡球或茶蘼，或洛如或玉簪，「蝴蝶成團」「高會飛英」「節同青士」「醉裡遺簪」亂來一氣，都沮喪得臉如土灰。劉全倒是搖出一個四品「桂花」，再搖落了二副木槿「朝榮暮落」，俱都是丟盔卸甲潰不成軍，和珅得心應手如有神助，要三品得蓮花，要四品是萱花，「外閉中通君子品，無情有恨美人心」——橫掃全席毫無滯礙，把個弘晝歡喜得無可不可，翹著大拇哥直叫：「小和子，眞他媽有你的！」

「好，這是天亡我也，非戰之罪……」劉全滿頭冷汗，臉像月光下的窗紙一樣青黯慘厲，艱難地站起身來，掣起那把匕首，用失神的目光掃視衆人一眼，突然爆發出一陣歇斯底里的狂笑：「不能賭了，還要命做什麼？我這就還你的賭債！」他倏地舉起利刃，一咬牙惡狠狠就要向心口扎，和珅見連弘晝都驚呆了，急叫一聲：

「慢！」

劉全手在空中，橫眉轉眼問道：「怎麼？」

「聽我說。」和珅緩緩說道：「你沒有死罪，這裡死了我們還要吃官司——這是玩兒，誰和你認眞？賭場上頭無父子，不肯賴賭原是條漢子，輸了命，這條命繳給我，這才是正理。這是一。」

「唷，成！還有二？」

和珅陰沉沉說道：「其二我要告訴你，憑你們這樣的野雞賭徒，要贏我下輩子休想。我作給你們看——我要全紅！」他拿起骰子，照前法辦理一番，放在盤子裡搖搖，自己用手揭開了，六個骰子居然都是四！衆人不禁都倒抽一口冷氣，面面相覷間瞠目又看和珅，不知這個瘦骨伶仃的年輕人是鬼是魅。

「我是天下第一賭。」和珅笑看呆若木雞的方家驥和茶商：「二位只能算未入流。這把骰子送了兄弟如何？別捨不得，相交滿天下，知音能幾人？識相的是光棍。不然……」

他話未說完，茶商和方家驥已雞啄米似地點頭：「老弟英雄手段，我們心服口服，就孝敬了您老人家了！」說著起身一揖作別而去。

註①寃苦告狀客人多有在店中自盡的，官吏得以藉機敲詐店主；進京應考舉人常常賴欠房資，地方官往往偏袒不予公斷，店主畏勢莫可如何。

28

荒唐王私訪彈封疆
巧和珅逢時初交運

賭客和看客都散去了。不知不覺間已是起更時分，三四支酒杯粗的蠟燭煌煌映照著，滿桌垛著的銀子有兩千多兩，晶瑩閃爍得耀目。還有十幾張龍頭大銀票，是輸了又贏回來的，也齊整疊在弘晝身前桌面上。一個小小茶館裡明晃晃擺著這麼多錢，景象看去有點詭異。和珅見除了王保兒，還有兩個大漢站著不動，劉全也站在角落不走，因笑道：「劉全，我哪能真的要你的命呢？今晚下場，若想要你贏個本也是易如反掌的事。你好賭又不知賭場險惡，我早已洗手，一來要給我們主子翻本，一則也想讓你以賭戒賭，是一片菩薩心。五爺，賞他二百兩，叫他去吧！」說罷目視弘晝身後二人。

「這個叫梁富雲，這個叫黃富光。」弘晝笑道：「是黃天霸的門生，劉統勛老頭子貼在我屁股上的兩帖膏藥。黏得緊，揭都揭不掉！保兒，拿二百銀子賞這個劉全，他雖然是個痞子，痞得英雄有趣。賞他！」王保兒便取銀子，嘻笑道：「你他娘的眞走運，輸得撈了二百兩！」

劉全卻不肯接銀子，瞠目看看這個望望那個，「噗通」一聲長跪在地對和珅道：「和爺！丈夫一言快馬難追！你不要我的命，我這身骨頭交給你，水裡火裡跟定了你，天涯海角隨定了你——你就是我的主子！」和珅爲難地看著這個寶貝，半晌才笑道：「連我自己都潦倒得不成體統，指著個窮婆子在這裡挨命。你跟我有什麼好處？就是到京裡，我也是個沒品沒級的吏員，拿什麼養活你呢？」劉全只是磕頭。弘晝笑道：「他有這個志氣也是好的，眼下你雖然不濟，後頭的事也難料得定。這事我也和你有了緣分，想當官謀差，大約我說的話還作得數。」

「那就謝五爺提攜了！」和珅笑著給弘晝打了個千兒，起身說道：「五爺，您住哪兒？咱們得趕緊離開這兒。那個茶商和方家驤做好的套兒要捉您的大頭。您不懂賭場門道。他們輸光了腚，斷然沒有罷手的理。」弘晝笑道：「這是屁話——他敢來搶？」梁富雲道：「和爺說的是。咱們回風華店去是正理——這麼多銀子太招眼了，肯定他們不肯罷手的。」

風華老店是三唐鎮最大的一座客棧，離著這間小茶館並不遠。六個人沒用半頓飯工夫就趕了回來。弘晝掏出懷表看看，字針兒剛過十點，笑道：「才是亥正時牌。今晚輸得快贏得也快，高興！和珅跟我們樓上說話！」和珅劉全答應著跟了上來，逕直進了弘晝臥房。梁富雲和黃富光兄弟只在隔壁房中聽招呼。

「小和子，你是怎麼弄的？」弘晝一坐下便問：「怎麼你要幾是幾，我怎麼就搖不出一個四紅花樣兒來？」「爺您是龍子鳳孫，金枝玉葉之體，怎麼和這起子下三濫鄉裡小痞子鬥起賭來？」和珅不忙答話，笑著鞠了一躬，又幫王保兒給弘晝沏茶，端捧給弘晝，忙活著說道：「奴才知道爺不久前還受了萬歲爺處分，這些事叫外人知道了不是好名聲。奴才得先勸爺一聲，這種事再不可爲。輸了銀子還是小事，頭號兒天璜貴胄叫小鬼纏了，如何丟得起這人？你是和碩親王爺呀！」

劉全頓時聽呆了。今晚他起初只聽方家驥說「來了個大憨闊佬兒，弄他幾個」，先下小注輸給弘晝，逗得弘晝興起，大注下來幾個人捉弄贏錢。方才也覺得弘晝風度手面不俗，不像個生意人，卻萬不料居然是位「親王」——甭說三唐鎮，就是蘭州府，恐怕也沒有恁大的官罷？早知如此，何必苦巴巴一定要跟了和珅？他看了看得意洋洋的王保兒，嚥了口唾液沒言聲。

「爺，您來看這骰子！」和珅笑著掏出一枚骰子，在三人面前亮了亮放在瓦硯裡，用鐵鎮紙試著敲了兩下，又加了點力一砸，那骰子已是裂開縫兒。和珅指著說道：「您不曉得內裡竅門兒，能不輸給這起子賊麼？」說著手指一撥。

三個人湊近了看，那骰子已經均均破分成八粒，方方正正的小象牙骨散落在硯中，王保兒驚呼道：「爺！這他娘的是毒骰子，裡頭裹的有水銀！」弘晝用手指扒了一下，果然有一顆小米粒大小的水銀珠子，燈下閃著鬼祟的光。

「不止是水銀，還有一塊鐵，嵌在紅四另一邊。」和珅冷冷說道：「姓方的戴那個大板指您以爲是墨玉？那是磁鐵！」他像蒙師給小學生講課，捏起一粒骰骨，「這麼著戴著板指在盤裡搖到了火候，六個四也是穩穩當當的！」衆人早已聽得目光炯炯，一臉憬悟神色，和珅指著骰骨角一塊凹處，瞇著眼笑道：「八塊小骨骰兌起，這裡就有個空洞，叫『藏珍洞』。想知道我怎麼贏的麼？這個洞太小，雕工們刀工常常先在上頭挖下一片才好琢下來，這麼著上下四方就又出來六個小空洞。水銀是流的，放在桌子上墩就流進小洞裡，手指按按，手上的熱氣又能把水銀逼回大洞——眞正的玩家是要玩水銀。水銀玩熟，比鐵重得多，我在水銀上頭做手腳，他的板指就不靈光了——後來他們心亂了，輸得昏了頭，連茶商也是胡揑亂弄一氣，怎麼能不輸？這裡只能給爺粗說裡頭的道道兒。眞正講明道理手法，顚倒應用，恐怕得寫一部書才成……」

至此，衆人俱都心如明鏡。劉全不禁嘆道：「早見和爺十年，我也不至於十萬家當賠淨了！」弘晝道：「原來如此！你不說，我就把王府賠進去也是不得明白！」「這骰子玩水銀把戲算什麼？玩賭到了極致，花樣翻新奇巧變幻像萬花筒……」和珅的目光變得有些憂鬱，「……我也只是知道個皮毛而已。我的本家叔爺，轉骰子摸雀兒牌要幾是幾，缺什麼牌補什麼牌！平平常常的骰子落到盤中，閉目能聽出那一點落地……好大一片莊園都輸掉了。強中更有強中手，賭場久戰無勝家……劉全，我寧可斷指絕不再賭。你跟我，不能再存邪念頭。五爺就是我們的靠山，好生巴結做出官來，那才是牢靠基業鐵打的營盤！」

「好小子，還眞不能輕看了你。」弘晝笑道：「說道理給劉全，連你五爺也聽進去了，有骨頭有肉，好！王保兒要有這份伶俐心思，我早放他出去當官了，這裡頭有個道理分寸，還要講究火候——你懂不懂？」他突然轉臉問王保兒。王保兒卻道：「這有什麼難的？爺也忒小瞧奴才的了！奴才跟爺有年頭了，當官只有兩條，侍候上憲要像哄姨太太，伏侍皇上要像對待老太爺，既要順著道理也得留心著招他歡喜——惹翻了老爺子要抽篾條，惱了姨太太不叫你上床。你就是屈原，放你出去喝西北風兒怎麼樣？那可正就是說——」他瞪著眼，想了半天詞兒，冒出一句：「雪擁藍關馬不前，拔劍四顧心茫然！」一句話說出來，立時招得弘晝哈哈大笑，手指頭點著王保兒道：「不倫不類的你倒說得順口，好好的唐詩都叫你這頭驢給蹂躪了……哈哈哈……」王保兒笑道：「奴才跟五爺投緣，就是侍候您的命——跟著您狐假虎威，哪個見我不敬？作官無非為發財，為有人巴結著受用。我看我和個官也不差什麼。」他皮裡皮氣說笑逗樂子，連隔壁的梁富雲和黃富光也捂口兒葫蘆笑。

一時閒話中和珅才得知道，這位王爺是微服到甘肅，因是王亶望壞了事。又說起「聖躬操勞」，這次江南之行皇后病重，又有和卓之亂，吏治上頭也屢屢惹皇上光火。皇上身邊得力人太少，朝廷要著力物色人才……從紀昀家中官司逼死人命，又嘆息作官作人不易。又說到福康安在棗莊生擒劉七，和珅搭訕著順口問仔細聽，便覺悵然若失：遲走幾日跟了福康安，不但免了這一災，還能立功敍保……弘晝見他發癡，因問道：「你在想什麼，怎麼呆呆的？」

「噢……奴才有點走神兒了……」和珅苦笑道：「說到福四爺，這回在江南也見了的。原先早年在宗學和福大爺也相熟的，奴才倒楣沒造化，要跟了四爺去逮劉七，選出去當個縣太爺那是穩穩當當的……」因將在瓜洲渡驛站周濟靳文魁家花盡了銀子，一路潦倒來到甘肅，得了急病，受吳氏救治恩惠的事一一備細說了。「……如今見著五爺，就是奴才時來運轉了。受恩不報非丈夫，求五爺賞點銀子，一來作回京盤纏，二來且安頓吳家娘母女不受飢寒。奴才回京告貸也必要還她這份天大恩情的！」

弘晝聽得很仔細，不時地點頭感嘆，末了，瞇著單泡眼喟然說道：「也是你命中該有這一劫，中間貴人相救——瓜洲驛你要不救靳家兒子，未必有這樣的好報。」王保兒笑道：「依著爺說，那個窮要飯婆兒還是『貴人』了？」「那當然！」弘晝正色說道：「比如和珅捐銀買炭救靳家，和珅就是靳家的貴人，窮困中又遇到我，我就是貴人——你以為文王易經裡的貴人和世上這些戴官帽子的是一回事麼？——這麼著，這裡許多銀子你隨意取，取得動的就拿去報恩，也就是她緣中應得的福分——左右這些錢也是你贏的，派個正經用場也是該當的。你很投我的緣，回京既沒什麼大事，索性跟我一路肅州去。回來我給你敍保！」劉全看看滿桌包裹垛著的銀子，心裡划算著這是好大一份家業，說賞人就賞人了？這位王爺好大的手面！他嚥了口水，傻子樣瞪大了眼。

「那……奴才就放肆，謝爺的賞了……」和珅熟練地給弘晝打個千兒，卻不去搬那些銀子只笑道：「怕有一百四五十斤吧？背到九宮娘娘廟……何必呢？把吳家嫂子請來不也一樣？」弘晝跌腳笑道：「你這身子骨兒。我打量你也取不走多少，誰知你竟是賊才賊智一步三計！好，你既有報漂母之情，我有何不能為季布一諾？」和珅笑著去了。

弘晝覺得肚餓，正要叫王保兒去弄點心夜宵，猛聽得樓梯一陣腳步亂響，雜沓淆亂踩得房頂承塵都直顫抖，裡頭夾著方家驥的尖嗓門兒：「就在這樓上——這是一窩子賊，只管逢人就拿！」弘晝還在發愣，劉全急道：「爺！快藏銀子——這準是方家串通了衙門的人來捉贓了！」他認準了弘晝身分，卻是十分忠心，不管不顧將桌上銀子一摟收了懷裡便往床底下塞！王保兒罵道：「我日他奶奶的，眞敢欺負人！」一拉門便衝出去，已見幾個靑衣大漢衝上樓梯，他雙手一扠腰剛要喝罵，方家驥指定了叫道：「也有他在裡頭！」早有個漢子飛身撲過來，不問靑紅皀白，夾臉便打了王保兒滿眼花，暈了一下未及倒地，已被人劈胸提起來喝問：「你這狗東西，你主子呢？銀子呢？」

王保兒掙了一下脫開那人手掌。他的臉立刻變得血紅——一半是被打一半是因爲暴怒。他生性最是倔強，京華有名的「鐵驢」，又最在弘晝面前得用。只有跟著弘晝欺侮人的，哪裡丟過這種人？他也不言語，甩手閃開身，一個頭錘扎身向當頭那大漢下巴上拱了出去，那大漢在樓梯口猛地著了這麼一下，上下磕牙咬得舌頭鮮血淋漓，「媽」地大叫一聲仰身倒下，把樓梯上擠著升階的人砸倒了三四個，虱子滾球兒疊摞著下了樓，立時滿樓響動夾著汚穢不堪的罵聲，風華老店所有的客人都驚動了。

梁富雲和黃富光二人早已聽見動靜不對，他二人職責是護衛弘晝，王保兒未到樓梯口，他們已衝出房間直入弘晝臥室，梁富雲雙手持鐧，黃富光是一對判官筆護在弘晝身邊。弘晝起初也是一陣忙亂，開後窗要逃，看看樓高沒敢下，劉全說道：「爺甭怕！這是官府，不是刼盜的——說淸白他們就滾了。」弘晝揩著額上的汗笑道：「奶奶的誰怕了？我是嫌屋裡熱透透氣兒——富光去叫他們衙役頭兒進來。不的王保兒要吃虧！」梁富雲道：「富光護著爺——還是我去。」從腰裡取出巴掌大一塊腰牌亮了亮便出去了。一時便聽他在外頭喊：「亂什麼！要起反了麼？我們是刑部緝捕司的，這是腰牌——我們王大人傳話，叫你們打頭的出來說話！」

一時便聽外頭一片嘰嘰喳喳議論聲，似乎還有低低的罵聲呵斥聲，樓板踩得吱吱響聲漸漸近來，梁富雲打頭進來，王保兒揩著鼻子上的血漬隨後，進來佯佯站在門口，隨後是個白淨臉中年人，青綢長袍黑緞子馬褂，一條辮子又細又長拖在腦後小心地進屋來。他似乎有點受驚了的模樣，心神不定地眨巴著小眼睛看看弘晝，又看看凶神惡煞般站立兩邊的梁黃二人，又瞟一眼得意洋洋站在一邊的劉全，朝上長揖到地，顫聲說道：「卑職莫懷古拜見王大人，敢問台甫，官閥？」

「莫懷古！敢情我們這演《一捧雪》！」弘晝吞地一笑，卻不回答莫懷古的問話，反問道：「你是這鎮上的典史？三更半夜的帶人來拿我，是什麼緣故？」

莫懷古方才已經驗看了梁富雲的腰牌執照，梁富雲自己就是六品京銜，卻站在這位「王大人」跟前像個跟班的，一副門神模樣，愈發蹚不透這汪水深淺，便不敢再問，加了小心回道：

「卑職不敢孟浪——是方才這裡甲長到鎮所報說，風華客棧有販馬客人在鎮上豪賭聚衆形跡可疑。如今西北有軍情，勒爾謹制台已經下了憲命，所有作茶馬生意的內地商客都要重新登記驗明引證，防著有準噶爾和卓部的奸細來刺探軍情——蘭州縣高太爺就在鎮上，差使上頭不敢馬虎。既是誤會了，請大人恕過衝撞，卑職這就告退……」

這話無論如何聽來也還順情入耳。弘晝一肚子光火已是消了多半。板著臉問道：「首告我聚賭的是姓方麼？」「是！」莫懷古笑道：「本地茂榮客棧的老闆，叫方家騏。是個本分生意人，所以指了他當甲長……」「我來告訴你，這不是個好東西！」弘晝打斷了他話頭說道，「賭場上他弟弟是頭號賭徒，賭輸了他去砸場子，能算是『本分』？媽的——王八蛋！你給我拾掇他！」

「是！是……」莫懷古被他這這聲突如其來的喝罵嚇得一哆嗦，喏喏連聲答應：「方家就是這裡一霸，惡棍刁民！卑職自然這就料理他！」說著就要退出去，弘晝擺手叫住了：「忙什麼？爺還有話問你——這裡地裡種什麼莊稼，一畝能有多少出息？」

他自稱「爺」已經奇怪，忽拉巴兒問出地土莊稼，莫懷古頓時墮入五里霧中，張著口「啊」了幾聲才回過神來：

「回『爺』的話，這是蘭州近郊。城裡有的是糞。都是渠灌地——玉米一畝能收不到四百斤，高粱三百斤上下，穀子也能收二百多斤。也有種春小麥的，能收二百斤，還有燕麥、黑豆、綠豆……都是荒地上漫撒種兒。收一把是一把，百來幾十斤的不等。……還有幾畝水稻……」

「不說這些了。」弘晝倏地又轉了題，「既是這麼好收成地方兒，怎麼我聽說還常餓死人？」

莫懷古這才明白，這位大人是要過問飢民的事，忙賠笑道：「爺準是誤聽了。咱們甘肅地方兒窮，苦寒地瘠的，餓死人是常有的事。甘南去年還好些，甘東甘北這會子還在吃蝗蟲呢，春天再暖一點糧食上不去，再傳瘟，死人的事在後頭呢！三唐靠著省裡藩庫，甘東的賑糧都從這出，全甘肅人餓得死盡了才餓這裡呢！」

「不問這事了。你們這裡捐監納糧的人多不多？」弘晝又問道。剛剛「明白」過來的莫懷古頓時又糊塗了。弘晝見他白瞪著眼兒懵懂得可以，一笑又問：「我是問，比如你們蘭州縣，去年有多少人捐糧納了監生的？」

「有——六七個吧？」

「六七個——不對吧？至少也有六七十個的吧？」

莫懷古兩手一拍笑道：「爺說的是笑話嘛！四十石糧在這裡要折銀子二百多兩，誰有閒錢去換那個空殼子功名？別說『去年』，把蘭州城死了的監生骨頭都刨出來加上，也不得有六七十個！」

「嗯——是麼？」弘晝若有所思地點點頭，端茶一啜道：「你——去吧！」一抬眼，見和珅不知什麼時候已經回來，待莫懷古出去，笑著放下杯子道：「回來取銀子了？可笑方才劉全，聽見人嚷嚷著上樓，就往床底下塞——人真要打上來，你塞進床下就搜不出來麼？」又問：「吳氏呢？你沒有帶她來？」

「我們來了有一會子了。爺在上頭說話，她有點怯場不敢見人。下頭客房住滿了，我安置她們後院房子歇著了……」和珅目送莫懷古出去，聽著他下樓的聲音，似乎有點心神不定，猶豫著說道：「……我覺得今晚有點像作夢，事事都透著假！方才和吳家嫂子說，她是本地人，也異樣方家怎的那麼有錢——一夜輸贏幾千兩，在這裡是個嚇死人的數目……再說，這錢贏得也太容易了——來這裡捉賭是想得到的，可是一面腰牌就退了兵……這個……我說不清楚……」

弘晝漸漸聽上了心，皺眉沉吟半晌，轉臉問劉全：「你平日賭博，一晚有多少輸贏？

有沒有下過這大的賭注？」劉全拍著腦門子說道：「十年前有過，那是在蘭州城金鳳樓和痲子黃五少來賭，都紅了眼，注愈下愈大，一百兩一小注，二百兩坐莊，四百兩成番！我就是從那一夜家道敗落了的。要不然城西牌樓半條街就是我的……」他眼中賊亮的光漸漸消蝕了，「這三唐是小地方，沒人下這麼大的注。方家……也不致有這麼財大氣粗的——老實說，他們說爺帶幾萬銀子來買馬，拉我來賭。我心裡打主意，今晚要麼死在賭場，要麼就把家業給翻回來！沒往別的上頭想……」

梁富雲心裡早已疑竇四起。他今晚一直沒說話，是因為一路上規勸得多了，已經惹得這個王爺老大不喜歡，一入甘肅弘晝就數落他：「看戲你管，逛街你管，起身你管，落腳打尖你管，你他媽的比皇上還大！只要老子不逛窯子染楊梅瘡，只要沒人殺老子，你他媽給我住口——什麼鳥黃天霸，又是什麼劉統勛劉鏞！扛他們牌子有個屁用，他們都是我家奴才，你懂不懂？」訓得他狗血淋頭，他也真不敢招惹弘晝認真惱了。黃家捕快名滿天下，原是因起身鏢行，和綠林江湖上黑白兩道淵源極深。若在中原那是如魚得水左右逢源，但這裡是甘肅邊外，江湖道上行話是「生道兒」，他也不敢逞能恃強。有這兩層，所以格外持重，只是靜觀態勢暗中留心而已。他是老江湖，世面上人心險惡情事紛紜見得多了，跟黃天霸一道兒押餉還栽了大跟頭，此刻獨自擔著血海般重大干係，更是持重小心如履薄冰，思量著今晚撲朔迷離的人事，更覺得和珅疑得有理，因道：「五爺，這裡不是天子腳下。勒爾謹帶著萬餘兵，是甘肅的一方諸侯，他又是王亶望的一黨。桂中堂五天前派人來說他在城裡，就再也沒和我們聯絡，小的怎麼看，今晚這事都透著蹊蹺，咱爺們還是小心點的爲是。依著我說，留著和大爺在這觀風，我們也不退房子，竟是出鎮另覓個住處觀觀風色看是怎樣……」

「怎麼？」弘晝怵然一顫，臉上已是變色，「他敢造反？岳鍾麒的七萬綠營兵就在陝北，他的三親九族高堂令尊都在北京！何況這裡的綠營是總督衙門兵部雙重節制，也未必就聽他勒爾謹調度！」梁富雲吃慣了他訓斥的，從未見他如此神情嚴重，膽怯地噓一口氣，又鼓起勇氣賠笑道：「爺說的是，稱兵造反的事是沒有的。勒制台是案子連著貪污，並不是謀逆。再者桂中堂就在城裡，這裡的兵都是桂中堂在張家口帶過的……我是說這是人家屋檐下，查辦的案子牽連通省大小官員，爺昨個還說：『甘肅無淸官，都是他娘的奸臣。』但有一個有天理的，這門大案子怎麼能瞞到如今？雖不敢造反，不定他本人或下頭僚屬，使個計謀設個陷阱，沒聲沒息黑了咱爺們，或者給爺個現成虧吃，就算要不了命，折辱了爺的臉面，造個事端，一水沖了他們的案子。這些子弄神鬼的伎倆也是不能不防的！」

和珅見弘晝還在猶豫，笑道：「爺別忘了，您這是微服查訪，扮的販馬客人，又說是『王大人』，就這一層，地方官給你扣個『身分可疑』關押起來，您能不能追究？這賭錢就是憑證，整您一下，弄得灰頭土臉，您還能不能冠冕堂皇去拿勒爾謹？去年廣東臬司湯望祖去查辦高要縣人命官司收受賄賂，在高要珍珠樓和婊子吃花酒，讓縣裡當場拿住枷號三天，案子沒查成，還受了降三級處分——爺大約知道這事兒的吧？」

「好了好了！危言聳聽——爺聽你們的還不成麼？」弘晝聽著已經起身，笑道，

「就依著老梁的，你留在這店裡，咱們這就走！」

弘晝一行四人說「出去遛遛」散步而去，和珅便回後店房中。甘肅地高氣寒，雖已是季春天氣，料峭春風掠地而過，還是一陣陣身上泛出冷意。此刻已近三更，後店大院因房舍簡陋，只有拐角通道二門上吊一盞若明若暗的羊角風燈，深藏青色的天穹像一口廣袤無垠的大鍋，疏密不定的星星隱耀閃爍著微芒，院中粗大的白楊樹，樹幹泛著淡青色直矗高空，模模糊糊融化在黯黑的夜色之中，枝葉都看不甚清晰……今天的事直到現在，他還覺得有點恍惚，從九宮娘娘廟一下子又回到了官場，而且攀上了天子唯一的親弟弟和親王弘晝，都是倏轉倏變如夢如幻，大起大落間他不能不想到人生機緣莫測。在院中徜徉了一會子，又思量如果今夜無事，明日弘晝必定要笑罵他「杯弓蛇影大驚小怪」，不禁又一個莞爾，深深透了一口氣回了房，也不打火點燈，和衣躺在床上望著天棚出神。

隔壁的吳氏母女似乎也沒睡。這處店房是風華店早年起家時的舊板屋，中間都用木板皮釘著，既不隔音且走風漏光，夜深人靜時聽得清晰，好像是憐憐換了新居處，蓋著店裡大被臥嫌熱睡不著，還有撩水洗濯的聲音瀝瀝作響。和珅猛地想起方二癩子揶揄吳氏的話：「明裡認個乾姐姐，暗裡養個小漢子」，不禁心裡一烘一熱一動，就床上一臂仄起身子，隔板皮縫兒瞧時，果然是吳氏正在洗澡。她只露出半截上身，背對著牆兩手對搓著肩膊，黝暗的油燈下一頭烏髮瀑布似的披散下來沾在雪白的背上，下半身卻被床擋得嚴嚴實實。和珅不禁呆了，天天見面的，倒不留心她體態這般窈窕豐滿！——他撐著身子不動，用小指輕輕將板皮上的乾泥又摳得縫兒大些，木匠吊線兒似的睜一隻眼閉一隻眼貪婪地看著，耐心等吳氏站起來擦身子，直待左臂都麻木了，吳氏才起身來，半偏身子坐在床邊細細揩拭。和珅的眼中放出賊亮的光，動也不動隔牆飽覽春光，骨碌著眼珠兒，不夠使喚似的從她肩膊掃到胸前腹下，大腿小腿看得忙個不了。無奈燈太暗，有些急煞了要看的地方偏偏死活看不清楚，只好使勁瞧吳氏那雙發麵饅頭般的雙乳，細白如柔荑的腹皮大腿，再看臉龐時，似比平日秀麗出十分去……他的呼吸變得有些粗重。吳氏似乎有點覺察了什麼，見憐憐翻身，替她裹裹被角，說聲：「別鬧了，睡吧！明兒叫你和叔給你買新衣裳，啊？」回身一口吹熄了燈。和珅輕輕躺下，左臂已經全然麻木得不知所以。

和珅原本有些睡意的，想著方才光景，倒醒得雙眸炯炯，一時欲焰蒸騰，情極不可忍耐，渾身燥熱麻脹著就要起身過去敲門做光。聽著吳氏細細的鼾聲，又轉思這女子是自己的恩人，一個不是做出不情願，恩也沒了情也沒了，好人反變成混蛋，連面也不好意思廝見……這麼一陣熱一陣涼、一陣夢一陣醒，他正是情竇乍開氣血兩旺的年紀，少不得手指兒告了消乏，幾度折騰了方才罷手。聽得遠處雞鳴，和珅方矇矓過去……

一聲劈柴似的爆響驚得和珅渾身一個激靈，雙手一撐坐起身來看時天還沒亮，房屋門譁然洞開，幾個大漢影影綽綽已經站在床前，有的扯被窩有的拽行李，喝問：「銀子呢？那個姓王的昨晚跑到哪裡了？」和珅只一陣懵，便知是昨晚的話應驗，披著衣裳起身回問：「你們是做什麼的——清平世界朗朗乾坤，要搶劫麼？」話音未落，隔牆吳氏那邊的門也被砸開，憐憐「哇」地一聲尖嗓子大哭起來，幾個人在隔壁揪扯著夾著吳氏的哭罵，有人喊著：「把她拖過去，這是一對賊男女！」一時便見幾個人影連拉帶推搡著吳氏進來。就有人打火點燈。和珅剛蹬上褲子，腰帶已被人劈手抽去，惺忪著眼看時，方家騏和方家驥都在，想著弘晝沒被捉住，和珅定住了心，挽起褲腰問道：「方掌櫃的，你一個生意人，夜入民宅又搶又打，你活夠了麼？」

「我是生意人，還是這裡的甲長！」方家騏惡聲惡氣說道，口氣中帶著煩躁，「昨晚捉賭你逃了，來提贓又讓你們充大頭唬回去了。他逃了，你還敢帶著淫婦在這搭裡姦宿！」話未說完已著吳氏夾臉啐了一口：「你媽你姐姐才是淫婦！我們是出過店錢在這住店，各住各屋安分守己憑什麼狗血噴人？」方家騏一臉壞笑：「在九宮娘娘廟你們早就明鋪夜蓋了——昨晚你洗澡他偷看，看完過去睡了才過來——我這叫捉姦成雙，這裡的人都是證見。你賴毬不掉！」

和珅被他說得臉上微微發紅，旋即明白他們早監視定了吳氏，「偷看」云云只是猜測，心裡驀地一陣慌亂，雖說沒被他們「捉雙」，前頭破廟同住是實情，此刻栽贓順理成章，又有那許多「人證」，這怎麼處？無論如何，此刻不能和這起子下流坯直口折辯，正要張口去見長官，吳氏卻道：「你少給我來這一套！和爺是落難貴人，不是平頭百姓，想怎麼作踐怎麼作踐麼？做套兒挽人小心挽了你自己，誰不知道方家騏就是三唐鎮的賭痞子頭兒！不要臉的，你們要不偷看，怎麼知道我洗澡？——和爺，和他們見官！我是寡婦你是光棍，別說我們清清白白，就有什麼能輪到他們來捉姦？」和珅倒被她一篇話說得定住了心，這才想起大清律裡只有本夫和直系血親才能捉姦，且是自已身正膽壯，又有弘晝撐腰，怕什麼？一跺腳說聲：「走！」褲子便要掉，忙用手提起來挽緊了，看衆人時，已起出那些銀子，鼻子裡冷笑一聲沒言語。

鎮公所衙門離著風華客棧只有半里之遙，出店向東轉過一道彎子再向北，一條筆直的中街約兩箭之地便到了。和珅一路都在犯嘀咕，擔心方家兄弟喊街，招來一大群瞧熱鬧的閒人來「看審姦情」。即便將來翻過案來，臉上抹的這塊灰擦洗起來頗費工夫。幸而此刻天尚黎明，店鋪居家關門閉戶，除了上早市的豆腐坊、菜販子，搧爐子點火的飯店有點動靜，滿街清靜得一個閒雜人沒有，方家兄弟也許心虛，也許奉命不准聲張，押著他們也沒有言聲。待進了公所，和珅才暗自透了一口氣，照方家騏指令「站到樹底下聽招呼」。看吳氏時，只見她拉著小憐憐站在西廂門口，滿臉的泰然自若，沒有一毫氣沮膽怯的神氣，其時曙光微曦映著，一頭青絲蓬鬆披著，洗得乾乾淨淨一身青衣映襯得面容格外秀美。和珅倒沒想到這般妝梳也如此能打扮女人的，想起昨夜光景，不由心裡又一動，因見憐憐穿得單薄，笑道：「你該給她多穿件夾衣的。甘肅的三月比北京二月還冷——」

「不許說話！」站在旁邊的鎮丁立刻喝斷了他，「太爺這就要升堂審你們！」

和珅一笑而止，打量這座衙門，這才看清是座廟改的，南面的正門封了，從東旁臨街新開一座廣亮門，正殿掛著「議事廳」白底黑字匾額，匾上有匾卻是廟中原有的，寫著「衛大將軍祠」只勉強可見，庭柱上一副楹聯是新的，卻在晨光中清目分明：

得一官不榮失一官不辱勿云一官無用百姓全靠一官
吃百姓之飯穿百姓之衣敢説百姓可欺一官亦是百姓

墨書隸字十分端秀精神。和珅不禁一笑，卻見議事廳兩對衙役各持竹板出來，在廊下擺堂威，便有人呼叫：「太爺升堂囉——帶和珅！」他猶自發愣，背後有人一搡，喝道：「日你媽！叫你過堂沒聽見？」和珅一個踉蹌才穩住了步，緩緩拾級升階入堂。

其時天剛放亮，外邊明裡邊暗，好一陣和珅的眼睛才適應了，這才看清裡邊也是四個衙役分立兩旁，都是一身洗得泛白的靛青粗布長袍，有的打著補丁有的油漬麻花骯髒不堪，提繩拿棍的擺架式，活像一群叫花子窮開心，正堂「公案」是廟中原來的神案充用，那個姓高的大約是蘭州知縣，大個子白淨國字臉偏身坐在公案後，沒有穿公服，只戴了頂六合一統黑緞瓜皮帽，中間嵌著一塊漢白玉，卻也儀表堂堂。公案東首站著方家騏，呵著腰一臉媚笑看高知縣。西邊坐著一位師爺看去面熟，仔細認了才想起是賭場上那位茶商——至此，和珅已明白昨晚推斷無誤，確是設好了的局要整治弘晝！他暗自提了一口氣，在堂中站定了。高縣令見他如此神安氣靜，倒覺一時氣餒的，用詢問的目光看看師爺，見他點頭，將案上鐵尺一拍，沉啞著嗓子問道：「你——叫什麼名字？」

「鈕祜祿·和珅。」和珅刹那間突然定了主意：莫懷古不見影兒，不定是躲是非去了。對手四十多歲還是縣令，在勒爾謹手下絕非紅得發紫的角色，作省城首府裡的首縣，沒有「圓融」二字決計幹不來這缺，倒是那位師爺像是有些來頭，串通一氣謀陷親王，對方未必有這膽量——一連幾個念頭閃過，明擺著應該打天窗說亮話，氣勢上先聲奪人，因不緊不慢說道：「滿洲正紅旗人，家居北京西直門內驢肉胡同。父親常保曾任福建副都統，本人隨從軍機大臣阿桂在軍機處辦差。」

高縣令愈聽眉頭皺得愈緊，因三唐附近藩庫地勢低凹，庫房漏水，他是奉了知府的憲命來招募傭工填塘修牆來的。遇上制台衙門的師爺阮清臣，拉著他拿問「賭徒淫混」，誰知一開口便問出一個軍機處辦差的人！他不滿地睨了阮清臣一眼，身子動了動又問：

「你在軍機處辦什麼差？」

「護從阿桂中堂。」

「到蘭州來幹什麼？」

「奉桂中堂指令，我在這裡等他。」

「桂中堂要到蘭州來？」

「回大人，中堂已經來了！」

高縣令一怔，嘴角嚅動了一下，想問「住哪裡？」又覺得甚不合體例，已知跟著阮師爺蹚了渾水。他在省城作縣官，自是歷練得滑不留手，且闔城官員早有風聲，朝廷要派人查勘捐監庫糧的事，這個分量一掂便知重大，但勒爾謹和王亶望是合穿一條褲子的朋友，現就是惹不起的土皇帝，這個夾縫兒難鑽！因放緩了口氣，說道：「你跟中堂，有沒有憑證？既在軍機處當差，就該懂法度，竄到鄉間小鎮狂賭濫淫，不怕王法麼？」

阮清臣一聽便知，這個滑頭縣令要慢慢磨審和珅，他卻急著要查出那位「大人」下落，一繩子縛了示衆，他也壓根不信阿桂會親自來蘭州——這是在總督衙門幾個師爺和勒爾謹議定了的：不管誰來暗訪，不管三七二十一先澆一盆子屎，拉到蘭州當街示衆，修本翻做彈劾欽差，一下子便把水攪渾，變成糾纏不清的筆墨官司，這著棋雖險，仔細推詳卻是極漂亮的撒手鐧，只是最忌遲疑，最怕慢，講究「猝不及防」四個字。昨晚因請示勒爾謹誤了時辰，派莫懷古去也沒有穩住弘晝，此刻哪裡能再容高文晉磨蹭？聽著和珅一一細述怎樣得病，怎樣吳氏調理照應，娓娓敍談如訴家常，他心裡一陣發急，在旁一拍桌子喝道：「誰信你胡說八道？沒有勘合沒有憑信，你就是平民，見了父母官，爲什麼不跪？」

「我的勘合憑信是這個方家騏給毀了的，我住店他是店主，難道不登記？你問他！」和珅冷笑一聲指了指方家騏：「我的勘合如果在手，恐怕你們得給我跪了！」

「憑什麼？就憑你在軍機處提茶倒水當跟班？」

「我是功臣子弟，身上襲著三等輕車都尉的世職——敢問你是什麼爵位？」

堂上堂下頓時僵住。連吳氏站在院裡也聽得清爽，暗想怪不得這少年舉止斯文穩重機靈，敢情是眞有大來頭的！阮清臣也是大出意外，打脊背間泛出一股冷意。三等輕車都尉不是職務，但這身分別說是縣令，就是見了總督，也沒有下跪的道理，眈眈怒視著和珅，他心裡已經犯怯，但箭在弦上不得不發，此刻只能咬牙橫心往下挺：「你的爵位仍舊是空口無憑！你在三唐荒淫婦女聚賭滋事我們握有實據——來，不動刑諒你不招，給我按倒了，打！」

「慢。」阮清臣問話，高文晉樂得旁觀風色，見他要動手，忙用手一按，笑道：「我聽著其中文章不小，問明白再處置最好——去人看莫懷古酒醒了沒有，叫他過來，傳吳張氏進來！」

一時便見人帶著吳氏進來。她有點怯這場面，看一眼挺身立著的和珅，雙手提提大褂前襟跪了便朝上磕頭，「民婦吳張氏叩見青天大老爺……」憐憐看那群衙役，更覺得張牙舞爪面目猙獰，躲進吳氏懷中直說：「媽——我怕……」

「你們退後些。」高文晉擺手吩咐衙役，聲氣中已全然沒有問案口吻，倒有點敍家常的口氣問道：「吳張氏，聽你口音是本地人，今年多大歲數？」

「三十一歲。」

「唔。討飯幾年了？」

「不到一年。」

「原來也是祖厲河發水淹了的莊戶人。有人告你和這個外地人勾搭通姦——說說看，你們在廟中和店中是怎麼回事？」

吳氏磕了頭，指著和珅道：「這位大爺是北京來的，是個志誠人，他今年才十七歲，比我娘家侄兒還小著一歲。他來廟裡是方家騏的人扔進來的，起初病得人事不省，廟裡原來住著的幾家討飯的都怕染了病，躲走了。我想他是落難的人，沒人照應只有個死，哪裡不是積德行善……」因口說手比前後情事一一備細說了，「就是昨晚賭錢，也是和大爺見他們幾個合夥兒暗算王大人，氣憤不過才入場的——小婦人說的句句都是實情，求大人明鏡高懸爲民作主！」她沒經過公堂問案，行動作派連帶堂叩用語都有點像戲裡的會審案犯，和珅在旁聽得咧口兒一笑。莫懷古早已進來。他原是裝醉躲在東耳房偷聽，這裡的事心裡一清二楚，此刻仍是站在一邊扮傻充愣發臆怔，忽然聽阮清臣說道：「哪有什麼王大人？我在總督衙門管奏封折子，刑部沒有姓王的大人，他在哪裡？和珅你說！」高文晉卻問莫懷古：「這女人說的可是實話？」莫懷古便忙點頭，說道：「似乎是實話。她是寡婦，犯姦是族裡處置，一族水沖了，其實沒人能奈何了她。她也用不著說假話。」至此，堂中已是問亂了，各說各的話，連臨時充用的衙役們也沒了規矩，交頭接耳竊竊私議。

「今天的案子就問到這裡。」高文晉心裡暗笑，臉上一本正經，單手按桌站起身來，直要打呵欠的模樣嗚嚕著嗓子說道：「莫懷古，修庫房是大事，朝廷要派人來查看的，你趕緊給我募集民工！」

「扎！——請大爺示，和珅幾個人怎麼辦？」

高文晉舐舐嘴唇，說道：「得先把身分弄明白，弄明白了案子就好結。叫他們住公所裡，不許滋擾不許管束不許呵斥，按驛站分例供應著，我請示勒大帥詢問軍機處，有了後文再說。」阮清臣聽著，這是上賓相待和珅了，氣得頭暈手涼，卻又不能奈何這個老奸巨滑的縣令，在旁揷口帶著火氣說道：「限你今日給我查到那個假王大人！」

「查到立刻稟我來審。」高文晉終於伸懶腰舒坦打了個呵欠。「昨晚失眠，好難受。莫懷古給我弄點棗仁粉，泡茶喝……老阮，急什麼，跑了和尚跑不了寺，假的不眞眞的不假。走，我屋裡殺兩局！」

29

賢皇后撒手棄人寰
小阿哥染痘命垂危

十天之後，弘晝和阿桂《查明覈實王亶望勒爾謹冒賑貪贓納監邀功折》的連章彈劾奏議，便由驛傳六百里加緊遞向乾隆御駕行在。其時回鑾車駕已經駐蹕德州行宮，因皇后病勢愈見沉重，太后亦旅途勞頓，乾隆便下旨「暫駐德州」，著遠道陪駕送行的江南、浙江、江西、福建、安徽、河南各省督撫、布政使按察使「各自回省到衙辦事，不得滯留行在」。兩個軍機大臣，劉統勛負責御駕關防，布置吳瞎子黃天霸一干人護衛漕運賑糧，時時關注錢度高恒一案審理，因有恩赦刑獄爲皇后禳災的旨意，每天要和北京刑部讞獄司趕來的官員，一一審核在獄死囚，甄別可矜可憫可疑情由，擬定減等發落名單。紀昀更是不可開交，每日定時接見修纂《四庫全書》官員，遴選要緊書籍送呈乾隆親覽，「博學鴻儒科」各地送來的「徵君」都要一一考察，德、學、才、識、望一件也馬虎不得，還要忙著拆看各地送來的奏折，請安的、報晴雨的、說河工的、講賑濟的、奏建議條陳的，都要列細目寫節略，遇有匪情盜情水汛旱蝗情更要留心，接見地方官指示方略，進內覲見備問稽考，處處沒有小事，饒是他打熬得身體強壯耐苦耐累，卻也疲累得面容憔悴腳步踉蹌。兩個人都忙得寢食俱廢，索性一索性都住了軍機處，有犬吠、狗娘養的幾個太監在旁經心照料，倒比每日往返輕捷簡便了許多。

「延清公，五爺和阿桂眞個雷霆風行。」紀昀拆看了弘晝的折子，閉目略一沉思，連通封書簡遞給隔桌坐著的劉統勛，「三天就料理了——您先看看：通省存糧不足五萬石。銀子三十萬，和戶部帳上差了七十多萬，這個王亶望看去溫良恭儉讓，這麼心黑膽大的！這麼著還敢冒稱捐監？三司衙門同時出缺，一百七十二員官待旨處分——這是要立刻見皇上請旨的，你我得有個商量。」

劉統勛原本半倚著椅子抽煙，一口接一口呑雲吐霧解那身上乏勁，聽是甘肅的案子有了頭緒，情節如此重大，自是十分關心，口叼著煙桿坐直了身子接過折稿，嗚嚕不清地說道：「大抵世道人心，做好事的心愈做愈小，做壞事的膽愈做愈大，到了積重難返時候兒，一切身家性命不顧。我辦案子多了，這種事眞的是司空見慣不怪……」說著便翻折頁：他唯恐劉鏞不知起倒，以欽差名義和弘晝阿桂聯名上奏，見是劉鏞筆跡，後款未落名字，這才放心了從頭看起。

奏折寫得很長，洋洋灑灑幾近萬言，請安套頭寫畢，分層寫弘晝由甘南甘東，阿桂由甘北一路查勘庫府訪窮問富情形，劉鏞自己查訪輕描淡寫，只講某縣餓死窮民幾何、某鄉凍殍不及掩埋若干，某庫存糧被搶諱匿不報，官府彈壓斬首幾級，以「軍功」報奏請功，說得瑣碎但事事有數有據。弘晝也是暗訪，滙報連年霖雨淋淫淹滅莊禾，蟲蝗漫地顆粒無收，「僅以臣王弘晝所見，甘南十七州縣，唯武都、臨潭、隴西三處府庫略有存糧，併計不足二十萬石，而甘東蝗災過後遍地赤荒種糧無著，且千萬飢民日以蝗蟲爲食，一旦食盡而賑糧種糧不到，則必有不可問不忍聞之事矣！」阿桂則是從甘北一路視察軍備駐軍行至蘭州，「唯祕不以告勒爾謹而已。以各軍告知，非唯未收王亶望勒爾謹等斗升糧秣，且以榆林調撥軍糧就近賑濟災民糧食近三萬石，目下甘北牛羊牲畜屠宰殆盡，將食及留種羔羊。更堪憂者，春日已至而種糧無備，而軍中糧食貯存有年，已不合用作種籽。」總歸結論寫得字字端楷精神：

是以納糧捐監之事，僅一紙告示具文，實無顆粒入倉，乃以冒賑抵消帳目虧空。一則以欺天子，一則以害百姓。按該省共有直隸州六、直隸廳一、州六、廳八、縣四十七，共通上下作弊狼狽爲奸，侵盜銀兩一千兩以上州縣官計一百零二名，全省大小官員無不染指有罪。臣等陛辭之日，萬歲指示詳明實洞鑒萬里明若觀火之綸旨！細按之下，乃王亶望卑鄙無恥邀功取寵作俑於前，而勒爾謹藉機營利巧取豪奪於後，其情可恨而其事可畏而善後艱難。即以雍正朝諾敏一案，山西一省尚有廉律自潔之官，其餘賄案或單個作案或上司夥同三五屬員納賄索財。似此通省一心蒙蔽欺君蠹國害民，實屬開國首例。王亶望勒爾謹及主持其事之蘭州知府蔣金迪自當首罪。其餘各州縣官除新調入甘肅補缺之員，罪應一體拿問。唯是春荒在邇春播事巨，賑災支差諸項吏務驟乏人手，恐貽今歲百姓生業之患。因除將三法司及蘭州知府監候審理外，餘官如何處置，臣王弘晝與臣阿桂臣劉鏞會商，暫且留任辦差，俟聖命頒明依旨再作處分。

……劉統勛緩緩合起折本，不知是悲氣交集還是被煙熏的，他掏出手絹揩淚，把折本推給紀昀，說道：「我真無話可說，也擔心皇上看了受不得。」他的眼神像土垣裡嵌著的黑石頭那樣黯淡無彩，語調裡帶著無奈的傷感。「孫嘉淦去的前幾天我去看他。他說如今官場有口號的，『一年清、二年濁、過了三年死命撈』，這一百多官有的我認的，新進士，去年才分發到甘肅補缺，已經大把伸手在撈了。老百姓吃蝗蟲，他們吃老百姓！我只有一個字，辦！」

「我同意劉公意見。」紀昀手裡批著幾份票擬，看著吹乾了，握著發瘦的手撐著捏著，說道：「高恆的案子和這一案嚴厲處置下去，於振作吏治威懾貪風有好處。不過我想，應該分成兩步走，一步先拿問王亶望勒爾謹這些首腦，同時把原先已調出甘肅的外省官按名單查明押解蘭州。甘肅知府以下的官暫留原任聽候恩旨辦差贖罪，第二步待春耕春播之後，吏部選調一批新進士到任補缺，就在蘭州開審。恐怕還是要有所甄別：一是多寡有別，二是資格深淺有別，三是偶犯與慣犯有別，四是檢舉認罪好差有別；五是留任辦差政績不同有別。這樣處置容易善後，也給一些人留下改過圖新的餘地，且不致擾了『以寬爲政』的大局。」他在軍機處處理政務多年了，慮事酌情嚴如城府，大局細節少有疏漏，劉統勛一邊聽一邊點頭，咳嗆兩聲說道：「你這想頭很周全。這是要頒明旨意布告天下的，不宜把朝綱抹得太黑，小人造作流言，奸徒乘機起釁，反而不得。我和你一道兒請見皇上，這會子就遞牌子……」

二人商議定了起身出來，紀昀看表時正指到下午申時時牌。天氣不知什麼時候已經布滿了淡墨層染似的雲。沒有風，雲層一重重從東方壓上來，全然沒有聲息地愈積愈厚，西半天極分明的一道雲線壓著太陽，散亂的陽光從雲線下面不甘心地努力延射出萬道金霞。將蘇祿王山陵、陵北陵東錯落的崗巒，和陵南這座巍峨壯觀的行宮映得一片燦爛。馬穎河、四女寺減河和運河三水交滙之處，像剛出爐的金波融成一片，嵌在紅牆外婆娑掩映的綠樹叢中，撒網放舟的漁船和碼頭上密林般的檣桅都飄泊在靄靄蔚蒸的玫瑰紫霧之中，澹澹泊泊容容與與進退不定，給人一種幽遠沉渾的感覺。連劉統勛這樣從不留心山水風景的人都看住了。眺望著，滿是刀刻般皺紋的臉上綻出一絲微笑。紀昀難得見他這樣適意的，便不肯驚動，踱過幾步石甬道在儀門口遞了牌子，回轉身子見狗娘養的夾著兩件衣服過來，便笑道：「這天氣進裡頭還怕涼著了？你也忒小心的了。」

「紀爺，您瞧這天兒，就要下雨了。」狗娘養的瞇著眼看看劉統勛，「連你的披風我也帶來了。您二位大人進去不定什麼時候兒才得出來，再要下雨，淋著了不是玩的。上次在高家堰堤上劉老爺子冒了風，內務府把犬吠叫進去一頓臭罵，還是老爺子自己擔待了才算沒事兒……」他說著，突然舌頭打了結，張眼望著紀昀身後，耗子見著貓似的身子萎縮下去。紀昀笑道：「你這殺才做什麼相聲兒，怪模怪樣的——」一回頭自己也愣了，原來是乾隆皇帝不知什麼時候到了身後。此時劉統勛也看見了，轉身急趨幾步和紀昀伏俯跪下請安。

乾隆看去精神還好，剛剃過的頭上戴一頂紅絨結頂黑緞瓜皮帽，雨過天青湖綢巴圖魯背心套著醬色江綢袍子，梳理得極精緻的辮子紋絲不亂垂在腦後，綰著一縷明黃條子，流蘇似的搭在腰間，一手握著素紙扇子，一手虛抬一下笑道：「朕也是坐得腰困寫得手痠，出殿走走，他們又說你兩個遞牌子——太監攙著劉大人，怎麼這麼沒眼色！——朕這會子實在不想回那個屋裡，索性出來走走。」劉統勛覷著眼看了看乾隆，說道：「主上瞧著眼睛有點發瘆呢，敢情還是沒睡好的過——有些事情能緩著點的，不妨把折子留著回北京再批。如今是途中，六部又不能分勞，主上別拚身子骨兒。」乾隆笑道：「單教你們努力朕站乾岸兒看著，那不叫君臣戮力！我們散散步兒吧——從這裡往西，再向北，沿山坡漫上去再向東，就又回宮裡去了。還有洛陽送來的牡丹要各賞你們一盆，晚上也不留你們賜膳，說完事就回，如何？」劉統勛道：「難得陪皇上疏散一下，當然歡喜的——只一條，皇上不能出宮。要出去，我還回去布置關防。」乾隆笑著用扇子遙點劉統勛，說道：「你這個老延清呀……好，朕聽你的，聽你的……」於是打頭便走，劉統勛和紀昀左右相隨，王八恥卜禮卜信和狗娘養的幾個太監並巴特爾幾個侍衛隔著五六丈遙遙廝跟。待踅出儀門向西，下了馬穎河堤時，天色已雲遮日暗，完全陰晦了。

高大的蘇祿王陵頃刻之間便完全黯淡下來，一陣哨風帶著潮濕的雨意，涼涼的撲懷而來，將幾個人的袍襬都撩起老高。濃淡不一的雲團壓得低低的，無章法無次序地互相擠壓著，尋找著自己的位置。方才在陽光下十分明艷輝耀的荊樹由青翠一下子變成黛綠，濃鬱鬱碧幽幽的像墨玉瀑布般覆蓋了山巒，樹蔭下修砌得極整潔的石階上布滿新苔鮮綠繞山蜿蜒時隱時現，在搖曳翻動的濃蔭中顯得分外深邃神祕。一路走，紀昀向乾隆娓娓陳述弘晝阿桂的奏疏。因知乾隆心情不快，其中說到賑濟災民發放種糧更換庫糧諸項善後事宜格外仔細用心，連甘北種牛種羊宰殺過多，建議從漠南蒙古平價購買運入甘肅貸賑給牧民的籌劃，也都揷入案件首尾中。他和劉統勛都懷著鬼胎忐忑不安，擔心乾隆光火憤怒，當場大發雷霆，但乾隆聽得很耐心，冷淡裡透著沉靜，從頭至尾一聲也沒吱，只偶爾轉臉看兩個臣子一眼，接著又走路。紀昀見他如此沉著，倒安了心，備細陳述中夾著左右引證，說道：「……一切情事當初聖躬判斷無遺，臣及劉統勛私議，若無聖上見微知著，甘肅之案就此湮沒了。由此舉一而反三，類似甘肅之案的其餘省份也不敢斷言僅有絕無。以高恆錢度案和此案發端一舉整頓，此種震慴威懾作用自不待言；而於天下承平盛世極隆之時如此規模整飭吏治，更見主上千古一帝絕大眼光、絕大腕力、絕高風範！」

「你們的意見分兩步走，朕看不必。所有弘晝奏上來染指貪賄的官員，一千兩以上的要立刻鎖拿進京交部勘問議處，待朕回京和高恆一案併發處置——一千兩以下的你們甄別處分。」乾隆站住了腳。這是山坳的一個拐角處，憑高鳥瞰，陵下三河交錯，暗柳幽水蜿蜒曲屈如帶，稻綠如茵隨風伏波，恰似坦蕩如砥的一幅畫，直延伸到無際的天盡頭，他瞇著眼向遠處眺望著，面色像個剛睡醒的孩子那樣平靜。「朕如今看破了，許多事只能勉盡人力。天下這麼大，又是國運熏灼之時，收緊了苛察一些，清官倒是多了，百姓生業也就跟著凋零，以寬爲政久了，再上苛政，人不能堪，就容易出事。一味和光同塵，那又是縱容，縱容得遍地都是貪官，縱容得政以賄成，禍亂一作天下大亂。所以還是應取中庸，哪頭偏了扶一下，非過正不能矯枉的就權且過正一下——你們覺得如何？」

紀昀聽了點頭嘆道：「由來興一利必生一弊，主上登極以來輕徭薄賦百業生息賑急救貧。天下財賦比之熙朝收入五倍不止，生業繁滋承平游悠久了生出一些不虞之隙，也是自然之理。人主時時警惕，萬歲宵旰勤政不遑寧處，斷沒有滋生亂源的。怕就怕王亶望勒爾謹這類貪官，他不是和光同塵，國富百姓富我也富——這也還顧及了一點社稷百姓——他是閻王不嫌鬼瘦，百姓在油鍋裡煎，他在油鍋裡撈錢，欺君虐民喪心病狂，不以重典懲治，一定要出亂子的。」劉統勛皺眉道：「昨晚和紀昀挑燈夜談，確是這個道理。主上以寬為政，講究的是訟平賦均，無詐無暴無憎，任用這一方官卻在下頭施虐政，只要升官發財，什麼傷天害理蔑倫悖法的事都敢做。就像《虐政歌》裡唱的『歌聲嘹亮怨聲高』，民怨鼎沸之時，他倒撒開了手，豈不可恨？」

「唔，《虐政歌》？」乾隆問道，「是誰作的？紀昀能不能記憶？」

「是《虐政謠》。前明荊州太守貪虐，當地百姓興的謠歌，沒有出處注明。」紀昀忙道，「臣檢點圖書，在荊州府志裡見到的，昨天偶爾說起，才背給劉統勛聽——」因一字一頓誦道：

食祿乘軒著錦袍，豈知民瘼半分毫？
滿斟美酒千家血，細切肥羊萬姓膏。

燭淚淋漓寃淚滴，歌聲嘹亮怨聲高。
群羊付於豺狼牧，辜負朝廷用爾曹！

吟罷低頭無語。

一滴沁涼透骨的雨滴進乾隆脖項裡，他被激得渾身一個寒顫，望著愈來愈迷濛的景致發了一會呆，回身說道，「要下雨了，我們回宮裡去。」卜信見天下雨，早一路小跑趕上來，將一件深醬色大氅給乾隆披上。一邊笑道：「小雨早就落了，這道兒一半掩在樹棵子底下，一時淋不著。這邊出去風口的風毒著呢！主子加厚些兒，感冒了不是玩的……」乾隆由他結束停當了，仍舊一言不發，沿山道踽踽而下，劉統勛和紀昀交換一下目光，忙趕著跟了下去──這裡下到一處凹地，一漫石徑上去，已經是行宮二進院內，那雨已經將道兒潤得潮滑明亮了。

行宮正殿依山面南矗立，山色晦陰幽暗，院中幾株合抱粗的梧桐樹遮蔽了天光，顯得這座殿有點陰森，殿門和軒窗有點像透不過氣的怪獸，黑魆魆地張著口喘息，倒是幾個三等侍衛挺身站在軒下和院中，給這死寂的深宮庭院帶來幾絲人間煙火氣。乾隆似乎不願進殿中，帶著劉紀二人在超手遊廊上漫步遊弋，許久才道：「地土兼併太厲害，富的極富貧的極貧。著戶部勘實山陝甘豫魯五省土地荒山，由當地督撫鼓勵開墾，計入政績歲考。有一等良善縉紳深明大義，減佃減租救助恤民的，報上來要表彰──這是大政，不是尋常細務，你們要著意留心。」紀昀和劉統勛略一怔，便知這話由《虐政謠》而來，確實不是「尋常細務」，是杜塞革命亂源的大計根本，忙都躬身答應：「是！」

「圓明園還是要修。」乾隆在雨灑梧桐的沙沙聲中徐徐說道：「不過工銀料銀由內務府覈實核定之後，戶部奏准再撥給施用，由工部派人監督。這是大項支用銀子，軍機處不能不聞不問。」

「是！」

乾隆仰起臉凝望著梧桐樹的枝椏，彷彿有點自失地掠過一絲笑容，又道：「傳旨給盧焯，給他加兩級，黃河口疏濬了，長江口也要疏濬，淤出的海灘田移交給鹽政司曬鹽。黃河淤涸田待高恆的案子結了再議。還有——這次南巡雖沒有擾民，各地官吏迎送車駕也有不少供億，頒旨天下，再次蠲免天下錢糧。」

疏通黃運、揚子江入海口，建鹽場獲利，紀昀、劉統勛都沒的說，但蠲免天下錢糧，國庫歲入立刻少去五千萬兩收入，兩個人便不免犯躊躇。紀昀猶豫著剛說了句「用銀處太多」，便被乾隆打斷了，「民有恆產本固邦寧——這還是你紀昀講給朕的。只不要委屈了太后的用度，連朕在內都可以節儉些兒的。就這樣定了——哪裡就窮了呢？戶部那裡的底帳朕心中有數！」因見秦媚媚從東角門閃出來，望一眼自己，側身呵腰站在丹墀檐下肅立等候，便知皇后那邊有事，無聲嘆了口氣，卻招手叫過卜禮：「他們送來的牡丹呢？不進殿了，搬出來就這裡賞劉統勛和紀昀。」又道：「本來還想一處再細議一下，就這樣吧！你們按這幾條斟酌，看有沒有闕失遺漏處，擬出旨稿朕再看。」

說話間卜義已督著小蘇拉太監抬過花來。紀昀看時，兩盆花都約可三尺高矮，俱是有名色的，一株「魏紫」，一株「姚黃」，各有兩三朵怒放盛開的，朵兒有盌來大，其餘五六枝骨朵半隱半現在墨玉般的枝葉裡，剛從殿後雨地裡挪來，粉瑩瑩顫巍巍含珠帶露茵蘊綽約，喜得揚手笑道：「唯有牡丹眞國色，花開時節動——天顏，眞眞的洛苑仙葩曹后玉影，華貴雍容世間無敵。」劉統勛笑道：「前日見你作詩，還在數落牡丹，這會子如何？看歡喜得瘋魔了——還不趕緊謝恩呢！」兩個人便忙提袍叩謝恩賞。乾隆笑問：「紀曉嵐還有數落牡丹的詩？吟來朕聽聽！」

「那也是情隨事遷，以牡丹借喻而已，若是實指，老劉就辜負了皇上的心了。」紀昀笑道：「當時說起福建王亶望送的嘉禾，一莖五穗，畢竟沒一粒籽兒，又說到牡丹，才引了元人一首詩——棗花似小能成實，桑葉雖粗解作絲。唯有牡丹如斗大，不成一事又空枝——若論這詩，雖然算是翻新，終究太殺風景，僵板直硬了。說給皇上一笑而已。」

乾隆笑著點頭，說道：「你不用辯解，這不是詠牡丹，是借喻事物嘛！作詩和學術是兩回事，像陸稼書詠佛，說『亦是聰明奇偉人，能空萬念絕纖塵，當年可惜生西土，未聽尼山講五倫』，議論是絕頂見識了，未免道學氣太重，一門心思格物致知，寫出的詩就毫無意趣。」他取出懷表看看，又道：「沒時辰搬弄詩詞了——王八恥，劉統勛和紀昀在偏殿賜膳，你留下侍候。送回兩位大人你再進來。」說著，便從廊下西階拾級升階，過丹墀踱至殿東，一邊下階，一邊問道：「秦媚媚，這會子都有誰在皇后那裡？」

「回主子話！」秦媚媚溜腰兒跟著乾隆趨步走著，賠笑道：「方才老佛爺來過，午膳就在娘娘那邊進的。那拉貴主兒也過來了的，瞧著主子娘娘睡沉了，陪著老佛爺過去了。方才娘娘醒來，氣色不好，胸口悶堵得慌，出了一頭的冷汗。葉天士正在給她行針，奴才看著他也有點慌神，就出來報主子知道。」

他說著，乾隆驀地升起一陣不祥的預感，腳下已加快了步子，從殿東月門出來，沿一帶濕漉漉油亮亮的卵石小徑，也不循正道，逕從後宮東掖門進去……一路霏霏細雨淋著，待到皇后正殿外滴水檐下，髮辮上臉上已滿是水珠。彩雲墨菊翠珠幾個大丫頭早已看見，略一蹲身便趕著給他更衣，退了青緞涼裡皂靴，換上一雙乾鬆鬆的沖呢軟拖履趿了，只穿一件滾金龍邊海蘭寧綢單袍，輕手輕腳跨進殿裡。

殿中瀰漫著濃烈的藥香，幾乎嗅不到那幾縷裊裊幽幽寂寞升空的檀香氣息，正中須彌座上的黃袱墊枕和座前的拜墊靜靜地擺在那裡，周匝各按位序侍立著二十幾個宮女太監，仍看去空曠岑寂得像一座荒廟。儘管南壁一色俱是大玻璃嵌起的窗戶，乍進來他還是覺得暗，立在御座前定了定神，彷彿要透出一口壓抑的鬱氣，仰著臉凝視片刻殿頂的藻井，移步向東暖閣而來。秦媚媚微一呵腰，爲他挑起簾子，便聽皇后低弱得幾乎耳語般的聲氣：「是皇上來……了……把座兒往榻前再……移一點……」

暖閣裡只有三四個宮女，捧巾執盂立在角落。葉天士則跪在榻尾，小心地用生布包裹用過了的針，他神情呆呆的，看樣子方才受了什麼驚嚇，猶自略帶著餘悸，蒼暗的臉龐上還掛著幾滴汗珠。乾隆只看了他一眼，湊近皇后枕邊坐了，溫語輕言說道：「剛見了紀昀和劉統勛下來。說是方才不大好……這會子怎樣？」

「叫他們……退出去……彩雲留下……」

皇后的臉色泛起潮紅，聲音細微得像從很遠的風地裡傳來一樣，無力地擺了擺手說道。乾隆便看衆人，秦媚媚打先一躬，接著葉天士和幾個宮娥無聲無息呵腰魚貫退了出去。乾隆微笑著細聲道：「你這是怎的，這麼鄭重其事的？說什麼話，他們還敢洩漏不成？忒心細的了——」但皇后的眼神止住了他，她的瞳仁似乎從來沒有這樣深，隱在疲倦的眼瞼裡努力在凝視丈夫，彷彿在聚集著最後的力量。她抑制著漸漸急促的呼吸，兀自皺著眉頭呑嚥著什麼，像是還要斟酌言語字句。乾隆身子向前傾了傾，說道：「別急，從容些子說……說著艱難且安心靜養。我就在你身邊聽著……」說著，聲音已經哽咽。

「我……恐怕就要撒手了……」皇后一句話說出，乾隆便伸手捂她的口，她輕輕移開他的手，卻仍用冰涼的手指攥著，淡然一笑說道：「本來在瓜洲行宮就已經該壽終的。能活到這裡，是我的心願，我喜歡這個地名兒……這多虧了葉天士這天醫星的成全……所以不但不要罪他，還要賞他銀子還鄉。我已答應了他的……」

「可是——」

「在瓜洲我確實受了驚也著了氣——你別發性子——並沒人敢委屈我，是聽來的事體唬著了我……」皇后凝目沉吟，她的臉色蒼白起來漢玉似的一絲血色沒有，呑嚥了一口什麼說道：「這件事只有彩雲知道……皇上，我氣力不夠，叫她代奏，我聽著……」

彩雲早已長跪在榻邊，見乾隆目視自己，心裡一陣慌亂，叩了頭才鎮定一些，卻仍說得語無倫次：「皇上，這會子奴婢想起來還覺得怕煞了的。在西花房那邊，又是夜裡——他們竟是……說的話也真難回主子，有些話干係大，又不能不回主子……」乾隆知她不慣奏對，用手遠遠虛按一下，說道：「你平日侍候差使說話滿伶俐的嘛！就照你回皇后話回太后話那樣，把前後經過起因結果講明白，盡量少些廢話就是了。」彩雲忙叩頭答「是」，理了理鬢邊頭髮，言語已變得從容流暢：

「主子那日晚間翻的陳氏的牌子。娘娘晚膳進了兩個荷葉兒蘸蜜小粽子，我們幾個大丫頭陪著在閣子裡開了一會子交繩兒，怕坐著積了食，瞧著主子娘娘精神好，就攛掇著出殿在院裡散散步兒。我們出來時皇上進的東廂，瞧著是王八恥在門口聽主子吩咐了幾句什麼，大家都沒在意。

「娘娘那日身板硬朗，只攙著出了殿就不用我們扶了。那時天已黑定，我們先到後苑子石山亭那邊轉悠了一陣，樹林子太密，遮著燈黑森森的。小卉子說花房那邊亮，有的花兒要通夜用燈照，有瓊花有睡蓮還有春天開的菊花，不定還能遇上曇花開……娘娘像是有點倦了，到花房就說：『你們各自散著看花兒吧，我就在這門口略坐坐。』娘娘這身子骨兒萬歲知道，萬萬不能身邊沒人的，奴婢就在跟前侍候。

「偏這時候兒靜，有人聲兒從西廂北屋裡傳出來。我心裡異樣兒，這邊花房裡亮著燈沒人，那屋裡有人說話倒黑著燈？娘娘也奇怪，悠著步兒過去，這時候聽得清爽，是一男一女在裡頭，不知道做什麼髒事兒，說出的話真教人聽不得！」

彩雲騰地紅了臉，要啐又止住了，乾隆心裡一個驚顫，頭立時「嗡」地脹得老大：宮掖穢亂混入外人，這還了得？——但無論哪一處行宮，都是劉統勛父子嚴加關防，按制度仔細勘核了又勘核的，裡三層外三層護衛巡察，還會有奸徒暗夜潛入？思量半晌，心裡已經明白，聽著皇后有些微喘，乾隆起身親自倒了杯溫茶，扶她半側著身子喝了，又放平穩了，撫慰道：「這必是太監宮女菜戶夫妻在一處齷齪戲嬲。記得我跟你說過的『掏乾井』麼？歷來都有的事，前明魏忠賢和魏朝兩個太監爭客氏，天啓皇帝還給他們和息調解爭風吃醋呢——若就是這些髒事，你大可不必在意，回北京讓老五來治他們——彩雲，你接著說……」彩雲忙答應，接著道，「那女的說……她身上還沒乾淨，叫那男人『小著點勁』……男的聽去是個太監，只嘿嘿笑，不知做些什麼。女的說，這裡不比北京，都在一個院子裡，萬一叫對頭拿住了都沒個好。男的說，想平安大家平安，想惹事就大家折騰。主子娘娘那麼賢德的，他們暗地算計，兩個阿哥都出——話沒說完，似乎是那女的捂了男人的口！」

這眞是石破天驚的一句話，即使晴空一聲焦雷也沒有讓乾隆如此震撼過！「兩個阿哥出天花」都是因爲這深邃幽暗的宮闕中有一雙鬼魅的黑手在暗算？這是凌遲九族的刑罰，居然眞的有人敢！他覺得渾身的血都在倒湧，沖得耳膜、太陽穴都在拖著長聲突突作響……

「娘娘當時和主子此刻一樣，扶著牆動也不動……」彩雲的話像從很遠的地方傳來，「我當時唬得腿都是軟的，緊攙著喊『娘娘』，又怕她暈倒，又急又怕，渾身都是冷汗……她們幾個聽見了，忙著趕過來，又派人去傳葉天士……」

乾隆從近乎痲木的癡呆中清醒過來。他想站起身，動了一下，覺得竟也有點腿軟，又坐穩了，看皇后時，只見她雙眸緊閉，臉上滿是淚珠，枯瘦的手死死握著自己的手不放。心裡一悲一酸，幾乎墜下淚來。一手抽過一方手絹替她揩了，說道：「明兒，你很該當時就叫人稟我處置的……別說你見了這事，就是我聽著，也是驚心動魄！」他突然想到弘晝闖宮，想到那個高頭大馬的奶媽子莫名其妙的「中風」，想到順治年間有人加害阿哥，往宮裡送染天花痘的百衲衣，倏地又想起睞娘和小阿哥，現在其實是在宮外「避禍」，心裡一陣發瘮驚悸，竟出了一身雞皮疙瘩！盡量著又安慰皇后：「宮裡留宿是劉統勛安排，內務府有往來名單，我必要查他個水落石出——果眞有這樣的事，我要把他全家剝皮揎草了！此時你暫且撂開手，儘量向開處想事情，別盡著思量窄道兒。身子養好了，萬事都不難辦下來的……」

「是我不讓他們聲張的……」皇后無力地鬆開了手，她似乎平靜了下來，也許是已經沒有力氣再激動起來，聲音細弱卻十分清晰，「宮裡早就有這種流言了，只我是頭一遭親自聽見……儲秀宮裡有個太監，在北京時老佛爺就處死了他，也爲這些話……你在外頭忙國務累得筋疲力盡，架得住宮裡頭家務千頭萬緒再纏你煩你？……所以都沒讓你知道……第二天就要啓駕回鑾，夜裡起反了似的狼煙動地鬧起來，不吉利……我想著還是回了北京病略能起身，稟了老佛爺再處置。唉……」她雙唇抿緊了，苦笑著搖搖頭，驀然間心血倒湧，彷彿身在虛空縹緲之中，整個殿宇、椅案几榻都在輕煙似的微靄中旋轉漂浮起來，悠悠忽忽冥冥緲緲不知身在何處……她看見鈕祜祿氏、那拉氏、陳氏、汪氏一干嬪妃笑著過來，近前沒有一個人向她行禮，看著那笑容都發僵，心裡又有些害怕。迷惘間又見錦霞給她看妝奩盒子，一件一件首飾亮得刺眼，忽然錦霞從盒子裡取出一塊黃綾子，正是她懸梁用的那塊，笑著說：「娘娘，你看這顏色眞好！」她害怕極了，瑟縮著後退，轉眼又見西方白亮白亮地放光，隱隱音樂聲中玄鳥鳳凰孔雀和不知名的鳥兒在瑞光中盤旋起舞……虛空之中她張開雙臂，想要擁抱什麼，卻撲了一個空，急叫：「佛祖佛祖！我是信女富察氏——我是皇后，啊不，我是富察氏……阿彩，給我誦經！快著，誦《彌陀經》！」

她突然滿口譫語，一時叫：「你們退下！」一時又說：「是你自己不好！」喃喃呢呢不絕於口，乾隆和彩雲都慌了神。乾隆沒有想到她發作得這樣快，眼見不對，忙起身時，袍角在幔帳鈎上掛得一個踉蹌，急叫道：「傳太醫——叫葉天士進來！」又撲上去抓起皇后的手，伸手抖著試她鼻息，竟是一概杳然，驚到極處的乾隆突然眼前一黑，軟軟地搭著身子昏暈在榻前……

此刻殿裡殿外已是大亂，葉天士爲頭四個太醫幾乎是連滾帶爬一擁而入，王八恥在御座邊吆喝：「不許亂，主子是急痛迷心，不妨事——」秦媚媚哭著帶幾個太監掖出乾隆，命人：「稟老佛爺知道——把暖閣子前頭屛風撤了。娘娘跟前的大丫頭跪殿角唸經，叫個太醫過來給皇上看脈……」殿中太監有的抬屛風，有的搬桌子挪椅子，取藥鍋兒添水點火的、燒香的、跪在地下看磚縫兒的，扎煞著雙手沒事胡竄的好一陣忙亂。乾隆已是醒過來，躺在葛藤春凳上，眼見葉天士在跟前，便道：「朕不要緊，是血不歸經，你趕緊照料皇后！」

「娘娘德量配天仁德如海，待小人恩重如山，我必定竭盡駑馬之力救治。」葉天士兩眼全是淚，一邊叩頭一邊唏噓：「不過生死之數唯有司命，皇上您心裡要有個預備……」說罷蹣蹣跚跚去了。便見幾個宮女攙著太后進來，乾隆便撐著身子要起來，一邊流淚說道：「兒子不孝，又勞動母親了——怎麼那拉氏幾個沒過來侍候？」太后一進門見這陣勢，已知皇后此番斷然無幸，見乾隆面黃氣弱，猶自要起身行禮忙按住了，偏身坐在旁邊藤椅上，說道：「別再動了，好生這麼歇著……是我不叫她們過來，就在西配殿頌經焚香給皇后祈福。這邊彩雲幾個大丫頭，要遵皇后的懿旨誦《彌陀經》……我的兒，有些事瞧不開也要瞧開些兒，就是本師釋迦牟尼也還要涅槃的，何況我們人？皇后這般兒一輩子，只是善性做善事，一些兒虧待人處沒有，又一向皈依我佛，所以才得佛祖接引，天上有瑞鳥，西方去極樂，還有音樂，連我都隱約聽見了，這是多大的功德、多大的福分……」她輕輕撫摸著兒子額頭溫藉安慰著，彩雲彩卉五六個丫頭在殿東北角合十長跪輕誦著《彌陀經》：

……爾時，佛告長老舍利弗：從是西方，過十萬億佛土，有世界，名曰極樂。其土有佛，號阿彌陀，今現在說法。舍利弗，彼土何故名為極樂？其國衆生，無有衆苦，但受諸樂，故名極樂……

約莫半個時辰光景，葉天士為首，幾個太醫嗒然垂手從暖閣裡退出，徐徐趨步緩重地向乾隆走來。

有時候，人的臉色就是一部書，人的神氣就是一封信，沒等他們跪下稟奏，乾隆已經完全明白了。他還是坐直了身子，默默聽完葉天士冗長的醫案奏陳，脈象氣血病源病理，怎樣行針用藥，如何回天乏力，終歸鳳駕西去……事到已成定局，乾隆反而心裡清明安定了些，忍著悲痛說道：「朕知道了，你們已經盡心盡力，不必……請罪，且跪安下去，就有恩旨賞賚的。」他起身又向母親一躬，說道：「母親有歲數的人了，不宜傷情過逾的。喪事內裡那拉氏主持，還要接過鈕祜祿氏來德州迎柩，外裡由紀昀負責。傅恆辦理軍務不能回來，奪情辦差，叫福康安代替父親來德州給他姑姑上香……」說著，已是淚如雨下，哽聲吩咐：「傳旨，劉統勛紀昀進宮議事……」

☆

忙碌混亂惶恐不定中曙色不知不覺已經降臨。皇后卯正嚥氣，沒過一刻軍機處的劉統勛和紀昀便已得報。這兩個人既是天子股肱信臣，又與阿桂尹繼善岳鍾麒等人不同，都是皇后生前極爲賞識慈命屢加受恩深重的臣子，除了公義，另外還有一份私恩知遇之情。乍聞噩耗，二人心中不啻平地一聲驚雷，睜大了眼怔在當地，良久清醒過來，紀昀想起當年抱著小阿哥跪在榻前搶救垂危的皇后，憶及皇后說的「紀昀愛吃肉，以後和侍衛一例，可以隨意在宮內用胙肉」的特諭，劉統勛想起自己當年還是小臣，元宵巡街特被召進宮中，賞賜魚頭豆腐湯的往事，二人都止不住熱淚長流。但兩個人都是久在機樞身居政要的人，知道不是傷情哀慟之時，唏噓著匆忙商議大事，都點煙抽起才定住了心。

「先擬諡號，這個第一要緊。擬好再進去，免得措手不及。」紀昀頃刻中眼泡兒已經有點發瘀，使勁抽煙濃濃噴霧，說道，「這是千古不遇的仁德母儀皇后，德容言功四美咸備；溫良恭儉讓五德俱全，不能有一絲遺漏欠缺。」劉統勛握著煙管的手不停地抖動，點頭哽聲道：「聽萬歲說過，皇后遺願謚號『孝賢』，就從這二字冠首，聽皇上裁決。這上頭我的學問遠不及你——還有廟號，也請紀公費心。」紀昀垂頭靜思片刻，起身援筆濡墨寫道：

孝賢誠正敦穆仁惠徽恭康順輔天昌聖仁皇后

「廟號用『仁』，體元立極曰仁；如天好生曰仁；敦化溥浹曰仁。」紀昀雪涕說道，「延清你看成不成？」

劉統勛搖搖頭，「我的方寸有點亂，這上頭真的是知之不多，且這樣，萬歲過目之後有旨意再說吧。得趕緊進去，遲了就不恭了。」說著便起身。紀昀跟著出來，微微曙光中已有十幾個外官鵠立著等候回事，便道：「諸位老兄，除了十萬火急軍情，其餘的事一概先放一放，皇后娘娘鳳駕薨了！我們這就要進去見萬歲。」劉統勛鐵青著臉命道：「把你們的紅纓子撤掉，宮裡宮外的燈一律換成素色。你們幾個章京，檢看各地遞來的折子，寫成節略先放著。知會禮部來的官員，叫儀奠司的人草擬喪儀，要快著些，擬好謄清就遞進去——」說完二人拔腿便走。待進了宮中天色已經蒼亮，各殿門上已經糊了素紙，帳幕也換掉了，燈燭影裡人來人往還在布置靈幔，早有卜禮接著，帶二人往西配殿乾隆歇駕處來見。

「嗯，這個謚號還使得。」乾隆的神氣裡帶著忡怔，呆呆地看了紀昀擬的謚號，許久才道：「朕心裡亂得很，一時想不清楚。廟號『仁』字皇后自然當之無愧，總覺得空泛了。紀昀你再擬朕聽。」皇帝嫌空泛，自然要往實裡擬，紀昀便道：「『敦』字如何——溫仁厚下，篤親睦族。」乾隆搖頭：「見小，而且犯重。」

「那麼——『淵』皇后如何——德信靜深曰淵；沉几獨隱曰淵。」乾隆只是搖頭：「皇后很明達的，『淵』字不合。」紀昀又連著擬幾個，乾隆都不首肯，卻問：「『純』字如何，這字怎麼解？」

這個字紀昀早就想好了，他是識窮天下學富五車的人，深諳韜晦之道，在乾隆這樣的帝君面前永遠不能顯能得智算無遺。現在乾隆自已說出來，他心中暗舒一口氣，連連叩頭道：「聖學淵深天縱聰睿，臣實在萬萬不能及一。竟是『純』字最好！謚法『純』字，至誠無息謂之，內心和一謂之，治理精粹謂之！」打疊了一肚子的頌詞，臨機突然收住，這樣就說得恰到好處。

接著，君臣三人商計喪典大禮，議定立即起靈赴京，在北京治喪；大赦天下，除十惡之例刑獄停勾一年；從速傳旨天下母儀之喪，禁止歌舞戲樓娛樂。議定靈柩暫厝長春宮，待勝水峪陵（裕陵）修建完工再行移奉安。加上昨日幾道諭旨全都明發天下，一直忙到巳初時牌方才就緒，行宮內外已是布置得雪山瓊閣般白漫漫一片，乾隆聽得宮中女眷隱隱哭聲，心如鑽刺，強自掙扎著要到簀床邊去看皇后，忽然王八恥挑簾進來，紅腫著眼望著上頭就磕頭，也不言語，乾隆板著臉問道：「你這是什麼規矩？」

「回主子話，睞主子跟前阿哥爺……出花兒……」王八恥一臉苦相稟道：「內務府的趙畏三連夜騎馬趕來報信兒，屁股都顛散了，兩條腿磨得血沾褲子，馬也——」

「少廢話，哥兒現今怎麼樣？」

「漿豆兒不開花兒，不大好呢！」

乾隆心中格登一動，一歇，又急跳幾下，臉色變得煞白，雙腿一軟跌坐回椅中，抖著手指著外頭叫道：「傳旨葉天士，不必來見，即刻進京救治！騎上朕的菊花驄——跟兩個侍衛換騎不換人飛速回京！告訴葉天士，但只盡心療治不必前後顧慮，朕信得及他，朕回京恩賞賜金還山！」王八恥一句一應，幾乎連滾帶爬去了。

劉統勛和紀昀原本擔心因皇后薨逝，乾隆遷怒罪及葉天士和太醫，對視一眼都鬆了一口氣。

30 天醫星逞技貝勒府 相夫人贈金結睞娘

從德州到北京驛道陸路七百里出頭。乾隆那匹菊花驄也眞了得，不足八個時辰就把葉天士送進京華輦下，兩個侍衛和趙畏三別無差使，只是照料他一人一馬，到驛站吃飯，雞蛋拌料餵馬，吃完一抹嘴架起人上馬走道兒。饒是這御道修了又修墊了又墊，平坦如砥，饒是那千里駒又快又穩，葉天士本就弱質伶丁，又犯鴉片癮，待到老齊化門入城，正聽拱辰台子夜午炮三聲，葉天士覺得身上骨架兒都要顚散了。趙畏三兀自咬牙挺著引道帶路，勉強拖著身軀領到鮮花深處胡同，向北又向東踅，老皇城根一帶黑魆魆的老房舍——就是十貝勒府了——帶著進來引見門政老寇：「這就是天醫星葉天士，來給哥兒祛災，快，快帶著進去見夫人……」說完，一頭倒在門房春凳上，已是鼾聲大起。

這邊老寇便帶他們三人進去。此時更闌夜寂天街人靜，十貝勒府高大的房舍間曲折縱橫，但覺到處都是路，沒踅幾道彎已不辨東西南北，繞出二院從偏門進去，高得廟宇一樣的正殿塵封鎖閉，東西兩廂卻都燈火通明，便知到了正院。老寇站在東廊下稟說：「老夫人，皇上派的葉先兒來了。」隔窗便聽一個老婦聲氣：「說不得道乏了。先帶先生到哥兒房裡看脈，我就這裡坐等。我剛給觀音娘娘豆疹娘娘上了香，這卷經就抄得了。」

老寇答應一聲「是」，回身一招呼，單和葉天士進了東廂頭間房，兩個侍衛只站在天井等候。房裡兩個丫頭正在剪燭，見他進來，忙退到一邊，一個丫頭稟道：「魏主兒——哥兒救星來了，主兒昨兒個的夢眞的應驗了。」葉天士這才看見，東壁前還跪著一位少婦給牆上懸著的豆疹娘娘像合十禮拜。只見她腳蹬一雙花盆底，雙把頭梳得端端正正，穿一件蛋青旗袍滾著月白素邊，端莊秀麗的面孔上毫無脂粉之氣，喃喃唸誦著什麼，許久又一叩頭，起身不勝其力地倚桌坐了，說道：「本該讓先生歇歇兒的，阿哥他……」她哽了一下，「只好請先勞神看看……」

「娘娘不要驚慌，容學生先看看——」葉天士便知這位就是皇帝的寵妃魏佳氏，打千兒請安起來便到床前看那阿哥。

小阿哥才過三個月，此刻正昏睡著，幾盞燈影下，只見他小小鼻翼翕張，呼吸急促得比平常幾乎快出兩倍，潮紅漲滿了臉，手指指下去，隱隱可見血色下的暗色細疹，熱得微微燙手。稍隔一時，彷彿受驚一樣四肢一個抽動，咧嘴似乎要哭，卻又昏暈過去，葉天士輕輕摸了脈息，又翻開那孩子眼皮，手掏出舌頭細查，小阿哥這般被人折騰，不哭也不動，只時而驚悸地抽搐一下。

葉天士吮著嘴唇站起身來，燈光映著他臉上的汗，亮晶晶的，也不去擦一把，只久久注目著牆角，隱得很深的瞳仁像是要穿透什麼似的盯著不動。魏佳氏從沒見過太醫如此旁若無人的，又覺得他既從容鎮定，兒子的病或許有數，情切關心不能不問：「葉先兒，阿哥脈象怎樣？——前頭太醫的藥方子都在，要不要取來你看？」葉天士一個恍然醒過神來，忙向魏佳氏一揖，說道：「娘娘，我揣度著那諸位用藥，必是白芷、細辛、茅根、薄荷、荊芥、茴香、蜂窩、沙參和甘草這類藥，不知是不是？」魏佳氏疑惑地看他一眼，問道：「你怎麼知道的？還有朱砂——」

「當然有朱砂、棗仁這些。想必還有麥芽糖、蟬蛻這些引子。」葉天士苦笑道，「不然，小爺不能昏沉得這樣安生，收斂得熱毒發不出來。」他似乎有些沮喪，又復低頭沉思。

魏佳氏半日才回過味來，她突然驚恐地張大了口，夢遊人似的看看兒子，又望望「豆疹娘娘」，天鵝絨封得嚴嚴實實的窗戶，床邊金鉤上掛的螃蟹、豬蹄……她想哭，又像是要笑，直瞪瞪盯著葉天士，雙膝慢慢軟了下去！

「魏主兒，您是娘娘，您是娘娘呀！」葉天士像被馬蜂猛地螫了一下，變貌失色向後跳開一步，幾乎撞倒了侍立的宮女，扎煞著雙手想扶又不敢，連聲說道：「有話只管吩咐，別——別這樣——折死小的了誰給哥兒爺治病？」

「您救救我的兒——」魏佳氏滿眼是淚，哀懇著泣道：「現在您是醫生，我是孩子他娘！不說主兒不主兒的話，您救他就是救我……您不答應，我給您磕頭了……」

「醫者有割股之心，別說您，就是種田養蠶的我也盡心——您別這樣，快起來，我答應我答應！」葉天士慌得通身大汗，雙手虛抬著，見兩個侍女攙起魏佳氏才驚魂歸竅，下氣兒說道：「方才說的藥必是準了。這些藥並沒用錯，只是用的火候時辰不對，天花是先天熱毒，發病初起要提升發表，待花兒破漿之後，五內俱虛，薄荷黃芪小泄小補，餘毒散盡塡充六神。他們忘了那許多都是涼藥，有收斂的功效，毒沒散就收斂，那還了得？魏主兒，您的心我知道，可事已至此，一是我要用異樣療法，二是要看小爺的體氣平日壯不壯——您遵醫囑，我有六成指望，您不遵……」

「我遵我遵！要我的心作引子，這會子就剜了它！」

葉天士的黃臉沉下來，他深深被魏佳氏的母性感動了，咬著牙略一沉吟，說道：「把這屋所有的門窗都打開——把所有的香都熄掉。」

「外頭有蚊子、蠓蟲兒——」

「把香熄掉，門窗打開。」葉天士又說一遍，「床上的幔帳也撩起來。燈只要兩盞，一盞用紅紗罩了放在小爺頭頂前櫃上，一盞白紗，放在豆疹娘娘像前神案上——別問爲什麼，快著些！」

他像一個親臨前線的指揮官，指東指西不容置疑地吩咐著，兩個宮女便手腳不停地拾掇齊楚，刹那間房裡燈燭暗下來，門窗也打開了。這是阿哥出痘的忌房，下人還有西廂幾個太醫，都伸頭探腦往這邊窺探，不知出了什麼事。一時聽要參湯，又要黃酒，要鱉血，宮人們忙著備辦送進去，太醫們不知這些物件什麼用場，不禁交頭接耳竊竊私議。

「娘娘，我這就施治。」葉天士手腳不停忙碌著，給小阿哥灌了兩匙黃酒，又加了兩匙參湯，口中嚼爛了一味什麼藥也餵了。把鱉血用熱水和勻了，忽然舉拳照自己鼻子「砰」地一擊，鼻血如注出來流進熱水碗中，用棉絮塞了鼻子，輕輕撩那血水潑在榻前，指著手道：「這屋裡不能有人。連娘娘也請移駕到福晉那邊。您信佛，只管唸經。兩個侍衛守在門外至少三丈遠，只要不失火，不許嚷嚷說話，不許進來驚擾，聽到小爺哭，就是見了功效！」他做張做智又到豆疹娘娘像前嘰哩咕嚕一陣禱告，任是魏佳氏讀了多少經，也沒聽清他唸叨些什麼，卻見葉天士站在燈影裡大大伸欠打了個噴嚏，將手一讓，說道：「請吧！」

魏佳氏和宮女出來，心裡畢竟狐疑：他這一套似搗鬼非搗鬼似請神又不像請神，若說「施治」更是聞所未聞，諸般搗古千奇百怪更是見所未見。她站在天井回頭看房裡，不情願地問道：「他獨個兒在這屋……」「不要緊。」葉天士深知，這類婦人和她講醫道，萬萬都是個懵懂，和她講神道，就老實得百依百順，此刻卻不能說破了，鼻子囔囔地說道：「你知道屋裡有多少神佛護著，又用了藥，人盡力神幫忙！最忌的就是沖犯，女人尤其不可——所有的人一律不得喧嘩！」魏佳氏便忙命：「知會下頭人，就是走了水也不許嚷嚷！」她自己小心躡著腳步去了。

這邊老寇帶著葉天士進了西廂書房。幾個太醫都在這屋裡，方才還在嘁喳說話，此時都已正襟危坐，卻見葉天士灰頭土臉進來，髮辮又細又短蓬鬆著，一襲極考究的石青湖綢揉得皺巴巴的沾著油污菜漬，還敞著領上鈕子，那副尊容不消說得，額前鬢邊濁汗淌著一道兒一道兒，倦容加著煙容，鼻子裡還塞著一團白棉絮，要多邋遢有多邋遢，要多窩囊有多窩囊——這麼個寶貝，虧乾隆特特從德州派回北京給阿哥治病！眾人要笑，都忍住了：這裡跑出個濟顛來！

「恕小的放肆，著實累疲了——」葉天士知道這起子人對自己決計沒有好心思，他卻不肯失禮，向衆人團團一揖笑道，「小的還有個阿芙蓉的賤癮，對不住了。」就懷中取出個泡兒抖開了，製好的煙泡兒捲進紙帽子裡對著燭「噗」地一口將煙吞了，接著又是兩個，已見他精神健旺。衆人看得目瞪口呆。葉天士笑道：「這物件眞害人！我原想自己試試找解藥，至今成效甚微，連我自己也戒不掉，何況別人？諸位見笑了……」說罷便撿著向門的座位坐了，隔門遙遙望著阿哥房間瞠目不語。

衆人都覺得這人有點莫名其妙，說他瘋傻呆癡，言語間並沒有顚三倒四，且是禮貌殷勤；說他傲慢，他又一口一個「小的」謙遜得不成體統；說他皮裡陽秋，又不似心裡藏機的人。下馬就進房看病人，這邊一堆御醫都視若無物，且是那樣療治，也令人匪夷所思。見他此刻形容，竟人人都思量：這是個怪物……爲首的也是位醫正，叫梁攸聲，見這鄉巴佬醜八怪坐在自己身邊，雖然擦了臉，仍舊一副猥瑣相，身上泛著汗酸味兒，身子往遠處挪挪，輕咳一聲說道：「久慕先生風采，今日一見果然名下無虛，我輩大長見識！聽說先生在南京救活過一位死人，可是眞的？」

葉天士兩眼瞪得圓溜溜的注視著門口，專注得像小孩子看螞蟻拖蒼蠅，聽這問話，「啊」了幾聲才道：「……那是痰厥假死。死人誰也救不活！」

「請教，」梁攸聲微笑道：「那一紅一白兩盞燈是什麼作用？」

「紅的是鎮靜，防著哥兒爺醒來驚悸。白的，是我用來招蚊子蠓蟲進屋的。」

幾個御醫驚訝地互相對視一眼，他們原來以爲葉天士搗鬼弄巫術，誰知是這樣作用！一個三十多歲的太醫身子一傾問道：「招蚊子進房是哪本醫書上講的？有什麼醫理？」

他旁邊另一個中年太醫笑道：「想必鱉血、還有聳鼻的血，都是用來招蚊子的了？」話音剛落，幾個太醫已是怪聲怪氣笑了。只是魏佳氏身爲皇妃，方才有「旨」，都胡天胡地的捂口兒，不敢放聲，夾著還有個小太醫說話，「蚊子要能治病，皇上弄個鼻血池鱉血池養蚊子好了，要我們作什麼？我倒是聽說蚊子能傳瘧疾……」

「諸位，我不願說你們什麼，我是奉旨來的，看好阿哥爺的病，還回我江南去。」葉天士聽著這些不三不四的話，覺得不能不壓他們一下子，「——所以我們不是寃家，用不著這樣子劍拔弩張。阿哥爺才四個月的人，天花內毒發散著本來就難之又難，還敢用內斂的藥？用朱砂、棗仁這些藥又是什麼意思？他睡著了昏沉了不鬧吵，就掩住了病？我已經用藥攻逼他內裡發表，外間天物佐治，那是哥兒爺的福氣，懂不懂？瘧疾傳染有限的，就算染上瘧疾，比現在的天花如何，你們懂不懂？」

他還在問「懂不懂」，那邊房裡小阿哥「哇」地一聲哭了。幾個太醫彈簧彈了一下似的都跳起身來。葉天士卻一把攔住了，說道：「都不許出這屋，我到院裡照看！」說罷出來，已見魏佳氏和一位老婦人站在西廂北房門口，忙上前打個拱揖，低聲道：「是娘娘和夫人的虔心到了。千萬別聲張，只管默默唸經，孩子哭得愈有勁愈好！」

小阿哥的哭聲眞的愈來愈高。內服黃酒參湯加了閩薑，君臣水火相濟攻逼天花熱毒，門窗大開著，屋裡的血腥味招得餐蚊成陣擁進房裡，小阿哥燥得通身是汗，小胳膊小腿扎舞著嘎聲嘶號，睜眼看看無人照應更加急躁，那哭聲時而瘖啞，時而嘹亮，時而像唱歌似的拖著長音，時而斷續不接，像是透不過氣來。還夾著咳嗆，唔哩咦啦的嚎叫，一會緊一會慢，像是撕破了嗓子，到最後已是啞聲嚎叫。別說魏佳氏親生母親，滿院的人靜聽他哭，這個怪醫生守在當院不許哄勸，都聽得揪心難忍……漸漸的，哭聲消沉下去，時斷時續哽著，小傢伙似乎哭盡了氣力，又稍停，沒了聲息。葉天士猶豫了一下，三步兩步跨進屋裡，一時便聽他驚喜地大叫：「娘娘，福晉！哥兒爺漿痘破花兒了，哥兒爺漿豆破花兒了！」

「阿彌陀佛」一老一少兩個婦人齊聲禮佛，腳下不知哪來的勁，騰著腳步便奔東廂直到床前，看那哥兒時，滿臉渾身赤條條的，豆大的漿泡都破了口，流出膠一樣的漿汁了，扎煞著手腳舒眉展眼，已是睡著了。至此，人人皆知，小阿哥性命交關凶險難關已過。魏佳氏噗通一聲便跪了向豆疹娘娘掛像磕頭。老夫人叫了聲「老天爺……」軟在椅中，竟昏了過去……

葉天士也舒了一口氣，一邊寫方子叫抓藥，一邊下醫囑：「用溫鹽水棉團蘸著給哥兒洗，不要抹擦，一點點蘸，將來脫痂了疤小。一分鹽一分糖和水給他喝……斷奶半天……參湯絕不可再用，奶媽子也不許吃熱性食物……半日後可以餵用薄荷糖水……」他一邊說，魏佳氏沒口子命人：「去辦！」又命：「把我打首飾的二十兩白金取來給葉先兒壓裝裹。」

……這一夜十貝勒府通裡通外緊忙侍候這個小阿哥，葉天士眼看事體無虞，放下了心，倒又替幾個太醫進了幾句好話，老寇帶他進了早點，倒頭便迷瞪過去了……

☆

小阿哥脫險，輔國公老夫人卻病倒了。她雖是住在「十貝勒府」，但老十貝勒允䄉自康熙年間參與「八爺黨」奪嫡失敗，一直就不得意，雍正在世窮究政敵，幾乎殺掉這位「十弟」，直到乾隆二年才釋放出來，封成輔國公。因此，這府邸正規的叫法該是「公府」，只人們叫慣了，卻也改不過口來。弘晝當初送睞娘來這裡一為這是罪餘人家，不敢不小心侍奉她起居生產，二是乾隆嫡嬸，除了兩個出門的格格，家中無男親，絕無嫌疑。卻沒有想到這位年近古稀的老太太禁得禁不得偌大事體——寄居府中先就要開罪貴妃鈕祜祿氏；阿哥在府平安，聖駕回來自有一份人情，萬一一個磋跌，闔府就是磨成粉也擔不起這個責任。因此這位「魏主兒」一進府，她立刻叫了兩個女兒回門侍候。把觀音神龕請到自己西廂臥房，一日九叩首早晚三爐香地鬧起來。及至「阿哥爺」出天花，她竟許下了「禁食願」：粒米不入口，閉門頌經抄經為哥兒祈福，五天五夜守著觀音淨心還願，比起魏佳氏的虔心似乎還要深沉些。乍聞「漿豆破花」四個字，已是熬得燈盡油竭的夫人驚喜交迸，一口氣鬆下來便病倒了。

這一來魏佳氏忙上加忙，大覺寺雍和宮聖安寺法源寺雲居寺潭柘寺十幾處廟宇還願。又到白雲觀給阿哥請寄名符，又派人給乾隆回鑾御駕行在送信，賞賚帶出來侍候的太監宮人。九個奶媽子、三個精奇嬷嬷晝夜輪班兒照看小阿哥，她自己除了佛事，一心一意都泡在了兒子身邊，又要時時存問老夫人，安排太醫調護榮養。看著哥兒破漿天花乾痘結痂日漸康健，老夫人的病也穩住了，魏佳氏身子瘦出一圈兒去。她出身寒賤坎坷，如今貴盛富華，怕給人小瞧了，大禮小禮上頭最是格外講求細密的。皇后薨逝在外天下舉喪，她蟄居在貝勒府，並沒有接到旨意，移宮以來自覺和鈕祜祿貴妃生分，也沒有來往。娘家魏清泰老爺子也是奄奄一息的人，素來積嫌很深。防著有人在阿哥身上使壞，移宮後魏家幾個不關疼癢的兄弟來送請安帖子，也是面情上淡淡的，賞銀子走人——諸多失禮之處原來尚不在意，現在聖駕即將回京，阿哥又平安無慮，中宮空虛之時人心擾攘，不能不設法彌補一下。思量著老夫人是個栽過跟頭的，便來西廂北房討主意。

「娘娘別操心娘家，那頭是再不能得罪的……」老夫人聽魏佳氏婉轉說了來意，枯槁的臉上掠過一絲笑容，半躺在大迎枕上，一手握著魏佳氏的臂，聲氣緩弱地說道，「魏家的事我也多少知道些兒，原是他們爲自己的家業對不起娘娘母女倆。自從您進了妃位，那就另是別樣的思路了，現今您有了阿哥，一家子平安升官發財更得指著您，巴結還來不及呢！這頭您只管放心……」魏佳氏坐在這位慈祥的老婆婆身邊，心裡有一份安穩踏實的感覺，揉著她的被角嘆道，「這一層我心裡倒也明白。哥兒的難關過去，他們更緊著要趨奉我。我只是覺得命苦，別的姊妹都還有個知疼著熱的娘家，偏我就沒有！說記恨吧也不是的，只是兩張皮兒黏不起來，不知道怎麼料理才能熨貼了……」

聽她說「命苦」，這位老貝勒郡王的夫人不禁莞爾，頓了一下說道：「魏老爺子不能動，家下人必定過來請安的，大太太、太太您都見見，幾句體己話就熨貼了。娘娘總惦記她們當年趕你們出門的苦情，她們就不安。先不收他們送禮，是爲阿哥爺的病，怕不能承受。再送收下，隨便荷包手帕扇子燈籠什麼的，我府裡有的是，賞她們些個，準管歡天喜地去了。倒是傅家不能簡慢了，一則以皇后娘娘新逝，二則以娘娘蒙塵時他們護駕榮養有功。娘娘這會子在宮外是自由人，趁便兒去傅相府弔祭一遭，禮上誰也挑不出錯兒……」

「那，鈕主兒呢？我眞有點怕再見她……」魏佳氏道，「若說就裡呢，我移出來是五爺主張，可五爺畢竟傷了她的體面。」老夫人聽了沒有立即答話，撫著她的手半晌才嘆道：「那只有回宮後慢慢轉圜了。宮裡的事其實比外頭官場上還難處呢！好在鈕主兒如今並不得意。等皇上回來，您替她說幾句好話，她只有感激的。告訴娘娘一句話，我瞧著您心底兒良善，又吃過苦的，體貼得旁人難處，處在尋常人家，那就再沒說的，天家骨肉之間有時候兒看去親切，細考究去學問就大了。照我的想頭，多少事清楚不了糊塗了，哥兒平安長大，將來一個親王是穩穩當當的。太認眞了，現在有些人就跟您過不去，抽梯子撒蒺藜暗地裡使絆子，給你弄些魘鎮什麼的，您不平安哥兒也不得平安——您看我園子裡那池塘海子，不攪它就是清水，覺得裡頭沒什麼玄乎，前年清淤泥，水渾得一鍋墨湯兒，一條老黑頭魚三百多斤，還有碗來粗條水蛇，嚇人不嚇人？」魏佳氏聽著已是怔了，入宮得幸，侍候皇后，坤寧宮慈寧宮兩頭跑，人人情面上去得，都是「好好侍候主子」的話，並沒有拉手說這樣體己道理的，聽來好似含著一枚橄欖，愈是吮嚼愈覺餘味無窮，口中卻笑道：「老人家的話再不得錯的。只是要不清池塘淤泥，池子不就涸上來了？」

老夫人喟然嘆道：「女人吶……咱們女人不能去清淤泥……我不過是個譬喻，比如說鈕主兒，安富尊榮當貴妃娘娘，別給您移宮，別闖軍機處，誰敢不敬她？您說您怕見她，其實我的糊塗心思想著，她更怕見您呢！就是阿哥，攪到家務是非裡也不得了。我那死鬼男人，當年怎麼勸他來著？橫豎油鹽不進！和雍正爺鬧生分，及到後悔什麼都晚了……」魏佳氏低頭沉吟半晌，嘆道：「嬸娘的話我都記得了。我既來到這府裡，哥兒在這裡又遭了事，這就是咱娘們的緣分。從今我是有了個新娘家，哥兒也要您多照應的……」國公夫人搖頭笑道：「這是我高攀，想也想不來的好事兒……只是我這把年紀，人家的話是『風中燭、瓦上霜』，還有甚的指望呢？哥兒瞧這相貌聲音，看他的際遇，是個福大命強的。好固然是好了，就如高高山上一棵松，容易招風招雨……你既說到這兒，我說個法子試試，對哥兒只有好處，對你也好的——」

「好嬸子，你只管說——」魏佳氏眼中放出光來，「我總忘不了你的恩情！」

「通連你在內，萬歲爺跟前侍候有嬪妃名號兒的是十八個。」老夫人綻開滿是皺紋的臉，慈祥地撫著魏佳氏的秀髮，說道：「說句不中聽話，女人顏色一落也就不值錢了，世上男人待女人都像看曇花，一霎兒工夫就敗興了。可是待兒子就另是一回事，兒子是不會失寵的，也正為這一條，宮裡女人鬧家務，都打阿哥身上來紛爭。說是妒忌，不『妒忌』又有什麼法子？有幾個沒有阿哥的妃嬪，雖不許認乾娘，不妨放手讓哥兒各宮裡串著住，跟這個三個月，跟那個半年，阿哥爺也就有了幾門親在宮裡，因子敬母，你也不得孤單。這事兒只可阿哥爺小時行得，六歲出毓慶宮上學，連你也不得多見了，只是要尋個靠得住的奶媽子，那就百事無礙了。」

魏佳氏仔細想想，這位老夫人真的是體貼呵護，慮事不但周密且是長遠，心下一陣感動，拉起她的手說道：「你說的我都知道了，心裡記下了……從今往後，哥兒就算有了個親奶奶，到他長大知道好歹，必定報答您的。我在宮裡位分低，說不上照應您，對景兒時候在主子跟前還是要替您說話，總不能終究只給您個『夫人』鳳冠……」她眼中掛著淚含笑起身，「我這就去一趟傅恆府，回來再來瞧您……」老夫人仰仰身子，說道：「恕我身子不能送娘娘……宮裡的輅車太扎眼，坐我的馱轎去……你這一去情分就到了，別在那裡多耽……」

坐了國公夫人的涼竹包廂馱轎，小半個時辰魏佳氏便趕到了傅府，掏出懷表看，還不到午初時牌，一邊命人進府通報，自坐在竹窗向外張望，只見傅府門庭比自己離開時又壯觀了許多，原來的廣亮門已經拆除，換了簇新的三楹垂花倒廈門，青磚砌起的一帶女牆，外邊栽的棕櫚，裡邊沿牆連綿匝密都是青旺旺油綠綠的石榴樹，一層層進去是冬青玉蘭梧桐……門神是早已糊了，門口一帶靈幡素幔布得白汪汪一片，沿牆棕櫚上也連綿扯起輓幛，日陽映照下繁花點點中綠樹蘊茵，青曼曼一片蒸騰之氣……傅家正在貴盛熏灼之時，門口早停著幾十架車轎，從二人抬的小竹轎到八人抬的官亭座轎，把門前好大一片空場塞得滿滿蕩蕩，都是在京各王府福晉、官員夫人和傅府平日走動官員的家眷來拜祭的，家人們孝帽孝帶來往呼喝迎送，官眷們拜入辭出，魏佳氏一個也不認得。正看得眼花撩亂間，一個鬚髮蒼白的老家人顛顛著跑出來，後頭跟著個僕婦模樣的拐著小腳緊擰。魏佳氏眼一亮，這裡頭關係雖說拗口，透清明白了這女人是她哥哥的奶媽子的兒媳婦兒，在傅府侍候福康安洗漱用水的，早先未入宮不得意時，和母親黃氏常來她家避囂趁食的，差她來迎自己，當然是再合適不過了。那老的魏佳氏也認得，是傅恆府退休管家老王頭，已經望七十的人了，卻仍紅光滿面精神矍鑠，老人微喘著在馱轎外行了禮，隔簾稟道：「家主母遵娘娘的旨，不敢出來迎接，府裡這會子人多事雜，主母現到西花廳老爺書房專候拜見。就請娘娘屈駕從這邊偏門進去。不的滿院命婦，一個人認出來就都要見禮，不見哪個都不好的……」說罷又打個千兒，那媳婦子早上前來攙了魏佳氏下轎。

「王老爺子，喜旺嫂子，有日子沒見了。身子骨兒瞧著還結實！」魏佳氏下轎，逕從西偏門入內，在密密匝匝的樹林裡踩著栽絨般的纖草，曲曲折折逕往西花廳逶迤而行，一頭走一頭和兩個下人說話，「……我雖在宮裡不出來，其實一直惦著你們……七叔聽說是跟傅相爺出兵放馬了？上回六奶奶進去我還問起玉丫頭，長高了吧？還那麼瘦嗎？」喜旺媳婦便回話一一稟說：「……七叔在涼風鎮護主子有功，已經保了千總。如今府裡是八叔管事兒，吉保在外頭跟康哥兒，回北京了一天又攆著出去了。我家玉丫頭現跟著靈哥兒書房裡侍候……娘娘惦記，我們可當不起，只是日裡夜裡也是放不下，聽說添了阿哥爺，我們那口子還叫我去成台寺給哥兒爺進了三炷香呢——娘娘這邊走，那條路去年修花圃，刺玫編籬子擋了——我們太太更是虔心，打從娘娘脫難進宮，每日都要到菩薩跟前兒給您上一爐香呢……」有的沒的，絮絮家常說來，聽得魏佳氏心裡一陣陣發熱。一抬頭，見前面一帶老竹婆娑槐楊蔭重，幾個青衣丫頭垂手侍立站在房前，便知書房到了。踅過去再向西，一個命婦帶三四個丫頭圍攏迎上，就花廳前階下插燭般拜倒下去，卻正是相國公傅恆正配夫人烏喇那拉氏——棠兒來迎，垂首伏地說道：

「奴婢棠兒叩見娘娘！」

魏佳氏突然間心中湧出一份自豪：下面跪的這個女人，是一人之下萬人之上當朝「第一宣力大臣」的夫人。當年來府躲在喜旺家下房裡，求一杯羹一襲衣，只能和母親隔房門遠遠望一眼這位貴婦人。一旦身分變化，如今竟是個「君臣分際」，棠兒反而必恭必敬伏地「叩見」自己，「名分」二字不可思議，貴賤滋味無所替代……心中感嘆著忙親自趨前雙手扶起棠兒，說道：「你萬不可和我行這個禮！就算我在皇上跟前侍候，我心裡還當你是恩人。沒有你，下人裡頭我也不得個體面，進宮待選，魏家把我擋在外頭，如今又是什麼形容兒？快起來，咱們進去——娘娘薨了，我在外頭住，有這個方便來看看，你這裡事多客多，我也不敢打攪得久了的……」說著，挽了棠兒的手進了花廳，仔細打量時，只見棠兒穿一身月白寧綢大褂，玄色裙子繫著孝帶，頭上蓬鬆頂一方孝帕，雖已是中年婦人，且首飾盡除鉛華不施，天生麗質依然秀色照人，只是眼角額前歲月痕跡難免，已有了細細的鱗紋，魏佳氏道：「六奶奶身子精神去得。敢怕是熬夜勞累了，看去有點倦……好歹體恤著自己，有些事教下人們忙去就是。」

「皇后娘娘的事出來，倒不意外的。」棠兒聽魏佳氏這幾句，已帶出「吩咐」口吻，忙斂衣欠身說「是」，嘆道，「這多少年她病懨懨的，已經了幾次劫難，我們心裡有數，爲給她沖災，早有些預備。只是老爺不在家，裡裡外外大小多少事全忙了我自個。康兒這業障不聽我的話，自己走了江南去，來來去去總不安生，一路惹禍，我是又氣又笑又擔心，一夜一夜睡不得。娘娘面上瞧我還好，其實是強裝的，這麼大的場面，哪一處應酬不到都不好……」魏佳氏微微點頭，說道：「如今有了阿哥，我也能體貼到你的心。孩子就在身邊，他一哭鬧就揪我的心，何況千里萬里外頭？不過我們家裡去人說起過，康哥兒很給你爭氣，外頭做了幾件大差使，遍天下都驚動了，皇上都下旨表彰！有這麼個出息哥兒，奶奶該歡喜才是……」說著，從懷中取出個絹包兒，輕輕放在桌上，又道，「你知道，我才進位不久，沒有攢體己，出宮又匆忙，其實吃的我那阿哥的月例銀子……別嫌輕……這是皇上賞我的金瓜子兒，你這裡辦大事，將來酬謝外頭人，哪裡不要用錢？這是我的一點心意……」

這是賞賜賻儀了，棠兒還在思念兒子，忙收神回顏揩淚，蹲身向魏佳氏福了兩福，說道：「娘娘賞賜，這是我傅家天大的體面，我就有黃金萬兩，哪裡得這份榮耀？不過說句該打嘴的話，娘娘也不寬裕，住宮裡外頭賞賜下人太監，用度也就不小，如今添了阿哥爺，又住在人家家，更是這樣了。阿哥爺出花兒過了一大劫，昨兒聽見，棠兒歡喜得不得了，也正尋思著孝敬一點菲禮呢！娘娘要肯賞收，我這面子就光鮮了……」說著又忙蹲身施禮。魏佳氏見她如此恭敬謙遜，心下感動，竟起身還了一福，執手說道：「六奶奶忒客氣的了。你給的，我還有不收的理麼？我是還不了你的情了，哥兒大了出息了，叫他答報吧。」這正是棠兒想聽的一句話，心裡歡喜，臉上卻不帶出來，恭謹地一笑，說道：「我老爺來信，如今失眠頭暈心悸，一里一里病添上來了，該是下一輩兒給天家皇上出力了。娘娘說答報，奴婢們是萬不敢承當的，只有好生教訓幾個兒子，著實報皇上的恩就是。」說著一卻身退出花廳，到階下招手叫過一個丫頭：「鸝兒，方才叫你辦的事，妥了沒有？」

「回太太話，」黃鸝兒俏生生一躬身，說道：「我去帳房裡叫王懷正查禮單子，各府裡送來的禮遵著老爺的話，一百六十兩以上的不收。單子雖多，都嫌薄了些兒。只江南回來的那個叫馬二侉子的禮還使得，我就要過了單子，請太太瞧著定奪。」她來傅府雖然不久，因是伶俐乖巧言談不俗，已是深得棠兒歡心。此刻棠兒接過單子看時上頭寫著：

碧羅春茶二十斤，大紅袍茶八兩，龍井茶三十斤，河曲黃著五十斤，活絡紫金丹十盒，金雞納霜丸六盒，高麗參二十支（二十批葉），參鬚三斤，參膏一斤。松鼠二十對，活鹿兩對，天蘭栗克斯兎兩對，波斯貓一對。檀香木扇一百柄，宣紙十令，湖筆二十支（精製），徽墨三十盒，端硯五方，金玉如意各兩對，翡翠鐲兩對，瑪瑙捻珠兩串，西洋懷表兩只，鍍金自鳴鐘一座，容身大玻璃照鏡一面。台州銀元寶十對，金銀錁子各二百五十枚。大哆囉呢五十匹，中哆囉呢四十匹，湖綢寧綢江綢各六十匹，黃山盆景三十盆，根雕藤椅一對，天然木刨觀音圖相一幅，荊木根雕各色玩藝六十色，萬年青十盆。

下一頁左下角極不顯眼處寫著黃鸝兒仿自己的字跡：

臣妾棠兒敬獻。

略一思忖，小心撕去了，對黃鸝兒說道：「你去把我屋裡昨兒領來那副金絲編軟竹涼座墊，給娘娘的轎座兒鋪上——」說罷進來，雙手把禮單呈給魏佳氏。魏佳氏也不推辭也不看，含笑接過說道：「就送到十貝勒府就是了。皇上後天就回來了，一定接我圓明園那邊住，住定了我給你信兒，進去拉家常說體己兒。六奶奶，生受你了，這裡忙，我也惦著哥兒，得回去了。」說罷仍從原路辭了出去。

棠兒直送出去，看著一群太監宮女簇擁著馱轎遠去才踅身回來，忍著乏困和滿院訪弔的誥命夫人搭訕說話，一眼瞧見丁娥兒何巧雲都在，便站住了腳微笑道：「雲兒娥兒都來了？進正屋裡坐，久不見你們了，心裡空落落的沒個人說話——眾位夫人，勞動你們來看望我。本來，我們老爺有吩咐，除了王爺宗室送來薄禮，其餘一概不收的。既來了，我棠兒不敢掃了眾位姐妹的臉，酌量著回禮，你們也要給我存體面——且議事廳裡散坐隨喜，就我這用了晚飯，咱們邊吃邊說話兒……」說著，和丁娥兒何巧雲三人進了西房，自在春凳上半倚了，吩咐：「秀格，鸝兒，把他們莊裡送來的鮮桃、黃杏端兩碟子來——你們兩個一道來的麼？雲兒這一身，要沒開臉，我還以爲哪家親戚的小姑娘來了，娥兒也是容光煥發，愈看愈好看，愈看愈耐看了！」

「我二十七歲的人，都快老了，夫人還這麼著誇，倒好意思的！」丁娥兒笑道，「眞正要說美，誰能和您比？——我和雲兒一道去了阿桂府一趟，桂中堂到石家莊，半路奉旨不必去德州，叫回北京安排娘娘後事禮儀，今早才趕回來，又有點冒了風，桂夫人不能過來，我們就來了。六奶奶，你記得那個朵雲吧，也解來北京了，桂中堂的意思，叫我們三人到養蜂夾道見見她呢！」

31

貴婦人心慈憫沉淪
乾隆帝雷雨理國政

三個女人的丈夫都在金川前線，素日消息來往自然比別人親密，此刻提起朶雲，棠兒也是一樣關心，問道：「阿桂家弟妹沒說教我們做什麼？總不成是只見見面兒說說女人話吧？」巧雲說道：「桂嫂夫人說，皇上賞識莎羅奔是條漢子，可憐金川七萬藏民苗民，就算把金川踏平了，死得雞犬不留，那塊土地終究還得有個靠得住的人安頓。叫我們去，就這些話變成我們的女人私房話說給她聽，勸著些丈夫別再抗拒天兵歸順朝廷，服個低認個小兒到大營投誠，皇上得饒人處且饒人，大家兄弟姐妹過起來豈不是好？」她末一句話說得天眞，棠兒不禁一笑，又皺眉說道：「她一個女人家，只怕當不了外頭人的家……再說，她那麼烈性的，在北京敢劫人，當著皇上面兒動刀子自殺，我們勸得動麼？你們是吃過她虧的，她那麼厲害，怕不怕？」

「起初怕……我從沒見過這麼樣的女人。」巧雲臉一紅，揉捏著衣角說道，她抬起臉望著窗外，「後來我想，調個個兒，我要是朶雲——我自然劫不了人，也野不起來——我會一頭撞死在那院子裡——她是女人我也是女人，如今她在難中，也用不到怕她。」丁娥兒偏著臉想想說道：「女人和女人心都一樣的，咱們勸她爲她丈夫好，又能闔族平安。要是我，就自己死了也值。」頓了一下又道：「聽我們那口子說，他們那族裡和我們這塊不一樣，女人也能辦大事，她在外頭就給金川買辦了很多藥材，還往金川遞消息兒。我們試試不妨的。說得動是他們的福，朝廷也安生，也是咱們的陰騭，說不動也沒虧負了我們什麼不是？」

她們兩個一遞一口說話，都是對丈夫忠誠不二，死了也心甘的話頭，棠兒心裡由不得慚愧，她是除了丈夫，時不時還惦記別的男人的女人，心思比丁何二人繁複紛紜得多，臉上紅了一紅，笑道：「我知道阿桂的意思，西北和卓那邊有事——那個叫阿睦爾撒納的還住在北京請兵，他來我府走動，送了不少禮，還有一百張牛皮。我沒見他，收了十張給我的下人們做皮靴子，下剩的叫他給皇上做個牛皮帳設到圓明園去——皇上是想叫我們男人抽出腳來去新疆。阿桂沒說，也是怕我們女人嘴沒遮攔露給朵雲——這麼著，先給她送點見面禮兒，我給她點尺頭、首飾，你們要有針線活計，也叫人送養蜂夾道。心裡先有一份情，見了面兒鬆泛著說話。沒的和男人們一樣刀槍相見唇舌來往，太鄭重了反而不得，等接駕的事一畢，咱們會齊了去看她。」

三個婦人議了一陣，棠兒也得藉機稍息，喝了一碗參湯，覺得精神去得，便起身笑道：「那邊還有一大群呢，連履親王世子的夫人也在候著，去遲了人不說我忙，倒似有意兒拿大——你們就坐這裡歇著，吃飯時咱們還一桌——我得去和大家打花狐哨兒了。」對鏡子照照，理理鬢角換了莊容出來，見鸝兒站在門口，便問：「又有什麼人來了？」鸝兒向門口一瞥，說道：「是高恆家夫人來了，送了兩幅素尺頭，還有給三個哥兒各一雙鞋，問我能見見您不能，我說作不了這個主……」棠兒順她方才目光向外張了一下，果見高恆夫人郭絡氏十指交叉遠遠站在門房口，穿一件洗得泛白的靛青大褂，在來來往往的誥命夫人旁邊，顯得有點傴促畏縮，低著頭直擰腳尖，形容甚是孤索落寞。棠兒嘆了一口氣，說道：「人到了這一步眞叫沒法說——你去請她過西邊花廳草坪子那等我。再到帳房支二百四十兩，用銀票，送她出門再給她……」說罷便向上房，到議事廳和各位誥命寒暄道乏。遇有宗室親王家眷，還要一一請安，鋪擺家人依品級禮敬，要伙房素齋單子來看……好一陣忙，一邊向西偏門走，一邊回頭大聲吩咐：「教門上人用素紙寫張謝客榜，預備著接駕給老佛爺叩安，從明日起不再見客。請書辦房老先生用心點，辭氣裡要禮上周到些兒……」說著趄身進園。高恆夫人就坐在花廳石階上等候，已是站起身來。

「實在簡慢你了。」棠兒笑吟吟迎上去，見她要拜，忙扶住了，「外頭亂裡頭也亂，這屋裡是我們老爺的禁地，軍書文案檔案怕亂了，連我也不得隨意進去。叫你在外頭等……」又嗔著丫頭：「怎麼這麼沒眼色，還不掇兩把椅子來？」「不不不……不消生受了……」郭絡氏忙擺手道，「給六太太搬個座兒，我站著說兩句就成……」到底棠兒還是按她偏身斜簽著坐了，說道：「就不論高恆、傅恆他們那一層，咱們一個滿洲老姓兒。娘家輩分我該叫你聲姑姑的。我知道你如今境遇，將心比心也替你爲難。有什麼話儘管說，能幫著手的我斷沒有不幫的理……」

郭絡氏心裡一酸，便用袖子抹淚兒，泣聲說道：「如今家敗人亡，走到哪裡都人憎狗嫌的，難得你還這麼待我……雖說咱們是姑侄，論起歲數我比你還小著兩歲，你就當我個妹子就好。你忙，我不能多耽誤你。我是想，皇后娘娘薨了，已經有大赦詔書頒下來。高恆雖說沒材料不成器，先前也受過朝廷褒揚，且是他在八議裡頭的數……我妹子是跟老佛爺的人，也求過太后的恩典。他的事只求饒他一命，回來皇莊子上我們夫妻種地去……」說著帶了嗚咽，直要放聲兒，強忍著只是抽泣。

「老佛爺是怎麼說的？」棠兒滿府裡都是人，只盼她早走，聽見這話，想了想，太后慈寧宮裡有個叫迎兒的確實也是一族，該是郭絡氏的遠房妹子，怔了一下，關心地問道：「老佛爺恩允了麼？」

「那時候兒皇后娘娘還沒出事，老佛爺說這要看軍機處他們怎麼議。她老人家最是慈悲為懷的，說是『人命關天的，得超生要且超生……』」

「你如今怎麼想呢？」

「我想六爺金川的差使這就要辦下來了，他必回北京的。六爺一品當朝主持軍機處，桂爺、紀中堂、劉中堂、尹中堂都瞧他的，萬歲爺也從沒有駁過六爺的條陳……」

「你別說了，你的意思我明白了。」棠兒沉吟道：「高恆和錢度的案子，面兒上瞧是劉老中堂主持，其實從起首到審理，都是萬歲爺提調著一步步走的，上回跟你說別亂走門子，是真情實語，不是打模糊兒糊弄你。捅到御史那兒，沒頭沒腦再奏一本，你那不是雪上加霜？不是我站乾岸兒說河漲的話，男人在外頭做事從不和家裡商量，待到出了事還要累你替他上下跑腿說話。再不要白給人塡還銀子了。待到皇上回來，軍機處自然要議。你要信得及我們老爺，能說話能留地步兒處他不會落井下石的。我們兩家通好，你要信得及。你一趟一趟往這走動，老爺反倒不好說話。你細思量，我說的是不是？」

高恆夫人聽了，揩淚泣道：「太太這話極是的。十六爺福晉還有十二爺二十四爺那府裡也是這個話說——只好聽他的命就是，我已經盡了心……我想，高恆雖不好，如今天下有幾個好官？甘肅的勒爾謹、福建的王亶望也奉旨拿了，牽扯一二百官員都要革職拿問！這麼多折爛污的，有多少不在八議裡頭的，總不成葫蘆提都一鍋煮了。萬歲爺是性善信佛的人，必要甄別的，也要容許改過自新的。像盧焯，當初殺了也就沒了，起復出來照樣兒給朝廷出力……」她絮絮叨叨又反覆譬喻許多實例，棠兒捺著性子又勸又慰，好容易才打發她辭出去了。棠兒也不送她，從偏門進來，見家人們正抬桌子布置席面，叫過一個小廝吩咐：「把我南邊那間房打整出來，中間隔上竹簾子，請馬先生過來說話——席面上不要上酒，就是便飯。夫人們有事要回去的也不必勉強，把還人家的禮封好送轎子上就是。」說罷又進北廂和丁何二人閒話。聽稟說房子收拾停當，隔門又進北廂第二間，坐定了吃茶。馬二侉子已經進來，就竹簾外一個躬身，賠笑道：「給六奶奶請安！聽他們傳『馬先生』，弄得我臆怔，半晌才明白是叫我。我是六爺門下老跑腿的了，奶奶只管還叫我馬二侉子就好！」

「你如今是觀察，是道台職分。在外頭那還了得？坐八抬大轎了！」棠兒隔簾看他，方臉小鬍子小眼睛，穿著又寬又大的石青袍子，手握一柄湘妃扇，袖子翻著雪白的裡子，又似不修邊幅又似幹練灑脫，暗地一笑，說道：「你很辛苦的，過了湖廣又去雲南給我採辦，著實生受你了。等老爺回來再謝你吧！」

馬二侉子夤緣紀昀的臉面結識了傅恆，幾年來這府門檻都踢平了，都是這樣和棠兒見面，他一本正經坐在窗前，睨著目光想往簾內看，外頭明裡頭暗，什麼也瞧不見，便看牆上字畫，欠身說道：「我仍舊是個皇商，能給六爺奶奶跑腿辦事是我的造化。奶奶千萬別說『謝』的話，那見外了。我這次去雲南卡瓦銀礦，又見了吳尙賢，他孝敬老莊親王、阿桂夫人和六奶奶每人一尊銀佛、十斤蛇膽。沒有寫進禮單裡頭，也請奶奶嘉納了……」棠兒想了想，問道：「這個吳尙賢，是不是上回雲南總督張允隋說的想開礦的那位？」「礦他是早開了的，如今哪裡還有什麼礦禁？」馬二侉子笑道：「吳尙賢是雲南石屏州秋水村一個泥腳桿子，獨自闖卡瓦，創下偌大事業，想給朝廷出點子力爭個功名——緬甸那國裡如今亂著，中央朝廷和各部酋長鬧生分，卻都和吳尙賢兜得轉呢！自我大清興國，緬甸一直沒有朝貢。您別瞧吳尙賢不起眼兒，他正想說合緬甸王稱臣納貢——您見圓明園裡那些大象，老死得沒幾頭了，那都是打緬甸貢過來的……」

「呀！那大象是他們國裡進來的哪！」棠兒睜大了眼睛，瞳仁中閃著驚喜的光。她隨班元旦朝賀見過太和殿前的馴象，在圓明園還把福康安送到象背上玩耍過，極是新奇好玩的，因道：「這十幾年元旦都沒有擺象隊，我問王八恥，說是已經不夠八隻了。可憐見的那些象靈通人性，有隻老象臨死前還跪在太和殿前品級山旁朝上磕頭流淚。我聽了心裡還難過來著……敢情原來都打那裡來的——這個吳尙賢，我原想和你一樣是個生意人，這麼大方體面的，又懂大禮。下次他要到北京，路過蒙古就捎個信兒，我們老爺準見他！」

這個話前頭都對。唯是從緬甸來貢，無論如何也不會「路過蒙古」。馬二㑣子聽紀昀說過這位貴婦人，住北京一輩子，只知道左右上下，弄不清東西南北，不禁一笑，口裡漫答應著又道：「他聽見奶奶這吩咐，準高興得笑開花！——回京後聽家裡人說，奶奶外頭的帳還沒收齊，只繳了六七萬利息，不知他們回奶奶了沒有。若要急用，我這裡就先給您墊上，奶奶瞧怎麼樣？」

「這麼個，你和帳房上頭商議著辦。我是個無可無不可的。」棠兒囁嚅了一下，聲音放低了些，「寧可不辦，也要謹密些兒，除了帳房小王，竟是誰都不知道的好。放帳名聲不好這我知道，利過三分就是賊，所以頂頭兒只能收二分，你抽個頭算替我白勞動。我的幾個莊子都減了租，家裡用項愈來愈大，賞賜嚼用來往應酬——就像這些人來拜訪，回的禮比收的禮要多得多。老爺一心撲在外頭政務上，家裡千事萬事總歸不管，不替他操持一下實在也頂不下來。老馬我告訴你，只要外頭走漏一點風聲，那只有你才說得出去，就是你鬧生分了，帳一抹我乾淨不認，放出的銀子也全歸你。交情臉面你是不用想了。」馬二㑣子聽她說得決絕，愣了一下笑道：「漫說您，就是鄉裡破落戶孤兒寡母託我辦事，我也不敢欺心。何況我有多少事要求傅中堂和六奶奶蔭庇呢！小怡親王、老莊親王、小愉郡王、二十貝子幾位福晉，誰沒有體己錢在外放帳？就是軍機上頭，元長中堂和紀中堂家裡也放帳，還有利銀收到三分的——您這點妝奩銀子放出去為的補貼家用，說透了是點養廉銀子。這麼大個相府，這麼大開銷，要不是您費心費力操持，早就支撐不來了！放心，老馬做事無論公私，斷不至於走風漏氣的。那都用的妻妹的名義辦的，就有什麼，老馬頂多拚著一文薪水不領的那個『道台』頂出去就是——本來捐這個官就爲的這個退步兒——哪有把六奶奶晾出來的理？」說著，聽自鳴鐘響，便笑著起身告辭。

棠兒也向他道了乏，待馬二侉子去了，打起精神應酬各官命婦。晚間人散卸妝，要在床上一件一件思謀籌劃，怎樣接駕，見太后，如何迎皇后梓宮，哭拜謁靈，想起皇后賢淑懋德，平日種種好處，自己和乾隆偷情，不免面紅眼酸感慨垂淚。又思傅恆撤兵道里計程。轉念想起高恆落局，高恆夫人的落魄形容兒，反覺宦海波險人情炎涼。果眞對他袖手旁觀，不但下頭官員議論他忍，將來萬一自家有個蹉跌，在位的誰肯援手？放帳本爲補貼家用不足，傅恆知道了領不領情？外頭清議又令人可懼；想起馬二侉子的話才略安心。她盛年索居丈夫長差在外的人，免不了又想男人，傅恆卻是掠影而過，轉想阿桂盛壯兆惠英武……走馬燈似的又想起和乾隆作愛往事，情動心熱間揉摩按搓，迷迷糊糊也有一番自解光景……直到窗紙泛青才朦朧睡著了。

☆

……一連幾日馬二侉子都忙著。先是督促家人給各家放債的福晉收帳，把從雲南採購的藥材布匹茶葉涼藥扇子香料分撥兒往各府裡送遞。又惦著晉見阿桂，必定要問緬甸形勢和吳尙賢開礦情形，怕說不清楚，一條一條寫，又畫山川地理圖形……公私裡外各處俱到，忙得發昏，乾隆法駕怎樣入城，怎樣安放皇后梓宮，滿城萬姓文武百官怎樣叩拜哭靈，各個寺院如何為皇后打醮誦咒追超亡靈……諸般繁華，鬧翻了一座北京城，他都沒有理會。恰這日皇后三七之禮畢，朝事各務漸趨常情，朝陽門碼頭傳來信兒，給紀昀採購的宋紙還有福康安買的西洋炮材料兒到貨，馬二侉子到西華門打聽，是劉統勛坐值軍機，其餘百官放假一日，料著紀昀阿桂都在家。吃過午飯，忙著換了身衣服，打轎便趕往虎坊橋紀府而來。

其時已是四月下旬，將近端午的天氣，從東邊過來穿街走巷，坐在轎裡又悶又熱。足足走了一個時辰，馬二侉子已是汗流浹背。待到紀府門首下來，一邊揩汗舉頭看時，炎炎欲融一輪斜陽曬著，西邊一帶天邊壓線處樓雲崢嶸，墨線一般映得門前海子發藍，便知天氣要變，一頭叫小廝「騎馬回去帶雨具來」，一頭便上門請見，卻見是家人王成守閽，他在這府裡更是熟極了的，王成一見是他，早笑著迎上來，滿臉笑成一朵菊花道：「馬二爺，虧你還想著我們這兒，想死小的們了！」

「左不過你的荷包想我的銀子就是了，瞧著你比上次見更精神了呢！」馬二侉子笑道，「你這句話似模似樣是行院裡婊子見嫖客的套頭兒。昨晚我去春香院，花大姐兒也是這麼說——」說著，從腰裡取出二十兩一塊台州紋餅兒，「你五兩，下剩的照老規矩給劉琪任玉他們幾個分——只別叫你們頭兒魏成知道，稟了老爺訓斥你們，老馬就管不到了——老爺這會子作什麼呢？又在書房裡寫書？」

王成飛快塞了銀子，一邊前頭帶路，呵腰賠笑說道：「老魏犯了老寒腿，老盧回河間府辦事兒去了。府裡現今真是山中無老虎！我們沈姨娘現病著，太太是個四門不出的，還有兩個姨娘也主不了事。二門外頭跟捅過了的馬蜂窩似的亂成一團——這邊走，老爺在書房那邊呢——今兒午飯過桂中堂就過來了，在花廳裡頭說話。桂中堂從來是說完話就走，你在書房等著就是了……」那紀昀宅院無論體制規模大小，都遠不能和傅恆的國舅府比較，只是一個四合院進一重再一個四合院房舍相連，天井狹小甬道偪窄，七折八彎轉著到西邊一個小小花園，看去才略開闊了些，便聽紀昀正在侃侃而言：「最禍害百姓的，一是吏、二是衙役、三是官員眷屬、四是官員家人僕從……前朝諾敏是這樣，今朝王亶望、勒爾謹也是這樣，這四種人無官之責有官之權。一般官員除了撈錢，也還要顧及考成名聲，這些人除了銀子什麼也不想，依草附木怙勢作威——」阿桂的聲氣插口道：「是爪牙！」

「對，是官員的爪牙！」紀昀滋滋地抽著煙，「爪牙撲在身上又抓又撕又咬，百姓直截感同身受，若論心裡的恨，比恨官還要切齒。所以甘肅的案子，凡牽連到此輩人物，不必請旨，刑部就能辦，該打的該枷的該流的一例依律從嚴發落。」他一邊說，阿桂一邊「嗯」，說道：「回頭和劉公議議，這是我們就有的權，我的想頭藉這案子嚴辦一批敲骨吸髓的爪子，可以示朝廷至公至明的大義，給一些鼓譟不安的百姓出出氣透透風兒，戾氣只怕就少些。只是不能顯著軍機大臣們太心狠手辣了，也不能太順一些刁民的心。有一等不安分人，日日盼著大亂，恨不得狗屎盆子扣了天子明堂，恨不能所有官員一古腦兒殺盡了才解恨出氣，也不宜遂了這起子小人的願——」他正說著，突然衝窗外喊道：「那是老馬麼？你這冶游神怎麼跑這來了？進來吧！」

「哎！來了！」馬二侉子正拾級上階要進書房，聽阿桂叫自己，冷丁地嚇了一跳，忙滿面堆下笑，三步兩步進了花廳，果見阿桂盤膝坐在榻上，手拈著葡萄乾兒品嚼說話，紀昀在榻下卷案旁握著烏木大煙斗剔煙油兒，乾淨利落打了兩個千兒笑道：「早聽人說桂中堂文武全才，武功高強賽如黃天霸，果不其然！您又不臨窗，窗戶上又糊著紙，我在院裡走就聽出來了！」

他這一頓「武功高強」議論得不三不四，紀阿二人都是一怔，聽著又復大笑，阿桂笑得身上顫，說道：「下回見我該是飛檐走壁鐵布衫功刀槍不入，飛鏢打出二百步穿楊落銅錢了！——你從這竹簾子看，看不見你進院子上台階麼？」馬仁侉子順他手指往外看，不由得也笑起來，故作小丑叨了一句戲詞兒：「喂呀呀——原來如此！」因見案上搭著兩張宣紙，上頭墨跡縱橫尚未乾透，湊近了問道：「那有這麼長的中堂聯子？敢怕是楹聯吧？上回我弟弟打廣里過來，他在那開著字畫店，把桂爺賞我的字掛出去當門面，誰知有個扶桑國的富客，出價六百兩硬買去了——今兒既寫字兒，二位大人索性再賞我一幅——」說著看那楹聯，只見顏體寫著：

堯舜生，湯武淨，五霸七雄丑末耳，伊尹太公，便算一只耍手，其餘拜將封侯，不過搖旗吶喊稱奴婢。

四書曰，五經引，諸子百家雜說也，杜甫李白，會唱幾句亂談，此外咬文嚼字，大都沿街乞討鬧蓮花。

馬二侉子笑道：「虧這番議論，是戲台楹聯吧？便宜了戲子們！」

「那是皇上給圓明園新修戲台寫的主聯，別瞎議論！」阿桂說道：「——東頭那幅是紀公的次聯，你看如何？」

馬二侉子嚇得心裡一沉，忙轉過東邊看紀昀的，卻是隸書：

出將入相，仔細端詳，無非藉古代衣冠，奉勸衆生愚昧。

福善禍淫，殷勤獻寶，豈徒炫世人耳目，實爲菩薩心腸。

心下惦惙，婉約工巧，自是紀昀的好；若論氣勢雄闊議論奇偉，比起乾隆一聯就差得遠了，已是品評出高下，口中卻道：「皇上的聯氣概宏大別開生面，紀公議論深邃道心精微，與主聯表裡相彰，眞稱得上是珠聯璧合！」說著不住稱羨，又誇「字好」。紀昀笑道：「你這人就是善拍馬屁！眞正字寫得好的不是我也不是阿桂，是劉鏞，功底扎實又求新變意，連尹繼善也不能望其項背！上回說硯好，又說硯銘好，我刻了一方給你留著。聽說去了怡王府，又說門窗好，我去看看，木雕十八學士過瀛洲，也並不出色，問你，你說是紫檀木的，原來是質料兒好！」馬二侉子一眼見壓卷一方新硯，取過來看銘：

工於蓄聚，不吝於挹注；富而如斯，於富乎何惡。

不禁合掌笑道：「這必是給我的了，謝中堂爺的賞！——這年頭兒除了到深山野林裡漁樵耕讀，哪裡不要拍馬屁呢？我就盼自己善拍各種馬屁，那就到處兜得轉了！」

「善拍各種馬屁！」阿桂一口茶呑得幾乎嗆著了，和紀昀二人都是仰身大笑，許久才喘過氣來，說道：「改日閒一閒再聽你拍馬。叫你的天津廚子單給我和紀昀做河豚魚吃——你把吳尙賢的情形兒寫個小傳出來，還有他和緬甸國王的過從人事也都寫進去，御覽之後不定還有旨意給你去辦差。給吳尙賢寫一封信，好好聯絡蚌筑土司，說明朝廷恩意——吳尙賢的茂隆山場地理位置也說清楚。張允隋也有折子，只是說得不甚明白，蚌筑是緬甸那邊還是我們這邊都沒寫淸楚。」

馬二侉子一口一個應承「預備河豚」，聽他改口說正經事，忙改容稱「是」，又道：「蚌筑是卡瓦土司，在永昌、順寧邊界。哥子叫蚌筑，弟弟叫蚌坎，下頭子侄幸孟、莽恩、莽悶三人分掌地方，屬雲南版圖，不屬緬王管轄……」他約略說了形勢，又道，「中堂爺既有這鈞諭，我這就給吳某寫信。他是個能幹人，不至於疏露害事的……」他說著，阿桂頻頻點頭。紀昀也聽得極爲專注，苦於沒有硏究過地理圖志，只是從政務沿革上大致理會而已。一時馬二侉子說完，見二人無話，又不能和紀昀說私事，便要起身告辭。只含糊說道：「紀中堂要的宋版紙、宣紙和薛濤箋都運到了，回頭叫盧管家或者老魏頭去朝陽門外碼頭提貨——我來就爲這個。請大人們寬坐，我且回去了。」

「你說起購貨，我倒想起要問你。」阿桂笑道：「上次去傅六爺府，見兩根長鐵管子，說是紅毛國進來的，沒有縫兒，也就茶碗來粗細。問他府裡，沒一個人知道做什麼用場。是你給他買的吧？」「那是康哥兒要的，他想仿造西洋炮。」馬二侉子笑道：「別小瞧了那管子，論斤買的一兩銀子不到三斤。康哥兒說要又細又長又結實，炮彈才打得遠……」

紀昀和阿桂不禁對視一笑，這個福康安就是不安分，居然要在府裡試著造炮！馬二傍子道：「我跟六奶奶回話，哥兒要照西洋畫兒畫的和貢來的洋炮艦圖樣造炮，斷然使不得。洋人造炮那是極講究的，圖式圖樣，炮架機件兒都配套兒，不能看看模樣就動手造，炸了膛要出人命的！六奶奶慌了，嗔著福哥兒，『上回池子裡試炮船，一炮就把船龍骨給蹬成兩段，還不肯改！』叫人往裡頭塞了鐵丸子，火燒得蛐蟮似的七扭八彎……康爺還沒回來，回來了準要拿老馬當出氣筒兒呢！」他又拍掌又嘆氣搖頭，一臉的沮喪，阿桂和紀昀都笑。阿桂道：「這個馬屁沒拍響。由我和福康安說話，傅恆也一定要訓斥他的。私造火炮，不管理由多麼堂皇，此例不可開。你賠他個小心，沒事的。」還要往下說，王成匆匆進來稟道：「老爺，內廷王公公來傳旨，叫您遞牌子進去呢！」紀昀道：「既來傳旨，快請進來！」王成道：「他說就在門外等著，一道兒進宮，在養心殿見駕。」紀昀便忙蹬靴換袍掛朝珠戴冠，口中喃喃道：「這會子叫進，會有什麼事呢……」

「你只管進去，別忘了把這兩幅楹聯帶上。」阿桂笑道：「沒準是圓明園裡叫你踏看景致，給匾額題詞兒的。」說著也站起身來，待紀昀更衣過了，同著馬二傍子前後一道出府，卻見王八恥勒著韁繩站在門首下馬石旁。阿桂笑道：「王頭兒，是你來傳旨？」王八恥早瞧見了，笑著迎上來打千兒，說道：「桂爺您在這？卜禮到您府上，有旨叫您也進去呢！」紀昀便忙著喊轎，看看天已陰了上來，又叫人：「帶兩副雨具，把我的朝珠給桂中堂取一副來。」家人們忙成一團侍候。馬二傍子一眼見和珅騎著騾子遠遠過來，笑嘻嘻迎上去一個揖兒：「恭喜你進鑾儀衛，這一回眞的是官，一步登天到天子眼前了——你來得不是時候。走，老東來順我請你吃涮羊肉去……」阿桂紀昀無心再理他們，各自升轎呼擁而去。

待到西華門外下轎，天已經完全陰沉下來，這裡門外原來是張廷玉的賜第，再向北是太醫院，都已拆平了，足足上百畝一片空場，張廷玉原來書房西的一片海子和太醫院的幾株老烏桕樹都被灰蒙蒙的靄氣籠著，依稀可想當日風貌，平坦坦一大片廣場上空濃雲重壓，一層層的雲頭或褐或赭或灰或白，不安分地湧動著擁擠著，覆蓋得紫禁城灰蒙蒙暗黝黝的，涼風襲來，轎中帶出的滿身熱氣一洗盡淨。突然一聲沉雷，雲層後的電閃破縫而出，遠處颯颯的雨聲略略帶著腥味裹近前來。阿桂和紀昀隨王八恥進來，過武英殿玉帶橋，由北入隆宗門到軍機處，雨點兒追在身後也不緊不慢隨著，竟沒有淋著，見劉統勛還在伏案疾書，兩個人才鬆一口氣。阿桂見他專心致志頭也不抬，笑道：「太暗了，劉公該掌一盞燈吧？」

「是啊，不知不覺天就黑了！」劉統勛放下筆，一望窗外，見雲翳龍樓雨灑天街，不禁莞爾一笑，「我還以爲傍晚天暗了呢！原來下雨了！」便向紀昀伸手，「煙給我一點。還是你的關東老葉兒好！」紀昀忙遞煙荷包笑道：「頃刻見駕，煙鍋子收拾好，別像我那年金殿晤對靴中失火——批什麼文章，這麼用心的？」「一件人命官司，刑部送上來各造口供對不上，時間也不合，眞不知他們怎麼弄的。我逐一畫出來批出去重審！」劉統勛喟然一嘆又一笑，「我見皇上從不抽煙，你放心，我的靴子走不了水！」說著用左手揉捏右腕。

阿桂原本站著等王八恥來傳話，看看天街雨簾如織，沒有人過來，便坐了繡花瓷墩上笑道：「那麼費事的？要是我，『所擬有疑，情事不合』，打回去就是了！」劉統勛搖頭道：「他們辦事馬虎，逐條批，是讓他們明白該怎麼辦。你們留心一下史籍，漢唐宋元明，一個朝代各種案例上下其手顛倒判斷的多了，但若人命案子舞弊起來，這個朝代就快到山崩地裂了。所以說『人命關天』，這個『天』就是朝廷的氣數。《春秋》裡說：『大小之獄雖不能察，必以情』，就講的這個道理。」劉統勛歷來務實苦幹，在二人眼中是個忠誠勤謹宰相，說出這番話，是在法司位而鳥瞰法司，學術宏大，夠得上治世輔臣品位，想不到如此叢繁的政務中，他還能讀書如此精微燭照獨出心裁，真讓阿桂和紀昀有刮目相看之感了。沉默有頃，紀昀才問道：「原說今兒休假的，皇上怎麼突然召見？」

「隨赫德明日辭駕回天山大營，皇上要向他面授機宜。」劉統勛深深吸了一口，用拇指按著泛起的煙沫，說道：「這樣，原來預備明日接見阿睦爾撒納臨時改到今日。這是大事，我們軍機處要陪皇上見他。」

正說著，王八恥雨地裡打著傘快步進來，懷裡還抱著幾件黯青墨翠的衣物，口中說道：「皇上賜劉統勛阿桂紀昀各人油衣一件，著即進養心殿見駕！」說著三人早已離席伏地謝恩，王八恥逐一分發三人，到手看時，是荷葉綠繚綾掛裡——單這已是十分名貴了——外邊似乎是什麼禽獸的毛線織的，沒有染色，手摸上去油潤光澤，中間還有一道夾層，細捻似乎是細洋布掛了乾油，三層合起也不過半斤上下，薄輕柔韌，竟都沒見過。王八恥看著他們著衣蹬油履，笑道：「是羅剎國進貢的，野鴨絨線織了油浸晾乾的，統共只有八件，皇上孝敬老佛爺兩件，三位軍機一人一件，尹繼善傅恆岳鍾麒也有。皇上自己還是日本國貢的那件海鷗絨的。沒捨得換呢！」三人聽得心裡一暖一烘，都覺無言以對，頂了斗篷，跟著王八恥衝雨而出。

「啊哈，這個油衣穿了果眞精神！」三人魚貫入殿，乾隆正在東暖閣端著杯子踱步，置杯笑道：「連劉統勛瞧著都年輕許多！」見他們伏地叩頭，吶吶著要謝恩，一擺手叫起，說道：「你們的心朕知道，不必說了吧——紀昀的楹聯寫好了沒有？」紀昀忙從懷中將夾著的宣紙取出，雙手捧上道：「臣字學不工，近年來文牘公案等因奉此，文學也漸荒謬，主上見笑了。」

乾隆接過了，沒有展看便放了炕桌上。大約因爲剛剃了頭，他的精神面色看去都十分好，只是笑容裡仍帶著掩不住的憂鬱沉著。一邊命三人木杌子上坐了，自也上炕盤膝而坐，看著外間風雨如晦，良久說道：「已經著太監去宣阿睦爾撒納，在乾清門見他。這會子是個空兒，一件是王亶望，一件是高恆，兩大案子議決一下，不要再拖下去了。」

自回京第二天，劉統勛已調集兩案所有案卷給阿桂和紀昀審看過了，聽乾隆這樣說，兩個人都看劉統勛。劉統勛彷彿胸有成竹，端坐在杌子上，外面雲層中竄躍的閃電時滅時明，照得他鐵鑄的面龐有點陰森。良久，他一欠身說道：「已經發文寫信給尹繼善和傅恆，他們的回文還沒到。」

「昨晚收到了他們的密折。」乾隆靜靜說道，「折子都寫得很長，總之只有一個字——殺。」

天空中霍地一明，珊瑚枝一樣紫色的閃電倏地一閃，耀得大殿通明雪亮，像一口大鍋被鈍器猛地砸破似的，天上「嘎崩」一聲脆雷響震，撼得鑲玻璃窗都慄然抖動。

「這眞是獲罪於天，無所禱也。」乾隆也被雷聲震得一悸，隔玻璃望著晦暗如磐的天穹，幽幽說道，「朕反覆思量過，崇禎何嘗是無能之輩？到了他手裡才整頓吏治，那就晚了！朕讓曉嵐遍査史籍，沒有哪一朝哪一代是整頓吏治亂了官場、亂了天下的。愈是早辦愈是容易挽回，愈是遲疑瞻徇左右顧盼，到不可收拾時，那就噬臍難悔！」

又一陣沉沉的雷聲，隆隆的響震中乾隆的話安詳利落，字字擲地有聲：「有人跟朕說，如今天子聖明，宵小之輩斷無亂國之理。還有人舉出陳平傳，以爲陳平私德不淑也能致漢於太平，朕說這是胡說八道！即朕英明天縱，能保朕的子孫後世代代都是拿得起放得下的主子麼？劉邦驅三秦將士東下，帶的什麼兵？那都是些厚顏無恥的好利之徒！陳平身處其間和光同塵，也是韜晦其身爲主辦事，豈得以奸佞視之？他不得列入漢初三傑，也爲他這塊白璧有瑕！——所以朕決心已定，這幾個梟獍之臣一律格殺，不能再存婦人之仁。嚴辦這兩案以杜後來，這才是眞正的仁德寬柔。與『以寬爲政』大宗旨並不相悖。」

「皇上聖聰高遠，實是天斷英明！」紀昀聽得雙眸炯炯，俯仰說道：「應該將高恆王亶望等人罪由供狀刊在邸報，以爲儆戒——這畢竟是撼動朝野的大案，爲防人心浮動，官員驚懼，鬆弛政務，不妨同時下幾道恩旨以寬人心。」阿桂道：「奴才以爲密一些好，不必大張旗鼓。這是整飭吏治，朝廷大振朝綱，防著一些奸宄刁頑小民藉口實滋事。迅速頒旨立時處置，拖得日子久了，犯官人多，宦場夤緣相結請託求情蠅營狗苟，再出些事反而麻煩。」紀昀道：「這和誅訥親張廣泗不同，那是失事犯過，這是觸犯天憲刑律，還是應該堂皇明白，昭天下朝廷至公無私之意。」

乾隆聽他三人意見不一，轉臉問劉統勛道：「你怎麼看？」

「臣以爲天子決心已定，不必顧慮有人鑽營請託。」劉統勛道：「應該發交六部嚴議，但不必邸報刊載天下。這樣，小人滋事就沒有口實，官場也不致震動太大。」

「都有一定道理。」乾隆說道：「要震動官場，不要驚駭物聽。有些偏遠山野海隅草民無知，易受奸人蠱惑挑唆也不可不防。像如林爽文，已潛逃台灣，藉機鬧起來也許有的，紀昀說的並下幾道恩旨建議很好，除了皇后大喪已經下的，原來雍正朝幾位王爺，還有聖祖朝敗落的幾位大臣，有罪一律寬免釋放。張廷玉原有旨免入賢良祠，也要再加思慮。八叔改名阿其那，九叔改名塞思黑，先帝在時晚年提及就愀然不樂。要恢復原名……」他思量著，又加了一條，「十叔的貝勒名譽，還給他。」

說到張廷玉名位歸復賢良祠，幾個臣子都是一怔：這一君一臣鬧生分，到死乾隆對張廷玉都很是嫌憎，此刻怎麼會想到給他加恩？

「想起張廷玉，朕心裡是五味俱全。」乾隆似乎看出幾個臣子心思，皺眉緩緩說道：「朕回京調看了他存在皇史宬的文章《論三老五更》，回想他當年事君治事理國行徑，晚年時眞是老得糊塗了。一生勤勉忠藎，雖有過，還是瑕不掩瑜，朕打心裡諒解他了。他進賢良祠，可以安定官場，給臣子立榜樣，也是他應有的榮名……」說著一抬眼，見卜禮已站在閣子外，便道：「和親王已經帶阿睦爾撒納在乾淸門等著了，我們過去吧。」

32

巧言令色乞師報怨
以誠相見夫人釋兵

於是，乾隆乘八人抬明黃油布杠轎前行，出養心殿由月華門下轎，穿廊向南逕到乾清門。阿桂紀昀和劉統勛三人只步行跟隨。因雨下得大，雖然只過了一個天井，幾步永巷，三個人的袍䙓褲腳和官靴都被哨雨和潦水打濕了。乾隆站在後廊門口，看看他們換了靴子擰乾了袍角，輕咳一聲抬腳進殿。王八恥早搶前幾步，大聲道：「萬歲爺駕臨！」便見須彌座略偏東跪著的兩個人，弘晝領頭伏地行三跪九叩大禮，口中嵩呼：

「萬歲！萬歲！萬萬歲！」

一陣衣裳窸窣，乾隆步履橐橐從容升座。紀昀阿桂劉統勛三人點頭略一會意，並排跪了座東。聽弘晝說道：「臣王弘晝奉旨帶輝特部台吉臣阿睦爾撒納引見！」阿睦爾撒納來京已經頗有時日，進紫禁城晉見還是頭一次。他似乎心情有些緊張，伏身跪著，頭幾乎抵到金磚地下，乾隆一時沒言語，外間淙淙的大雨和隆隆的雷鳴在空曠的大殿中回響，憑空增加了幾分威壓和嚴肅，兩手十指緊貼著冰涼的地面，嘰哩咕嚕說了一通蒙語。

乾隆便看弘晝。

「他說，」弘晝舐舐嘴唇翻譯道：「上天賜與我這樣的榮耀，能夠在這座至高無上的宮殿裡拜見偉大的博格達汗。天上的太陽沒有您的輝光燦爛，天山的雄偉比不上您的博大胸懷！我是博格達汗法統之下的一方小小領主。我要像雄鷹一樣飛回我的故鄉，當我將來再見到您時，將用天山那樣長的哈達和瑤池釀成的美酒，還有美麗的雪蓮向您奉獻，以表示我部落臣民由衷的敬畏！」他翻譯剛一落音，阿睦爾撒納便糾正道：「是仰慕——我的親王——我說由衷的仰慕！」

乾隆一下子笑了，說道：「仰慕就『仰慕』吧！意思都差不多——你能說漢話很好，省了多少時辰。弘晝通習東蒙古語，西蒙古語略有變異，朕也不大熟悉——你是在雅爾一帶遊牧的吧？」

「是！」阿睦爾撒納頓首說道。他的漢語說得也還順暢，只是拗口，有點舌頭轉不過來似的嗚吶，「我是和碩特部拉藏汗的孫子，外祖是阿拉布坦。我的母親博托洛克在父親去世後，改嫁了輝特部台吉衛征和碩齊，由繼父那裡承襲爲輝特台吉。」

跪在一邊的紀昀聽此人說，母親嫁了三個丈夫，其中兩個還是兄弟，「拖油瓶」兒繼承台吉汗位，且是說得嘴響，理直氣壯鏗鏘有力。吞地想笑又裝咳嗽掩了過去。乾隆只微睨了紀昀一眼，笑道：「這麼著就明白了。打從聖祖三代交情，恩恩怨怨老相識，今日一見不易。別這麼跪著了，和親王你們賜座賜茶——你們三個也起來吧！」

「謝皇上恩！」五個人一齊叩頭說道。

乾隆這才仔細打量阿睦爾撒納。只見這位西蒙古台吉王爺穿著一襲簇新的寶藍繡龍滾邊蒙古袍，罩一件新賜的黃馬褂，腳下踩著打濕了的高腰牛皮靴，年紀在四十歲上下，公牛一樣的身軀又高又壯，黑紅臉膛寬寬的，留著八字髭鬚，只是濃眉下兩隻眼睛小些，眼白大瞳仁小，不停地眨動著，看去有些怪。因見他兩腿微微羅圈，雙腳有點倒八字，乾隆笑道：「好雄壯一條蒙古漢子，你必定好騎術的！聽說打遍厄魯特四部無敵手的，怎麼會敗給達瓦齊？想必是中了人家的圈套？」

「我的兵沒有怕死的，都是天山矯健的雄鷹的！」阿睦爾撒納黑紅的臉泛著光，凝視著乾隆，驕傲地說道，「達瓦齊的騎兵是四萬二千，三萬四千——從東；他的將軍瑪木特率領八千——從西！嗯？——」他雙手比成一個鉗形合圍式樣給乾隆看，「我們部落裡老人女人和孩子，加上部隊只有三萬！——不能硬拚，只能突圍周旋！」乾隆笑道：「你從那達幕大會上逃出去，見過朕的天山將軍隨赫德，說你有三萬鐵騎，要求會兵合擊準噶爾，是虛張聲勢是吧？」

阿睦爾撒納詭譎地一笑，說道：「隨赫德是天山狐狸老奸巨滑，不肯聽我的假話！」乾隆也是格格一笑，說道：「但是你已經表明了心向中央朝廷，這也很『老奸巨滑』了。你心裡必定還想，『最好能出兵打一下，隨赫德打敗了，朝廷更不能與喇嘛達爾札罷手言和，你就拿準了勝算！』」阿睦爾撒納孩子氣地一偏臉，說道：「這是我的心事，皇上怎麼知道的？」他這樣誠樸天眞，逗得乾隆一陣大笑。紀昀笑道：「你的那點『心事』如何逃得過皇上萬里洞鑒？」阿桂道：「準噶爾之亂起，皇上已經廟算無遺，幾道詔書嚴命靜觀待命，隋赫德豈敢違旨？」只劉統勛表情莊重，隔門望著三大殿下雨霧濛濛的天街端坐不語。

「你這次萬里來見，九死一生來的，很不容易的。」說笑幾句，乾隆正了容色道：「朕兼程返京，也爲的早一點見你。自康熙末年至今三十多年，準噶爾一直亂，現今霍卓也亂，弑父弑母殺兄殺弟，互爭牧場領地，於朝廷時叛時伏，生靈塗炭人民受難，再也不能姑息拖延下去了……」他喟然一聲嘆息，站起身來踱至乾清門口，怔怔地望著外間如注的傾盆大雨。

乾清門座處乾清宮與太和、中和、保和三大殿之間，由北向南子午線中軸出去直到正陽門，所有的龍樓鳳闕都籠在蒼暗的天穹下，在雨幕中朦朦朧朧，一漫平坦的臨清磚廣場叫「天街」，已汪了二寸許的雨水。三大殿周匝三層月台上的漢白玉護欄下，數千只排水龍口決溜飛瀑，和著雨聲雷聲，發出山呼海嘯般的轟鳴，偶爾捲地而起的回風撲上丹墀，撩得乾隆袍角微微掀起，又濕重地耷落下去。幾個人不知他在想什麼，只交換著目光，都不言語。許久卻見乾隆一笑回身，問道：「紀昀，三車凌歸伏，是親王封號，有沒有頒領親王俸祿？」

「回皇上話，」紀昀忙趨前一步躬身說道，「皇上原有旨，著三車凌由理藩院領年俸一萬八千兩。此後給三部重新分封草場牧地，他們上奏懇辭俸祿，皇上留中不發。事情擱置下來了，沒有實領。」

乾隆「嗯」了一聲，說道：「阿睦爾撒納身處極險之地，百戰輾轉萬里流徙奔謁朝廷，誠勇忠貞其志可嘉。朝廷欲定新疆，還要借重阿睦爾撒納四部臣民。這就有了區分，賞——」他頓了一頓，「阿睦爾撒納食親王雙俸，現有護衛儀仗增加一倍，加賞豹尾槍四桿。」

食親王雙俸人稱「雙親王」，有清從來得此恩賞的王爺已是極爲罕見。雖說只是多出一萬八千兩銀子，儀仗比尋常親王加了幾件名器法物，實惠不大，難得的是這份體面，天恩雨露錦衣玉食的尊榮華貴！弘晝頓時嘖嘖稱羨：「熙朝的康親王、雍正朝的怡親王，那是多大的功勞辛苦，也沒聽見增加儀仗的！多咱兒我也出兵放馬拚個血葫蘆兒功勳情分，弄個雙親王榮耀榮耀……」見乾隆看自己，伸舌頭扮個鬼臉兒一笑收住。阿睦爾撒納激動得血脈僨張，「噗通」一聲長跪在地，大聲說道：「上天和佛祖爲證，從我阿睦爾撒納爲首，到我牧場上的奴隸娃子，願將一腔熱血灑向天山南北，維護博格達汗莊嚴的法統！我如果有欺慢聖主的心，此刻天上的雷霆就把我擊成粉塵！」

電閃在雲中疾走龍蛇，一閃過後緊接一聲焦脆的雷聲，颯颯的豪雨彷彿受了驚似的一頓，立刻又急驟地「砸」落下來，打得大片潦水密密痲痲都是雨腳水花。

「你是雙親王，你的兒子自然就是世子。」乾隆回頭凝視著阿睦爾撒納，說道：「有這份心胸志向，世世代代都是大清的股肱藩籬，世世代代都是西北台吉王之首。這一份榮耀非同小可，朕寄厚望於你！」

阿睦爾撒納激動得渾身顫抖，聲音也興奮得有點走調兒：「萬物之主博格達汗啊！輝特部忠勇的兒女永遠銘記您賜與的恩榮……太陽也許有一天會熄滅它的火焰，月亮也許有一天會失去它的光明；天山南北的人民不會忘記曾經擁有的光榮！」乾隆聽得頻頻含笑點頭。他被這些話深深打動，眼睛裡也閃著淚花，良久才說道：「弘晝帶阿睦爾撒納體仁閣休息，賜筵之後再回王府。明日再遞牌子進來。」卜禮卜智卜信幾個太監便忙張羅著備油衣油靴，指揮小蘇拉太監背了二人出殿升轎而去。

乾隆望著雨地許久不作聲，他似乎思慮很深，目光幽幽只是出神。不知過了多久，回頭問道：「阿桂，你看這個人怎麼樣？」

「奴才和他談了兩次，隨赫德、策楞二人也幾次和奴才談。」阿桂字斟句酌說道，「單是『聽其言』，阿睦爾撒納並無可疑之處。但若『觀其行』，他實在是在輝特連吃敗仗，窮蹙無計才內歸請命的。他在準部稱汗，襲殺達什，脅迫其子訥默庫歸附自己，都沒有依法請旨施行。達什有恩於他，忍於下手，可見他心狠手辣。如果是心向朝廷眞心歸附，那麼五年前與訥默庫、班珠爾輝特和碩特、杜伯爾特三部合併，就應該修表請封。直到在準部無立足之地，突圍犯難來投。可見他原來的本心並非忠貞朝廷，乃是有求於朝廷……」他頓了一下，隨赫德和策楞因爲兩次向乾隆奏陳阿睦爾撒納是「奸雄」，大遭乾隆詬啐，被罵得狗血淋頭。現在自己仍舊如是說，原本是預備著再遭申斥的，但乾隆卻一聲不言語，臉上不喜不怒，竟是個毫無表情靜心聆聽的光景。他膽子乍了乍，又道：「但據奴才見識，準噶爾諸部、和卓諸部內亂，只有阿睦爾撒納率部來歸，至少他心中尚有『朝廷』二字。和三車淩相比，三車淩已在烏里雅蘇台安居，且從羅剎萬里奔波，似屬眞心忠誠，說阿睦爾撒納心口相應，奴才不敢深信——因此，奴才以爲，此人可用不可信任。」

「嗯……可用不可信……」乾隆重複了一句，自失地一笑，「你有膽量，而且事情說得明白。隨赫德和策楞是兩個莽夫，當著那許多朝臣大喊大叫他『是個混蛋不可信』，還怎麼能『用』？準部和卓部之亂，局面也是『可用』的局面。與其讓達瓦齊在西疆自立為王，何如這個阿睦爾撒納為我所用？雍正九年為什麼我們打了敗仗？和通泊之戰六萬江東弟子幾乎片甲不回！就因為那時節他們內裡上下一心，我軍千里萬里攜糧帶水奔襲，兵法上犯了大忌，『必厥上將軍』！現在他們亂了，天山南北都亂了，三車凌來歸，阿睦爾撒納來歸，這眞是千載難逢的機緣，不能有一步失愼，更不能有一步走錯，握準時機一舉可以底定西疆，豈敢有一絲疏忽？朕原來準備了十一萬人馬遠征的，有阿睦爾撒納五千人，還有三車凌兩千人馬，他們不但地理氣候適合，驍勇善戰恐怕也比綠營兵有過之而無不足，有這先鋒嚮導，朕看有五六萬兵就夠用了。以『準』制『準』，你們算算看，省了多少錢糧省了多少事！」

阿睦爾撒納不可信而可用，三個輔政大臣識見相同。唯恐乾隆中計上當，他們原是抱定了「苦諫」的宗旨來的。乾隆這番話不但高屋建瓴目窮千里，而且審愼明晰細密周全，連和通泊戰敗失利原由以及眼下用兵時機方略都把握得巨細靡遺，許多事是他們寢食不安苦思焦慮都沒有想到的，都被乾隆一語道破指示明白，不但用不著「諫」，反而是自己茅塞頓開！三個人頓時怔住，直盯盯看著乾隆，一時竟尋不出話來對答。乾隆見他們都傻乎乎瞠目結舌看自己，滿意地一笑，說道：「阿桂是負責軍事的，照這個章程擬出調兵方略來——你們還有什麼想頭，不妨直言陳奏。」

「萬歲！」

三個大臣一齊匍伏跪了下來。阿桂泥首奏道：「主子廟算無遺，奴才們萬萬不能及一！奴才原來已經草擬了調兵部署的折子，現在竟可一火焚之！就據主子方才旨意精心再作曲劃，擬成章後主子御覽批示施行！如此調度，傅恆金川的兵不必抽回，全力攻下金川也是指日可待的！」

「傅恆的兵撤回吧！萬一不虞，結局便是一萬，北路軍以阿睦爾撒納主掌先鋒，西路軍由滿洲綠營漢軍綠營爲主，還要設預備策應一路，加上天山大營策應，才算萬無一失。」乾隆吁了一口氣，「你擬出來朕再看。就是此刻，棠兒和兆惠海蘭察夫人正在勸說朶雲，若能善罷，金川歸伏，十幾萬軍隊七省老百姓可以休養生息，何必一定趕盡殺絕呢？」

休兵、養民、生息，這是誰都駁不倒的堂皇大理由。紀昀暗地裡透了一口氣，「既有今日，何必當初」八個字竟無端冒了出來，他立刻意識到這是臣子不該想的，是一種有罪的念頭，他輕咳一聲，更低伏了頭，卻聽乾隆說道，「那邊體仁閣賜筵，阿桂去陪筵，劉統勛回去休息，紀昀留下，朕有事交代。」

「是！」紀昀伏首叩頭，「臣——遵旨！」

劉總勛和阿桂退下了，偌大的乾淸門議事閣變得更加空曠寂靜。外間的雨小了些，卻似乎起了風，像被宮牆擋得不知所措似的，時而掠地而過，時而撲上丹墀，打得大玻璃窗上水珠淋漓流下。乾隆似乎略帶一點失神，怔了一會兒，對跪著的紀昀說道：「起來吧，閣裡頭說話。」紀昀有點摸不著頭腦，爬起身來隨乾隆進了西閣，一眼便看見大炕前卷案上一張素色宣紙，已經寫了幾行字，標首題目是「述悲賦」，心裡格登一聲，便知是要自已給皇后撰寫悼亡辭，卻裝著不知道，低頭聽乾隆說道：「皇后薨逝之後，朕心裡一直空落無著，恍惚不能安定。朕雖然給了她『孝賢』謚號，那是取之於公義，實在她配得上這兩個字。至於私情，坤德毓茂，那就不是謚號能侷限的了。很想作一篇賦辭悼念她，終究公事繁冗文思不佳。留下你，就是請你代筆爲朕了一了這番心願……」

紀昀躬身說道：「這是皇上格外的信任恩情。臣草茅陋質文詞簡約，雖勉盡綿薄，恐懼不能勝任。」

「要說這麼幾件情事，」乾隆不理會紀昀謙遜辭讓，擺了擺手說道，「她出身名門閨淑，朕在藩邸讀書時已經指配跟從，雖不能說是糟糠之妻，多少甘甜辛苦，風風雨雨裡爲朕共擔憂愁。待到正位皇后，對上頭孝敬，對下頭慈愛，勤儉操持宮務，淑德端莊，毫無妒忌之心，誕育兩個阿哥都先後逝去，忍著心裡苦楚協理朕的後宮，待其餘的阿哥如同親生……恩愛夫妻不到頭，她去了，朕心裡的苦再也無處訴說了……」說到情動，乾隆心裡一陣悲酸，熱淚已經湧眶而出，雪涕哽咽說道：「你且草擬出來，朕再斟酌。」

說罷坐了椅上吃茶。紀昀便看那篇《述悲賦》起首語：

《易》何以首乾坤？《詩》何以首「關雎」？惟人倫之伊始，固天儷之與齊。

念懿后之作配，廿二年而於斯——

下頭還有幾個字，卻塗抹得一些兒也看不清楚，紀昀日夕侍駕，乾隆興之所至，幾乎見物聞事就有詩，有時發了興頭，一作便是十幾首，卻是特講究平仄黏連，用語極考證典章故事——他的詩作「本領」紀昀是領教得麻木，讚譽得頭疼了，心裡多少腹非都得按捺了，還要尋出一車話「暢遂聖懷」，也實在是件苦不堪言的事。這篇「賦」又是這麼一套頭，循著這個意思做下去，無論如何也逃不出「悲」來——大約也爲這緣由才尋自己捉刀的吧？這麼一想，紀昀已經有了主意，莊重其容說道：「皇上這個起首大氣磅礴，堂皇榮衛之勢葱蘢懋華，深得賦體三昧。臣循此賦大綱作意，略作行述，皇上以爲如何？」見乾隆頷首，因提筆濡墨，另用一張宣紙接著寫道：

痛一旦之永訣，隔陰陽而莫知。昔皇考之命偶，用掄德於名門。俾逑予而尸藻，定嘉禮於渭濱。在青宮而養德，即治壹而淑身。縱糟糠之未歷，實同甘而共辛。乃其正位坤寧，克贊乾清。奉慈闈之溫清，爲九卿之儀型。克儉於家，爰始繅品而育繭；克勤於邦，亦知較雨而課晴。

接著筆鋒一轉，辭氣變得異常輕柔婉約：

嗟予命之不辰兮，痛元嫡之連棄。致黯然以內傷兮，遂邈爾而長逝……

乾隆此刻已踱步過來，見紀昀神形貫一，皺眉蹙額，運筆如風一行行似行雲流水：

切自尤兮不可追，論生平兮定於此！影與形兮難去一，居忽忽兮如有失。對嬪嬙兮想芳型，願和敬兮憐弱質。望湘浦兮何先徂，求北海兮乏神術……睹新㫚而增慟兮，陳舊物而憶初，亦有時而暫弭兮，旋觸緒而欷歔！信人生之如夢兮，了萬事之皆虛！

寫著，紀昀已是潸然淚下。乾隆抖著手要過筆，接著一揮而就：

嗚呼！悲莫悲兮生別離，失內位兮孰予隨？……入椒房兮闃寂，披鳳幄兮空垂！

春風秋月兮盡於此已，夏日冬夜兮知復何時？

他擲掉了筆，雙手捧著這篇《述悲賦》坐回椅中，一邊審視，一邊唏噓嘆息。紀昀原是寫得忘神了，生恐其中有言語不合違礙之處，此刻才一顆心放定了，揩著鼻頰上的汗勸慰道：「皇上改定之後勒石作銘，藏在裕陵墓道。娘娘地下有知，必是靈感相通心慰神安的。」

乾隆放下文章，點頭說道：「但願如此……」他皺著眉沉思著又道：「裕陵就在勝水峪，雍正爺時高其倬相看過，風水極好的。只是墓道前龍頭嫌低了一點，高其倬說佳城拜樓要修得高一點，定項分例的銀子就不夠用。從內廷開支，這次南巡恐怕已經花費得多了。再抽銀子，怕委屈了宮眷，太后也不喜歡。朕心裡有點躊躇，從哪裡再支調三五百萬兩銀子呢？」紀昀現就負責禮部，這才知道乾隆留自己不單爲寫這篇賦，想了想，說道：「有兩個法子皇上酌定，一是從圓明園修繕費中挪借出來使用，內廷有錢再還。

二是王亶望案子出來，抄沒的銀兩恐怕也不在少數，可以暫不入庫撥來使用，給戶部立據爲憑，將來沖銷也是一法。」「不行，立下這個規矩例子，子孫們照辦起來不得了。」乾隆搖頭道：「那些銀子都來自賦稅，庫用不足又要巧生花樣派到民間。弘晝說了個法子，正陽門崇文門宣武門關稅歷來歸內務府管，過往官員富商按分例抽成。只是廢弛日久，關吏們怕得罪外任大員，已經成了虛應故事。莫如派個靠得住的人整頓管轄，一來京師門戶嚴謹些，不法商賈宵小之徒有所驚懼；二來有些收項，戶部內廷按三七例分，國用內廷開支也不至於太過拮据。」

「皇上，這確是一個良策。」紀昀聽著心中已經了然，但每年進京朝貢晉見的官員成千論萬，都要過關鼇剔敲剝抽油刮皮地斂財，不但不體面，建議人且是要得罪多少人。生怕乾隆說出「你來上個條陳」的話，忙搶先說道：「臣以爲這是和親王公忠體國的建議，財政聊有小補尚在其次，官員進京攜帶禮品銀兩數量也明白了，他就不敢過於彰明昭著招搖過市，銀子也不敢帶得太多，少了多少鑽刺蠅營的暗室勾當。所以這個建議實在是光明正大公私兩利的好條陳。請皇上明發戶部、內務府照諭施行！」

乾隆聽得莞爾一笑，說道：「他怕得罪人，特特地說『別說是我的建議』，你也怕——看來得罪人眞的不好。這是原就有的制度，不必發什麼詔諭了，物色一個妥當人引見了，上任只管整頓就是——這是個小進項，不在正經收支裡的數，論起本心也算不上十分光明正大，不言聲辦了也就是了，萬一有弊端，御史們出來攔著說話，反而不成了。」他站起身來，「時辰還早，你陪朕去一遭養蜂夾道！」

棠兒、丁娥兒和巧雲被雨隔在養蜂夾道，還在煞費苦心和朵雲磨纏「條件」。

這個所在自從前明就是因禁欽案要犯的地方。清沿明制，順治帝時凡大理寺審讞的朝廷要員，一律在此候審。康熙末年曾用來關押犯過皇子，所以又有名叫「落湯雞阿哥所」，雍正末年又恢復了舊規矩，高牆大屋櫛比銜接，老屋聯翩脊亙互錯，天井狹小巷道偪窄，雖幾經修葺，無奈當初建就了的格局，仍是十分陰沉森鬱。

☆

棠兒認定了「女人都愛小意兒溫存」，和娥兒巧雲都有一份見面禮，除了金銀什物首飾之類，還送有兩塊鍍金懷表，法蘭西香水露胭脂口紅，彩緞尺頭一類。丁娥兒自忖無法和棠兒比富，精心繡了一對檳榔荷包兒，巧雲獨出心裁，叫獄婆量了尺寸，細針密線扎花兒結結實實納了兩雙沖呢繡花鞋。三人帶了這許多東西，堆在桌上，倒也五花八門琳琅金翠滿屋。朵雲自然知道她們來意，任她們寒暄說笑，不慍不喜泰然置之，絕不認眞兜搭。說笑了一會兒，棠兒見天陰上來，因笑道：「可可兒我們來看朵妹子，可可兒就下雨！用漢人的話說『人不留客天留客』，可不是我們的緣分？」

「是這個話，」丁娥兒笑道：「我臨來告訴家裡，就這裡和朵妹子一道吃飯了，叫他們送水蜜桃、櫻桃，還有嶺南來的荔枝，都是鮮物兒。」「還有鮮藕、棗泥豆沙粽子，雄黃酒我也帶的有。」棠兒笑逐顏開，盡力調節著氣氛說道，「雄黃避邪，快端午了，我們先他們給朵妹子洗災。」因見雨落，催著家人趕緊搬來食物，又忙著布桌擺凳子，也就忙得熱鬧。

朶雲的傷已經完全痊癒，只是臉色還稍稍蒼白，聽由她們喊喳說笑，一時心不在焉地看著外邊迷濛的雨色搭訕一兩句，一時漫不經意看那些禮物，取起鞋來反覆細審，口中道：「呀！這鞋作得眞好！是誰作的？」

「是我……」巧雲臉一紅，低頭囁嚅說道。

「這樣美的花兒，這樣精巧的針工，我們那裡的人作不出來。」朶雲欣賞著鞋，轉臉看著巧雲。「你好像不愛說話。」

「我……」巧雲怯生生看一眼朶雲。「我有點怕你呢……」

一句話說得棠兒娥兒都笑了。娥兒道：「中原女子花兒扎得好，總不及藏家女兒帶著英雄氣概。我時常想著，朶妹子比那戲裡頭的花木蘭還要體面——幾時我們也能那樣兒，那該多有意思！」棠兒笑道：「妹子既瞧著好，就穿上看！你這體態兒相貌兒配上漢裝，是人都比下去了！」

「恐怕還是我的牛皮靴子適用些。穿上這鞋子在草地泥淖裡打仗，不行吧？」朶雲也笑，不疾不徐說道，「——你們送我的東西都很好。我們金川人從來只接受朋友的餽贈，我們現在還不能算是朋友——我想，你們來這裡，恐怕不是爲了說扎花針線或者是什麼『戲』吧？」

幾句話說出來，說得三個女人心裡都是一涼，臉上的笑容也發僵了。沉悶中雷聲滾滾雨色淒迷，院中瓦檐決溜如注，砰訇之聲不絕於耳，反顯得屋裡更加岑寂寧靜。許久，棠兒嘆道：「朶妹子這麼想是在情在理的事。我們一處坐地，和睦安詳，男人在戰場上是對頭。男人們的事我不懂，可我覺得朶妹子你不是壞人，我們三個也不是你的仇人。何必呢？殺來殺去斬頭灑血的，到頭來吃虧的是女人老人和孩子！他們有什麼過錯兒，遭這樣的劫難受這樣的罪？」

「這要問乾隆皇帝。我已經問過了。」朶雲一字一頓說道，她的面龐平靜得像剛剛睡醒的孩子，「我們金川人從來沒有想到過去進攻成都，只是守衛自己的家鄉。但朝廷一次又一次派重兵圍剿我們、絞殺我們、欺侮我們！」她的聲音彷彿從很悠遠的地方傳來，發著金屬一樣的顫音，聽得三個女人的心直往下落，「……漢人有句話說：『餓死事極小，失節事極大。』我想，這是說人的尊嚴比生命還要重要。大汗一定要我們屈辱地活著，金川的老人女人和孩子只好以死抗爭！」

三個女人都覺得這話極難對答。她不肯「屈辱」，而乾隆要的正是莎羅奔本人「面縛歸降」，這怎麼處？不知過了多久，棠兒突然一笑，說道：「漢人的話很多，有些對，有些錯得一塌糊塗。我想，做君王有君王的道理，做臣子有臣子的本分。金川窩藏那個班滾一直到死，這是先有不是，才招得朝廷征伐。這是起事的源頭……」她覺得有一條道理如同輕飄飄的柔絲浮在心裡，卻只是捉不到實處，旁邊的娥兒卻被這些話撩得靈機一動，突兀張口問道：「朶妹子，你有沒有兒子？」

「有的。」朶雲有點詫異地看了看娥兒。

「聽話嗎？」

「當然，聽他父親的，也聽我的。」

「有沒有淘氣，做錯事的時候？」

朵雲一下子笑了：「你問得眞怪，天下的孩子都一樣的吧？」

「我有一個孩子，」娥兒笑道：「猴天猴地，三天不打上房揭瓦。恨起來用竹板子抽他屁股，罰他跪他就得跪，打他，他也叫屈哭鬧，但他不能起來，更不能還手——因為我是他媽！」

「孩子當然不能打媽媽！」

「這是規矩。」娥兒的話充滿母性的驕傲，說得理直氣壯，「無論打對打錯，寃枉不寃枉，叫他跪他不能站。老天爺就定了這麼個制度——這不叫屈辱，也沒聽說這叫丟人。反而是人們瞧著是孝子，敬他愛他呵護他。當然有時候偶爾也有打錯的時候，兒子愈是這時候愈孝敬禮貌，能忍耐委屈不失尊敬，這才是大丈夫，成器有出息的材料兒——你們族裡要有人摑母親父親一耳光，該怎麼處罰？」她突然問道。

朵雲已經聽怔了，她已經捕捉到了丁娥兒這番話的思路和用意，只是苦於一時尋不出道理來堵住這個婦人的懸河之口。冷丁的這一問逼上來，情急之間卻憋出了主意，反問道：「父母要殺兒子，難道不能還手？」

「那也不行。」巧雲果決地在旁說道，「我們是佃戶人家，祖上也讀過幾行書：君叫臣死，臣不死為不忠，父叫子亡，子不亡為不孝！」棠兒接口道：「如果要殺盡金川人，叫他們打就是了，皇上何必給你治傷，安妥送到北京？又何必我們三個人苦口婆心來這裡嚼舌？不打不相識，打一打，兩下裡和解，各人自存體面，又是和和美美一家人，有什麼不好？」

朵雲被這幾個女人如簧巧舌說得低下了頭，倏的一個電閃雷鳴中她又挺起了胸，說道：「你說『體面』，我們給朝廷留下了多少體面！可你們要我的丈夫用黃綾綑綁了自己，到你們丈夫那裡屈膝下跪叩頭請罪，還說這不是恥辱！」

「好妹子，你想錯了。」棠兒嘆息一聲笑道：「不是向我丈夫下跪，是向博格達汗下跪，應該的禮節過去，我男人和你男人是平輩兄弟交往的……」她的聲音像低迴的溪水涓涓流動，「我男人，她們男人，就是蒙古王爺西藏達賴，朝裡的王爺和碩親王，誰見乾隆爺不跪呢？」巧雲笑道：「你說黃綾綑綁。你問問她——」她指了指娥兒，「她丈夫從德州押到北京，我男人從南京押到北京，一路幾千里戴的枷，上頭披上黃綾！我說得嘴響，尋常人沒這個道理也沒這個位分，也沒聽說這叫『丟人』！」棠兒至此才明白阿桂選自己三人來說項的深意，竟是要什麼有什麼，周密得天衣無縫！

朵雲默默坐回身去。乾隆幾次容讓自己，一路調養治傷優禮有加，要勸降金川是明明白白的事，這樣善待敵人俘虜，金川也沒有這個章法，她不能不心有所感。丈夫兩次縱敵，也有與朝廷和好留餘地的意思，雙方和談不是件做不到的事。所爭執的其實說到底是金川人的尊嚴和體面。幾個婦人都如是說，從成都過武漢到南京揚州，又轉徙北京，既見天下之大，目所視耳所聞，三個人說的也都是實情。博格達汗——老天爺就給了他偌許大的權柄和威嚴，天下人也都認可這個「道理」，還有什麼說的呢？她心裡委屈，苦，不甘於這樣，又疑心自己是有負於丈夫的託付，又怕在族內遭到部落下人們的非議，思量著，竟是倒了五味瓶子，心裡什麼滋味都有，什麼也品不出來。她深深嘆息了一聲，正沒做奈何時，聽見外面一陣腳步蹚水的聲音，抬眼看時，乾隆已經出現在門口。

「唔，看來談得投機，親如家人——好嘛，還有這麼多好吃的！」乾隆是騎在王八恥背上進來的，在門口一把丟了油衣，回頭對紀昀笑道：「曉嵐，『一口鮮，賽神仙』——這麼多的鮮物，你也沒吃飯，就搭幫她們的便宜沾個光兒！」

棠兒三人早已伏地叩頭，朶雲原有點無所措手腳，見衆人大大方方行禮毫無滯礙，也就長跪在地。棠兒見她肯折腰行禮，一多半心放下來，待乾隆居中坐了，賠笑道：「天兒熱，白天也長，在府裡閒得發慌，就約了巧雲和娥兒來和朶妹子說話，不防主子就來了……」指著說道：「這是兆惠家的，這是海蘭察家的。主子怕還未必見過呢！」

「好，好！」乾隆笑著拈起一枝荔枝，卻不剝殼兒，放在手心裡觀賞著深紫色掛著果霜的殼面，看著二人說道：「都是好的！一個陪丈夫幾百里奔波，披枷戴鎖來京赴難，一個在獄中孝父相夫同度患難，是——」他想說「節烈」二字，但朶雲是助弟殺兄的嫂子，丁娥兒是再嫁之身，都用不得「節」字，便噱了，改稱「是烈孝之婦，奏折裡朕都看過了，比得一齣傳奇小說呢！——都起來吧。今兒這場合不必拘禮，這麼狹小的房子鬧起規矩來，麻煩！」

於是衆人紛紛起身謝恩。屋裡頭太狹窄，還擺著張小桌子，卜禮和王八恥、卜信、卜智擠在四角隅站著，乾隆居中，紀昀側身斜坐相陪，門口涼、飄雨，是娥兒和巧雲坐了，裡邊東側是朶雲和棠兒和乾隆斜對面，已是滿屋都是人，卻都拘謹不敢放肆吃東西。

乾隆朝棠兒望了一眼，說道：「棠兒也有許多日子沒見了。難爲你，丈夫在外頭出兵放馬，兒子也在外地給朝廷出力，你還代朕來勸朶雲，裡裡外外的不容易。」

「承皇上誇獎，奴婢不敢當……」棠兒見乾隆盯視自己，眼神裡充滿溫存柔和，還略帶著昔時的愛撫，心裡一陣發熱，小聲兒道：「傅恆來信，說福康安已經晉了子爵，帝德天恩高厚，我就粉碎了也是報不了的。朶雲我們很投緣，方才談得大家投機……」因將方才唇槍舌劍那些話語用家常話絮絮道說了，「我們女人辦不了大事，比不得朶雲妹子那是巾幗氣派。皇上這一來，我心裡更鬆泛安帖了，朶雲還有什麼話，奏明皇上，聽聖裁就好。」

「我仔細想了想三位夫人的話，」朶雲抬頭從容說道：「金川人既在博格達汗的法統之下，應該成全大皇帝的禮教尊嚴，我可以勸說莎羅奔到傅恆大營投誠輸忠……」她見乾隆含笑點頭，又道：「這樣，不但金川全族可得性命安全，大皇帝向上下瞻對、打箭爐入西藏的道路也可由我們族保護安全。唉……就算是自己受點委屈，爲了長遠大局，還是應該這樣作。但是我還有一些條件，是和莎羅奔臨別時再三說起的，要請大皇帝施格外之恩……」

乾隆看著她一聲不言語。

「官兵兩次進剿，雙方互有傷亡、戰俘。」朶雲說道：「這是戰爭，必有的不得已事情。輸誠之後，請皇上下旨釋放金川戰俘，開放各路交通，供應糧食、酥油、鹽巴、藥品。這樣金川的生業才能恢復。」

「嗯。」

「兩次抗拒天兵，都有情不得已，事出無奈的情由。輸誠是爲了和好，因此朝廷不應再追究從前的事。」

「唔……那當然，朕豈有反悔之理？」

「我相信，皇上這樣統御萬方至高無上的尊主，不至於說謊話，誘騙我的丈夫到大營，然後傷害他的性命和體面。」

乾隆愣了一下，旋即仰天大笑：「喔！還有這個顧慮？」紀昀也笑，說道：「皇上乃不世出聖君令主，天下人民山川草木皆是仰賴皇恩雨露生息化育，威權行於四海，深澤及於化外，風標貫於古今，仁德遍於六合，豈有失信於莎羅奔一介偏隅草莽首領之理？」不料他話剛出口，朶雲已冷冷頂了回來。

「那也不盡然都能說了算數。我來中原，常聽人說皇上整頓吏治。可我用黃金疏通衙門買官買引憑證件，沒有人不接錢的，沒有辦不到的事，可見下頭就是你們這些人，嘴裡說是忠誠於皇上，心裡或者就另是一種『道理』——傅恆要不肯聽皇上的，殺我的丈夫來向您邀功呢？」

33 返金川朵雲會傅恆 下成都老將言罷戰

她的話雖說不多，字字有本有據，犀利得如刀似劍。紀昀立刻被駁得啞了，娥兒和巧雲也聽丈夫說過張廣泗訥親和莎羅奔訂約毀約，言而無信的丟人事，頓時也替他們害臊，無話可說。棠兒卻道：「朵妹子，我處處容讓你，你該知情的。白牙赤口『猜』著我老爺使壞！這是什麼意思？」朵雲道：「事關多少人的性命，我不多想一點不行。以前有過這樣的事，中原人為了功名，什麼都在所不惜。如果我疑錯了你的丈夫，將來給你賠罪！」棠兒也冷冷說道：「你出口傷人！」還要往下說，見乾隆擺手，便噤了回去。

「你們不要拌嘴，朵雲說的不無道理。」乾隆想起身踱幾步，人多，又坐下了，轉過臉恰和朵雲覿面相對，沉思有頃說道：「這裡邊的情由緣故，正是幾千年來聖賢哲人千方百計絞乾了心血，一直不停地思量考究的。太繁複了，一時說不清白……若真的都聽朕的話，實心為朝廷百姓辦事，天下哪來的『事』？朕也不用一夜一夜地熬了……」

朵雲注視著乾隆，從他鬢邊微蒼的花髮和他眼睛裡掩飾不住的倦意，蘊藏在眸子裡晶瑩的光閃移著，有威嚴傲岸，也有慈善和溫柔……「天！」朵雲不禁暗自驚訝，「他竟有這樣一雙眼睛！」

「聽朕說朵雲。」乾隆沒有留心她眼神的變化，穩沉地說道：「天下脅肩諂笑蠅狗奉迎言而無信行而不義恩將仇報欺上壓下落井下石諸輩小人確實不少。但當天子的要是也那樣，這天下早就亂得不成體統了。小人們不講信義，君子不能這樣，朕貴為天子富有四海，絕大政治局面，說了話不算還成？你看過戲，戲裡說『君無戲言』，倒是一句眞情，別人可以說假話，說了不算數，朕不能——盼你能明白這一點，信得及朕。」朵雲點頭，肯定地說道：「我信大皇帝的話，回去勸說我的故扎。」

乾隆無聲吁了一口氣，說道：「這就好……這是朝廷社稷的祥和之氣，也是金川人的福，也是你，還有她，她，她——」他一一指著說道：「的福。化干戈為玉帛，金川鑄劍為犁，是你們子子孫孫的福。」他仰臉看看黑黝黝的屋頂，聲音稍帶著點嘶啞，緩緩說道：「莎羅奔能想到為朕維護通藏道路，很識大體，本著這個心去作事，不但不會再有征剿的事，朝廷還有照例的恩賞。你們夫婦為朕世守金川，為西南屏藩之臣，這是多好的事呀……至於族裡，還有色勒奔一支和你為難，朕也都能為你們作主料理的。這就回去吧……你信不過傅恆不對，傅恆是個好人，和訥親張廣泗慶復他們是不一樣的。朕還要派一個你們的老朋友去金川，協助傅恆辦好這個差使……」

「誰？」

「岳鍾麒。」

朵雲低下了頭，岳鍾麒曾罵過她「一女事二夫」，她並無好感。但丈夫和族裡人都還是佩服這位老人的，這是私情公義不同道理，另是一番情懷，她也無聲透了一口氣。

「曉嵐通知兵部。給朶雲通行勘合，由禮部派人送朶雲回川。」乾隆站起身來，一條一條吩咐道：「擬旨給岳鍾麒發往西安，即著岳鍾麒火速返京見朕，面授機宜，赴金川辦差——著勒敏署理甘陝總督，來京引見後赴任——著李侍堯補授湖廣巡撫，毋庸到京，到傅恆軍前幫辦軍務；金鉷前議處分著降二級原任使用，仍爲四川總督，料理撤軍後善後事宜——原湖廣將軍濟度著調西安將軍，入京引見後再行赴任。」

紀昀早已起身恭肅聆命，一一答應稱「是」，重複一遍背誦了，又道：「旨意發出去，臣和阿桂聯名給傅恆和各大員都寫信說明情由。再不得有閃失錯誤的。」

「知道了。」乾隆靜靜說道：「就這樣辦。」

☆

第二日朶雲便離開了北京，一路由兵部和禮部的幾個筆帖式和刑部調來的幾個獄婆侍候起居，由石家莊向西過娘子關，入太行山，從風陵渡過黃河，越洛陽、南陽、老河口，穿湖廣回四川。盡自朶雲結記戰局，思念丈夫兒子，一路曉行夜宿歸心似箭，也用了一個月的時辰，因傅恆的大軍行營不在成都，又輾轉送至淸水塘。到了金川邊界，已是六月下旬。朶雲行有轎馬，止有驛站，倒也不覺其苦，幾個獄婆坐的騾車，也甚安逸。只可憐了這群部院京師小吏，七月流火天氣徒步千里迢迢跋涉，侍候一個莫名其妙的「番婆兒」，似要員非要員，似罪人又不是罪人的人，累得臭死，一分外快沒有，還得處處小心見面賠笑臉兒，都是苦不堪言。待見了連綿數里壓在沼澤水草塘坳邊的傅恆中軍大寨，就像沙漠瀚海裡將走到盡頭，看見了綠樹河流人煙，高興得腳步都輕飄了，直想鬧一嗓子二黃。

「前天滾單就到了，大帥已經知道你們要來。」守門的軍士看了禮部司官關延宗遞上的勘合、引憑，一一驗了人員正身，十分認眞查對了年貌，確認無誤，變得客氣了些，說道：「大營裡正在會議軍事，不能立時接見。大帥有令，叫你們先返回驛站聽候傳見。」

關延宗走得一肚皮鳥氣，只想趕緊交割了差使返成都回北京，看著壁壘森嚴刀叢槍樹的中軍行營，無可奈何地從腰中掏出二兩銀角子，塞給那個小伍長，賠笑道：「好兄弟……我們實在走累了，離著驛站最近的還有二十幾里呢！勞乏進去通稟一聲兒。嘻嘻……這點小意思，兄弟買茶吃……」那軍士輕輕推開他的手，說道：「接一兩銀子四十軍棍，大帥的規矩從來不含糊！我自然要通稟。現在正會議，誰都不能進議事廳。你們回驛站等著最好，傅帥這幾日性氣不好，這時候不能進去回事兒。」

「我哪裡也不去。」朵雲見關延宗一臉乾笑尷尬不堪，突然在旁說道，「乾隆萬歲老爺子是要我回金川部落，不是送到這裡聽傅恆發落的。我就在這裡等著，他開會議總要吃飯，趁空簽發命令通行，我就走了。」說著一蹲身坐在營前大纛旗石礎上。那伍長忙道：「那裡不能坐，營前半里都是戒嚴之地！起來起來！這麼一群人亂烘烘的站在儀門口算怎麼回事兒？起來——說你呢！一會巡營的過來，誰也沒個好兒！」正說著，裡邊一個軍校一邊小跑一邊喊著過來，「侯富保！你怎麼弄的？馬老總都驚動了——這群人是幹什麼的，趕開！」喊叫著，馬刺佩刀碰得叮噹作響。

那個叫侯富保的伍長頓時一臉張皇，煞白著臉一擺手，喝道：「人來！把他們趕到那棵老楊樹底下聽命！」笑著迎上去給那軍校稟說原由。門口一列士兵早已吆地圍了過來，牽騾子拽馬的、拖人的，夾著幾個京官申辯聲、獄婆哭啼聲、士兵叫罵聲嚷成一片，大營門口頓時熱鬧得一鍋稀粥也似。正撕拽拉扯間，營中正中帥帳前突然三聲沉悶的炮響，幾十個親兵墨線般疾趨而出，接著幾十個帥營護衛徐徐列隊在帳前等候的模樣，頃刻間又有幾個將軍魚貫而出，傅恆的親隨小七子捧劍出帳。帳前已是黑鴉鴉站定一片。侯富保臉色雪白，驚慌得腿肚子轉筋，顫聲道：「壞事了……驚動了傅帥爺！」

「你們不要怕，我就是要擾他一下。」朵雲徐徐說道：「我在這裡一天也不能等，要回我的金川去！」一邊說，一邊打量漸漸走近的傅恆一群人。

因爲是軍務會議中途打斷，所有的將弁軍佐都隨傅恆出來了。朵雲一個也認不得，只據往日探得軍情揣度，左邊一個蒼白面孔長大漢子必定是兆惠，一臉的莊重嚴肅看著朵雲一行。右邊那個短胖子，和兆惠一樣，穿著錦雞補服，領口的鈕子敞著一個，一雙似笑不笑的眼睛極不安分地四下亂轉，想來就是海蘭察了，再偏右一位是孔雀補服，年紀有五十多歲，身後的人捧著印信，令箭盒子，還有四個軍校抬著一座神龕似的木架子，裡頭供著一面明黃鑲邊寶藍旗，滿漢合璧寫著斗大的一個「令」字。朵雲在南京總督衙門見過，知道這叫「王命旗牌」，是皇帝特授專閫方面大員便宜行事先斬後奏的憑證。這位老者想必就是北路軍兼中軍總管帶馬光祖，就是「馬老總」的了，那個一臉傷疤的一定是廖化清，現是北路軍副總管帶兼輜重糧運官……各人身後一群人衛護，正中簇擁的這個中年白淨臉漢子，不用問就是傅恆。傅恆沒有朵雲心目中想像的那樣英武，相貌清秀倒是不假，身材並不高大，背也微微有點駝了，仙鶴補服罩著九蟒五爪袍子，前襟稍嫌長點，一頭濃髮已經發蒼，總成一條又粗又長的辮子，梳理得一絲不亂垂在腦後。大熱天兒還束著絳紅腰帶，翻著袖子露出雪白的裡子。盡自極修邊幅，看去眼瞼鬆弛，濃眉下一雙眼三角眯縫，仍帶著掩不住的倦憊。

傅恆也在凝目注視朶雲，這個桀驁不馴的女人闖京師劫人質，南下脫逃邂逅乾隆，押回北京聽棠兒解勸……受乾隆接見種種情由，一封封廷寄文書家信裡早就知之甚詳了。但見面還是第一次。此刻見在一群儀仗扈從環視之下，朶雲昂然挺立神色泰然，心下不禁惦掇：「曉嵐阿桂都說是女中英豪，果然名下無虛！」彷彿在凝集力量，他綳緊嘴唇挺挺身子，問道：「你要見我，有什麼事？」

「博格達汗已經有旨放我回金川。」朶雲不緊不慢侃侃而言，「沒有你的證件，我不能過前邊的哨卡。」說著，仍舊目不轉瞬盯著傅恆。傅恆嘴角掠過一絲笑容，說道：「我可以網開一面放你過去。但你自己思量，金川頃刻之間就要化爲灰燼，回去何益於事？本部堂體天好生之德，勸你一句，不必回去殉葬。」朶雲聽了看看衆人忽然格格兒笑起來。

「這有什麼可笑的？」

朶雲勉強抑住笑，說道：「全是一個模樣——我是笑——乾隆老爺子手下人物怎麼都像一個老師教出的學生，一個模子打出的坯！張廣泗是這樣，訥親是這樣——阿桂、范時捷、劉鏞又加上一位『本部堂』，全都擺大架子說大話。把膽小的人先嚇死，然後想怎樣就怎樣欺侮！前番張廣泗的告示就這樣說，對不起——『天兵一到醜虜就擒，金川彈丸之地頃刻化為灰燼』——和你的話簡直一樣！金川那麼容易打，眞不知道為什麼要勞動你這位最得力的宰相來這裡，你又何必擺這麼大陣勢和一個手無寸鐵的女人嘮叨——」她話沒說完，廖化淸在隊中戟手指著喝道：「你他媽好大架子！見我們傅帥就這麼挺著腰子說瘋話？老子剮了你！」朵雲立刻反唇相稽，笑著揶揄道：「除了我的父親和乾隆皇帝，我誰也沒有跪過——你是廖將軍吧？攻打我們下寨時被一炮打翻在地——或者是被火鎗打中了的？那鎗那炮都是我丈夫從慶復手裡繳獲的！我一個人在你們大營裡，你逞什麼英雄吶？」

廖化淸被她當衆揭了短，臉騰地漲得血紅，斑斑傷疤油亮閃亮，跨出一步抽刀，又送回刀鞘，惡狠狠說道：「你是女人，姓廖的不難為你。莎羅奔有種，出來和廖爺做一場。眞打翻了我才服氣！」「你早就是我丈夫的手下敗將，敗得一塌糊塗而且不止一次。」朵雲毫不容讓，指著隊裡說道：「你——馬光祖，還有你，兆惠，你，海蘭察——哪個不是從松崗逃出去的？」馬光祖被她數落得一臉慍色，兆惠似乎充耳不聞，只有海蘭察皮笑可掬，舌頭鼓著腮幫子一擠眼兒：「我還得謝謝吃敗仗，要不至今還打光棍兒呢！」

「海蘭察不要取笑。」傅恒一擺手制止了海蘭察，近前一步說道：「我傅恒是不是和張廣泗一樣，要不了多久就見分曉了，不和你口舌分辯。你肯向父親和皇上下跪，心中有父有君，我敬你是守禮之人。但你丈夫兩次抗拒天兵，殺戮軍兵頑據一隅。實是罪無可赦之理！現今雲貴川陝青五省之內兵山將海團團圍困，北路東路南路三支大軍前敵壓境，兵力超過你舉族人口一倍，連金川西逃青海的道路也都鎖得嚴嚴實實。你還敢說我傅恆說大話嚇你！年輕人，你孟浪了！」

朶雲的臉色有點發白，一路過來都是兵山將海刀叢劍樹，傅恆沒有說假話。他要立功，能不能聽乾隆的眞是難以預料……想著，冷笑一聲道：「你這是以衆欺寡！你想殺盡我們，好向皇上邀功，你和皇上並不是一條心！我們可以死，死就是了，沒有什麼怕你的。」

「不錯，以衆凌寡。」傅恆冷冷說道，「但你只說對了一半，衆寡之分，得道多助，失道寡助。當初若不藏匿班滾，輸誠繳俘，後來若不抗拒天兵征討，屈膝投降，哪來今日覆滅之禍？」想到朶雲一矢中的，「和皇上並不是一條心」的話，他的心乍然一縮，臉色也泛起蒼白，定了一下說道，「我和皇上外託君臣之義，內結骨肉之親，是皇上的股肱心膂——你在北京、南京、揚州所作所爲，我無一不知無一不曉。回去傳語莎羅奔，黃綾鎖項投大營向朝廷輸誠投降，請罪待命，不但舉族可免滅頂之災，皇恩浩蕩，連你夫婦也矜全性命也未可知。以半月爲期，屆時不至，休怪我傅恆辣手無情！」

「皇上沒有像你這樣逼迫人。就這樣，我還聽人說你是個英雄！」

「那是兩回事。我本人也敬莎羅奔是個豪傑。」傅恆臉上毫無表情，「十幾萬大軍，還有五省軍民合圍之勢，每日要用多少糧餉，役勞多少民伕，牽扯朝廷各部多少人力精力？多延一日，朝廷百姓多勞糜一日，我爲國家首輔，不能不想這件事。下寨、松崗到刷經寺已經在我手中，莎羅奔現在小金川到刮耳崖一帶。你回去和他商計，十五日期到，不管投誠與否，我都要下令進軍了！」

朵雲直立不動，一句話也不回答。

「馬光祖，派中軍親兵送她過卡。」傅恆哼了一聲轉身回大帳，口中吩咐：「帶上牛肉乾糧，蒙上眼睛過卡子！」

……軍務會議開到天色斷黑便結束了，照常例各位參將游擊管帶都要連夜趕回營盤，但這次傅恆卻留下了海蘭察兆惠和廖化清，吩咐：「其餘軍官回營按部署調整待命——李侍堯來了，已經到驛站去請，三位主官都要見見——叫伙房多弄幾樣青菜，我們吃過飯接著辦事。」說話間儀門外一乘大轎落下，侯富保前引帶著兩位官員大步向中帳趨來。王小七用手一指，說道：「主子大帥，前頭那是李侍堯，後頭是岳東美老侯爺也來了！嘿，這老爺子真精神，腿腳比李侍堯還瞧著靈便呢！」

「真的！」傅恆目中精光閃了一下，無可奈何一笑，「莎羅奔是有福之人吶……」說著，和三人一同迎了出去，一頭走一頭笑道：「東美公，滾單說你三天後才到。這熱的天兒趕道兒也忒急的了。」一邊執手寒暄，見李侍堯要行庭參禮，手抬了一下又道：「侍堯罷了吧！都請進來。軍中無酒，我們從權邊吃邊談……」李侍堯便忙著和兆惠等人揖讓作禮。岳鍾麒卻是精神矍鑠，晃著滿頭如銀鬚髮，步子跨得比傅恆還有力，洪鐘般笑聲爽亮，說道：「成都熱。我一天也不想住。倒是金川這邊我曉得涼爽——六月天還有下雪時候呢！」李侍堯是傅恆一手提攜全力栽培的人，和傅恆軍中極熟，和衆人說笑落座，招手叫過小七子笑道：「岳老爺子愛吃紅燜肉，叫人到外頭店裡買兩個肘子來。我在驛站裡一路吃青菜，嘴裡也淡出鳥來了！」小七子笑道：「有，有！都預備著呢！」

說話間四個軍士抬著一個大方桌進來，桌上擺著四個二號盆子，都盛的菜，李侍堯張著眼看，果然有一盆紅燒肘子，還有一盆豆腐粉條，一盆燒茄子，一盆涼拌青芹芥末粉皮，都堆得崗尖滿溢。因沒有酒，桌子安好，軍士們便給他們盛米飯擺饅頭。岳鍾麒道：「出了成都就吃不上豆腐，我倒饞這豆腐菜呢！一路走，心裡奇怪，兵部難道不供應大豆？」傅恆笑道：「豆子我拿來換雞給兆惠他們吃了。前線一日三肉，後方三日一肉，連我也不能例外——今兒是將領軍務會議，還是要用青菜豆腐打牙祭。」岳鍾麒道：「我帶兵，上頭給什麼吃什麼。六爺愛兵愛得精心體貼！」說著同李侍堯一左一右陪傅恆入座，兆海廖在下叨陪，也是略無客氣，一頓風捲殘雲，不到小半個時辰，各人已是飽了。

「這次奉差，看來我這把老骨頭還算結實。」飯畢奉茶，岳鍾麒便說差使，笑著道：「從西安到北京只用了八天，在北京三天，皇上叫我遞三次牌子，還賜了兩次筵。接著到你這裡，也是急如星火，只用了半個月。方才飯間六爺說朶雲已經過金川去了。這樣也好，先容她給莎羅奔作個地步兒，若肯就範，這個差使就好辦了。」大約菜略鹹了點，老將軍說著話，幾口就喝乾了杯子。傅恆親自起身給岳鍾麒倒茶，笑道：「公事不急，我留下他們三位，你們來了，正好從容商議，我倒關心高恆王亶望的案子，你見劉統勛。他怎麼說？」岳鍾麒道：「要等劉鏞回京，刑部才能擬票。王亶望是不必說了，高恆是一堆爛帳沒法查。戶部把崇文門宣武門關稅差使交割了和珅，裡裡外外賑災的、修園子的忙成一團，延清身子又弱，就忙阿桂和紀昀兩個人，也顧不上說閒話，就到和親王府看了看，我就趕路來了。」

他畢竟人老嘴碎，說話不能照前顧後，但也算明白。傅恆偏著頭想了想，說道：「和珅？我不認得這個人——哦，是阿桂那個小跟班兒吧？崇文門關稅上是個肥缺，怎麼補了他？是阿桂薦出去的吧？」

「不——是！」岳鍾麒搖頭笑道，「是五爺的門路，也是和珅自己的福。荊門監獄裡逃了兩個犯人。刑部申奏上來，皇上正啓駕去圓明園，在轎子旁看的奏折，說：『虎兕出於柙！』在場的太監侍衛沒一個聽懂的，和珅就接了一句：『典守者不得辭其咎！』——這就投了皇上的緣。又要整頓關稅，和親王就薦了他去——我急著趕來，一半兒是想看看你治軍風範，一半是皇上也急，又怕我累壞了，又想早些叫我們談談。皇上愈是體念，我愈是休息不安，恨不得插翅兒就飛來才好……」

傅恆兩手展舒了一下袍子直了直身子，說道：「皇上已經三次密諭，叫我從速了結莎羅奔這邊，撤軍回京。老將軍是奉差特使，我實不相瞞——連這三位將軍也不知道——我還是要進兵金川！不管莎羅奔面縛不面縛，要踏平這個地方。」兆惠三人一下子都坐端了身子，金川這地方崇山峻嶺沼澤泥塘地形繁複，夏日且有蚊蟲螞蝗種種瘴疫，最不宜進軍的。接二連三軍務會議備細研究，都只說四個字「火速備戰」，原來背後有這麼一篇文章！但想到這是抗旨，三個人心裡都是一沉，連李侍堯也不安地動了一下。

傅恆不勝憔悴地一笑，把玩著一柄素紙扇子，喟然說道：「畢竟沒有明發詔退兵，我只能按原來部署提前進軍！氣候不好是敵我兩不利，大小金川到刮耳崖三角地帶，中間只有幾十里就能會師到刮耳崖下……莎羅奔外無援兵內無糧草，一多半老弱病殘……是個一擊即滅的局面，絕沒有力量再打松崗那樣的大戰了……」一邊說，一邊就咳嗽，小七子便忙過來給他捶背。傅恆輕輕推開他，脹紅著臉喘著道，「我已經給皇上再陳密奏。半個月後大軍一定要合圍……」

「西部和卓亂了之後，皇上已經無心在金川用兵。」岳鍾麒沉吟著說道，「不用權衡就知道孰輕孰重。準部和卓現時局面千載難逢——皇上說，以傅恆識見，斷不會不明白這一層。所以叫我急速趕來，還是勸你放莎羅奔一馬，從速撤兵。」傅恆笑道：「岳公，你平心想一想。這會子朵雲帶著丈夫進來給我們磕個頭，我再請他們吃頓飯，然後明天海蘭察從刮耳崖，兆惠從東路，廖化清從北路帶兵撤回成都，是不是有點兒戲呢？別說皇上沒有明發旨意，就是真正明發了，我將在外君命有所不受，也還是要打一打的！主上聖明，我們作臣子的要真正領會，全局全盤著眼著手，才能跟上主子的廟謨籌運！」

海蘭察認眞聽著，已是明白傅恆不肯奉詔的深意，清清嗓子正要說話，兆惠已經開口：「十幾萬大軍圍困一個小小金川，耗了多少錢糧精神？鎗不冒煙刀不染血，就這麼退了！天下人怎麼看我們？莎羅奔怎麼看我們？皇上回頭思量，又怎麼看我們這起子奴才？」廖化清道：「我們吃了兩次敗仗了，鼓著氣要報仇，尿泡上扎個眼兒，就這麼癟了？這麼著退兵，弟兄們要氣炸了肺！」海蘭察笑道：「吃屎沒關係，不是那個味道！

說是練兵，就算演習，也得見個陣仗兒嘛！我只有一個字：『打』！」

「如果沒有前面慶復訥親張廣泗之敗，大軍壓境，莎羅奔來降，撤兵是順理成章的事。」傅恆吁了一口氣徐徐說道，「現在言和不打，偃旗息鼓退兵，無論如何心裡已經敗了，而且敗得一點也不堂皇正大。天下人也要小看我們這支『天兵』。這事事關主子聲名，豈可掉以輕心？」

岳鍾麒雙手支著膝，凝神聽衆人議論。「傅恆或許不肯奉詔，要打一打，也是維護朕的臉面。」是乾隆在臨別時說的話。平心而論，如果莎羅奔一勸就降，傅恆一見投降就撤兵，別說前番兩役屈死在沼澤裡的陣亡將士家眷，就是平常路人也要笑朝廷懦弱無能，「見好就收」「臉面情兒」床錦被遮羞」是現成的風涼話。不但傅恆難作人，乾隆也脫不了「窩囊」二字。但岳鍾麒的差使是體面罷戰言和撤兵，和這裡的人心滿擰。萬一開打，分寸地步兒極難把握，對金川「懷柔」方略就要泡湯，若打成膠著相持、妨害西北大局，傅恆更是禍不可測……思量著，岳鍾麒道：「……我自己就是老行伍，有什麼不明白諸位的心的？刮耳崖一線之天一線之路，炮轟槍打進攻很難的。西北用兵，西南有變，壞了大局，六爺，你擔待不起！」

「我已經四夜無眠了。」傅恆皺眉說道：「想的就是『分寸』二字。不打，莎羅奔根本不會服了我，要留下禍胎。掃平金川，拖的時辰太長，朝廷拖不起，我傅恆罪可通天。打得恰到好處，再用懷柔招撫，西南才能一勞永逸。要明白，金川不單是金川，還連著苗傜僮傣雲貴許多族部寨子。我為宰相，不能只為自己著想，不能從小局面去計較，不能只想眼前利弊。我知道一開火，岳老軍門的差使更難辦。本來這就是個難辦的事、難辦的人、難辦的地方啊……我們集思廣益不要畏難，想個萬全之策……來，請看木圖。侍堯從南邊過來，可以將川南、貴州的情勢就地圖解說我們聽聽。」

李侍堯新升封疆大吏，正在立功建樹興頭上，一門心思是聽傅恆調度打個大勝仗。聽傅恆這席話，不但慮及西北，也想到西南長治久安，既要「不奉詔」打一仗，又要打得恰到好處，既想到目前，又顧慮到長遠，個人聲名利弊竟是在所不計。無論哪一層想，自己萬萬沒有這份心胸謀略，也沒有這份德行，看著傅恆灰蒼蒼的頭髮和倦極強自振作的眼神，心裡一酸一熱，幾乎墜下淚來，走到木圖前取過竹鞭，指著說道：「請看，這裡是刮耳崖……」

☆

傅恆大營日夜密議進擊金川。金川的莎羅奔也在召集部屬商計拒敵之策。他們聚在那座破敗了的喇嘛廟裡，因爲金川的六月蚊蟲太多，沒有點燃篝火，只在地下陰燃幾把艾蒿，就黑地裡聽朶雲述說了謁見乾隆和返回金川的經過情形，幾個人都在沉思默想。艾繩般紅的焦首時明時滅，映著他們石頭一樣的身影和冷峻的面孔。大家都在等莎羅奔拿出決策。

「爲了金川全族人的存亡，我可以到傅恆大營去接受屈辱。」暗地裡看不清莎羅奔什麼神情，他的聲音顯得沉重渾蒼，「前前後後打了七年了，總得有個結果。我要尊嚴，乾隆是大汗，他更要臉面。一味僵持下去，所有的金川人都要因爲我的尊嚴而流血埋骨。

……我在想，我原來就是博格達汗法統下的一個小小部落首領，並沒有反叛朝廷的心。兩次大戰也爲保衛我的家鄉和父老，和乾隆是不能無休止地打下去的。西北出現亂局，乾隆不能兩顧。也許這是我們能用最小的犧牲換取最大利益的不再良機……」

「故扎說的對……」朵雲抱著熟睡的孩子坐在柱子旁邊，她的聲音柔細清越，像是從很遠的地方傳來一樣，「我們的人都在挨餓。即使不打，這樣封鎖下去，我們也不能整年累月支撐下去。我不認爲我的故扎到傅恆大營投誠是卑鄙的，反而我爲有這樣的丈夫自豪！」她自己覺得兩行清淚已經淌在臉頰上，頓了一下接著說道：「傅恆的夫人告訴我，成全乾隆的意志和體面，就是成全遍天下的人。她還說，能屈能伸才是大丈夫，和皇帝相處最要緊的是禮，而不是『理』……」彷彿在抑制自己極爲複雜的感情，她又停住了，調勻了呼吸又道：「但是我覺得傅恆沒有這個誠意。他想激怒我們和他作戰，然後像戰俘一樣押解我們到北京聽受處分。他似乎不能理解乾隆的意旨，在按他自己的一套安排。半個月！這是他給的期限，半個月我們甚至不能說服我們的部下！」

葉丹卡一直陰沉著臉坐在石墩上聽。他是莎羅奔哥哥色勒奔指定駐守大金川的大頭人，和川南苗傜頭人交往過從最多，莎羅奔兄弟在青海萁豆相煎弟奪兄嫂歸來，費了老大的事才籠住他這頭野馬。一半是因爲莎羅奔孔武有力人多勢衆，一半因爲他一直暗戀朵雲，加上大軍壓境強敵在外，才勉強協力作戰，現在金川能打仗的兵士不過一萬二千，他的軍士就佔了七千，言和的事成，他永遠只能是莎羅奔的一個部將；若是打起來，許多事情就說不定，即使敗了，他還可以帶人由川南逃往貴州，在苗區再紮營盤。聽著朵雲的「擔心」，他粗重地哼了一聲，身子微微前傾，說道：「投降就是投降，投降還不是恥辱？我們金川藏人媽媽生下孩子，從來不教這兩個字！我不相信傅恆，更不相信乾隆——打！打出一條血路，我們到貴州暫時安居休整，然後到西藏去！」

仁錯活佛和老桑措並肩坐在葉丹卡身邊，聽他說得殺氣騰騰，不安地動了一下。仁錯低聲說道：「我曾派人到川南查看過。傅恆已經有準備了，這比西邊突圍去青海更困難凶險。」老桑措道：「我們還是聽故扎安排。」

「你們見過狗沒有？」莎羅奔突然一笑，「守門的狗對著人張牙舞爪，主人即使呵止它，它還是要吠叫撕咬一下的。因爲它要對主人表示，它對門戶的責任心比主人要求的還要忠誠！皇帝說不打了，元帥將軍立即照辦，他們就要擔心皇帝懷疑他們的勇氣。傅恆是一定要打一打的，他要向天下臣民和皇上有所交代。我們也要打一打，因爲我們也要向金川人民有個交代。」他站起身來踱步，濕重的牛皮靴在石板地上被踩得吱吱作響，悠然的話語中帶著感慨：「所以，葉丹卡，你的話有一定道理，一定是要打一打的。不過我們不能向南突圍。我們和苗家傜家過去有來往有情義，但這次是逃離本土，不是去作客。是要在人家的寨子邊搶佔一塊地盤！想想看吧，突圍要死多少人，途中要死多少人？我們打敗張廣泗慶復，從西路逃青海入西藏是很容易的，我們沒有那樣作，就是爲了金川是我們世代生息的熱土！和傅恆作戰，只是教訓他一下，讓他知道我們不是好惹的，然後設法言和，只要作到適可而止，我們抓住這千載良機，可以爲金川爭取永久的和平和安寧……葉丹卡，我想定了，我不能計較自己的聲名和安全了。到時候我去傅恆大營。一旦他不守信義加害於我，金川的數萬百姓就交給你，打也好、走也好、投降也好，由你主張……」

葉丹卡嗓子裡咕噥了句什麼，說不清是感動還是憤怒，他的聲音有些發顫：「故扎，傅恆和漢人一樣凶狠狡詐……我也是爲你擔心——我們聽從你的決策號令！」

「三支大軍，對我們威脅最大的是海蘭察。」莎羅奔咬著牙說道：「他佔據了刮耳崖南麓，既能防止我們翻越夾金山近路入西藏，又能策應東路兆惠，防止我們向南突圍，這是顆釘子，又是隻惡狗。我們在東線作戰，最要緊的是要防他掐斷退到刮耳崖的道路，斷了我們的補給。」他目光在暗中搜尋著什麼，說道：「精中選精，正面由我帶領一千五百人，迎頭打一仗，狙擊傅恆的東路軍兩天一夜——這當中葉丹卡率領兩千兄弟，多帶旗幟號角爆竹，擾亂海蘭察。我估計海蘭察不會去增援，打一下我們就撤回來，再佯攻海蘭察營。如果海蘭察派兵增援，用起火號角報信，我東路全軍撤回，吃掉他的增援部隊，卡斷橫水橋，把刮耳崖的兵士全部調出來圍困海蘭察，就成了僵持膠著局面。以後的局勢不可預料，我們相機行事……」

暗中有人問道：「海蘭察不去增援，東路主戰場在哪裡？打到什麼火候撤回刮耳崖？」

「是嘎巴嗎？你問得好！」莎羅奔笑了一聲，「達維是傅恆存糧食的地方。我們要裝作餓瘋了的樣子，不顧一切去搶糧食燒倉庫。傅恆的糧食我們當然搶不到，但他在清水塘一定會看到，這是截斷我們退往刮耳崖的好機會。他會一面命令糧庫死守，命令兆惠衡擊我們左側，一面從淸水塘急行軍佔領喇嘛廟，把我們變成東西分割局面——但是，我們攻糧庫是佯攻，開頭要打得猛打得狠打得猝不及防，他把消息報出去，我們就撤往小金川。傅恆也就到了這裡。這裡，就是這座喇嘛廟，才是我眞正的主戰場。傅恆有鳥鎗，但沒有炮，我這裡埋伏了四門大炮，幾千斤火藥，火力上是優勢，人在小金川也休息吃飽了，在這裡炸他個心驚膽戰人仰馬翻，然後撤回刮耳崖固守。」

嘎巴想了想，又問：「是等傅恆動手，還是我們先動手？」

「我們是弱者。」莎羅奔獰笑著，聲音又冷又狠，「先下手者爲強！」

34

欲和不和爭端乍起
輾轉周旋冷湖搏殺

五天之後，三支起火羽箭帶著哨子，尖銳地呼嘯著從蘆叢中疾射出來，一支中途墜落在沼塘裡，兩支射到了傅恆中軍行轅儀門口飄然落下，守門的侯富保端著個大碗吃午飯，紅米蘿蔔肉絲辣椒拌起，往嘴裡撥拉得正起勁，見箭在眼前落下，罵了一句：「奶奶個熊！莎羅奔吃飽了撐的，不逢年不過節放哪門子起火？」撿起來看，上頭縛得有信，箭桿上寫：

撫遠招討大將軍傅收。

再看另一支，一般結束模樣毫無二致。伸脖子瞪眼嚥了口中的飯，顧不得揩掉唇上沾的米粒，高喊：「快報王總爺（小七子），有莎羅奔的要緊文書，立馬得傳給大帥！」兩個兵立刻一路小跑進去稟說。

「嗯？拆開！」傅恆也正吃飯，和侯富保是一樣的飯菜。他胃弱飯量不大，乾隆旨意裡幾次都抄有榮心養胃的藥膳，他只選了胡蘿蔔青芹，比兵士們多出這麼一味菜。當下見說來信，傅恆用開水沖兌到菜碗裡，當菜湯喝了，湊過來看時，是兩封一模一樣的信，牛皮紙寫了又用蠟浸，顯見是防著落進水中。小七子雙手拉展了看，上面寫著：

傅大將軍中堂勛鑒：我皇上深仁厚澤體天憫人，已屢有旨意息兵罷戰，俾益天下而置金川於衽席之上。將軍乃欲欺君耶？我使節在京，深蒙皇上優渥禮遇，而將軍以倨傲相待。金川地闊八百里，人民散處，而期之於半月至軍輸誠。非大將軍昏憒，是居心不誠，欲以金川人之血染大將軍之簪纓也！將軍攜此不忠之志，欲爲不仁不智之舉，莎羅奔竊爲將軍不直也。用是布達聊告微忱，以三日爲期專候佳音。莎羅奔朶雲共具敬書無任激切！

傅恆看完，仰臉略一沉思，格格笑起來：「這個莎羅奔！我給他半個月，他限我三天！」

王小七在旁發呆，說道：「我的爺！他可眞敢玩命！我瞧這小子是少調教，欠揍！」傅恆將書信揉成一團攥在手心裡，悠然踱著步子，許久才說道：「莎羅奔可不是個小孩子，我到金川實地踏看了，才知道張廣泗訥親敗得不偶然。」小七子沏茶送到他手上，說道：「那是！他那套兒在我們爺跟前玩不轉，他敗到爺手裡肯定『偶然』！」

「是麼？」傅恆一怔，旋即大笑，杯中的茶水都灑落出來，笑得小七子直愣神兒。恰李侍堯進來，見這主僕二人形容兒，問道：「六爺這是鬧什麼，笑得這麼開懷？」

「來，你來得正好，看看莎羅奔的信。」傅恆說道，又將小七子混用「偶然」的話學說了。李侍堯聽得噗哧一聲也笑，一頭看信，口中道：「上回世兄來信，小吉保也出息了，讀完千家詩了呢！你跟六爺，眼下也是不小的官了，出去也是高頭大馬耀武揚威的一肚子青菜屎怎麼成？好歹也用心習學，得空讀點子書是正理。」小七子才知道自己說話不地道，不好意思地搓著手道：「我沒有小兔崽子腦瓜子靈，眞得讀幾本子書裝幌子的！就是馬革裡屍，神主牌兒上的字兒總得認的是吧？」

「什麼馬革裡屍？」李侍堯故意問道：「這話什麼意思？」

「這個我懂，」小七子道：「馬革就是馬皮，打仗死了，屍首捲在馬皮裡頭，所以叫裡屍——您別笑，那是體面！」

二人又復大笑。李侍堯看完了信，手指點按在桌上，說道：「這是下戰書啊！三天之後他要動手！」「其實他拖不起時間，這都是藉口。」傅恆笑道：「信裡『我皇上』說得親切，也是拉大架子嘛！投降，說到底是件難受事，不打一打，怎麼向族裡交代？也是向主子表明，他沒有反叛的心，只是我們和他過不去——若論起心，莎羅奔眞不是易與之輩。」李侍堯笑著點頭：「是這個話。這信要給岳老爺子也看一看。」

「這仗要打出『分寸』二字，比全勝還要難。」傅恆斂去笑容說道：「哼！莎羅奔心裡有如意算盤，他斷然不會打持久僵持仗，他已經沒了那個本錢！一定是突襲，強打一陣佔點便宜就走！我雖不知道他的指揮方位，但無論東南北，他都衝不出去，只能打一下，抄刮耳崖北路山道向老巢龜縮。別以爲只有『面縛』才是結局，生擒了他獻俘闕下，由皇上處置，也是『分寸』！你們看——」他走向屋角一個碩大無朋的沙盤木圖前，用竹鞭指點：「嚴令海蘭察據守，不得妄自出擊增援，我就立於不敗之地。莎羅奔回逃的路在這裡，這個地方向東北有一座破喇嘛廟。打起來，我帶中軍佔領了它，命令兆惠出一支敢死隊從南邊抄他的後路，廖化清帶人去截斷刮耳崖北路，這樣，就把莎羅奔和他的大本營給隔斷了。眞正在我手中收放攻退自如，那才叫打贏了，才能計較下一步的事。」他放下竹棒，說道：「小七子，去請岳老軍門過來。」

☆

一天，兩天，三天……

第四天拂曉，打響了。先是旺堆飛鴿傳書，十萬火急羽信：莎羅奔率兩千人馬急攻糧庫，備有火箭火鎗，攻勢激烈，接著海蘭察也有急報：刮耳崖兩千藏兵向營盤包抄，要截斷與兆惠軍來往通道，山上叢林裡有旗幟鼓角呼應，小部隊偵察沒有發現大股藏兵，已嚴命部署就地防禦。沒一袋煙工夫兆惠的飛鴿也到，說用千里眼瞭望，旺堆糧庫西庫已經失火，擬派一棚人馬前往增援，自請率軍進去金川。

「傳令兆惠，東路軍全軍開拔進擊金川。寧可糧庫失陷，全然不予理會。命令廖化清北路軍南壓，遇有小股敵人滋擾不可滯礙，收攏逃散藏兵押解下寨看管。東北兩路軍傍晚酉時在金川城外會合！」傅恆口中下令，已是行色匆匆，「各軍如遭到意外強勢攻擊，用攪纏術，不必硬打，拖住莎羅奔就是功勞——我的中軍大營立即開拔，申末酉初時牌駐紮金川城北喇嘛廟。中途有變立刻通知各軍。此令！」說罷，大步出外，見岳鍾麒李侍堯都已在大帳前守候，也不及理會，大聲命道：「賀老六、賀老六呢？」

話聲剛落，賀老六已從帳後大步跨出，跟著十幾個大漢，和賀老六一樣只穿一條黑褲子，上身打著赤膊，大片子刀提在手裡寒芒四射，殺氣騰騰答應一聲，說道：「賀老六聽大帥指令！」小七子在旁看得興熱，「哧」地也撕脫了袍子，煞緊褲帶，大聲道：「爺，您下令！」

「很好！」傅恆滿意地點點頭，突然大喝一聲：「跟我的親兵戈什哈，都打起赤膊來！大丈夫立功廝殺爲朝廷賣命，正是時候！——照原來部署，我們三千中軍坐竹排，從清水塘直襲金川後路！」

「扎！」

衆人雷轟般答應道。

須臾之間三千軍士已經全部登上竹排——傅恆精心區劃，不知演練過多少次的：紮好的竹排齊整捆在大帳西側，臨水壓在石階場子上，東側全用花籬編起密密遮掩了，一聲令下踩平花籬，一隻隻竹排順勢下水，序列駛入清好的航道裡。不知情的誰也看不出，這座中軍營盤竟是個暗藏的水旱碼頭——三十個人一札竹排，一百多札竹排浩浩蕩蕩蜿蜒蜒，像一條水蛇，悄沒聲息向金川北側游去。

整個上午都平安無事，各軍士在竹排上吃牛肉乾當午餐，怕水中不潔有毒，傅恆盡自乾渴得嗓子冒煙兒，只傳令軍需處不管青菜瓜果開水，能解渴的只管火速運來供應，嚴命上下軍士：「忍著，渴極了可以嚼嫩蘆箭吃野荷，不許喝水！」全軍向西挺進。過了兩個時辰，後邊運上來許多生芹菜、黃瓜、西葫蘆甚至生葱，才算救了急。此時已入金川腹地，傅恆的大竹排在中腹靠前位置，搭眼前望，夾河航道支離橫流，密密匝匝都是蘆荻青紗帳，一汪青碧幽深不到頭向前延伸，白日中天毫不留情地酷曬下來，人人熱得汗流浹背。各營報來，已有二十幾個人中暑。傅恆不由罵出一句粗話：「媽的昏蛋！心繃得緊了不會想事兒了麼？誰熱得受不了，用水沖洗！沒有打仗，已經有二十三個減員！」他一說完立時傳來一陣輕微的歡呼，大家都太緊張，又怕弄出聲音來傅恆怪罪，竹排上撩水沖涼解暑都想不起來了。又過半個時辰，前面遙遙已見竹遮樹掩一帶高埠，北面漫蕩蕩一片碧水蕩漾，眼前霍地開朗，漫水過來一陣風，吹得人身上一爽。傅恆掏出懷表看看，臉上綻出些微笑容，說道：「好！照這個走法，申末不到我們就在喇嘛廟了！」接著又一陣風，竟是微微帶著寒意，傅恆不禁撫了一下肩胛。

「這地方眞日怪，」王小七笑道：「東西南北風亂吹一氣，河裡的水也是亂滾，沒個定性。方才那水撩起來和身子一樣熱，這裡的水浸骨涼！」傅恆笑道：「金川氣候天下一絕，六月雪也是常有的。這水是雪山上剛流下的化雪水，風過雪山當然也就涼了，還有從青海崑崙過來的冰水冷風，南邊過來的暖流，在山坳沼澤裡亂碰亂撞，自然叫人難以捉摸。」王小七道：「堪堪的明白了，主子不說，奴才一輩子也揣不透這學問。」

話音剛落，前面木排上一陣呼喝鼓譟，夾著亂嘈嘈的叫罵聲傳過來。傅恆擎起望遠鏡看，卻是南邊一帶茂密的蘆叢中有人向賀老六一干前鋒射箭，一簇一簇的從青紗帳深處激射出來，像帶尾巴的黃蜂掠天而過。傅恆看了一會，說道：「這是小股藏民遭遇襲擾，各木排可以還箭，不許追捕，全力前進！」旗手聽了便擺令旗傳示前後，那竹排行得愈發快了……待到傅恆大竹排駛到，蘆叢中不但箭射得疾了些，還有似鑼非鑼似鼓非鼓的敲擊聲鏘鏘鏘鏘響個不停，像是敵人逼近了的樣子愈敲愈急，王小七道：「別是大隊人馬殺過來了吧?敲得這麼蠍虎!」

「這是銅鼓。他們這是給莎羅奔報信!」傅恆冷笑道,「支起十柄火鎗,衝著射箭的地方齊開一鎗!」

「一——二!」

隨著王小七揮手,十支火鎗「砰訇」一聲巨響,霰彈打得蘆葉水草唰唰作響,便聽蘆叢中嘰哩咕嚕一陣嚷聲,似乎有人受了傷在叫罵,箭卻也不再射了,但遠近水塘土岸草叢茂林之中,這裡響一串爆竹,那裡吹幾聲牛角,此起彼伏彼呼此應,竟沒有一刻安寧。

「莎羅奔真乃人傑!」傅恆嘆道:「我若不是十倍兵力,百倍軍需,也不是他的對手!」說著,竹筏已經停下,此刻傅恆才留心,四周不知什麼時候漫起了大霧。涼涼的帶著濕氣的靄煙像柔軟的棉絮裊裊四散瀰漫,隨著微風捲盪搖曳,連日色都昏暗起來。兵士們誰也沒有見過下午還會起霧,頓時議論紛紛:

「呀——起霧了!」

「叫我嗅嗅有毒沒有?」

「不是毒霧,只怕是莎羅奔會妖法,放出的煙霧吧?」

「他娘的!我們那裡用馬桶,月經片子布破妖法,這會子怎麼弄?」

「這會子冷上來了!這還算六月天嗎?再冷打哆嗦呢!」

「兄弟們不要慌!」傅恆高聲喊道:「這不是妖法,這是金川有名的寒湖,雪山上的水就是在這兒聚起來又淌到下頭的！南邊來的熱氣被涼水涼風一激就成了霧——好比滾茶壺冒出的熱氣，到了壺口就變成了白煙，是一個道理……這是寒湖水面最淺的地方，竹筏已經過不去了，所有的軍士都到泥堤上，把竹筏子墊在湖面上，跑步過去，前面二里地就是喇嘛廟！剛才兆惠來報，莎羅奔襲擊糧庫的已經被打垮，活捉了二百多，莎羅奔已經退到金川——佔了喇嘛廟，金川就在我們手裡了，兄弟們幹吶！」說著一挽褲腿噗通一聲就下了水，踏著沒大腿深冷得刺骨的泥漿潦水爬上堤岸，指揮兵丁拖著沉重的竹排，一張一張捲席一樣地鋪墊過去。兵士們沒了驚懼之心，見主帥率先當頭，哪個不要奮勇？生拉硬拽壓湖面用竹排鋪路。

堪堪鋪到離乾岸半箭之遙，突然西南邊鎗聲火箭齊鳴，不知多少藏兵隱在霧中，地動山搖吶喊震天漸漸近來。傅恆略一思忖，便知是圍攻糧庫的莎羅奔移兵來擊。至此，莎羅奔用兵計籌已是一目了然。只要兆惠遵令不在糧庫纏鬥，從南壓過來，頃刻便是全勝之局。但此刻中軍三千人擠在寒湖和小黃河中間的泥堤上毫無遮掩，不但有力用不上，且是暴師在外，和一群活靶子差不多。一急之下傅恆按劍瞋目大喝一聲：「哪個將軍去擋一陣！」

「我！」傅恆話音未落，賀老六一躍而出虎吼：「先人板板的川兵跟老子上！」眨眼工夫一百多個赤膊川漢應聲而出，跳進寒湖，一個個滿臉殺氣擎著大刀等傅恆發令。傅恆精神抖擻，獰笑一聲道：「好漢子！衝過湖去！莎羅奔的兵力是一千五百人左右，和我們是遭遇，他也不知道我們有這麼多兵來襲。狹路相逢勇者勝，我只要你們頂半頓飯時辰。兵馬過湖，他就得逃刮耳崖。」說道，突地又冒出一句粗話：「操娘的好好打，傅老爺子給你們記頭功！」賀老六大叫一聲：「得令！他姐姐血板板的，殺呀！」率著衆人嘩嘩蹚水而去。傅恆見王小七也目露凶光躍躍欲試，遂道：「你也去！帶十支鳥銃跟上去。賀老六頂得住就別開火，實在頂不住敗退下來，就開鎗聲援！」王小七興奮得鼻翼都在翕張，呼哧呼哧直喘粗氣，卻道：「我爹說，戰場上要敢離開主子一步，回去打折我的脊梁骨……」傅恆道：「你爹也得聽我的——去，殺！」王小七一跳老高，喝道：「輪咱爺們賣命了，上！」

這確是一場猝不及防的遭遇戰，莎羅奔也沒有想到傅恆明修棧道暗度陳倉，竟不惜疏通小黃河，乘竹排直抄金川通往刮耳崖的後路。攻打糧庫原是打得十分順手，不足小半個時辰便攻佔了糧庫的西庫門，還縱火燒了臨西一座庫房，煙火爆竹起火鳥銃銅鼓號角都用上了，守庫的兵只退不逃，佯攻聲勢也沒有招來兆惠增援。莎羅奔命燒庫的軍士稍往後撤試探，守庫的兵居然不遠不近黏了上來！至此莎羅奔已知傅恆用意，拚著糧庫失守，也要把自己纏在金川東側，堵住刮耳崖通路分割圍殲！他心中一動陡起驚覺，急命：「傳令葉丹卡。向金川城西移動，敵人來攻，稍稍抵擋一陣就放棄金川，扼守通往刮耳崖要道。派人對海蘭察營嚴加監視，有異常動向立刻來報！」他緩重地舒一口氣，自失地一笑，說道：「傅恆用兵太周密嚴謹了……這裡不能再打，撤！」

但打仗最難的其實倒是全善退兵。藏軍已經數月斷糧，此刻身在糧庫，如何肯聽令「一粒糧食不帶」？袍袖裡帽子裡甚至靴筒裡——凡能裝物什的只情塞填不管不顧，好容易收攏了，糧庫的兵像黃蜂一樣從庫東湧出，吶喊呼叫虛作聲勢，你走，他也追著，你停他也停，你趕，他就退幾步，像一條打不退的狗尾隨不捨。廝攪廝纏直撵到喇嘛廟。此刻莎羅奔前有重兵堵截，後有惡犬滋擾攻襲，比傅恆處境還要凶險，偏是葉丹卡的兵居然沒有前來策應，計算兵力，是五千人對一千五百人，勝負之數不問可知，饒是莎羅奔身經百戰智計過人，頓時急得冒出冷汗來。

「嘎巴帶五個弟兄上刮耳崖報告朵雲，叫她和葉丹卡聯絡接應！」莎羅奔舉著望遠鏡觀察前路動靜，口中吩咐道：「傅恆要攻喇嘛廟！我這裡一千五百兵打上去，如果能把他擋在小黃河邊就大有希望，傅恆是主帥，如果被我壓制住，各路軍就投鼠忌器不敢妄動了！」

嘎巴脆亮答應一聲，一字不漏複述了莎羅奔的命令，帶了五個人從廟南小路直奔刮耳崖，糧庫的追兵想過來攔截，被廟中莎羅奔的衛隊一陣排箭射退回去，便聽南邊軍中幾個人指指點點，有個尖嗓門叫：「嘿！那個蒙古小軍爺——龜兒子原來還活著，是莎羅奔的人！」嘎巴便知是白順，大聲回道：「我的割你雞巴！——預備金創藥！莎羅奔的不流，你們的流！」喊叫著已一路去遠。

「這邊留一百傷號只管搖旗吶喊，其餘的跟我上！」莎羅奔想定了主意，已經完全恢復了鎮靜。「噌」地抽出腰中一柄雪亮的倭刀，率領衆人殺向湖邊。恰此時賀老六一百多人已衝上岸來。傅恆糾集的弓弩手有五百多人，一邊鋪竹筏子一邊射箭掩護賀老六，藏兵前隊五百多人不顧飛矢如雨一擁而上，兩軍已經交上了手。

這眞是一場罕見的肉搏短兵相接，其時不到午正時牌，淡雲薄靄像稀疏的白乳在半空中瀰漫飄移，太陽像一只半熟的荷包蛋泡在裡邊，毫無生氣地緩緩移動，六百多人長刀短刀和匕首都用上了，聚在不足三畝方圓的草地上捨命相搏。賀老六的一百多人團成一個兩層小圈子左旋右轉，五百多藏兵卻是各自爲戰。時而外圈的人衝出去格鬥，內圈的人便補上來。此時情勢用不著弓箭，戰場上殺聲呼號震天，白刃相迸乒乒乓乓的金屬撞擊聲響成一片，喊聲殺聲罵聲中不時有人沉重地倒在泥水裡和潮濕的草地上，血污了的泥漿裡，被割掉的人頭被腳踢得滾來滾去，忽然間有幾聲淒厲的慘號傳出來，聽得莎羅奔和傅恆心裡都是一陣發噤，兩個人一個站在陣外，一個在小黃河堤用望遠鏡觀察，心都揪得緊緊的吊起老高。王小七離得近看得更是眞切，賀老六的人已經被殺倒一半，「圈子」不成圈子，兀自死戰不退，賀老六自己沒了左臂，渾身殺得血葫蘆一樣淋淋漓漓，在人群中左衝右突，王小七心裡明白，藏兵們是餓著肚子打仗，體力不支，不然早就全被剁了。看看後頭的援兵離岸還有半箭之地，一咬牙命道：「開火——日你媽的們，打！」

「王總爺，」兵士們有點發愣，身邊一個哨長結巴著說道：「朝……朝哪打？」

「王八蛋！這時候還怕傷了賀老六？無論衝哪開火，一鎗都能傷幾個！」他指定了莎羅奔，「你——衝他一鎗！其餘的向人多地兒打！一——二——開火！」

「砰！」

六支火鎗一齊開了火，霰彈裹著硝煙平射出去，東邊圍攻賀老六的藏兵立刻有二十多人受傷，有三個被撂倒在地下掙扎，莎羅奔正凝神指揮，毫無防備，一鳥銃打來，左臂已經中彈，十幾枚鉛彈透衣而入，一陣熱麻，血已經順臂淌出來流滿了手，他身子一仄又站穩了，怒視王小七，用藏語罵了句粗話，大喝：「衝上去，把他的火鎗隊衝散！」王小七一邊喝罵叫喊：「快點裝藥！那四支，開火！」便聽又是「砰」的一聲齊響，接著又是賀老六興奮的大叫聲：「大帥的火鎗隊上來了，殺呀！」

藏兵被這突如其來的襲擊弄得一愣，片刻的岑寂之後靈醒過來，像一群被激怒了的獅子咆哮著撲向王小七，無奈賀老六一群也紅了眼，全然是不要命、同歸於盡的打法，抵死纏住鏖戰不退，砍斷了右臂的左臂拚殺，砍傷了腿的躺在地下舞刀亂戳，沒了兵器的就抱腿扯腳，摟在地下打滾廝拚，王小七一邊裝藥一邊打一邊退，時而衝上來又打鳥銃給賀老六助陣。戰場上刀影閃爍，人叢湧動，更比前番平增幾分激烈慘酷。突然西北方向一陣鋪天蓋地的呼嘯聲傳來，王小七側耳一聽，狂呼道：「廖軍門的人開過來了！好哇，裝藥打呀！」

「仁錯活佛，老桑措……我打不過傅恆……」莎羅奔眼見傅恆的兵潮水一樣從寒湖裡衝上岸，耳聽西北方向隱隱約約震天殺聲近來，再看南邊，兆惠的兵從金川城西一隊一隊愈聚愈多逼近喇嘛廟，心知大勢已去，他倒也並不恐怖，心裡只是一陣悲涼，凄聲嘆息了一下，說道：「我下令，全軍撤回刮耳崖。金川的兵也撤！」

凄涼慘厲的號角聲嗚嘟嘟四面響起，由莎羅奔中軍傳出，一遞一站似的，伏藏在金川周圍的傳令兵們由近及遠將主帥號令，報知散處各地的藏兵藏民「向刮耳崖靠攏」。

野草萋萋的金川草地上霾霧已經散去，一輪殷紅的殘陽照著被風吹得波伏不定的青紗帳和草場，還有麥個子一樣倒在戰場上的屍體，掛在刀柄上的破布都在風中不安地簌簌抖動。莎羅奔收攏部隊，清點了一下，連同在糧庫傷折的，戰死一百二十四名，傷號三百七十一名，還有一千多戰士。因在糧庫帶有生糧食果腹，倒是不餓，只是連續強行軍奔襲惡戰，都累得筋疲力盡，東倒西歪或坐或躺，有的假寐，有的咀嚼著什麼，有的老兵在低聲安慰子侄。

「大家打起精神來。」莎羅奔想到還要回刮耳崖，自己先打起了精神，登上一道高埠，任獵獵西風吹動自己的袍襬，一揮手說道：「官軍勢大，我們回崖中躲躲風去！等著乾隆老爺子來講和。他在西域遇到大麻煩，這裡的兵是不能久戰的。傅恆六月來攻金川，也就是這個原因。」看著一張張抬起的面孔，莎羅奔的信心也似乎強起來，頓了一下爽朗一笑，說道：「傅恆的損失比我們大五倍不止，這座空城讓出來給他養傷！夫人已經帶兵接應我們，天黑上了山道，我們就能平安到達刮耳崖。弟兄們，挺起身子，像個金川人的樣子啊！」說著便下高埠，看著支撐著起身的人們，邊走邊對仁錯說道：「傅恆再精明幹練，決計想不到我在喇嘛廟西入刮耳崖山口還有大炮在等他。我要給他點利害看看！」

莎羅奔的大隊人馬向西撤，有些出乎傅恆的意料。他心裡明白，官軍只是掌握了大小金川的形勢，莎羅奔和葉丹卡的兵員合起來還有將近五千五百。照莎羅奔的稟性，無論如何在大撤退前要再和自己打一陣，然後疾速退軍。眼下見只有一千多人緩緩向西移動，倒是有些蹊蹺了。兆惠和廖化清此刻都已到了他的大營，站在傅恆身邊，見傅恆一雙略帶迷惘的眼眯縫著凝望夕陽，兆惠道：「大帥，他要逃了！他的兵體力不支——您要怕有埋伏，我帶一千人從南路抄過去攔腰衝他一下。有埋伏老廖策應，沒有埋伏就全軍齊上，在這裡把他包了餃子！」

「葉丹卡呢？我這會子在想葉丹卡在做什麼？」傅恆因為思慮過深，眼睛有點發綠，「南路軍繞過旺堆，連走帶打，在泥漿裡蹚了近百里……我軍疲勞啊！我擔心葉丹卡的三千軍馬吃飽喝足身強力壯，在哪個山坳裡等我們！黑夜作戰客軍不利啊……」正說著，兆惠帳下軍官胡富貴小跑著過來，兆惠便問：「你到山口查看，海蘭察營裡有沒有動靜？有沒有別的藏兵活動？」

胡富貴已經晉升千總，跑得臉色煞白上氣不接下氣，喘息一陣才說出話來：「海……海軍門派人過來聯絡……刮耳崖南麓山壁上沒有正經軍隊，是些老頭女人們吹號嚇唬人。葉丹卡有兩千軍隊守在刮耳崖山口和海軍門營盤中間，不打也不動。看情形是策應喇嘛廟，或者找機會攻海軍門，也許是收容散兵游勇……」傅恆道：「你只說軍情，不要『或者』『也許』。」「這是海軍門讓標下傳給兆軍門的話。」胡富貴頂了傅恆一句，又道：「方才山上下來一隊人，約有三百多的樣子，正往刮耳崖口開。標下不敢再耽擱，就趕著跑回來了。」說罷退到一邊。

「老胡不容易！」兆惠見傅恆只是沉默，胡富貴兩眼發直臉色慘白呆望前方，料是他有點發訕，難得地綻出一絲笑容，說道：「幾往幾來今天奔了二百多里，探這麼多軍情，我給你請功保奏！」說著用手拍拍胡富貴肩頭。那胡富貴竟禁不起這一拍，應手委地倒下！王小七幾個人忙上前架扶他。傅恆也收回神來，湊到他面前蹲下身，見他兀自掙扎要起，溫語說道：「好兵！我自然要保奏你的——誰有乾糧？還有牛肉，給老胡拿來！」

他滯重地站起身來，又向西邊看看，咬牙下了決心，說道：「天黑了就不好打了，兆惠的人出一千從南側攻擊莎羅奔，用兩千人防著葉丹卡突襲，我從正面上，直攻刮耳崖道口。打到天黑，無論勝負一定收兵——以三支紅起火爲號令，起火在哪裡，我就在哪裡！」

移時殺聲再起，南路軍三千人馬分兩路，鐵龍般向西向偏西南鼓譟而進，中路軍由傅恆親率直向西疾追，廖化清的北路軍則向金川城開去。一時間蒼暗的大草地上，星羅棋布的斷牆殘垣間到處都是清兵，到處都是刀叢劍樹，驚得已經落巢的水鳥和烏鴉在殘陽中漫天翩起翩落。

「敵人追上來了！」莎羅奔一行人已經到了刮耳崖山口，進入祕密砲台，從瞭望口看著如蟻如蜂的清兵漫野撲來，活佛仁錯的聲音也有點發顫，「故扎，兆惠的兵行動很快，他要攔腰截斷我們！」

莎羅奔咬著牙，臉上的肌肉繃得一塊一塊，看去有些猙獰。不用仁錯說，他已看見，直衝而來的清兵已經襲入隊伍，隊尾二百多人已被漩渦樣的人流包圍，正在拚命廝殺奪路，眼見傅恆的中軍從正面逼來，斗大的「傅」字帥旗都看得清清楚楚，心一橫，大喝一聲道：「毒蛇噬臂壯士斷腕！命令前隊不許回救，全力向刮耳崖撤！不聽命令就地殺掉！」他看看支在垛子上的紅衣大炮，又看火藥，那火藥已潮濕了，攥起來能像香灰樣捏成鬆鬆的一團。但他知道，已經裝膛的藥還能用，瞄準了帥旗漸漸近來，斷喝一聲：「開炮！」

四門大炮藥捻兒嗤嗤冒著藍煙火花燃著，但有三根也受了潮，不到炮帽子機關處便熄了火，只有一根幾明幾滅終於燃盡，便聽「轟」一聲巨雷般爆炸，炮台掩體裡猛地一震，砂石土木紛紛墜落，硝煙頓時瀰漫嗆人，莎羅奔說聲：「走！」幾個人便躍出泥石掩體炮台，向西逶迤而去。莎羅奔一邊走，心裡暗自懊喪：「幾千斤炸藥都潮濕了！要能在這裡多打幾炮，戰局也許有轉機呢！」

但他不知道，僅僅這一炮也使傅恆差點喪命，傅恆原是緊盯著莎羅奔的衛隊的，轉過一道草皮泥堤，突然前面的人全部消失了，他心裡奇怪：這一帶沒有樹木，荒灘上的草不過半人深，而且不甚深邃茂密，怎麼眨眼間就無影無蹤了？見中軍纛旗旗桿有點斜，一邊命王小七「把旗桿下的楔子砸緊些兒」就取望遠鏡。王小七便用刀背砸楔子，一抬眼見三十幾步開外亂樹叢中四個黑乎乎的炮口正對這邊，還有幾點火星簌簌燃動，他丟了刀，大叫一聲：「不好！」回身猛地把傅恆推倒在泥堤坎下——幾乎同時，那大炮轟然怒吼，煙火「唿」地猛捲過來，王小七眼中一花便人事不省了……

傅恆一頭栽倒在坎下，也跌了個發昏第十一章。他幾次派人到這裡偵察，回去都說異常潮濕，都是草皮泥坎，萬萬沒想到還有炮，而且炮台就架在這裡！幾個軍校架起他，他尚自懵懂著發呆。因見小七子斜躺在堤畔，頭臉上半身被熏得烏黑炭團一般，肚子上胸膊上幾處汩汩淌血，還有幾個兵士也一般模樣撂倒在一邊，或坐或躺或暈或醒倒著，驚定神回，兩步過來蹲下，一邊叫：「軍醫——軍醫都死了麼？快來，用擔架送他們下去！」一邊拉起小七子的手，輕輕晃了晃，小聲叫道：「小七子，小七子！你……怎麼樣？」他從來沒有和一個奴才離得這麼近，此刻咫尺之遙呼吸相通，才看清胸前臉上幾處燒焦，十幾處傷打得蜂窩一樣，不停滲血，最要命的是腹部中彈，一堆白花花的腸子流出來，小七子手捂在創口，看樣子是在塞腸子時昏過去的。傅恆這才知道，大炮裡裝的也是鐵丸子霰鉛彈之類。

「是爺啊……髒兮兮的，也忒難看了……爺不用看顧我……」小七子一個驚悸顫一下醒了過來，見傅恆拉自己手，淚水一下子奪眶而出，哽聲說道：「小七子……侍候不了爺啦……」「別胡說。」傅恆握緊他的手，他的聲音也有點發顫，「福建有個老將軍叫蘭理，康熙年間打台灣，腸子流出來拖在甲板上五尺多！活到九十八歲，去年上才去世的，你這傷不要緊！家裡老小上下都不用操心，成都養傷好了，風風光光回北京！」小七子感激地看著傅恆，說道：「爺別顧我，多少人等著您發令呢！」

傅恆點頭起身，向前看時已是暮色蒼茫，西邊血紅的晚霞早已不再那樣燦爛，變成鐵灰色，陰沉沉壓在起伏不定的崗巒上，近前廣袤的大草原水沼上，西北風無遮無擋掠空漫地而過，寒意襲得人身上發疼。炸得稀爛的大纛旗也在簌簌不安地抖動。他再三斟酌，無論如何不宜夜戰，掏出懷表看看，說道：「放紅色起火三支，各營收軍待命！」

便見後隊馬光祖大跨步趕上來，因問：「什麼事？」

「岳老軍門趕上來了。」馬光祖道：「聖上有旨給您。」

「回喇嘛廟去——傳令各軍嚴加戒備。副將以下軍官要輪班巡哨！」

傅恆嗡聲嗡氣吩咐了，帶著隨從趕回了喇嘛廟。岳鍾麒已守在燈下，見他進來，也不及寒暄，便將幾封文卷雙手遞過來。傅恆覺得頭重腳輕，渾身散了架似的沒氣力，沒說什麼，勉強向岳鍾麒躬身一拱，接過詔諭，打手勢示意岳鍾麒坐在石墩上，拆泥封火漆看時，一份是在自己奏折上的朱批諭旨，還有一份，是阿桂的信附旨發來。定神看那諭旨，口氣甚是嚴厲：

朕安。覽奏不勝詫愕。朕已面許朶雲莎羅奔輸誠歸降，卿反覆瀆奏整軍進擊，是誠何意？爾欲意以三軍苦戰奪取金川成爾之名，抑或以全勝之名置朕於無信之地？設使有此二者之一，即勝，朕亦視爾爲二臣也！然朕深知卿意必不出此。所奏激切之情諒自眞誠，即以此旨誡爾，一則以西北大局爲重，一則以西南長治久安爲重，速作計劃維持原旨，即著岳鍾麒協理辦差，務期於十五日內班師，卿其勉之毋負朕望。

把諭旨轉給岳鍾麒，再看阿桂的信，卻一律說的家事，福康安已經回京，授乾清宮一等侍衛，福隆安福靈安也都補入侍衛，說劉統勛晉位太子太保，怎樣力疾辦事勤勉奉差，自己力薄能鮮，等著傅公回來主持一切云云。講到金川戰事，只說：「聖意仍著公及早撤軍，莎羅奔窮蹙一隅，勿再激成大變，致使西方戰事有礙。」傅恆皺眉仔細審量，一份語氣帶著斥責，一份是在說「皇恩」，往深裡思忖，自己手握兵符在外，又屢屢奏議折難不肯奉詔……莫非已經在疑自己擁兵自重了？想著，心裡一陣急跳，忙又收攝回來，撿看那通封書簡時，阿桂的是直接揷入，裡邊一層是上書房鈐印，加蓋乾清門火漆關防封口，並不是同時發出，這才略覺放心，額前已是微微浸汗，呆呆把信遞給岳鍾麒。

「阿桂還是力主你打一下的。」岳鍾麒的思路和傅恆全然不同，看了信一笑說道：「他天天在主子跟前，什麼事不知道？主子要認眞惱了，也用不著瞞你。好啊，兩個軍機大臣一樣心思要打，主子又急著收兵，回去有的六爺好看的！」他這樣一說，傅恆倒寬心了些，君臣意見不合自來是常有的事，也沒什麼大不了的。怕的是乾隆這人素來心思細密間不容髮，是個多疑人。又遠在數千里之外，讒言一進入骨三分，也不可不防，思量著，傅恆苦笑了一下，說道：「我有兩條，一是主子不在眼前，有些事主子不能臨機決斷的，當奴才的寧可擔點干係，也要替主子想周到，料理好；二是把主子的事當成自己的事，不爲一時一事一己利害去想，要盡力想得長遠一點，顧及得周全些。主子雄才大略，高瞻遠矚，我們萬萬不能及一，只有盡心盡力而已……」岳鍾麒聽著這話也不禁悚然動容，嘆道：「這是武侯所謂『鞠躬盡瘁，死而後已』，成敗利鈍非所計議了。你既有這番忠志，岳鍾麒不敢後人。你說吧，該怎麼辦，我聽你的！」

傅恆垂下眼瞼，撫摸著案上的硯——平日這時王小七早已取墨端水，一隻手按著，另一手攪得橐橐有聲替他磨起墨來，那副全心全意煞有介事的架式，傅恆不止一次笑他，但此刻他正在運往成都的途中，不能「咬牙切齒磨墨」了。半晌，傅恆說道：「我給莎羅奔寫信，用火箭送往刮耳崖。再次懇切言明聖意，說明利害。我……可以親自獨身上崖請他下山。」

「寫信可以，」岳鍾麒拈鬚說道：「你親自上崖不合體制，你是朝廷宰輔三軍統帥，不能冒險——讓海蘭察退兵向南十里以示誠意，該用著我這把老骨頭上場了……」

傅恆咬著牙，看看悠悠跳動的燭光，良久才道：「老將軍肯代行，比我去要好。恐怕還要帶些東西，比如糧食、藥品還有俘來的藏民藏兵，帶一半回山上去。不然，莎羅奔難以相信。來，我們再仔細議議，也要防著有不虞之隙不測之變的……」

35

岳鍾麒孤膽登險寨
忠傅恆奏凱還京華

岳鍾麒上刮耳崖，順利得異乎尋常。清晨傅恆的箭書射發上山，中午時分便接到莎羅奔的回信：「專候岳東美老爺子來山作客，其餘人事免議。」

「我這就上去。」岳鍾麒已是行色匆匆，「山上冷，給我把皇上賜的貂皮氅帶上，有三四個護衛帶我的名刺跟著，就成了。」此刻兆惠、馬光祖、廖化清都在喇嘛廟裡，實是人人都替這老頭子吊著一顆心，看著他換袍換褂，都不言聲。岳鍾麒笑道：「莎羅奔是個義氣人，你們誰有我知道他？別這麼送喪似的苦著個臉，準備好酒，下山我們一道兒大醉一場！」

傅恆不言聲將自己常用的小羊皮袍子也塡進行李裡，轉身對岳鍾麒一揖，皺眉凝視著他半晌才道：「莎羅奔新敗，藏人心高自尊難以辱就，難免有不利於岳公之舉。我不怕莎羅奔迎客，只怕他留客啊！」「不會的，我畢竟是他的恩人，他恩將仇報，在族裡怎麼做人？」岳鍾麒道：「有些事不能犯嘀咕。躺在那裡想，愈想愈麻煩，愈行不得。一旦作出去，結果其實壓根沒那麼嚇人。要恨，莎羅奔也只會恨你，藏人也講寃有頭債有主，斷不致拿我當人質脅迫你的，昨晚計議了一夜，怎的臨走了，你仍這麼婆婆媽媽的？」兆惠素來面冷，見岳鍾麒如此從容灑脫行若無事，心下佩服之極，忍不住說道：「老馬老廖，我們也都是老行伍了，比得上岳老軍門這份心胸膽量麼？來，以水代酒，我們敬老爺子一碗！」傅恆的心鬆弛了一點，也倒一碗水，跟著和岳鍾麒一碰，「乒」地一聲，五個人都舉碗飲了，廖化清道：「放心去，他要敢怎樣，我踏平這刮耳崖，剁碎了莎羅奔！」

「不是這一說，」岳鍾麒笑道，「我還是平安回來，把差使光光鮮鮮辦下來，咱們大家才高興！」說完便往外走，傅恆等人直送到刮耳崖山口，看著莎羅奔寨中的人接出來才回大營。

……來接岳鍾麒的是管家桑措，他和岳鍾麒也是十幾年的老熟人了，但素來訥言罕語，一路話不多，只初見時見岳鍾麒隨從只帶了四個人，且是談笑自若滿臉豁達神氣，略略有點詫異，擺臂平胸呵腰一禮說道：「故扎故扎夫人都在寨洞裡恭候，岳老爺子——請！」

這裡的山勢愈往西走愈見險峻。行了二十幾里，路徑已經矗在半山高崖上，往上看，兩壁絕巖幾乎合攏，微顯一線之天，雲霧繚繞間可以看見山頂白皚皚的萬年積雪，連山縫間吹來的風都浸骨價冷，一側山壁斜倒下來掩著山路，有些地方得偏著身子側著頭過，不時有懸藤凸崖擦臉摩臂，岳鍾麒這才知道「刮耳崖」三字原非虛造假設。往下看，淡淡的靄霧像稀薄的雲岫，萬木葱蘢深在谷底，幽綠的竹樹間河流湖塘縱橫羅列，還模模糊糊能看見海蘭察的兵營，像誰擺了幾塊積木在幽谷裡的河邊。岳鍾麒不禁暗自嗟訝：

這塊絕地要想強攻，眞不知得死多少人！「踏平」「剁碎」云云，只是一句豪語而已。走在側後的桑措也對這位老人欽佩莫名，這樣陡峻險絕的路，就是小伙子連走幾十里，也都要累得筋軟骨酥的，岳鍾麒封了公爵的人，比官府的總督將軍位分還要高，獨身入不測之地與敵軍談判，不但毫無怯色，且是步履穩健，似乎愈走愈精神健旺的模樣，一路有說有笑，指點形勢，說往年舊情，到道路十分偪窄處，還用手挽跟從的年輕人！也心下十分佩服乾隆和傅恆，讓這樣一個人來，眞是天造地設的一個談和使臣。

待到天將黑時，一行人到了刮耳崖主峰洞寨外，這裡地勢又豁然開朗起來，往上看，摩雲嶺主峰淡雲繚繞，獨巒挿天的山頂積雪銀光耀目，被落日的餘暉映得色彩斑爛，峰下大寨被山遮著，看去已經黝黑。寨門前山頂一片三十餘畝大的空場，場周匝都圍的巨石堞雉，像一片天然的演兵校場，周圍堞雉旁全栽的馬尾松樹，黑森森烏鴉鴉一片寂靜，只是山頂峰口，西北過來的風異樣的冷冽，搖得松樹都在婆娑晃動，景象看去瑰麗裡透著詭異。穿過這片空場，天色已經完全蒼暗下來。岳鍾麒一行站住了腳，便見寨門裡邊星星點點的火把蚰蜒一樣沿山道過來，因見松木寨門上懸著個什麼物件，像一根繩子下吊著個葫蘆，岳鍾麒問道：「老桑，那上頭吊的什麼呀？是避邪用的麼？」

「我不知道。」桑措淡淡說道：「請稍候，我進去稟我們故扎！」

岳鍾麒點頭一笑由他而去，覺得冷上來，套上傅恆送的皮袍猶覺不勝寒意，又披上大氅，左顧右盼上下打量周圍景致，和幾個兵士說笑，那幾個兵一者冷二者怕，恍惚神不守舍，白著臉覷寨裡動靜，口裡支吾虛應。一時便聽寨中三聲炮響，接著長號喑咽齊嗚，兩排火把隊沿階疾趨而下，將裡邊夾成一道火胡同，幾百名壯漢手持長刀，身著藏袍，腰中別著藏刀匕首挺立在道旁，一個個目不斜視神情嚴重盯著前方。接著，嘎巴帶著四個衣色相同的親隨兵出寨門，也不答話，分列而立。見幾個兵士都嚇得臉如死灰，晃悠著身子有點站不住的光景，岳鍾麒斷喝一聲：「給我站規矩了！莎羅奔要殺，自然殺我，與你們什麼相干？這樣子好教人惡心麼！」

「岳老爺子發光了！」朶雲已經到了寨門，光把影裡見岳鐘麒威風凜凜精神抖擻，也是心下欽敬，一笑說道：「這是我們迎接貴賓的最高禮節，諸位不要驚疑！」說著迎了出來，向岳鍾麒曲肱攤手一禮。岳鍾麒臉上帶著一絲冷笑，只點了點頭，說道：「你看我鎭定，擺這樣的陣勢，我也有點心驚呢！只是我已過古稀之年，什麼也都撂開手了。你的漢話畢竟不地道，應該說我『光火』，沒有『發光』這一說——莎羅奔呢？就按歲數輩分，他也該接我一接的。」朶雲綳住了嘴唇，略一思忖答道：「我知道您討厭我。這世界太大了，漢人不懂的事情不一定就是錯的，而且漢人有很多事情根本就不打算懂，他們總是自以爲是！南京秦淮河北京八大胡同都有上千的妓女，是官員們常常光顧的地方，但有哪個女人嫁兩個丈夫，就會像個巫婆一樣小看她詛咒她！啊，我們不談這件事，您不是爲這個來的，我也不想談——我的丈夫應該來接您，但他受了傷，被你們的鎗打傷了，他在寨裡等您。現在您是我們尊貴的客人。請！」說罷將手一讓。

岳鍾麒像猛地被人往口裡塞了一團雪，又冷又品不出滋味。孔孟之道連書帶注釋，「學問」汗牛充棟，要回駁朶雲這幾句話，竟一時尋不出頭緒，什麼「事夫如天」「從一而終」「餓死事極小，失節事極大」這類話頭沒有根據，也說不清分寸道理，且亦不是說這些話的時候。他「啊」了兩聲，笑道：「朵雲小姑娘和老頭子算舊帳了！幾十年的陳穀子爛芝麻了，我都忘記了，虧你還記得！小羅羅子受傷了麼？快帶我去看看！」說著便走，看著前面火把夾道裡閃著寒光的兵刃，若無其事地行了進去。藏兵們聽嘎巴一聲號令。「呼」地將火把平舉下去，都彎倒了腰。蜿蜿蜒蜒曲折而上，像煞了幾個人在一道火溪上徜徉而行。

「老爺子好膽量，我還記得魚卡那一場血戰。您是個勇敢的人。」出了火把火鎗儀仗隊，已到崖洞口，這裡風大，剛從亮處出來，四周驟然暗得難辨道路，朵雲在前面放慢了腳步，深深吸了兩口清冽的空氣，說道：「您在青海，接濟了我們不少糧食鹽巴酥油，還有藥物衣服帳篷，幫我們度過了兩個寒冷的冬季……您看，我不單記得您不好的事情吧？」

岳鍾麒蒼重地嘆息一聲，說道：「君子愛人以德報怨以直。功我罪我，都聽你。」朵雲聽著突然一笑，說道：「老爺子大多心了，你說我的壞話。我也說過你『老不死的』——也是壞話，怨已經扯平了。連我在內，這裡的人都十分尊敬您的。我也不是忘人大恩記人小過的那種人。——噢，我的故扎！您在這裡！」她突然停住了腳步叫道。岳鍾麒這才看見，莎羅奔不知什麼時候已經出來，魁梧的身影站在崖洞口板皮木料夾起的過道大庭口，連火把也沒點，暗得影影綽綽只見身形，卻瞧不清臉色。

「我們就在這裡談吧。」莎羅奔的聲音有些滯重，「洞裡全都是傷兵，還有老弱病殘的部民——點幾支火把來，給岳軍門熱一碗青稞酒！」

火把點亮了，岳鍾麒這才看淸，雖然只是「過庭」，也是足可容一百多人的大山洞口，頂上岩穴嶙峋巨石吊懸，兩側後方都用木板夾得方方正正的，有點像中原叫堂會的大庭。中間擺著粗糙的木桌，放著瓦罐飯具一應器皿，幾張條凳木墩也都粗陋不堪，四周瀰漫著肉類的焦糊味還有藥味……他這才看見仁錯活佛也在，穿著袈裟坐在西壁木墩上。

「請坐。」莎羅奔臉色陰鬱，大手讓著，「您坐上首。」他頓了一下，看著人給岳鍾麒端上了酒，才坐下，語氣沉重地說道：「眞不願意這樣和您見面，因爲我們過去有過深厚的友情，一向是把您當作長者和前輩看待的。但現在卻是交手的敵人。」

岳鍾麒的神色凝重下來，掃一眼四周虎視眈眈的衛兵、朶雲、桑措還有嘎巴，許久許久才透了一口氣，問道：「聽說你受了傷，無礙的吧？」

「兩陣交鋒，這是平常事。」莎羅奔也沉默了很久才說話，聲音像從罈子裡發出來那樣沉悶：「……臂上被火鎗打傷了十幾處，這沒有關係，我心裡受的傷比這重得多！你過寨門看見了，那上邊懸吊著葉丹卡兄弟的頭顱。我在昨天按照我們部族的規矩殺掉了他，天葬了他，只留下頭顱。讓其餘的部衆知道挾私報怨不顧大局的人應該受什麼懲罰！」

原來如此，岳鍾麒略一回顧金川之役，已知葉丹卡死因，他點點頭，說道：「這種事我也處置過不止一起，除了正法沒有別的辦理。」「你的來意我知道。」莎羅奔道，

「葉丹卡如果遵命，大金川兆惠軍救援喇嘛廟，他的三千軍馬攔腰襲擊出去，我至少還可以在金川再打一天一夜，可以捕捉三百到五百官軍到崖上來。我可以更尊嚴地和你坐在一處說話！他竟在千鈞一髮時候背叛我，背叛他的部族父兄，眼看著我敗退刮耳崖！」

「要你口中說出一個『敗』字，眞不容易。」岳鍾麒一氣喝完了那碗味道稀薄的酒，說道，「我想聽聽你有什麼主張。」

「敗了就是敗了，用不著再來粉飾。」莎羅奔看一眼岳鍾麒身邊的朵雲，語氣裡略帶一點自嘲，「比如說敵衆我寡呀，葉丹卡不聽命令呀，我都不想說。我只想告訴你，被人綑綁著下山路太難走，我不能讓我的部族認爲我是個懦夫，你可以把這話向乾隆大皇帝奏報。」

仁錯活佛輕咳一聲說道：「故扎，聽聽岳鍾麒是什麼主張。我們是把他當朋友看待的。」

「你們覺得還能打下去嗎？」

岳鍾麒問道。他頓了一下，「向西向南向西南，所有的道路都有重兵扼守，連北逃青海的路也已經卡死，傅恆用兵比我精細。即使能衝出重圍，到青海到西藏千山萬水，無糧無藥，弱兵疲民，舉族都成餓殍，也是慘不忍聞——」

「我不一定要逃。」莎羅奔截斷了岳鍾麒的話，語氣像結了冰那樣冷，「你一路上來看，你也是帶兵的，這地方攻得上來嗎？」

「攻不上來。」

「這是天險，我可以在這裡守三年！」

「這是險地，也是絕地——三年之後呢？」

至此雙方都已逼得緊緊的，目不瞬睫盯著對方唇槍舌劍，莎羅奔突然一笑，說道：「三年之後誰能說得定？也許天下有新的變局，也許朝廷有什麼新的章程，也許地震，一座北京城都煙消雲散——這三年，扼守金川堵截圍困我們的軍隊至少要一萬人，還要時時警惕我『逃跑』，皇上累不累？天下那麼大，要專意分出心來關照我莎羅奔一個人！」

「皇上英明天縱，擁天下雄資，盡可『關照』你。」岳鍾麒一哂說道：「這是一員副將，比如兆惠海蘭察就辦得下的差使。」莎羅奔也譏諷地一笑，「所以，你來勸我，用你們漢人的話『丟人現眼』地下山投降？」

岳鍾麒「哦」了一聲，仰天大笑道：「——丟人現眼？這是招安！招安你懂嗎？比如暗夜裡向著有光明的地方走，帶著你的一族人離開飢餓寒冷瘟疫和戰爭，能說是一種恥辱？你太自大了。別說你，多少英雄豪傑，哪個見皇上不要摧眉折腰？你本就是皇上治下的一方豪強，又沒有公然造反。現在，還你的本來面目，有什麼下不了台階的？杜甫有詩『安得廣廈千萬間，大庇天下寒士俱歡顏，吾廬獨破凍死死亦足』，就算你一人受難，換來你金川千里之地，父老康樂，難道不值？看來你莎羅奔沒有這個志量心胸！」

「岳老爺子。」莎羅奔也一笑即斂，陰沉沉說道，「聽起來似乎滿好的。怎樣教我相信呢？洞裡現放著兩張罷兵契約，一份是慶復，一份是訥親張廣泗在上面簽字畫押！

都不算數了，漢人講話總歸不能信守的。」岳鍾麒不假思索應口答道：「他們與你簽約，乃是背主欺君貪生怕死諱敗邀寵的卑汚行徑，怎麼把我岳某人和他相比？」朶雲在旁哼了一聲，說道：「岳老爺子爲人我們也略知一二。當年有兩位秀才到大將軍帳下勸說老爺子反淸復明。老爺子一邊和他們八拜結兄弟之好，一邊向雍正爺密報，翻臉無情就把他們扣押起來嚴刑拷打——我屈說您了沒有？」

這是十分刻毒的誅心之語，也是十分繁複難以說明的一件往事。岳鍾麒嘿然良久，心一橫說道：「比如葉丹卡，如果找你密謀殺害莎羅奔，你大約也要虛與委蛇探明他的底細。你若想聽當時眞情實況，待我們的事有了結果，我當衆向你全族講說。我岳鍾麒是個光明磊落的漢子！倒是你，還有莎羅奔，當著我的面殺掉了色勒奔，你們不是夫妻？他二人不是兄弟？你倒說說看！」

莎羅奔霍地站起身來，目中凶光四射，死死盯著岳鍾麒，右手下意識向腰間摸去。情勢立即變得一觸即發，守在板壁下的藏兵跨前一步，都將手握緊了刀柄。

「有酒沒有？」岳鍾麒一臉冷笑，將面前空碗一推，「再倒一碗來！」

「待朋友有酒，待敵人有刀！」莎羅奔漲紅著臉凶狠地說道，「你至今仍在向我的傷口上撒鹽巴！我可以『面縛』到傅恆營中，但我也可以說『不』！我可以留你當客人，我也可以殺掉你——在這裡倚老賣老麼？」

「那是！哥哥能殺，何況我一個姓岳的？我信！」

莎羅奔「砰」地一拳砸落在桌子上！所有的罈罈罐罐碗勺杯匙都跳起老高，桌子本來就不結實，受了驚似的彈了一下，四腿歪斜著軟癱下去……十幾個藏兵「呼」地圍了上去，站在岳鍾麒旁邊聽令。

「把他架出去，用火烤熟了他！」莎羅奔悶聲吼道。

幾個藏兵一擁而上，架起岳鍾麒便走，岳鍾麒拚力一掙甩脫了，冷冷一笑，說道：「何必故作聲勢？大丈夫死則死耳，用得著你們架？我去了，你──好自爲之！」說罷掉頭就走，對藏兵怒喝道，「頭前帶路！」

「慢！」莎羅奔突然改變了主意，「把他帶到客房裡，嚴加看押──傅恆來攻，這不是絕好一個人質？」

……岳鍾麒被押出去了。衆人被方才的場面弄得一驚一乍，兀自心有餘悸，一言不發注視他們的首領，崖洞外一片聲響的松濤不絕於耳傳進來，山口的風鼓盪而入，吹得松明子火把明暗不定，顯得有點陰森，人們都打心底裡不住發噤。不知過了多久，活佛仁錯訥訥說道：「故扎，這樣一來就只有拚到底了……你再思量一下……」朶雲看著丈夫鐵鑄一樣的身軀，輕聲說道，「你的傷該換藥了……唉……我其實很服這位老爺子膽量骨氣的……他似乎是個好漢人……」

莎羅奔袒開臂膀給朶雲擦洗換藥。他的臉色說不清是悲是喜，聲音已變得柔和：「大家休息吧……岳鍾麒和他的兵士們囚在一處，他們一定要評論我、詛咒我，互相交代一些話。派人聽著，明早晨一字不漏給我回話！」

待人們都去後，朶雲安排莎羅奔回房歇下，偏身坐在床邊出神。她看了看閉目不語的莎羅奔，嘆息一聲，柔聲柔氣說道：「故扎，你真的要扣押岳老爺子？」

「唔，你怕？」

「我怕。我不想瞞你，真的是有點怕……」朵雲偎依在丈夫胸前，摩挲著他蓬亂的頭髮喃喃說道，「我怕你走錯了這一步……我已經沒有力量和勇氣像上次一樣去中原尋找乾隆皇帝了……我覺得岳鍾麒不是壞人，也覺得乾隆沒有騙我們……我的心裡亂極了……」

莎羅奔躺著動也不動，像睡熟了一樣呼吸均勻。朵雲又餓又累，伏在他身邊畏怯地聽著外間驚心動魄的松濤聲，漸漸有了睡意時卻聽莎羅奔道：「不要怕。我已經想好了，跟岳鍾麒下山……」

「故扎！」

「岳鍾麒說的對。」莎羅奔靜靜說道，「我本來就是乾隆統治下的一個部曲首領，問心也從沒有想過造反——連反到成都的心也沒有。一個部曲向博格達汗屈膝，像我們在廟裡向佛祖屈膝，懇求我們部落臣民的平安和興旺一樣，是談不上恥辱的。我早就想好了，我既不是向傅恆低頭，也不向岳鍾麒低頭，我向他們證明，即使到了這樣山窮水盡的地步，我也不是一個比乾隆臣子懦弱的人！」

她睜大了眼睛，想看清丈夫的面容，但莎羅奔臉上沒有表情，半張著眼瞼，睫間晶瑩閃爍著光。彷彿自言自語，又像是對朵雲訴說：「仗……再打下去只有舉族滅亡了……沒有屈辱，也沒有了生命和光明，只留下滿是荒煙野草的金川，和我們無數父老兄弟的幽魂……就算我一人屈辱，能挽回這些，不也很值得麼？他送還我們的戰俘，還有糧食和藥，還在半路上……明天你派人接上來……接上來吧！唉……」他發出一聲嘆息，像窒息鬱結了不知多少歲月那樣沉重和悠長。

「故扎，我聽你的，我也陪你去見傅恆……」朵雲哭了，抽泣著伏身說道。

第二天平明莎羅奔便醒來了，他沒有理會熟睡在身邊的妻子，小心起床來踱到山崖洞口，又進洞巡視了一下傷號，出來時，見嘎巴已經守在洞口，便問：「昨晚是你監護岳鍾麒？還有他那幾個衛兵，他們都說些什麼？」

「回故扎的話，岳鍾麒他們什麼也沒說！」

「沒有說話？」

「帶進板房時他說了一個字。」

「什麼？」

「他說：『毬！』」

莎羅奔猛地一怔，突然爆發出一陣嘶嘎的大笑：「這老頭子有趣……哈哈哈哈……帶我去見他……」嘎巴一邊走一邊抱怨：「故扎叫我們聽壁腳，幾個士兵嚇得縮成一團不敢說話，老爺子那邊一夜好睡，呼嚕兒鼾聲如雷，連身也不翻一個！」

「是麼？」莎羅奔邊走邊道，「啊——那是說他不是一個心懷鬼胎的人！」說著，已到板房外，卻聽不到鼾聲，幾個士兵探頭探腦的不知說了句什麼，便聽岳鍾麒喝道：「別跟老子裝熊包！」接著推門出來，一邊披斗篷一邊對莎羅奔道：「連個皮褥子都捨不得給我墊，一夜凍得睡不好！你這渾小子，給老子弄吃的來！」

幾個藏兵原都偎在皮袍裡假寐，見莎羅奔過來早起了身，聽岳鍾麒這般發作，大家面面相覷。莎羅奔孩子氣地一笑迎了上去，說道：「我讓他們預備早飯了，吃過飯你給傅恆發信，就說我獻一條白哈達給你，你送一條黃哈達給我！」

「黃哈達！」岳鍾麒愣了一下，才想起是「面縛」用的黃綾縛帶，不禁莞爾一笑，嘆道：「你識時務，老夫也佩服你！」

☆

傅恆終於踏上了歸途。一旦從山澤泥淖中跋涉出來，回到煙火人間花花世界的中原，聽不到士兵操演聲，更漏刁斗報時聲，看不見兩軍相交白刃格鬥性命相搏的慘烈場面，乍見村姑簪花，牧童逐羊，歌榭戲樓間箏弦簫管齊放，舞女天魔之姿婉轉詠唱，街衢三十六行吆呼叫賣，富者軒馬過市，丐者沿街乞討……種種世情俗態，入眼都覺陌生新奇。他有一種恍若隔世之感。一路沿江東下，過武昌，旱路抵達開封，逶迤由德州保定返回北京，一腦門子的炮火硝煙刀槍劍戟影子才淡了下去。

天兵凱旋，莎羅奔黃綾面縛請罪受封，金川大局頃刻穩定，算來前前後後十幾年，十萬軍士埋屍草地，三位極品大員失事誅戮，至此有了結果，朝廷面子給足，莎羅奔折箭爲誓永爲朝廷藩籬，乾隆一想到西南可以從此無虞，就歡喜得無可無不可。因嚴命沿途隆禮歡迎，傅恆向來謹小慎微憂讒畏譏，一路所到之處，督撫以下官員仕紳遠接遠送，沿街百姓煙火爆竹香花醴酒俎豆禮敬，軟紅十里滿眼豪侈繁華，盡目皆是脅肩諂笑之輩，貫耳全聽阿諛奉迎言語，心裡不耐，又難以違旨，只是催駕攢行。待到京師，又是阿桂紀昀劉統勛三人代天子郊迎，滿城彩坊相銜紅綾裹樹，黃土道上萬萬千千人擁如螞蟻，都聚來「瞻仰欽差風采，簞食壺漿以迎王師凱旋」；起火、雷子、二踢腳地老鼠萬響鞭炮響成一鍋粥，瀰漫的硝煙嗆得人流淚，一座北京城竟掀動了，比過元宵節還要熱鬧了去。傅恆不敢拿大，自潞河驛便棄轎不用，徒步挽轡而行，直到西直門，聞得暢春園鼓樂之聲，遙見龍旗蔽日，黃霧般的幔帳旗旌，便知乾隆親迎至此，忙望闕叩頭，隨太監卜禮亦步亦趨前來覲見。那黃鐘、大呂、太簇、夾鐘、姑洗、仲呂、蕤賓……種種宮樂益發響振起來，六十四名暢春園供奉長跪拱手，口中一張一翕合唱：

慶溢朝端，靄祥雲，河山清晏，鈴旂迢遞送歸鞍。赫元戎，緊良翰，靖獻寸誠丹。載干戈，和佩鸞。功成萬里勒銘還，遐邇共騰歡……

丹陛大樂中，王八恥率隊前導，三十六名太監抬著玉輅大乘輿徐徐出了東直門，青緞三層垂幨之上方軫龍亭，上遮雲龍圓蓋，中間須彌座上一人，頭戴天鵝絨紗台冠，醬色江綢夾袍外套著石青金龍褂，腰間束金鑲松石線鈕帶精緻挽成丹鳳朝陽花樣垂著，兩手扶欄面含微笑，點漆一樣的眸子親切地看著傅恆——正是乾隆皇帝了。傅恆只遠遠睨一眼，幾步趨跑上來伏地泥首叩頭嵩呼：

「聖主我皇上萬歲、萬歲、萬萬歲！」

乾隆滿意地點點頭，沒有說話，兩手扶著兩個小蘇拉太監肩頭莊重地拾級下轎來，環視一眼密密匝匝的百官隊伍，上前扶起傅恆，笑道：「一別年餘，朕著實惦念著你。此番全勝而歸，非惟軍事戰爭而能侷限，西南政治從此暢通無礙，此皆爾卿等不憚勞苦處心積慮忠藎體國，所以有此局面，甚慰朕衷啊！」

這是官面垂訓言語格調，乾隆娓娓說來，聽著一點枯澀僵板味道也沒有。傅恆聽皇帝講到不單是戰爭軍事，更要緊的是政治建樹，竟比自己想的更爲貼切中肯，無數夜中推枕彷徨精心布置曲劃種種辛苦，說不盡的心思煩難，勞苦跋涉，輾轉照前顧後左顧右盼之苦，都化作一腔酸熱之氣，已是淚如泉湧，也不敢拭，哽著聲音奏道：「奴才焉敢貪天之功？自奴才束髮受教，即累蒙世宗今上諄諄訓誨，天語叮嚀不絕於耳，忠愛之心罔能去懷！即辦差稍有微勞，皆皇上平日提攜訓導之故也！今仰賴天子洪福，德被化外之餘頑，王師一舉煙霾盡消，守隅夷狄頓伏王綱，此皆我皇上仁化萬方，德被草萊之故也。奴才忝居受命之臣，與有榮焉……今蒙皇上不次獎掖，恩遇禮隆自古人臣所不能擬比。感念之餘思之反增悚惶愧怍……」這也是背熟了的奏對格局言語，傅恆邊流淚邊述說，激切深情出自中懷，乾隆竟也聽得淚光盈盈。半晌才回涕作笑，說道：「眞是的，朕也跟著你作這兒女情長之態了！這時候這場面不是長敍的時候。隨朕來，乾清宮大筵群臣了，我們郎舅君臣促膝談心！」說著轉身，王八恥忙高叫：「萬歲爺回駕了！」

「你這趟差使不容易，」大筵之後，乾隆在養心殿單獨接見傅恆，「這當中朕在江南，阿桂在北京，尹繼善在西安，朕身邊統留了劉統勛和紀昀兩個人，劉統勛身體又那樣，七事八事的總不得個寧靜。高恆的案子未了，又出了個王亶望，還有個朵雲攪了北京攬江南……」他彷彿在品咂一個苦果，頓著沉默移時，「……皇后薨逝，本該召你回來的，總歸沒有個放心人在軍裡，怕招出意外的事，只好讓你委屈辦差了……」

說到姐姐，傅恆心裡一沉，想起自幼受姐姐撫養訓育恩情，如今向秀歸來屋在人亡，不由一陣痛心難過，在杌子上屈身一躬，臉上已帶了悲戚之容：「奴才在軍中乍聞皇后長行，也是心如刀絞，萬箭攢射般難過。母親去得早，我們兄弟年在幼沖，姐姐一人一力把我拉扯大的，不能到簀床前一別音容。爲人弟者難遣終天之悲……」他啜泣著拭了淚，聲調漸漸從容：「在軍中伏讀皇上御制《述悲賦》，又接讀禮部擬制皇后娘娘喪儀葬禮。細思千古后妃，有幾人蒙恩隆重到這地步的？生榮死哀爲『孝賢』表率，這又是我傅家一門之幸！臨行相別時，皇后曾說：『你是我的弟弟，更是皇家大臣。別總掂記我，你差使辦得好，我就怎麼樣也是歡喜的，你喪師辱國丟盔撂甲敗回來，就算我認你這弟弟，你自己有臉認我這姐姐麼？』噩耗傳到軍中，驚痛之餘想起皇后教訓，奴才……只背人痛哭一場，定心忍性努力督師合圍，不敢因一己私情荒怠軍務的……」他頓了一下穩住心神，又道：「據奴才看，軍機處諸公或隨駕料理政務，或在外辦差，都極盡心力的，方才見劉統勛，黑乾瘦弱行動艱難，竟看去比奴才走時老了十年，阿桂紀昀也是滿面勞倦……大家四散分處，一事一情往返商榷，自然格外多耗心力。現今皇上回鑾居中調停指揮，諸臣奔走左右各盡其力，諸事辦起來自然事半功倍。」

「哪得再有幾個劉統勛呢？」乾隆無可奈何嘆了一口氣，「雖然高恆出了事，但朕心裡，滿洲人操守還是靠得住些。阿桂在北京批條子讓和親王進圓明園半夜接魏佳氏出宮，在軍機處隔窗教訓貴妃，換了漢人他敢嗎？」

傅恆坐直了身子，這些事他還是頭一遭聽見，他需要掂出話中分量，尋出話中的話來，良久，試探地說道：「紀昀才學品德也還好的。」

「才學不須說，品行未必無虧啊！」乾隆端著茶杯起身踱了幾步，有點自嘲地一笑：「官作大了，沒有經過挫磨嘛——福康安和劉鏞有個密本參奏他，回頭批給你看。縱容家人包攬官司欺門霸產，這還成話嗎？」

傅恆心裡格登一聲，目不轉睛地盯著乾隆，一句話也不敢回。

「朕原想黜他到你軍中效勞的。」乾隆小口啜了一下杯子，「但紀昀是個書生，朕甚惜他的才學。家裡人作事他擔待，有些怕委屈了他，他也未必知道全部眞情，且是苦主很不爭氣。朕身邊一時也找不到替換的人，比較起來他還算好的——唉！淸楚不了糊塗了罷了！」傅恆想著，總算說明白了，紀昀發跡升官，自己甚有干係，不能不有個見識，因沉吟道：「皇上擔待諒解，是皇上的恩。紀昀應該知道恩情警戒自勵。奴才以爲應稍加處分使其知過而改，奴才可以先和他談談。」乾隆道：「可以和他談談，處分就免了吧！朕已有旨，博學鴻詞科和恩科都要緊著籌辦。要著實物色一批人才上來。」因見卜禮在外殿探頭兒，點著名叫進來問道：「你這是什麼規矩？這是什麼所在，縮頭伸腦的成何體統！」

卜禮立著，嚇得身子一縮兩腿便軟了下去，磕頭說道：「是奴才混帳！萬歲爺叫傳竇光鼐，人已經到了，沒見王八恥在哪裡，這是他的差使，奴才尋他，不防主子就——就明察秋毫了！」乾隆被他逗得一笑，傅恆也是一笑。乾隆問道：「傳見外臣差使不是卜義的麼？卜義現在哪裡？」

「回萬歲爺話。」卜禮磕著頭，語言流暢了許多，「卜義犯了不是，攆了下去，現在壽寧宮掃地呢！」

乾隆這才想起來，笑道：「他傳錯了旨意，是無心之過，告訴慎刑司，打二十小板還回養心殿來，他辦差使還是小心的。」

「啊，扎——」

看著卜禮退出，傅恆便笑著要辭。乾隆親送他到殿口，命人：「將和珅新貢進的兩柄金如意，還有那尊玉觀音，八寶琉璃屏風賞傅恆。還有老理親王手抄《金剛經》、和親王獻的廿四史手抄本賞給福康安——」他笑著對傅恆道：「朕知道你不信佛，但福康安是居士，你夫人更是虔誠，那是給他們的——回去好生休歇一下，朕已召尹繼善來京，就和卓的事要議一下，五天之後到圓明園遞牌子，這幾天朕不叫進了。」

這裡傅恆辭出去，卜禮已帶著竇光鼐進來。乾隆遠遠見他在照壁東側給傅恆讓道兒，一笑轉身回來，坐在東暖閣窗下，隔玻璃看著竇光鼐在丹墀下向殿上一本正經行叩門禮，一臉莊敬之容垂手侍立，待卜禮進來稟說了，方徐徐說道：「叫進吧！」稍頃，卜禮便帶著竇光鼐從正殿繞須彌座進來。竇光鼐一絲不肯苟且，在正座前又行了叩頭禮，再起身進暖閣，伏地三跪九叩仍是行禮，乾隆肚裡暗笑，但知道竇光鼐就這麼一副作派，看去有點痰氣，卻決然挑不出不是來，也只索由他。待他禮數繁瑣已畢，乾隆才道：「見過紀昀了?你是從紀昀府裡過來的吧?」

「臣是從順天府過來的。」竇光鼐道。他恭肅的神情讓乾隆直想笑,他的眼睛仍是在儀徵那樣,盯著乾隆如對大賓,「臣先到軍機處,阿桂中堂當值,說劉統勛約了紀昀去順天府,命臣前去見紀昀,他們正說審訊錢度的事。傳旨著臣爲江南學政。兩位大人都有許多訓誨,都是至理名言,然後又命臣前來養心殿,聆聽皇上聖諭。」

「哦,劉統勛在順天府?」

「是。還有劉鏞也在,還有黃天霸也在,說歸德府庫銀被盜六萬兩銀子,著落在黃某人身上去破案。劉統勛因四川撤兵之後治安不靖,糧價不穩,商酌要遴選得力幹員前去維持,他已經幾天沒有好睡,勉強半躺著辦事,料理清楚了臣才上去說話,所以誤了接見時辰。」

憨直守禮,細緻得近乎繁瑣囉嗦,枯燥得像曬乾了的劈柴……乾隆一條一條品評著面前這個人:此人如果雍容隨和一點,眞是個太子太傅的材料兒——心裡唸叨著,口中卻轉入了正題:「你晉升學政,是朕在儀徵已經裁定了的,沒有經過吏部考核。軍機處原說派你到山左山右河南湖廣這些省份。但朕想,江南是人文薈萃之地,歷來多出名臣碩儒棟梁之材,得有個方正多才辦事扎實的人去主持才好。所以拖了時日。」

「這是皇上的器重厚愛。」竇光鼐雙手一拱說道:「竇光鼐蒙此重恩,敢不竭盡綿薄,爲皇上布德化育,精心簡拔人才!」

乾隆點頭一笑,想挪身下炕,又坐端了,說道:「人才關乎一代興衰氣數,這話不用朕反覆說了。學政是從三品，也是朝廷的方面大員了，你這個人，操守上頭朕信得及，世路上的事似乎太認眞。關乎朝廷大局的認眞一點原是該當的，有些屑細事太執著，容易招小人的忌。廿四史上多少忠臣沒下場，也有氣數上的緣由，也因他們以己之德苛求於人，得罪的人太多。朕雖盡力體察，天下這麼大，人事如此繁擾，一件一件都處置得妥當也是個難——你能領會朕這片苦心麼？」

「皇上……」竇光鼐聽著這話，直從乾隆肺腑而出，一片眞情關懷，他的心中一撼，深深沉落下去，伏地連連頓首道：「皇上的聖諭臣銘記在心，永不敢忘懷……」便用袖子拭淚。

乾隆笑道：「竇光鼐是大丈夫，也有如此兒女子情態？學政的差使只有兩條，一是作養扶植一方文氣，教化一方禮義廉恥，化解一方刁悍民風陋俗，一是遴選人才，獎掖調護才識淹博之士。你操守既好，才學也很可觀，這個差使不難辦。」

竇光鼐垂首靜聽。

「朕只擔心你嫌富愛貧。」乾隆順著自己思路說道：「寒士裡有好的，自然要格外用心提攜，但能讀得起書的，畢竟還是仕紳殷實人家居多，偏袒一方，容易掛一漏萬。仕紳地主是朝廷基業根本，子弟們有出息能作官是件好事。你不可執定了都是紈袴子弟，一味栽培窮困潦倒之士，那就失了中庸。有一等學官，爲自己身後留地步，愈是貧寒的愈提拔，學生作了官報恩也愈心切。存這樣的心，就入了買賣商賈之流，那也使朕大失所望了。要在『公允平等一視同仁』八個字上，你要記清楚了。」竇光鼐道：「臣讀《聖武記》聖祖爺在位屢屢有此聖訓。皇上剴切教訓，光鼐不敢稍萌此心。」「很好。」乾隆說道：「你去任上，仍有專折密奏之權，地方上的事你不干預，但可以直截奏朕，朕自有料理之法。好好作去，博學鴻詞科、江南鄉試，著實選幾個好的出來。朕再到江南巡視，觀賞你的文治風采。」

本來話說至此，叩頭謝恩辭出，可謂圓滿妥貼周至無憾。不料竇光鼐一怔，愣愣地問道：「皇上，您還要南巡？」一語既出，暖閣裡裡外外幾十個侍立著的太監立時嚇得呆若木偶，仰臉瞠目癡癡茫茫。看看乾隆再瞟瞟竇光鼐，背若芒刺般沒做手腳處，剛從外頭進來謝恩的卜義站在殿門口恰聽見這句話，也嚇呆在當地。

乾隆冷丁的也被他頂得一怔，正往口邊送的杯子也停在半空，看著兀跪不動石頭人樣的竇光鼐，良久，突然一笑，擺擺手道：「不識時務書生，這裡沒有老槐樹給你碰！朕也不願你赴任前受訓斥。跪安吧……去吧……走前去見見傅恆，不要再遞牌子了……」

「是！」

竇光鼐叩頭行禮，徐徐正了衣冠，從容卻步退出殿去。

乾隆皇帝《天步艱難》全書結束

【帝王系列㉚】
乾隆皇帝——天步艱難〈下〉
作　　者　二月河
出 版 者　巴比倫出版社
發 行 人　花逸文
社　　址　台北市八德路四段六二六號四樓之一
電　　話　(02)7622890
傳　　眞　(02)7493312
郵政劃撥　14925535／巴比倫出版社
法律顧問　王秋霜律師
電　　話　(04)2204818
美術設計　劉開工作室
電腦排版　正豐電腦排版有限公司
印　　刷　富昇印刷有限公司
登 記 證　局版臺業字第四七五一號
定　　價　新台幣二二〇元
香港總經銷　全力圖書有限公司
電　　話　(852)24947282
《乾隆皇帝——天步艱難》繁體字版
由二月河授權本社獨家出版

ISBN　957-9238-52-9
初版一刷・一九九七年十月

【帝王系列】書目

康熙大帝——奪宮〈上〉〈下〉	二月河⊙著	360元
康熙大帝——驚風密雨〈上〉〈下〉	二月河⊙著	360元
康熙大帝——玉宇呈祥〈上〉〈下〉	二月河⊙著	360元
康熙大帝——亂起蕭牆〈上〉〈下〉	二月河⊙著	360元
雍正皇帝——九王奪嫡〈上〉〈下〉	二月河⊙著	380元
雍正皇帝——雕弓天狼〈上〉〈下〉	二月河⊙著	400元
雍正皇帝——恨水東逝〈上〉〈下〉	二月河⊙著	400元
乾隆皇帝——風華初露〈上〉〈下〉	二月河⊙著	360元
乾隆皇帝——夕照空山〈上〉〈下〉	二月河⊙著	400元
乾隆皇帝——日落長河〈上〉〈下〉	二月河⊙著	440元
乾隆皇帝——天步艱難〈上〉〈下〉	二月河⊙著	440元
朱元璋——烽火英雄〈上〉〈下〉	徐航⊙著	400元
朱元璋——夕陽瀝血〈上〉〈下〉	徐航⊙著	400元
宋徽宗——荒淫亡國〈上〉〈下〉	羅孝廉⊙著	440元
楚漢爭霸〈上〉〈下〉	張鳳洪⊙著	400元

基

本

讀

者

如果您是在書店購買本書，請您詳細填寫以下資料卡，貼在明信片後面，寄到「台北市八德路四段六二六號四樓之一　巴比倫出版社收」。

我們會將您的個人資料留存，今後本社將不定期提供您新書出版資訊，基本讀者購書並享有優待。謝謝！

（郵購讀者不需填寫。）

基本讀者資料卡

乾隆皇帝〈天步艱難〉

姓名：＿＿＿＿＿＿＿＿

性別：＿＿＿＿＿＿＿＿

年齡：＿＿＿＿＿＿＿＿

電話：＿＿＿＿＿＿＿＿

地址：＿＿＿＿＿＿＿＿

學歷：＿＿＿＿＿＿＿＿

職業：＿＿＿＿＿＿＿＿

如 何 知 道 本 書 ：

□在書店看到

□報紙廣告

□朋友介紹

購 買 本 書 原 因 ：

□被內容吸引

□被標題吸引

□被封面設計吸引

□其他

●建議本社出版何種書籍：

＿＿＿＿＿＿＿＿＿＿